Ella Fields

Suddenly Forbidden

Ella Fields

Suddenly Forbidden

Roman

Aus dem Amerikanischen
von Nina Bader

FOREVER

Forever by Ullstein
forever.ullstein.de

MIX
Papier
FSC FSC® C083411

Originalausgabe bei Forever
Forever ist ein Verlag der Ullstein Buchverlage GmbH, Berlin
Juli 2019

2. Auflage 2019

Titel der amerikanischen Originalausgabe: Suddenly Forbidden
Umschlaggestaltung: zero-media.net, München
Titelabbildung: © FinePic®
Übersetzung: Nina Bader
Autorenfoto: © privat
Innengestaltung: deblik Berlin
Gesetzt aus der Quadraat Pro powered by pepyrus.com
Druck- und Bindearbeiten: CPI books GmbH, Leck

ISBN 978-3-95818-459-6

Eins

Daisy, sieben Jahre alt

Das Gras peitschte um meine Knöchel, meine Lungen brannten, und Tränen strömten über meine Wangen, während ich so schnell, wie mich meine Beine trugen, unter dem Zelt eines violetten, sich verdunkelnden Himmels in das Feld rannte.

»Daisy!«

Seine Stimme hallte in meinen Ohren wider, aber ich blieb nicht stehen. Konnte nicht stehen bleiben. Das hieß, bis mir ein tückischer versteckter Graben in die Quere kam und dafür sorgte, dass ich auf meinem Hinterteil landete.

Verflixte Axt.

Schwer atmend untersuchte ich meinen Knöchel, stöhnte dann und sank rücklings in das Meer aus Löwenzahn, als seine sich nähernden Schritte die Pflanzen in einem sanften Rhythmus rascheln ließen, bei dem ich die Augen schloss.

Dank des morgendlichen Regens konnte ich spüren, wie der kühle Matsch meine Leggings und mein T-Shirt durchweichte. Obwohl Mama Gift und Galle spucken würde, brachte ich es nicht über mich, mich aufzusetzen.

»Da bist du ja.« Seine Schritte machten direkt neben meinem Kopf halt. »Mist, ich wäre fast auf dich draufgetreten.«

»Schrei nicht so, Müffelmaul. Schsch.« Ich schlug die Augen auf, um festzustellen, dass Quinns Gesicht die letzten Farbschattierungen des Sonnenuntergangs ausblendete.

Er lachte, ließ sich dann auf den Boden fallen und streckte sich neben mir aus. Ich hielt das Gesicht nach oben gerichtet und sah zu, wie die Nacht die letzten Farben des Tages auslöschte und ein paar Sterne am Himmel zu funkeln begannen.

»Was ist denn los?«, fragte Quinn nach einer Minute. »Ist es der Hahn?«

Ich schniefte; hätte gern gelogen, konnte es aber nicht. »Warum musste dein Vater ihm das antun?«

»Er sagt, man kann nicht zu viele Hähne halten. Gibt Ärger im Hühnerstall.« Er seufzte. »Was immer das heißen soll.«

»Yeah, aber ich hätte ihn mit zu mir nach Hause nehmen können.«

Quinn lachte wieder, und ich musste bei dem Geräusch unwillkürlich lächeln. »Was? Zusätzlich zu Frederick? Deine Mama steht mit dem schon auf Kriegsfuß.«

Quinns Dad hatte mir vor ein paar Monaten widerstrebend erlaubt, Frederick, den Hahn, zu retten. Er war nicht gerade der Freundlichste oder ein Kuscheltier, aber Mama warf einen Blick auf das zappelnde Huhn in meinen Armen und meine flehenden, nassen Augen und sagte, wir könnten ihn behalten, bis sie ein neues Zuhause für ihn gefunden hatte. Wie sich herausstellte, brauchte in unserer kleinen Stadt niemand einen weiteren Hahn.

Glück für mich und Fred. Pech für Mama.

Finger strichen über meine im Gras liegende Hand. Ich drehte den Kopf, als sich Quinns warme Hand um meine schloss. »Deine Mama wird stinkwütend sein, weil du dich unnötig schmutzig gemacht hast«, platzte ich heraus.

Quinn lächelte nur und zeigte dabei für sein achtjähriges Gesicht zu große Zähne. Trotzdem hielt ich ihn für den hübschesten Jungen in ganz Clarelle. Selbst wenn er mich zu fest an meinem Pferdeschwanz zog oder es lustig fand, Schlammklumpen zu formen und damit nach mir zu werfen. »Sie sagt nichts, wenn ich ihr alles erkläre.«

»Sie wird mich irgendwann einmal für eine richtige Heulsuse halten.« Bei dem Gedanken wurde mir das Herz schwer. Aber ich konnte nichts dagegen machen, ich hatte gerade einen weiteren Hahn ohne Kopf herumflattern sehen.

Und ich wusste, dass ich wieder einen Albtraum haben würde, wenn ich einschlief.

»Das würde sie nie denken. Sie wird mich wieder verschossen nennen und mich so komisch ansehen.«

Meine Lippen zuckten leicht, und ich beobachtete, wie seine langen Wimpern zitterten, als er den Blick unverwandt auf mich heftete. »Was heißt verschossen?«

Er schien einen Moment darüber nachzudenken, bevor er mit den Achseln zuckte. »Keinen blassen Schimmer. Wahrscheinlich, dass ich wieder etwas Dummes tue.«

»Ist ...« Ich schluckte hart. »Ist der Hahn gestorben?«

Seine hellen Brauen zogen sich zusammen. »Ja, Dais. Er ist tot.«

Tränen rannen seitlich an meiner Wange hinunter und verschwanden in meinen unordentlichen blonden Haaren.

»Nicht weinen.« Quinns Gesicht verzog sich, und er drückte meine Hand. »Hey, vielleicht könnten wir ihn begraben?«

Leise schnüffelnd fragte ich: »Wirklich? Wie denn?«

Er lächelte, ließ mich los und stand auf, bevor er erneut nach meiner Hand griff, um mir auf die Füße zu helfen. »Komm mit, ich zeige es dir.«

Wir rannten zum anderen Ende der Scheune. Der Himmel glich jetzt einer schwarzen Decke, und wir hörten, wie Quinns Mom von der Veranda ihres großen ranchähnlichen Hauses nach ihm rief.

Er brüllte zurück: »Zwei Minuten, Mom!«

Dann schnappte er sich die Kinderschaufel aus dem Set, das er letztes Jahr zu Weihnachten bekommen hatte, und führte mich zu der Weide auf dem hinteren Feld, wo unsere Autoreifen-Schaukel sacht im Wind schwang.

Ich setzte mich hin und sah zu, wie Quinn mühsam zu graben begann, dann beschloss ich, ihm zu helfen. Ich ließ mich auf alle viere sinken und grub mit den Händen in der lockeren Erde, bis ein flaches Loch entstand, in das der arme Hahn gerade hineinpassen würde.

Dann hockte ich mich auf die Reifenschaukel, beobachtete, wie er zur Scheune zurückrannte, und lauschte dem Zirpen der Grillen, während die kühle Luft über mein erhitztes Gesicht strich.

Fünf Minuten später kam er wieder und sagte mir, ich sollte die Augen schließen. Ich gehorchte, weil ich wusste, was er aus dem Sack in seinen Händen ziehen würde, und hörte, wie der tote Hahn mit einem dumpfen Geräusch auf den Boden fiel.

»Okay, soll ich ihn zuschütten?«

Ich nickte und schlug die Augen auf, hielt den Blick aber abgewandt, während er Erde in das Loch schaufelte, das wir gegraben hatten. Als er fertig war, holte ich schnell ein paar Steine aus dem nahe gelegenen Bach und ordnete sie in Form eines Sterns auf dem Erdhügel an.

»Warum ein Stern?«, erkundigte sich Quinn.

»Damit er nicht allein ist. Er kann im Traum mit den anderen Hähnen und Hühnern im Himmel spielen.«

Quinn sah mich eigenartig an, als ich aufstand und meine schmutzigen Hände an meiner Hose abrieb.

»Was ist?«, fragte ich abwesend und begann zum Haus zurückzugehen.

»Eines Tages werde ich dich heiraten, Daisy June.«

Mein Atem stockte im selben Moment wie meine Schritte.

Ich fuhr herum, stemmte die Hände in die Hüften und setzte in der Hoffnung, das seltsame, in meinem Bauch brodelnde Gefühl zu überspielen, ein spöttisches Lächeln auf. »Ach, wirklich?«

Er nickte, dabei grinste er, wie er es immer tat, wenn er sich aufführte, als würde er alles wissen. »Yep. Eines Tages, wenn wir mit dem College fertig sind und ich diese Farm übernehme, wirst du meine Frau sein.« Er trat näher, und mein Herz fing an, gefährlich schnell zu hämmern. »Und ich werde dafür sorgen, dass du nie sehen musst, wie einem anderen Hahn der Kopf abgehackt wird.«

Er griff nach meiner Hand und beugte sich zu mir, und ich spürte, wie seine warmen Lippen meine klebrige Wange streiften. Er sagte nichts weiter, und ich auch nicht. Wir trotteten mit einem Grinsen auf unseren Gesichtern und den über uns wie ein lächelndes Publikum glitzernden Sternen durch das Gras zurück.

Mir war zu der Zeit nicht bewusst, was passiert war. Warum ich meinen Herzschlag in meinen Ohren hören oder Tage danach nicht aufhören konnte zu lächeln.

Im Rückblick wurde mir klar, dass Quinn Burnell damals zum ersten Mal ein großes Stück meines Herzens gestohlen hatte.

Zwei

Daisy, Gegenwart

Ich packte meine Steppdecke aus einem der letzten Kartons aus und versuchte, nicht die Augen zu verdrehen.

»Mom, du bist erst vor einer Stunde gegangen. Mit mir ist alles in Ordnung.«

Ein Jammerlaut drang an mein Ohr. »Oh, entschuldige.« Schniefend murmelte sie: »Es ist nur ... du bist so weit weg. Ich dachte, ich würde damit klarkommen, und ... ach, zur Hölle. Lass mich mich einfach nur noch eine Weile selbst bemitleiden, okay? Ich brauche das.«

Ich klemmte mir mein Telefon zwischen Ohr und Schulter und zog die letzte Ecke des Spannbettlakens über die Matratze. »Okay«, gab ich resigniert zurück. »Ein oder zwei Minuten kann ich mir das vermutlich noch anhören.«

Sie lachte prustend. »Sei nicht so frech. Achtzehn oder nicht, ich werde Daddy gleich das Auto wenden lassen, junge Dame.«

Mein Dad sagte im Hintergrund etwas zu ihr, und sie seufzte. »Okay, dein Dad meint, ich klammere, und ich muss mir das abgewöhnen, wenn ich will, dass du auch weiterhin meine Anrufe annimmst.«

Ich lachte, nahm meine Steppdecke und breitete sie über das Bett. »Ich hab dich lieb, Mom, und wenn ich deine Anrufe verpasse, rufe ich dich zurück, okay?«

Sie stieß laut und schwer den Atem aus. »Okay.« Dann hielt sie eine Sekunde inne. »Ich habe dich auch lieb, Honey.«

»Benimm dich!«, donnerte mein Dad. »Lass die Finger von Alkohol, den du dir nicht selbst eingeschenkt hast. Am besten bleibst du in deinem Wohnheim. Wenn du zu viel Party machst, vernachlässigst du dein Studium, und das willst du doch nicht, oder?«

»Joseph«, tadelte meine Mutter. »Okay, wir machen jetzt Schluss. Wir lieben dich.«

Ich lächelte. »Ich euch auch. Ich rufe euch bald wieder an.«

Nachdem ich aufgelegt und mein Telefon auf den alten Nachttisch aus Buchenholz gelegt hatte, griff ich nach meinen Kissen und warf sie auf das Kopfende des Bettes, bevor ich einen Schritt zurücktrat, um meine neue Umgebung zu begutachten.

Nicht schlecht. Auch nicht überwältigend, aber von dem Moment an, wo ich das hohe braune Backsteingebäude betreten hatte, hatte ich gewusst, dass ich nicht zu viel erwarten durfte. Ich hatte online wie besessen recherchiert. Wenn ich es irgendwie schaffte, mich nach all den Stunden, die ich damit verbracht hatte, Stadtpläne, Gebäude, Plätze und Straßen zu studieren, doch noch zu verlaufen, dann schätzte ich, dass ich es nicht besser verdiente.

Die Gray Springs University. Endlich.

Grinsend betrachtete ich die gestrichenen Ziegelwände des kleinen Zimmers. Es würde schwierig werden, hier viel aufzuhängen, von meinen Kunstwerken ganz zu schweigen. Aber ich würde es mit Sicherheit versuchen.

Ich hatte gerade die leeren Kartons zusammengefaltet und verstaute sie neben meinen alten Zeichenblöcken und Mappen ganz oben im Schrank, als die Tür geöffnet wurde.

»Scheiße, Mom.« Ein Mädchen mit mattbraunen Haaren stolperte hinter einer kleinen, kräftigen Frau in den Raum. »Du hättest …« Das Mädchen warf einen Blick auf mich und zuckte zusammen. »Anklopfen sollen.«

»Hi.« Ich schloss die Schranktüren und verschränkte meine Hände vor mir. »Du musst meine Mitbewohnerin sein?«

»Pippa, die Wände sind aus Backstein! Wie um alles in der Welt willst du es da im Winter warm haben?« Die Frau schnalzte mit der Zunge, schaute von dem leeren Einzelbett zu meinem frisch bezogenen und begriff, dass sie nicht alleine waren. »Oh«, quiekte sie. Ihre Hand flog zu ihrem üppigen Busen, und ein wunderschönes Lächeln erhellte ihr von feinen Falten durchzogenes Gesicht. »Sorry, ich bin Terry, Pippas Mom.« Sie machte Anstalten, mir die Hand zu schütteln, und ich löste meine beiden langsam voneinander.

Das Mädchen – Pippa, wie ich annahm – stöhnte. »Es tut mir ja *so* leid.«

Ich zog meine Hand zurück, und Terry sah ihre Tochter an. Ihre dunklen Brauen zogen sich zusammen, und ihre Hände wanderten zu ihren Hüften. »Du brauchst gar nicht verlegen zu sein, Pip. Ich mache mir nur …« Sie trat weiter ins Zimmer und rümpfte die Nase, als sie mit dem Finger über den Staub auf dem Nachttischchen neben dem anderen Bett fuhr. »Sorgen.«

»Tja«, meinte Pippa. »Wie wäre es mit weniger Sorgen und mehr Ausladen, ja?« Sie lächelte mich an. »Was für eine Art, sich vorzustellen. Und wie heißt du?«

»Daisy. Ich, äh, ich bin vor ein paar Stunden angekommen.«

Sie blickte sich um. »Wow. Du verschwendest keine Zeit.«

Nein, dachte ich bei mir. Ich hatte schon genug Zeit verloren. »Vermutlich die Aufregung.« Ich wedelte leicht mit den Händen, dann fiel mein Blick auf den Heizkörper. »Es gibt ne Heizung.« Ich deutete darauf, als Terry fortfuhr, sich im Raum umzusehen, und dabei vor sich hinmurmelte. »Meine Mom hat sich auch Sorgen gemacht.«

Terry hörte auf, Hektik zu verbreiten, musterte die Heizung, trat zu ihr hinüber, um sie zu inspizieren, und lächelte. »Gut, gut. Okay.« Sie klatschte in die Hände. »Warum gehen wir nicht alle einen Kaffee trinken?«

Ich stand wie angewurzelt da. Mein Blick schoss zwischen Terry und Pippa hin und her.

»Mom, die Kurse fangen in ein paar Tagen an. Ich muss auspacken und mich einrichten.«

Terry verzog nachdenklich die Lippen. Ihre Augen leuchteten auf, als sie auf mir haften blieben. »Daisy! Wir sollten uns besser kennenlernen.«

»Mom!« Pippa knurrte das Wort förmlich, und mir wurde plötzlich klar, dass ich es mit meiner Klette dritten Grades von Mutter noch ziemlich gut getroffen hatte. »Bitte. Lass uns meine Sachen holen.«

»Okay, okay.« Terry seufzte.

»Kann ich euch helfen?«, fragte ich, weil ich nicht untätig herumstehen wollte, während sie sich die drei Treppen hochquälten.

Beide bedachten mich mit dankbaren Blicken, und wir verbrachten die nächsten zwanzig Minuten damit, drei Koffer, zehn Kartons und drei Rucksäcke aus ihrem kleinen SUV zu hieven und zu unserem Zimmer hochzuschleppen.

»Die Frau am Empfang macht keinen allzu lebhaften Eindruck«, murmelte Terry, als wir das letzte Mal an dem Schreibtisch im Eingangsbereich vorbeikamen.

Das tat sie in der Tat nicht. Sie stützte das Kinn auf eine Hand, ihre Augen klebten an einer Zeitschrift, und sie rührte sich nur, um einen Finger zu befeuchten und die Seite umzublättern.

»Ich bin sicher, sie ist ganz in Ordnung«, schnaufte Pippa außer Atem, während sie den letzten Koffer hinter sich herzerrte.

Ich stellte den Karton, den ich gerade trug, neben ihrem Bett auf den Boden und klopfte mir die Hände an meinem Kleid ab. Ich brauchte dringend eine Dusche und krümmte mich innerlich, als mir einfiel, dass ich mir jetzt ein Bad mit anderen Mädchen teilen musste. Das konnte ja heiter werden.

Pippas Mom machte sich ans Werk, packte Laken und Decken aus und bezog das Bett, legte Kleidungsstücke zusammen und verstaute sie in Schubladen und hängte den Rest in den Schrank. Es machte mich schon müde, ihren schnellen, geschickten Handgriffen nur zuzuschauen. Bei ihr mit ihrem Lächeln auf dem Gesicht und der Zielstrebigkeit in jeder Bewegung wirkte alles so einfach.

Pippa drehte sich zu mir und flüsterte: »Willst du kurz hier raus?« Ich schielte von meinem Platz auf dem Bett aus unsicher zu ihrer Mom. »Sie merkt nichts, glaub es mir. Wir haben mindestens eine halbe Stunde, bis sie fertig ist.«

Ich folgte ihr achselzuckend aus unserem Wohnheimzimmer und griff nur für den Fall eines Falles nach meinen in der Tür steckenden Schlüsseln.

Für Anfang September herrschte noch strahlender Sonnenschein, und die Nähe zu meiner Heimatstadt ließ mich Wehmut ein- und Aufregung ausatmen.

»Wo kommst du her?«, fragte ich, als wir einen Bogen um einen Typen ohne Hemd machten, der aus einem ein paar Türen von unserem entfernten hohen Gebäude eine Matratze auf dem Kopf heraustrug. Pippa riss ihre geweiteten Augen von der nackten Brust des Typen los und sah mich an. »Willowmina.«

»Also ganz in der Nähe. Wo liegt das? Ungefähr drei Stunden in nördlicher Richtung?«

Sie nickte und fragte dann: »Und du?«

»Ursprünglich aus Clarelle. Bin vor ein paar Jahren nach Watson gezogen.«

»Wolltest du näher bei Clarelle sein?«

»So was in der Art.« Ich hob eine Schulter. Meine Brust füllte sich mit Seifenblasen aus Nervosität und Hoffnung . Ich schluckte sie hinunter und spürte, wie sie in meinem Magen erneut zum Leben erwachten, als wir uns einer Gruppe junger Männer auf dem Bürgersteig näherten, die einen Football hin und her warfen, sich unterhielten und lachten.

Meine Augen wurden groß, während sie verzweifelt nach dem einen Ausschau hielten, nach dessen Anblick sie sich seit zwei Jahren sehnten. Da ich merkte, dass ich die Jungs angestarrt hatte, zwinkerte ich mehrmals, als wir an ihnen vorbeischlenderten und Pfiffe und Johlen uns folgten.

Wo bist du?

»Muss eines von den Männerwohnheimen sein«, vermutete Pippa nach einem flüchtigen Blick über ihre Schulter. Dann zog sie eine Dose

Pfefferminzbonbons aus der Tasche, klappte sie auf und hielt sie mir hin. »Was für frischen Atem?«

»Danke, jetzt nicht.«

Mit einem Schulterzucken schob sie sich ein paar in den Mund. »Es ist ein bisschen schräg, ständig das Zeug zu futtern, ich weiß.« Sie steckte die Dose wieder weg. »Aber ich lege sie mir gern unter die Zunge. Ich bin süchtig nach dem Brennen.«

»Dann magst du auch Saures?«

Sie zog die Nase kraus. »Igitt, nein.«

»Oh. Okay.«

Wir liefen noch fünf Minuten, bis wir den Außenbezirk des Universitätsgeländes erreichten, überquerten die Straße und stießen auf eine Reihe von Läden. Obwohl wir nicht viel redeten und ich Pippa noch nicht wirklich kannte, fühlte ich mich in ihrer Gesellschaft wohl.

Ich wusste nicht, was ich, Tage, bevor die Vorlesungen begannen, erwartet hatte. Vielleicht überall Massen von Studenten. Viele waren schon da, doch bei Gray Springs handelte es sich im Vergleich zu den meisten anderen um eine relativ kleine Uni, in deren Mittelpunkt das Footballteam, die Tomahawks, stand. Ich nahm an, dass die meisten Leute noch früher angekommen waren als wir.

Pippa blieb vor einer Eisdiele mit einem Schild im Fenster stehen, das verkündete, dass eine Aushilfe gesucht wurde. »Hast du was dagegen, wenn ich kurz reinspringe und mir ein Bewerbungsformular hole?«

Der Wind löste ein paar Haarsträhnen aus meinem Knoten; sie kitzelten mich an Lippen und Wangen, bevor ich sie zurückstrich. Ich blickte durch das Glasfenster. »Ganz und gar nicht. Ich warte da drüben.«

Ich setzte mich auf ein Sandsteinmäuerchen, das ein Gartenbeet umgab, und beobachtete Pippa durch die Fenster, als sie auf eine bonbonrosa Theke zuging und mit einem Mann sprach, der einen niedlichen altmodischen Hut trug.

Die Sonne veränderte ihre Farbe, als der Nachmittag in den frühen Abend überging. Ich krallte die Hände in den Rock meines Kleides, weil es mich in den Fingern juckte, das über die großen Backsteingebäude tanzende goldorangefarbene Licht auf meinem Zeichenblock festzuhalten. Die satten Grünflächen der Gärten waren mit Blumen in fast allen Farben übersät. Ich machte mir eine geistige Notiz, das zu tun, bevor die Kurse begannen und der Herbst den Campus dieser bunten Vielfalt beraubte, um dem Winter den Weg zu bereiten.

Ein kicherndes Mädchen kam vorbei und zog seinen Freund hinter sich her. Mit einem Stechen in der Brust holte ich tief Atem und stieß ihn langsam wieder aus.

Was, wenn er nach all dieser Zeit beschlossen hatte, doch nicht herzukommen?

Es kam mir inzwischen wie ein Schuss ins Blaue vor, einfach hier aufzutauchen. Als wäre es uns seit jeher vorbestimmt, dass wir uns wiedertrafen und unseren Weg in die Zukunft fortsetzten. Gemeinsam.

Ich war ein bisschen naiv – immer gewesen – und von albernen Vorstellungen und entschieden zu viel Vertrauen erfüllt. Aber es ging um Quinn. Wenn es jemanden gab, dem ich mein Vertrauen schenken und bei dem ich mein Herz so lange zurücklassen konnte, dann war er es.

Immer nur er.

»Sorry.« Pippa trat wieder ins Freie. »Aber er hat gesagt, er könnte mir wahrscheinlich einen Teilzeitjob geben. Ich muss nur meinen Stundenplan noch einmal checken.«

Ich stand da und lächelte dieses Mädchen an, das noch keine Freundin, aber auch keine völlig Fremde mehr war. »Na, das ist ja gut gelaufen. Wer mag schon kein Eis?«

»Oder?« Sie klatschte in die Hände und zerriss dabei fast ihren Bewerbungsbogen. »Ups, Scheiße.«

Ich wandte mich lachend wieder zum Campus. »Deine halbe Stunde ist vermutlich beinahe um.«

»Oh, richtig.«

Wir gingen zum Wohnheim zurück, wo Pippa ihrer Mutter von dem Job in der Eisdiele berichtete, die dann darauf bestand, mit uns beiden essen zu gehen, bevor sie wieder fuhr.

»Ich lieber nicht, danke«, wehrte ich ab. »Ich habe zum Lunch zu viel gegessen.« Das stimmte, und ich wollte bei der wenigen Zeit, die Pippa vielleicht für Monate noch mit ihrer Mom verbringen konnte, nicht stören. Außerdem wusste ich, dass ich mich fehl am Platz fühlen würde, weil ich sie noch nicht gut kannte und all das. Ich brauchte auch Zeit, um alles einsinken zu lassen – die neue Umgebung, meine Gefühle und das Herzrasen, das sich immer dann einstellte, wenn ich zu weit in die Zukunft dachte. Es gab nichts, was ich tun konnte. Wenn ich ihn nicht beim Immatrikulationsamt ausschnüffeln wollte, falls mir das überhaupt gestattet war, würde ich mich einfach in Geduld üben müssen. Dazu kam, dass mich mein sentimentales Herz zu dem Schluss verleitete, es wäre viel romantischer, wenn wir uns zufällig wiederbegegneten.

Falls man es als bloßen Zufall betrachten konnte, dasselbe College zu besuchen, so, wie wir es immer geplant hatten.

Ich griff nach meinem Skizzenblock, zog den fadenscheinigen weißen Vorhang vor dem Fenster neben meinem Bett zurück, blickte hinaus und zeichnete, während das Licht am Himmel verblasste und die Straßenlampen gelbe Pfützen auf den Bürgersteig warfen.

Nachdem ich mich in die Dusche gewagt und erleichtert festgestellt hatte, dass es dort durchaus Privatsphäre gab, auch wenn ein seltsames Gefühl blieb, lag ich wieder auf dem Bett, als Pippa zurückkam.

»Jesus. Ich dachte schon, sie würde nie nach Hause fahren.« Sie schleuderte ihre Ballerinas von sich und schloss die Tür hinter sich.

Ich setzte mich auf, klappte meinen Block zu und schaltete die Musik auf meinem Handy aus. »Hat sie versucht, dich wieder mit zurückzunehmen?«

Sie lachte, warf sich mit dem Gesicht nach unten auf ihr frisch gemachtes Bett und stützte sich auf einen Ellbogen, um mich anzusehen. »Viel hätte nicht gefehlt.« Nach ein paar Sekunden wurde ihr Lächeln traurig. »Macht mich das zu einem Weichei? Wenn ich sie jetzt schon ...«

»Vermisse?« Ich schüttelte den Kopf. »Nein, es macht dich zu einer Tochter, die ihre Mom liebt.«

Sie starrte mich einen Moment an. »Wir werden Freundinnen werden, du und ich.«

»Yeah?« Ich zog die Beine unter mich.

»Yep.« Sie verschluckte das p. »Ich dachte, ich würde bei einer fürchterlichen Mitbewohnerin landen, weißt du, so einer, von denen man so hört oder die man in Filmen sieht.«

»Ich auch«, gab ich zu.

»Uns bleibt ja noch Zeit.« Sie hob eine schmale braune Braue.

Ich nickte lachend. »Ich bin keine Ordentlichkeitsfanatikerin. Ich halte alles sauber, aber ich mag ein bisschen Durcheinander.«

Pippa rümpfte die Nase. »Ugh, nein.«

»Man hat mir auch gesagt, ich würde schnarchen, wenn ich die Nacht zuvor nicht genug geschlafen habe.«

Sie grinste. »Das dämpfe ich mit einem Kissen.«

»Du könntest mich umbringen.«

Sie drehte sich auf den Rücken. »Nicht, wenn ich es richtig mache.«

Wir lachten beide, und ich ließ mich wieder nach hinten sinken und starrte die Rauputzdecke an.

»Manchmal rede ich im Schlaf«, sagte Pippa eine Minute später.

»Ich schlafe tief und fest.«

»Ich bin ein Ordnungsfanatiker. Wahrscheinlich räume ich deinen Kram weg, und du fragst dich, wo er abgeblieben ist.«

»Das könnte ein Problem werden, je nachdem, um was es sich handelt.«

Sie summte. »Ich löse auch gerne Kreuzworträtsel und Silbenrätsel mit dem Bleistift. Ich werde jeden Bleistift klauen, den ich herumliegen sehe.«

Jetzt schnappte ich nach Luft. »Oh, sicher nicht.« Ich zog meine Nachttischschublade auf, in der die Bleistifte und Pinsel umherrollten. »Die hier kosten ein Vermögen. Pfoten weg, Lady.«

Kichernd erkundigte sie sich: »Kunst als Hauptfach?«

»Wie bist du da nur drauf gekommen?«, fragte ich trocken, schloss die Schublade und legte mich wieder hin.

»Abgesehen von den Stiften und Pinseln hast du so eine Ausstrahlung.«

Ausstrahlung? »Kannst du in Menschen hineinschauen oder so?«

»Meine Großmutter hat sich gerne mit Zukunftsvorhersagen und was weiß ich noch beschäftigt. Sie war ein bisschen verschroben.« Sie zupfte an ihrer Nagelhaut herum. »Sie sagte, man kann viel über einen Menschen erfahren, wenn man ihn genau beobachtet. Seine Haltung, seine Gesten, die Art, wie er auftritt. Solches Zeug eben.«

»Interessant.«

»Lieblingsfilm?«, fragte sie.

»*Der König der Löwen*. Und deiner?«

»Oh, Simba ist knallhart. Meiner? Ähmm, *Anchorman*.«

»Gute Wahl. Und jetzt verrat mir, wie du gerade auf Gray Springs gekommen bist.«

»Von dem Teilstipendium mal abgesehen?« Sie zögerte. »Würdest du mir glauben, wenn ich sage, es hat sich einfach richtig angefühlt? Ich habe die Broschüren und Bilder gesehen und es gespürt. Dass ich hierher gehen muss.«

»Das glaube ich dir.«

Eine Minute lang breitete sich Schweigen in dem kleinen Zimmer aus. »Keine Freunde, neue Leute. Eigentlich verrückt.«

»Total verrückt«, bestätigte ich. Mein Pulsschlag beschleunigte sich. »Kennst du hier auch niemanden?«

Ich rollte mich auf die Seite und überlegte, wie viel ich meiner neuen Freundin anvertrauen sollte. Dann beschloss ich, mit der Wahrheit herauszurücken, um festzustellen, wie sie sich anfühlte und klang. Ich fragte mich, ob andere mich auch für verrückt halten würden. »Vielleicht kenne ich jemanden. Einen Typen.«

Sie wälzte sich herum, um mich anzusehen. Ihre grünen Augen leuchteten interessiert auf. »Weiter ...«

»Er, na ja, er ist mein bester Freund. War, ist, ich weiß es nicht.

Wir sind zusammen aufgewachsen, die klassische Geschichte von einer Kinderfreundschaft, aus der die erste Liebe wird. Wir haben verabredet, nach der Highschool hierherzukommen.«

»Dann bist du weggezogen.«

»Dann bin ich weggezogen.« Ich ließ das flaue Gefühl in meinem Magen einen Moment lang flattern, dann seufzte ich tief. »Seitdem habe ich ihn nicht mehr wiedergesehen. Alles blieb irgendwie unvollendet, aber ich kam einfach nicht damit klar.«

Pippa rückte das blaue Kissen unter ihrer Wange zurecht. »Womit nicht?«

»Mit dieser Fernbeziehungssache. Es hat mich fertiggemacht. Es war, als ob ...« Sie wartete, während ich nach Worten suchte, um das Gefühl treffend zu beschreiben. »Als ob die Distanz zwischen uns jedes Mal, wenn wir telefonierten, greifbarer wurde und wir uns immer mehr voneinander entfernten. Irgendwann nahmen mir meine Eltern mein Telefon weg, und als ich es zurückbekam und es einschaltete, stellte ich fest, dass er kaum versucht hatte, sich mit mir in Verbindung zu setzen.«

Sie zuckte zusammen. »Autsch, das ist ziemlich heftig. Was hast du gemacht?«

»Ich bin wütend geworden. Ich wollte nicht, dass das mit uns zu Ende geht, einfach so, wegen mangelnden Interesses und räumlicher Entfernung. Ich habe meine Nummer geändert und beschlossen, es ihm, wenn er mich schon so leicht vergisst, umso schwerer zu machen, mich zu finden, wenn ihm schließlich doch noch der Sinn danach steht. Allerdings hat es nicht lange gedauert, bis ich das bereut habe.« Pippas cremeweißes Gesicht drückte Mitgefühl aus, das ich aufsog und schluckte, als ich mich an diese dunklen Tage erinnerte. »Es hat mich verändert. Ich war ... ich versinke nicht leicht in Kummer oder bin am Boden zerstört. Dazu bin ich nicht der Typ. Aber ich wusste nicht, was mit mir passiert. Also habe ich mich mit meinen Eltern und meiner Freundin Alexis, zu der ich noch Kontakt hatte, zu Hause besprochen und mich danach komplett zurückgezogen.«

»Und da glaubst du, er hat an dem Entschluss festgehalten, hier das College zu besuchen?«

Das war der Teil, der mir Angst einjagte. Was, wenn er das nicht tat? *Dann lässt er es eben bleiben.* Ich würde ein für alle Mal darüber hinwegkommen müssen. Nur konnte ich es trotz allem nicht glauben. »Wir haben es uns versprochen. Und ich habe mir versprochen, dass alles okay wäre, wenn ich mich am Riemen reißen, meine Ängste überwinden und das Mädchen bleiben würde, von dem er mal gesagt hat, er würde es lieben.« Ich lachte humorlos auf. »Klingt so kitschig und blöd, was? Wer tut schon so was?«

Stimmen drangen aus dem Flur zu uns, Türen wurden geknallt, während wir beide einen Moment lang unseren Gedanken der Unsicherheit nachhingen. Neues Leben, neuer Anfang und eine Chance schwinden Funken neues Leben.

»Ein mutiges Mädchen, das sein Herz an jemanden verschenkt hat, von dem es geglaubt hat, er wäre es wert. So jemand tut so etwas«, erwiderte Pippa schließlich.

Eine Träne schlängelte sich an meiner Wange hinunter, als ich sie anlächelte und ihre Worte von vorhin wiederholte. »Wir werden Freundinnen werden, du und ich.«

Drei

Daisy, neun Jahre alt

»Du tust gut daran, vor Einbruch der Dunkelheit zurück zu sein, Missy, oder ich muss dich das ganze Wochenende im Haus behalten, hörst du?«, schimpfte meine Mama von der Veranda unseres kleinen Cottage, das inmitten von Wildblumen, längst vergessenen Gärten und Kornfeldern stand.

»Werde ich!« Ich hüpfte die Stufen hinunter, sprang auf mein Fahrrad und folgte dem staubigen Feldweg ein paar Minuten lang, bis ich den Eingang zum Grundstück der Burnells erreichte.

Rein technisch betrachtet waren sie unsere Nachbarn, obwohl ich zu Fuß zehn Minuten brauchen würde, um zu ihnen zu gelangen. Ihre Farm war groß, denn Quinns Daddy war ein Milchfarmer, und auf ihren Feldern gab es Vieh und Heuballen, so weit das Auge reichte.

Ich winkte Quinns Mom zu, die mit ihrem Buch und einer Tasse Tee auf der Veranda saß, und fuhr um die Ecke des Hauses herum, bis ich zu der Leiter kam.

Quinn hatte sie vor mehr als einem Jahr dort aufgestellt, um es mir leichter zu machen, zu kommen und zu gehen, wie es mir beliebte.

Sein Dad war nicht begeistert und sagte zu ihm, ich sollte einfach die Vordertür benutzen. Aber dann warf seine Mom ihm einen Blick zu, der bewirkte, dass er sie sogar an Quinns Fenster befestigte, damit die Gefahr eines Sturzes für mich geringer wurde.

Ich stellte die Füße auf die Sprossen, kletterte hoch und hielt inne, als mein Kopf den oberen Rand erreichte. Sein Fenster stand einen Spaltbreit offen, gerade so weit, dass ich ihn leise etwas von wiederholten Aufprallgeräuschen Begleitetes summen hören konnte.

Ich reckte mich, spähte in sein Zimmer und sah ihn auf dem Bett liegen und seinen Football über seinen Kopf fliegen, bevor er wieder in seiner Hand landete. Wieder und wieder.

Ich stieß das Fenster ganz auf. »Buh!«

»Wusste, dass du da bist«, nuschelte er, ohne den Kopf zu drehen.

Ich ließ mich auf den Teppich in seinem Zimmer fallen, legte den Kopf schief und beobachtete ihn, bevor ich aufstand und mich auf sein Bett setzte. »Warum so trübe, Rübe?«

Dann nahm ich ihm den Ball ab und musterte ihn stirnrunzelnd, ehe ich ihn warf. Es gelang mir nicht, ihn wieder aufzufangen.

»Glitschige Finger.« Er kicherte und rollte sich auf die Seite, um ihn vom Boden neben seinem Bett aufzuheben. »Und ich habe keine schlechte Laune oder so. Bin nur müde.«

Ich rutschte näher an ihn heran, bis ich mit dem Rücken gegen die Wand stieß und meine Beine seitlich über seinen Schienbeinen lagen. »Training?«

Er nickte und heftete seine haselnussbraunen Augen auf mich. »Ich weiß noch nicht einmal, ob ich es dieses Jahr ins Team schaffe.«

Mit einem spöttischen Lächeln pikte ich ihn so fest in die Brust, dass er lächelte. »Du schaffst das, Q-tip, das weißt du. Warte nur, du wirst gedraftet, sobald du nach Gray Springs kommst.«

Er summte wieder. »Lieber nicht, du hast mir doch versprochen mitzukommen. Also werde ich genug damit zu tun haben, auf dich zu warten.«

Das Herz schlug mir bis zum Hals, als ich das vertraute Versprechen hörte, das wir uns vor einigen Jahren gegeben hatten, als wir kaum wussten, was das College überhaupt war. Wenn ich ehrlich war, verstand ich es immer noch nicht richtig. Ich wusste nur, dass ich genau dorthin gehen musste. »Das solltest du auch.«

»Du weißt, dass ich das tun werde.« Er griff nach meiner Hand, zog sie näher zu sich heran und betrachtete sie. »Hast du heute im Matheunterricht wieder gezeichnet?«

Verwirrt blickte ich auf meine Hand. Er strich mit dem Finger sanft über die Kohleflecken auf meiner Handfläche. »Lass das«, kicherte ich. Mein Gesicht rötete sich bei dem prickelnden Gefühl, das seine Berührung in meinem Magen auslöste.

Er runzelte die Stirn, als ich die Hand wegzog, gab sie aber widerstandslos frei. »Was hast du denn gezeichnet?«

Dich. Aber das sagte ich nicht. Ich hatte im Lauf der Jahre vieles gezeichnet, aber er ging mir immer am leichtesten von der Hand. Mama pflegte mich damit aufzuziehen, dass es immer einfach wäre, etwas zu erschaffen, wenn das Herz beteiligt war.

»Frederick«, log ich, dabei wich ich seinem Blick aus.

»Quinn! Daisy!«, rief seine Mom. »Alexis ist da!«

Ich lächelte, als Quinn finster das Gesicht verzog. Ich wusste, dass er heute nicht in der Stimmung für Gesellschaft war, aber damit kam er bei mir nicht durch. Außerdem verbrachten wir so viel Zeit miteinander, dass unsere Eltern schon witzelten, wir würden im Haus des jeweils anderen zu einem Teil des Mobiliars werden. Deswegen glaubte ich nicht, dass ich wirklich als Besuch zählte.

Alexis stieß die Tür auf. Ihre dunkelbraunen Haare waren zu einem festen Knoten geschlungen, und ihre blauen Augen glitzerten, als sie lächelte. »Hey.« Sie schloss die Tür, setzte sich auf den Boden und zog ihre Hausarbeiten hervor.

Wir sprachen nicht darüber, aber wir wussten, dass die Familie Brooks einen Ruf hatte. Alexis´ Mom arbeitete in der Bar der Stadt, und ihr Dad saß zu Hause herum und vertrank das sauer verdiente Geld ihrer Mom.

Trotzdem war Alexis in der Schule allgemein beliebt; sie war zu hübsch, um es nicht zu sein. Manchmal hatte ich den Eindruck, dass sie mit uns herumhing, weil wir über ihre häusliche Situation Bescheid wussten und uns dennoch kein Urteil anmaßten. Nein, stattdessen schickten unsere Moms sie mit Snacks und einem vollen Bauch nach Hause, wenn sie sich rechtzeitig zum Essen einfand.

Ihre Zunge konnte manchmal ein bisschen scharf sein, aber sie war meine Freundin und trat immer für mich ein, wenn jemand versuchte, mir Ärger zu machen, und Quinn nicht in der Nähe war.

Ich schob meine Brille höher auf meine Nase und fragte: »Mathe?«

Alexis stöhnte. »Ja. Ich schwöre, dass sie uns diesen Mist schon voriges Jahr beigebracht haben.«

»Höchstwahrscheinlich«, meinte Quinn und warf seinen Football erneut in die Luft.

Ich beugte mich über ihn zu seinem Nachttisch hinüber, zog die Schublade auf und nahm den Zeichenblock, den ich dort aufbewahrte, nebst Bleistift heraus. Wenn sie langweilig werden wollten, würde ich eben zeichnen.

Meine Mom sagte immer, dass ich jede verfügbare Fläche bemalt hatte, sowie ich einen Wachsmalstift halten konnte. Meine Eltern schrieben es dem Umstand zu, dass ich mich leicht langweilte. Ich stimmte ihnen da in gewisser Hinsicht zu, aber eigentlich saß ich nur nicht gerne untätig herum. Ich hatte nie gern gelesen oder übermäßig viel ferngesehen, also wurden Zeichnen und Malen zu meinem Hobby.

»Wo hast du das Bild hingetan, das du letzte Woche für mich gemacht hast?«, fragte Alexis eine Weile später.

Ich blickte von den verwischten Linien des Footballs auf, den ich gezeichnet hatte, und zwinkerte. »Was?«

Alexis streckte die Beine aus und setzte sich dann wieder in den Schneidersitz. »Du weißt schon, das, das du von mir gemalt hast.«

»Oh.« Ich erinnerte mich vage daran, es in der Pause in eines ihrer Bücher gelegt zu haben, und sagte ihr das.

Ihre blauen Augen schienen sich vor Kummer zu umwölken, ihre Brust hob sich mit einem leisen Seufzer.

»Was ist?«, fragte ich, spähte zu Quinn hinüber und sah, dass er tief und fest schlief. Hmm, er musste wirklich müde gewesen sein.

»Nichts.« Sie griff nach ihrem Papierbogen und überprüfte ihre fertigen Antworten. Alexis war intelligent, aber sie musste sich anstrengen; ihr flog nicht alles einfach so zu. Sie nahm die Schule so ernst, dass Quinn ihr einmal gesagt hatte, es wäre nur die Grundschule, und sie sollte es vielleicht lockerer angehen lassen, solange sie das noch konnte.

Sie hatte ihn nur mit einem harten Blick gemustert und geantwortet, sie täte gut daran, sich jetzt schon auf die Highschool vorzubereiten, wenn sie nicht komplett dämlich wäre.

Das brachte ihn zum Schweigen.

Aber ich konnte nicht lockerlassen. Irgendetwas an dem melancholischen Ausdruck, der über ihr Gesicht huschte, löste in mir den Wunsch aus, den Grund dafür herauszufinden. Ich kletterte vom Bett und setzte mich neben sie auf den Boden. Quinns Schnarchen erfüllte den Raum.

Dann nahm ich ihre Hand und drückte sie leicht. Sie betrachtete die Flecken auf meinen Händen, zog ihre aber nicht weg. »Erzähl es mir.«

Sie zog die Lippen zwischen die Zähne, sah mir in die Augen und erwiderte ruhig: »Mein Dad hat letzte Woche seinen Bourbon über mein Englischbuch verschüttet.« Ich runzelte die Stirn, weil ich mich an ihrer Stelle ärgerte, und sie fuhr fort: »Du sagtest, du hättest das Bild in eines meiner Bücher getan.«

»Oh«, schnaubte ich und zuckte dann entschuldigend zusammen. »Scheiße.«

»Yeah, es war total durchweicht. Mir blieb nichts anderes übrig, als es in den Müll zu werfen.«

»Ich male dir ein Neues.« Ich nickte eifrig; war bereit, alles zu tun, um die Enttäuschung auszulöschen, die in bitteren Wellen von ihr ausging.

Ihre Augen wurden feucht. »Das ... das würdest du tun?«

Ich gab ihre Hand frei und schob meine Brille wieder auf meinen Nasenrücken hoch. »Mist, ich muss die reparieren lassen.«

Alexis kicherte. »Wenn du das tun willst, darfst du aber nicht vergessen, vorher deine Mom zu fragen.«

Ich zuckte mit den Achseln. »Stimmt.«

Sie streckte lächelnd die Hand aus, um mein neues rotes Brillengestell zurechtzurücken. »Mir gefällt diese Brille. Damit siehst du so …«

»Clever aus?« Ich wackelte mit den Brauen. »Über meine Jahre hinaus reif und weise?« Dann ließ ich die Schultern hängen und murmelte: »Oder einfach nur bescheuert.«

Ich hatte seit Jahren immer rote Brillengestelle bekommen. Zwar wusste ich, dass ich irgendwann einmal damit Schluss machen sollte, weil ich kein kleines Kind mehr war, aber jetzt brachte ich das noch nicht fertig.

»Bescheuert? Niemals.« Auf ihr weiches Lächeln folgte ein Zwinkern. »Aber ja, sie lässt dich schon clever wirken.«

Ich grinste, fing vor Lachen an zu prusten und blickte dann rasch zum Bett hinüber, um mich zu vergewissern, dass ich Quinn nicht geweckt hatte. »Ich bringe dir morgen ein neues Bild mit, okay?«

Alexis starrte mich nur an, aber nach einem Moment legte sie mir die Arme um die Schultern. Wir plumpsten auf den Boden und kicherten, bis wir hörten, wie Amy, Quinns Mom, uns zum Dinner rief.

Wir standen beide auf, und ich sah Quinn an. »Sollen wir ihn wecken?«

Alexis schaute ebenfalls zu ihm hinüber, dann mit einem Feixen zu mir und schlang einen Arm um meine Schultern. »Nö.«

Vier

Daisy, Gegenwart

Die Tage verstrichen, die Kurse und Vorlesungen begannen, und mein Kopf schwamm in haiverseuchten Gewässern, während ich versuchte, an der Oberfläche zu bleiben und mich vor rasiermesserscharfen Zähnen zu hüten.

»Scheiße auf dem Scheunendach«, zischte Pippa eines Abends in dem hiesigen Lokal. »Ich bin hundemüde. Ich fühle mich, als würden meine Augen gleich aus ihren Höhlen fallen, und mein Sparkonto liegt in den letzten Zügen. Ich werde verhungern. An Schlafmangel und Hunger sterben, das sage ich dir.«

Ihre grünen Augen waren groß und von gespielter Angst erfüllt. Ich grinste, hob ein Stück Käsepizza zum Mund und sog den Duft ein. »Das wird schon. Man muss sich nur daran gewöhnen, schätze ich.«

»Schön, aber wann? Es ist alles so anders, als ich es mir vorgestellt habe.«

»Stadtpläne. Ich habe dir gesagt, die Antworten, die du oft zu suchen vergisst, sind in Stadtplänen zu finden.«

Sie knurrte mit dem Strohhalm ihres Sodawassers im Mund. »Du und deine verdammten Stadtpläne. Ich habe keine Angst, mich hier nicht zurechtzufinden.« Sie kaute ihre Pizza und schluckte. »Mir liegen die drei Essays im Magen, die ich schreiben muss.«

»Du hast doch noch Zeit.«

»Für zwei davon schon. Eines ist in ein paar Tagen fällig ... wie zum Teufel soll ich das schaffen?«

Ich verkniff mir die Bemerkung, dass sie es an den letzten beiden Abenden hätte schreiben können, statt sich Wiederholungen von *Gilmore Girls* anzuschauen, weil ich hier selbst im Glashaus saß. Ich musste ebenfalls in einer Woche eine Hausarbeit fertig haben und hatte mich noch nicht darangesetzt. Im Moment versuchte ich noch, mich an die neue Normalität und die wachsende Erkenntnis zu gewöhnen, dass ich mein Herz vielleicht nie zurückbekam.

Ich hatte Quinn noch nicht gesehen. Obwohl er schon im zweiten Jahr, also ein Sophomore war, hatte ich wohl insgeheim damit gerechnet. Der Campus war nicht groß, also war es vielleicht an der Zeit, mir einzugestehen, dass mein idiotischer Plan genau das gewesen war. Ein aus Verzweiflung und einem Haufen unreifer Träume heraus geborener Wunsch einer Idiotin.

Ich machte mir nur Sorgen, was mit mir passieren würde, nachdem ich mich so lange an diesen Traum geklammert hatte. Nein, ich machte mir keine Sorgen. Ich hatte eine Heidenangst davor.

Ich wischte mir die Hände an einer Serviette ab und trank einen großen Schluck Wasser, dabei beobachtete ich eine Gruppe von Mädchen in der Sitzecke gegenüber von unserer, die lachten und sich lautstark über eine Party unterhielten, zu der sie an diesem Wochenende gingen.

»Denen ist alles scheißegal.« Pippa schob seufzend ihren Teller weg. »Vielleicht packen wir die ganze Sache falsch an.«

»Ach ja? Und wie kommst du darauf?«

Sie saugte ihre vollen Lippen in ihren Mund, während sie nachdachte. »Weil ... alle anderen scheinen entweder total gestresst zu sein oder sich eine tolle Zeit zu machen.«

Dem konnte ich nur zustimmen. »Du willst zu einer Party gehen?« Ich wusste nicht, ob ich den Mumm hatte, mich jetzt schon bei einer blicken zu lassen. Ich war nicht unbedingt schüchtern, aber Partys interessierten mich nicht wirklich.

»Vielleicht.« Sie hob die Schultern. »Wenn ich wenigstens zwei dieser Referate fertig habe, können wir das Thema noch einmal aufgreifen.«

Ich lachte. »Bei dir klingt das, als wären wir ein verknöchertes altes Ehepaar, das eine Urlaubsreise besprechen muss.«

Ihre grünen Augen funkelten vor Heiterkeit. »Halt die Klappe. Ich bin kein unschuldiges kleines Mädchen, ich hatte …« Sie rutschte auf ihrem Sitz herum. »Freunde, und, äh, na ja …«

»Na ja?« Ich hob eine Braue.

Sie warf ihre Serviette nach mir, und ich duckte mich gerade noch rechtzeitig, bevor sie meine Wange traf. »Du weißt schon, was ich meine. Meine Mom mag ja ein bisschen verrückt sein, aber sie hat mich immer ermutigt, Liebe auszuprobieren und Erfahrungen zu sammeln, bevor ich mich fest binde.«

Das bewirkte, dass mein Kinn auf meine Faust sank und ich mich über den Tisch beugte. »Sprich bitte weiter …«

Sie grinste. »Du bist unmöglich.« Kopfschüttelnd fuhr sie fort: »Allerdings könnte das etwas damit zu tun haben, dass sie schon so jung mit meinem Dad zusammengekommen ist.«

Pippa starrte in ihre Cola und rührte mit dem Strohhalm darin herum. Ich spürte, dass dies ein etwas heikles Thema war, aber ich war neugierig, deshalb wartete ich, um zu sehen, ob sie noch mehr sagen würde.

»Er ist gegangen, als ich vierzehn war.«

Ich lehnte mich zurück und bemühte mich, nicht mitleidig das Gesicht zu verziehen, weil ich wusste, dass sie das nicht wollte. »Was ist passiert?«, fragte ich.

»Er hatte … Probleme, könnte man wohl sagen. Psychische Probleme. Meine Mom hat ihn immer unterstützt, aber es hat sie fix und fertig gemacht. Bis zu dem Punkt, wo sie sich wahrscheinlich nicht nur gefühlt hat, als würde sie auf Eierschalen gehen, sondern sogar so *ausgesehen* hat, als würde sie das ständig tun.«

»Er war depressiv?«

»Das und noch anderes. Bipolares Borderline-Syndrom, haben sie uns immer gesagt.«

Schöne Scheiße. Ich wusste nicht, was ich sagen sollte. Mir war klar, dass ich so normal aufgewachsen war, wie man es sich nur wünschen konnte. Eine echte Traumkindheit. Ich konnte die Situation nicht nachempfinden und fühlte mich deswegen schrecklich.

Ich beobachtete sie forschend – die Art, wie sie mit ihren schönen Augen in ihr Getränk starrte, aber ganz etwas anderes zu sehen schien. Dann strich sie sich eine Haarsträhne hinter das Ohr und seufzte. »Er war nie ein schlechter Dad oder so. Eher das Gegenteil. Aber die Tage, an denen er sich ganz in sich selbst zurückgezogen hat, die waren hart.«

»Warum hat er euch verlassen?«

Sie biss sich auf die Lippe, und als sie mich ansah, waren ihre Augen feucht. »Er sagte, wir wären ohne ihn besser dran.«

»Oh.« Mehr fiel mir dazu nicht ein.

»Yeah. Wir telefonieren jedenfalls immer noch manchmal miteinander. Aber er hat jetzt eine neue Freundin. Jemanden, den er vor ein paar Jahren in der Therapie kennengelernt hat.«

Es versetzte mir einen Stich ins Herz, wenn ich an Terry dachte, an ihre sprudelnde Persönlichkeit und ihr offensichtlich angeborenes Bedürfnis, sich um die zu kümmern, die sie am meisten liebte. »Wie kommt deine Mom damit klar?«

»Gar nicht, glaube ich. Sie ignoriert Felicitys bloße Existenz. Und ich kann ihr das nicht verübeln, ich mache es genauso. Es ist nur so ...« Sie stieß vernehmlich den Atem aus und ließ sich nach hinten sacken. »Er liebt meine Mom immer noch. Er hat immer gesagt, er hätte nie damit aufgehört. Selbst als sie nicht mehr mit ihm reden wollte, weil es zu viel für sie wurde. Sie meinte, er könnte nicht beides haben, uns verlassen und trotzdem versuchen, Kontakt mit uns aufzunehmen, wenn ihm danach war. Deshalb ruft er jetzt nur noch mich und meinen Bruder auf unseren Handys an.«

»Ist dein Bruder okay?« Sie hatte mir erzählt, dass sie einen hatte und dass er in der Unterstufe der Highschool war, aber darüber hinaus nicht viel mehr.

»Er wirkt jedenfalls so. Aber Drew kann seine Gefühle gut verbergen. Also weiß niemand das wirklich.«

Einen Moment herrschte Stille. »Es tut meinem Dad sehr weh. Nicht mit Mom reden zu können. Deswegen verstehe ich das nicht.«

»Das würde ich auch nicht. Vielleicht glaubt er, diese neue Frau kann mit seinen, äh, Problemen besser umgehen?«

»Ja, so sehe ich das auch. Aber das ist Quatsch. Als würde er nur jemanden verdienen, der genauso verkorkst ist wie er.« Ich griff über den Tisch hinweg nach ihrer Hand und drückte sie leicht. »Du bist an der Reihe«, sagte sie dann. »Erzähl mir alles über deine beschissene Kindheit, deine Eltern, *irgendwas*.«

»Du hast das Schlimmste schon gehört«, entgegnete ich leise.

Sie schluckte, nickte und erwiderte meinen Händedruck, bevor sie meine Hand losließ. »Glaubst du immer noch, er ist hier?«

»Ich möchte nicht zugeben, dass er das wahrscheinlich nicht ist.« Ich stand auf, begann meine Pizzareste einzusammeln und warf unseren Müll in den nächstgelegenen Abfalleimer.

»Hey.« Eine Männerstimme erschreckte mich, als ich in unserer Ecke meine Strickjacke anzog. Ich blickte auf, dann noch höher. Der Typ war groß und hatte die dunkelsten Augen, die ich je gesehen hatte, und das kombiniert mit einem umwerfenden Grinsen, einem kantigen Kiefer und einer kräftigen, muskulösen Statur. Ich stolperte nach hinten und prallte gegen Pippa.

»Uff.« Sie packte meine Arme.

»Du hast die in meine Sitzecke geschmissen.« Er hielt die zerknüllte Serviette hoch, die Pippa nach mir geworfen hatte.

»Äh …« Ich schob meine Brille auf meine Nase hoch und schielte zu Pippa, die sich mit in die Jackentaschen geschobenen Händen im Lokal umsah. Demnach war ich auf mich allein gestellt. »Sorry?« Ich lachte unbehaglich und fühlte mich unbeholfen und linkisch.

Als ich Anstalten machte, ihm die Serviette aus der Hand zu nehmen, streckte er sie aus und griff nach meiner. Die Serviette fiel auf den schwarz-weiß karierten Boden. »Callum.«

Sein Griff war fest und warm, aber er schüttelte meine Hand nicht, sondern hielt sie nur fest. »Äh … hi, Callum.« Ich zog meine Hand zurück. »Ich bin Daisy.«

Sein Grinsen blendete mich förmlich, als er die Hände in seine Jeanstaschen schob. »Ich habe dich hier noch nie gesehen. Freshman?« Ich nickte, woraufhin er fragte: »Hast du einen Freund?«

Angesichts der Unverblümtheit und Abruptheit der Frage entfuhr mir ein schnaubendes Lachen. Meine Wangen brannten. Er grinste jedoch unverändert weiter. »Es ist …« Ich wollte gerade sagen, dass es etwas kompliziert war, aber das wäre eine Lüge und nichts, was ich in irgendeiner Weise zu erklären beabsichtigte. »Nein, kein Freund.«

»Dieses Wochenende findet im Verbindungshaus in der Nähe der Pellington Ave eine Party statt. Du solltest kommen.« Mit einem Blick auf Pippa biss er sich auf die Lippe, bevor er mich wieder ansah. »Bring deine Freundin mit.«

»Welsh. Komm in die Gänge.«

Ich schielte hinter ihn, wo drei Typen und ein Mädchen das Lokal verließen.

Er winkte mir zu, trat einen Schritt zurück, machte dann auf dem Absatz kehrt und verschwand nach draußen.

»Heilige Scheiße, war der heiß«, flüsterte Pippa.

Ich hob die Serviette auf, warf sie in den Müll und legte etwas Geld neben das von Pippa auf den Tisch. »Er ist … groß.«

Sie lachte, nahm mich am Arm und zog mich zur Tür. »Du bist so schräg drauf. Er war verboten sexy und scharf auf dich. Vielleicht sollten wir zu dieser Party gehen.«

»Ich weiß nicht, ob ich für … ähm … so was bereit bin«, murmelte ich, als wir ins Freie traten.

Blätter tanzten um unsere Füße, während wir den Bürgersteig hinunter auf den Campus zuschlenderten. Der Schein der Straßenlampen erleuchtete die dunklen Straßen.

»Nun, wenn du so weit bist, dann wette ich, dass er immer noch scharf auf dich ist, wenn ich den Ausdruck dieser fantastischen Augen richtig gedeutet habe. Gott, so intensiv. So dunkel und doch so sexy.«

»Klappe.« Ich stieß sie lachend in die Rippen. »Warum gehst du nicht hin?« Du schmachtest nicht irgendeinem Typen hinterher, den es vielleicht gar nicht mehr gibt.« Ich hielt inne. »Warte. Oder doch?«

Sie verdrehte die Augen, als ich sie ansah. »Nein. Aber ... tja, ich kann es nicht beschreiben, ohne dass es blöd klingt.«

Ich lachte schallend. »Versuch es doch mal.«

»Ich weiß nicht. Ich habe da so ein Bauchgefühl, verstehst du. Ich bin es leid, Zeit an Jungs zu verschwenden, die mir nichts bedeuten.«

»Du willst den Mann fürs Leben? Jetzt schon?«

»Das sagst ausgerechnet du«, versetzte sie, und ja, da war ein Argument. »Nö, aber ich bin durchaus bereit, eine Weile auf etwas zu warten, das wirklich zählt. Wer weiß, vielleicht ist mein Mann fürs Leben ja hier.«

Ich stöhnte gespielt gequält und brummte dann: »Super, also verzehren wir uns beide nach mysteriösen Geschöpfen. Lass uns uns einfach eine Horde Katzen zulegen, und das war´s.«

»Ich bin allergisch.«

Ich blieb stehen und funkelte sie an. »Wir können keine Freundinnen mehr sein.«

Wir lachten beide immer noch, als jemand rief: »Daisy?«

Beim Klang der Stimme begann mein Herz sofort zu rasen. »Alexis?«

Ich fuhr herum, und da war sie, lehnte an der Front der Eisdiele, wo Pippa gerade zu arbeiten angefangen hatte.

Ich dachte, mein Lächeln würde mein Gesicht zerreißen, als ich auf sie zustürmte, die Arme um sie schlang und sie fest umarmte. »Heilige Scheiße«, keuchte sie, trat zurück und fasste mich an den Armen. »Du bist hier.«

»Du bist auch hier«, gab ich kopfschüttelnd zurück. »Was? Wie? Ich dachte, du wolltest nach New York?«

Sie wandte den Blick ab. Ihr dunkles Haar fiel ihr ins Gesicht, bevor sie es zurückstrich. »Manche Dinge ändern sich, schätze ich. Ich hätte nie gedacht ...« Sie brach ab und fuhr sich mit der Hand über den Mund.

»Das ist einfach ... wow.« Ich spürte, dass Pippa neben mir stehen blieb. »Unglaublich. Oh, das ist Pippa, meine Mitbewohnerin. Pippa, das ist die Freundin von zu Hause, von der ich dir erzählt habe. Alexis.«

Pippa winkte, und Alexis bedachte sie mit einem schwachen Lächeln.

Ich war so in meiner Aufregung gefangen, dass es mir erst jetzt in den Sinn kam, sie zu fragen. »Oh, du musst das ja wissen! Ist Quinn hier?«

Alexis drehte sich just in dem Moment zu der Eisdiele um, in dem die Tür geöffnet wurde und der soeben Genannte höchstpersönlich herauskam. Er hielt den Blick auf die Eisbecher in seiner Hand gerichtet. Mein Mund wurde trocken, meine Augen feucht.

»Hier.« Er reichte Alexis einen kleinen Becher. »Cookie Dough hatten sie nicht mehr.«

Er sah so anders aus. In keiner Hinsicht mehr ein Junge, sondern jetzt ein Mann und verdammt hochgewachsen und breit gebaut. Muskeln spielten unter seinem braunen Henley-Shirt, und seine Jeans schmiegten sich um seine Hüften. Sein blondes Haar war zerzaust und stand ihm in allen Richtungen vom Kopf ab.

Er war alles, woran ich mich erinnerte, und so viel mehr.

Mein Herz schlug mir im Einklang mit meinem rasenden Puls bis zum Hals, als Schmetterlinge in meinem Magen zu tanzen begannen. Ich trat einen Schritt zurück, um ihm voll ins Gesicht sehen zu können, während er näher herankam.

Näher an Alexis.

Sie beugte den Kopf zu ihm, und er küsste sie flüchtig auf die Schläfe.

Endlich blickte er auf, unsere Augen trafen sich, und die Pizza, die ich gerade gegessen hatte, begann den Rückweg anzutreten, als mein Kopf endlich die schmerzhaften Puzzleteile zusammenfügte.

Seine haselnussbraunen Augen weiteten sich, und mein Name kam wie ein rasselnder Atemzug über diese verräterischen Lippen. »Daisy?«

Fünf

Quinn, fünfzehn Jahre alt

Die Musik folgte mir, als ich vom Haus zur Scheune trottete.

Ich mochte das ganze Gewese, die Umarmungen und die vielen lächelnden Augen nicht, die auf mich gerichtet waren; ich wollte all dem eine Weile entkommen. Mom würde schimpfen, weil ich so lange wegblieb.

Grob unhöflich, nannte sie es. Und vermutlich hatte sie recht, also würde ich bald zurückgehen müssen.

Ich setzte mich auf einen Heuballen, zog mein Telefon aus der Tasche und nahm mein *Angry Birds*-Spiel wieder auf.

»Quinn.« Beim Klang der Stimme meines Vaters fuhr mein Kopf hoch, und ich steckte das Telefon weg. Er bedachte mich mit einem wissenden Lächeln und lehnte sich gegen die Holztür. »Du warst noch nie gern das Geburtstagskind.«

»Ist das so offensichtlich?«

Er steckte sich einen Heuhalm in den Mund und nickte. »Ungefähr so offensichtlich wie der Umstand, dass deine Mom mir gesagt hat, sie hätte Geflügelpastete gemacht.«

Das Lieblingsessen meines Dad. Sie setzte es immer ein, um zu bekommen, was sie wollte.

Ich schüttelte leise kichernd den Kopf, weil mir ein paar Haarsträhnen ins Gesicht gefallen waren. »Sie weiß, dass ich mich verdrückt habe?«

»Nein, noch nicht.« Ich nickte, er blickte über seine Schulter, und ein langsames Lächeln kroch über sein Gesicht. Dann sah er mich wieder an. »Dein Geheimnis ist noch eine Weile sicher. Aber bleib nicht zu lange.« Er stieß sich von der Tür ab, trat zu mir, um mir auf die Schulter zu klopfen, ging dann davon und raunte Daisy, die gerade um die Scheunentür herumkam, etwas zu.

Selbst obwohl ich sie, seit ich mich erinnern konnte, jeden Tag sah, wirkte ihr Anblick auf mich wie ein Tritt in die Magengrube. Blondes, wildes, ungebändigtes Haar. Eine lila Brille und hellbraune Augen, die wie Schwämme alles um sie herum aufsaugten und für später speicherten, wenn sie einen Pinsel oder einen Stift in der Hand hielt.

»Hey, Geburtstagskind.« Sie lächelte schüchtern und sprang hoch, um sich neben mich auf den Heuballen zu setzen. »Hast du den ganzen Trubel schon satt?«

Ich blinzelte, riss den Blick von ihren langen, gebräunten Beinen los und räusperte mich. »Yeah. Was hat mein Dad zu dir gesagt?«

»Nur Hallo.« Sie streckte die Füße aus und schlug die Knöchel übereinander. Meine Augen klebten an den Zeichnungen auf ihren weißen Chucks, um sie daran zu hindern, wieder an diesen Beinen hochzuwandern.

Warmer Atem strich über meine Wange und bewirkte, dass ich den Kopf drehte, sodass unsere Lippen nur noch Zentimeter voneinander entfernt waren. Sie roch nach dem Karamelllippenbalsam, den sie so gerne benutzte, und sah aus wie eine goldhaarige Göttin. Mein Schwanz regte sich augenblicklich und stand in meinen Jeans gefangen stramm. Ich dankte Gott, dass sie meinen Mund ansah und hoffentlich nichts merken würde.

»Kann ich dir dein Geschenk geben?«, flüsterte sie. Ihr Blick schoss von meinen Augen zu meinen Lippen und wieder zurück.

Es war nicht das erste Mal, dass wir so dicht nebeneinander saßen. Aber zum ersten Mal seit unserer Kinderzeit waren sich unsere Lippen so nah. Und das anscheinend auch noch mit voller Absicht.

»Das kommt darauf an.« Meine Stimme klang so krächzend, als wäre mir etwas im Hals stecken geblieben.

»Worauf?« Sie kicherte, und mein Herz machte einen Satz, als hätte es einen Stromschlag bekommen.

Im Haus ertönte ein anderer Song, und mir kam eine Idee. »Ob du erst mit mir tanzt.« Sie lehnte sich grinsend und mit großen Augen zurück, und ich hätte am liebsten einen Knurrlaut von mir gegeben, so ungerecht fand ich es, sie so nah bei mir zu haben, nur um sie gleich darauf wieder gehen lassen zu müssen. »Nanu, Quinn Burnell?« Sie trug den Südstaatencharme dick auf, was die Situation in meiner Hose nicht gerade verbesserte. »Wenn ich es nicht besser wüsste, würde ich sagen, du versuchst mich anzubaggern.«

Bevor ich ganz die Beherrschung verlor und sie sofort abknutschte, sprang ich auf, nahm ihre Hand, zog sie an mich und schloss die Hände um ihre schmale Taille. Sie legte mir langsam die Arme über die Schultern und rückte näher, bis ihre Brust meine berührte.

»Fünfzehn«, murmelte sie. »Denk an all das, was du jetzt machen kannst.«

Ich wiegte uns sacht hin und her, ohne den Blick von ihr abzuwenden. »Was denn?«

Sie zuckte mit den Achseln, und ich drückte ihre Taille.

»Zum Beispiel ... dich zu Dates verabreden.« Ihre Wangen färbten sich rosig, und sie blickte zur Seite.

Ich hielt inne und wartete, bis sie mich wieder ansah. »Seit wann müssen Leute damit warten, bis sie fünfzehn sind?«

»Das ist nur das, was meine Mom sagt. Sie sagte, sie durfte das erst, als sie sechzehn war. Aber sie hat sich schon mit fünfzehn heimlich mit meinem Dad getroffen.«

Ihre Stimme klang gedämpft, als hätte sie Angst, zu laut zu sprechen, weil sie fürchtete, ich könnte mitbekommen, was sie nicht sagte. Ich merkte es trotzdem, hielt mich mit einem Lächeln daran fest, und meine Zuversicht wuchs. Ich lachte schnaubend.

»Was ist?«, fragte sie.

»Deswegen brauchst du dir keine Sorgen zu machen.«

Ich begann uns wieder hin und her zu wiegen; liebte das Gefühl, sie in meinen Armen zu halten. Ihr Tanktop war hochgerutscht, und meine Finger trafen auf die nackte Haut ihres unteren Rückens und beschrieben dort kleine Kreise. Unter meinen Fingerspitzen bildete sich eine Gänsehaut, was meinen Schwanz nur noch härter werden ließ. Wenn sie meine gegen sie gepresste Latte spürte, machte sie dankenswerterweise keine Bemerkung darüber. Zu meiner Schande wünschte sich ein Teil von mir allerdings genau das.

Vierzehn. Himmel. Sie war erst vierzehn. Diese Dinge würden warten müssen.

»Warum muss ich mir da keine Sorgen machen?«, fragte sie. Sterne funkelten in ihren Augen.

»Weil ... du schon vergeben bist. Und ich glaube nicht, dass deine Mama etwas dagegen haben wird.«

Sie hob eine blonde Braue und erkundigte sich trocken und leicht nervös: »Ach wirklich? Und warum wird sie das nicht?«

»Wir kennen beide die Antwort darauf«, erwiderte ich ruhig. Sie schluckte, und ich machte meinen Zug und ließ meine Stirn auf ihre sinken. »Gehst du mit mir aus, Daisy June?«

Ein stockender Atemzug entwich ihren geöffneten Lippen und traf mich. »Du willst *mich* daten?«

Ich zog die Brauen zusammen. Da mir der ungläubige Unterton in ihrer Stimme nicht gefiel, konterte ich: »Hat das nicht immer festgestanden?«

Sie schüttelte leicht den Kopf. Ihre Augen funkelten so sehr, dass ich das Schwirren ihrer Gedanken förmlich hören konnte. »Deswegen bist du noch mit keinem der Mädchen aus der Schule ausgegangen?«

Was? Ich lachte verblüfft auf. »Du bist verrückt, weißt du das?«

»Warum? Sie laufen dir hinterher, als wärst du ein Eis am Stiel und sie hätten zu lange in der Sonne geschmort.«

Ich kicherte, ließ den Kopf noch tiefer sinken und flüsterte an ihren nach Karamell duftenden Lippen: »Mir ist nichts aufgefallen. Liegt vielleicht daran, dass ich immer nur dich sehe.«

Ich wollte gerade den Abstand zwischen uns überwinden und meine Lippen sacht auf ihre pressen, als sie zusammenschrak. Ihre Arme und Beine schmiegten sich gegen meine, als sie das Gesicht an meinem Hals vergrub. »Hast du keine Angst?«, wisperte sie an meiner Haut.

Ich hielt ihren Po fest, drehte mich um und setzte mich mit ihr auf dem Schoß wieder auf den Ballen. »Wovor sollte ich Angst haben?«

Sie zog den Kopf zurück, wobei ihre Brille verrutschte. Ich rückte sie zurecht, während sie murmelte: »Dass wir keine Freunde mehr sind, wenn du feststellst, dass es dir keinen Spaß macht, mich zu daten.«

»Ich habe keine Angst. Du und ich ... wir sind so beständig wie der Mond und die Sterne.«

Ihre Atemzüge kamen abgehackt. »Du bist ein echter Süßholzraspler, Müffelmaul.«

Ich strich mit einem Grinsen eine Haarsträhne hinter ihr Ohr. Dann pressten sich ihre Lippen blitzschnell auf meine. Einen Moment lang starrte ich sie noch an, und im nächsten stürzte sie sich auf meinen Mund, als wäre ihre gerade eben erst klar geworden, dass sie dazu in der Lage war.

Meine Augen schlossen sich, als sich ihre weichen Lippen fest auf meine drückten und ihre kleinen Hände mein Gesicht umschlossen. Ich hatte noch nie zuvor jemanden geküsst, aber mit Daisy fühlte sich alles instinktiv richtig an. Als wäre es für meine Lippen das Natürlichste der Welt, ihre zu öffnen, und eine bekannte Tatsache, dass meine Zunge über die Innenseite ihres Mundes streichen sollte und sie alles, was ich tat, erwidern würde.

»Hey, Leute! Whoa!« Alexis´ Stimme hatte zur Folge, dass sich unsere Münder mit einem Ruck voneinander lösten und Daisy so hastig von meinem Schoß sprang, dass sie fast auf dem schmutzigen Boden gelandet wäre. Meine Hand schoss vor und packte ihr Handgelenk, um sie zu stützen, bevor ich zum Scheuneneingang blickte, wo Alexis mich anstarrte. Etwas Fremdartiges kroch über ihr Gesicht.

»Herzlichen Glückwunsch zum Geburtstag.« Sie räusperte sich, als ihre Stimme brach, und richtete ihre Aufmerksamkeit auf Daisy, die angelegentlich auf den Boden blickte. »Willst du ihm jetzt nicht dein Geschenk geben? Es wird allmählich schwierig, es zu ... bändigen, wenn du verstehst, was ich meine.« Alexis drehte sich um, ging davon und ließ uns wieder alleine.

Daisy lächelte mich schüchtern an, als ich aufstand, ihre Hand nahm, sie küsste und ihre Wimpern flatterten, während sie mich beobachtete. Ich zog sie an meine Brust und wollte sie gerade noch einmal küssen, doch sie legte eine Hand auf meinen Bauch und sagte: »Sie hat recht. Ich muss dir jetzt wirklich langsam dein Geschenk geben.«

Auf dem Rückweg zum Haus schlurfte ich widerwillig immer langsamer, doch als wir näher kamen, hörte ich es.

Ein unverwechselbares winselndes Geräusch.

Ich blickte mich im Halbdunkel um, um die Quelle ausfindig zu machen, als Daisy meine Hand in ihre beiden nahm. »Komm schon«, lachte sie, ging rückwärts die Treppe hoch und zog mich mit sich. Die Tür flog auf, ein goldener Fellball kam herausgeschossen und stürmte direkt auf uns zu. »Heilige Scheiße.«

»Quinton Benjamin Burnell«, schimpfte meine Mom. »Geburtstag oder nicht, fünfzehn oder nicht, ich werde dir immer noch den Mund mit Seife auswaschen, wenn du nicht aufpasst.«

Ich nahm den Welpen, der versuchte, uns die Beine zu zerkratzen, hoch und lächelte sie verlegen an. Mom schüttelte den Kopf, aber ihre Augen wurden weich, als mein Dad ihr einen Arm um die Taille legte. »Ein Welpe?«, fragte ich, als der kleine Hund mir das Gesicht ableckte. »Du hast mir einen Welpen geschenkt?«

Daisy biss sich auf die Lippe und streckte die Hand aus, um ihm den Kopf zu streicheln. Er wandte seine Aufmerksamkeit ihr zu und versuchte, ihr die Hand abzuknabbern. »Ich und Mom und Dad. Es ist ein Golden Retriever.«

»Ich glaube es nicht«, keuchte ich. Es kümmerte mich nicht, ob ich aussah, als wäre ich fünf und nicht fünfzehn. Sie hatten mir einen *Wel-*

pen geschenkt. Ich hatte seit Jahren einen Hund haben wollen. Immer, seitdem unser alter Hütehund gestorben war, als ich acht war.

»Er ist ein Rüde«, teilte Daisy mir mit. »Und er hat mich die letzten zwei Tage lang auf Trab gehalten, während ich versucht habe, ihn im Haus zu beschäftigen.«

»Hat mein gutes Paar Laufschuhe aufgefressen«, bemerkte Joseph, Daisys Dad, finster.

Henrietta, ihre Mom, gab ihm einen Rippenstoß. »Du bist seit Jahren nicht mehr gelaufen.«

Er schnaubte, und meine Mom lachte mit Henrietta.

»Deine Eltern haben gesagt, es wäre okay. Ich habe sie vorher gefragt.« Daisy rückte ihre Brille zurecht, als der Welpe versuchte, sie ihr vom Gesicht zu lecken.

»Du putzt hinter ihm her, und deine Mutter hat ihn schon in der Hundeschule beim Tierarzt in der Stadt angemeldet. Der Himmel weiß, dass der Bursche sie nötig hat«, grollte mein Dad, aber mit Heiterkeit in der Stimme. Er liebte Hunde ebenfalls. Und ich wusste, dass wir nur bis jetzt keinen neuen bekommen hatten, weil er so an Donny, unserem alten, gehangen hatte.

Ich gab ihm jedoch keine Antwort, sondern starrte nur Daisy an, ohne auf die Augen all der Gäste, die auf die Veranda hinauskamen, oder den Welpen zu achten, der mein Ohrläppchen abschleckte. »Danke«, sagte ich leise, dabei drückte ich den Hund fester an mich. Nach einem Moment färbte sich Daisys Gesicht rosig, und ich riss den Blick von ihr los.

»Wo ist Alexis?«, fragte Daisy später, als wir zusahen, wie der Welpe durch die Scheune tobte und Heu und Schmutz hochschleuderte, während er sich im Kreis drehte.

»Keine Ahnung, ich glaube, sie ist nach Hause gegangen.«

Daisy gähnte. »Wie willst du ihn denn nennen?«

Ich zog sie an mich und spielte mit einer langen Strähne ihrer Haare, während wir das Energiebündel beobachteten, das versuchte, die Nase in einen Sack mit Kartoffeln zu stecken.

»Spud«, platzte ich heraus.

»Spud.« Daisys Stimme klang seltsam gepresst, als würde sie den Namen testen. »Spud!«, rief sie dann, doch der Welpe fuhr fort, den Sack zu bearbeiten, als wüsste er gar nicht, dass wir existierten.

Ich kicherte. »Daran muss er sich wohl erst gewöhnen.« Sie lehnte den Kopf an meine Schulter, und ich drehte meinen, um einen Kuss auf ihre Stirn zu drücken. »Das war mein bester Geburtstag überhaupt.«

Sechs

Daisy, Gegenwart

Es zersprang. Mein Herz zersprang, und ich konnte nicht atmen. Ich schluckte. Schluckte noch einmal und noch einmal, als mein Magen Achterbahn zu fahren begann und mein Herz schmerzhaft gegen meinen Brustkorb hämmerte.

»Daisy«, flüsterte Pippa, dabei zupfte sie an meinem Arm.

Aber ich konnte die Augen nicht von Quinn abwenden. Sie hafteten auf ihm, als würde irgendetwas sie dort magnetisch anziehen und mich so zwingen, diesen Moment mitanzusehen. Die Überraschung, den Argwohn und den leisen Kummer zu registrieren, all die Gefühlsregungen, die in kurzer Abfolge in diesen haselnussbraunen Augen aufblitzten.

»Ich ...«, begann ich. Meine Lippen zitterten. Ich presste sie zusammen und blickte endlich zur Seite, als der Schock langsam abebbte und dem Brennen von Tränen Platz machte.

Quinns Stimme drang an meine Ohren. »Was machst du denn ...?«

»Quinn.« Ich sah, wie Alexis ihm eine Hand auf den Arm legte, und das Brennen nahm an Intensität zu und breitete sich überall in mir aus.

»Nett, dich kennenzulernen, schätze ich«, bemerkte Pippa trocken, griff nach meiner Hand und zog mich den Bürgersteig hinunter.

Ich folgte ihr schwerfällig, drehte den Kopf und sah über meine Schulter hinweg Quinn hastig auf Alexis einreden, und dann folgte er uns.

»Stopp«, krächzte ich.

Pippa blieb stehen. Als er auf uns zujoggte, fragte sie: »Soll ich bleiben oder gehen?«

»Ich weiß nicht.« Die Worte kamen wie ein schwacher Schatten meiner üblichen Stimme heraus.

Sie drückte meinen Arm. »Ich warte einfach da unten bei der Bank, okay?«

Ich glaube, ich nickte, aber dann stand Quinn vor mir, nahm meine gesamte Aufmerksamkeit in Anspruch und löste in mir den überwältigenden Drang aus, ihn zu berühren.

Aber ich gab ihm nicht nach.

»Was machst du denn hier?«, fragte er, fuhr sich mit der Hand durch das Haar und kniff die Augen zusammen. Als ich ihm keine Antwort gab, versuchte er es erneut, diesmal mit weicherer Stimme. »Daisy?«

»College. Ich habe mich beworben und wurde angenommen. Jetzt bin ich hier.« Irgendetwas an seiner Frage ließ mich in Abwehrstellung gehen. Aber vielleicht lag das auch an dem kontinuierlichen reißenden Schmerz in dem lebenswichtigen Organ in meiner Brust, während ich seinen wie gemeißelt wirkenden Kiefer, seine Augen, diese gerade Nase und die blonden Brauen über seinen braunen Wimpern anstarrte.

Eine sich lange hinziehende Minute erwiderte er nichts darauf, sondern sah mich nur an. Sein Gesicht war zu einer angespannten, ungläubigen Maske erstarrt. »Ich dachte nicht …«

»Dass ich herkommen würde?«, half ich nach, als er den Satz abbrach.

Er nickte, dann seufzte er. »Wie geht es dir?«

Wie geht es mir? Ich fand es schon fast krank, eine solche Frage zu stellen, wenn ich das Gefühl hatte, die ganze Welt müsste sehen, dass ich soeben ein schweres Trauma erlitten hatte und noch erlitt. Wenn wir uns jahrelang nicht gesehen hatten.

Wenn ich seinetwegen hergekommen war und er jetzt mit meiner ehemals besten Freundin zusammen war.

»Was geht hier vor?« Ich schüttelte den Kopf; hatte es satt, einfach über den Irrsinn dieser Situation hinwegzugehen.

»Wie meinst du das?« Er trat zur Seite, um jemanden vorbeigehen zu lassen.

»Du und Alexis?«

Er zuckte merklich zusammen und wischte sich mit der Hand über das Gesicht, bevor er über seine Schulter hinweg zu der Eisdiele spähte, vor der sie stand und uns beobachtete. Seine breiten Schultern lockerten sich, als er tief den Atem ausstieß. »Daisy ...«

»Es ist ja offensichtlich.« Ich lachte auf. »Wirklich. Du brauchst nichts zu beschönigen.«

Seine Augen flammten golden und grün auf, sein Kiefer spannte sich an. Ich erstarrte, da ich es nicht gewöhnt war, ihn wütend zu erleben, und meinte, dass ich eigentlich auf ihn wütend sein sollte und nicht umgekehrt. »Du warst weg.«

»Ich weiß«, flüsterte ich.

Wir starrten uns an. Stimmen von Passanten wehten an uns vorbei, während wir fortfuhren, uns stumm zu mustern, und als er den Blickkontakt endlich abbrach, zog sich ein Teil von mir in die uns umgebenden Schatten zurück.

»Das hier war ein Fehler. Es reicht«, sagte er. »Ich muss gehen.«

»Quinn, warte.«

Er weigerte sich, mich anzusehen. »Nein, Daisy. Sieh mal ...« Er sog scharf den Atem ein und stieß ihn mit seinen nächsten Worten wieder aus. »Wir waren jung, und das alles ist lange her. Ich freue mich, dich wiederzusehen, aber ...« Jetzt schaute er mich an, und Entschlossenheit merzte jeden weichen Zug seines attraktiven Gesichts aus. »Ich glaube, wir sollten uns in Zukunft lieber aus dem Weg gehen.«

Obwohl ich ihm zustimmte, dass das in Anbetracht dessen, was ich soeben herausgefunden hatte, vermutlich eine gute Idee war, brachte ich es nicht fertig, so schnell aufzugeben. »Warum?«

»Die Dinge ... ändern sich eben.« Er trat einen Schritt zurück, weg von mir, auf Alexis zu. »Pass auf dich auf, okay?«

Pass auf dich auf?

Pippa stand wieder neben mir und hakte sich bei mir ein. »Komm schon.«

Mir war nicht bewusst gewesen, dass ich wie gelähmt verfolgt hatte, wie Alexis und Quinn in die entgegengesetzte Richtung davonschlenderten, bis sie mich wegzuziehen versuchte. Kurz bevor sie um die Ecke am Ende der Straße bogen, blickte sich Quinn noch einmal um, aber er war zu weit entfernt, als dass ich seinen Gesichtsausdruck hätte erkennen können.

Dann war er verschwunden.

Als wir wieder in unserem Wohnheim waren, schloss Pippa die Tür, führte mich zu meinem Bett und setzte sich neben mich, als ich meine Schuhe wegschleuderte.

»Das war er, stimmt´s?«

»Yeah.«

»Aber jetzt ist er mit ihr zusammen.«

»Wie es aussieht.«

Ihre Hand beschrieb Kreise auf meinem Rücken. »Fuck.«

In dieser Nacht lagen wir schweigend da. Ich starrte mit in Tränen schwimmenden Augen zur Decke hoch. Alles fühlte sich auf einmal so anders an. Ich empfand keine freudige Aufregung mehr, als ich auf diesem Bett, in diesem Zimmer lag. Nein, jetzt sah ich beides so, wie es war. Alt und angestaubt.

Ungefähr so wie ich.

»Möchtest du darüber reden?«, fragte Pippa, als die Stille in unseren Ohren widerzuhallen begann.

Nein, das wollte ich nicht. Das heißt, ich wollte schon, aber ich tat es nicht. »Ich glaube, ich stehe immer noch irgendwie unter Schock.«

»Sie war deine beste Freundin?« Ihre Stimme klang tastend, zögernd.

»War, ja.«

Wieder trat Stille ein, gefolgt vom Aufheulen meines Herzens und meiner Gedanken. Wie konnte er nur? Er war seinen Weg weitergegangen. Mit ihr. Er hatte sie geküsst, sie berührt, sie geliebt, Sex mit ihr gehabt ...

Ich sprang aus dem Bett, rannte den Gang entlang, prallte gegen die Wand vor dem Bad und schlug eine Hand vor den Mund, als ich hineinstolperte und in meinen flauschigen Socken beinahe ausgerutscht wäre. Ich beugte mich über die erste Toilette, die ich sah, würgte, bis die Pizza von heute Abend als schleimige Masse wieder zum Vorschein kam und mein Magen sich erneut zusammenzukrampfen begann.

»Urgh, alles in Ordnung?«, fragte jemand.

»Alles gut«, hörte ich Pippa antworten. »Sie hat nur verdorbene Pizza gegessen.«

Lachen. »Ach so, verstehe. Bleibt von dem Chinesen auf dem Waymen Drive weg. Hilary, meine Mitbewohnerin, hat danach zwei Tage lang überall hingekotzt.«

Ich richtete mich mit zitternden Knien auf, betätigte die Spülung und wischte mir das Kinn mit Toilettenpapier ab. »Danke, ich werd´s mir merken«, sagte Pippa, dann half sie mir aus der Kabine und zu den Waschbecken hinüber. »Hier.« Sie reichte mir meine Kulturtasche, und ich lächelte ihr dankbar zu.

»Was für eine Verschwendung von zwanzig Dollar, nicht?« Ich versuchte, alles mit einem Lachen abzutun, aber dann konnte ich die Tränen wirklich nicht mehr zurückhalten. Zum Glück waren wir inzwischen alleine.

»Schsch, komm schon. Putz dir die Zähne, und danach kannst du in unserem Zimmer so viel weinen, wie du willst.« Sie drückte etwas Zahncreme auf meine Zahnbürste, hielt sie unter den Wasserhahn und reichte sie mir. Irgendwie gelang es mir, den Tränenstrom einzudämmen, während ich mir den Mund ausspülte, meine Zähne putzte, wieder ausspülte und dann zu unserem Zimmer zurückging.

Sowie ich bäuchlings auf meinem Bett lag, wurden die Tränen zu einer Sturzflut, die kein Ende zu nehmen schien.

Pass auf dich auf.

Seine Abschiedsworte fühlten sich wie Messer an, die das Fleisch meines Brustbeins durchdrangen, sich darunterbohrten und bewirkten, dass mein Herz prompt zu bluten begann.

Pippa saß eine Weile neben mir und gab mir ein Papiertaschentuch nach dem anderen, bis ich endlich vorschlug, sie solle schlafen gehen.

»Nur wenn du dasselbe versuchst.«

Ich willigte widerstrebend ein, und ihr Gewicht löste sich von meiner Matratze. Das Rascheln ihrer Decken erfüllte den Raum, als sie es sich in ihrem eigenen Bett gemütlich machte, und ich schloss die Augen.

Ich glaubte nicht recht, dass ich schlafen konnte, ich hatte keine Ahnung, wie ich zu etwas anderem fähig sein sollte als zu versuchen, aus diesem Albtraum zu erwachen.

Es war eine Sache, dass er mich nicht mehr wollte oder das Warten leid war. Beides würde immer noch ausreichen, um mich zu vernichten und zu zwingen, neu zu bewerten, was zum Teufel ich all diese Zeit lang gemacht hatte. Nur dass er eben weit mehr getan hatte.

Er war seinen Weg mit dem einzigen Menschen weitergegangen, den ich als Freundin fürs Leben betrachtet hatte. Jemandem, den ich fast so lange gekannt hatte wie ihn.

Die Stunden, die verstrichen, während ich Pippa den Rücken zukehrte und die Wand anstarrte, schienen die Erinnerungen miteinander zu verschwimmen und dann wieder auseinanderdriften zu lassen, bis ich buchstäblich alles infrage stellte. War es das, was er die ganze Zeit lang gewollt hatte? Mit ihr zusammen zu sein?

Es wäre nachvollziehbar. Alexis war eine Schönheit, wie man sie nur selten sah. Trotzdem konnte ich immer noch nicht glauben, dass er immer nur sie gewollt hatte. Es war mir nie so vorgekommen. Nie hatte ein Zweifel daran bestanden, dass er mich wählen würde, wenn wir schließlich den nächsten Schritt wagten.

Die Dinge ändern sich eben.

Das taten sie. Bei Gott, und wie sie das taten.

Ihre Augen starrten mich aus dem Dunkel an, glühten wie Zwillingsfeuer blauen Triumphs.

Von Alexis konnte ich nichts Derartiges denken, weswegen ich mir dumm und naiv vorkam. Jetzt stand es glasklar fest: Sie hatte es immer auf ihn abgesehen gehabt. Aber ich hatte stets nur ihn gesehen, nie irgendjemand anderen.

Ich weiß nicht, ob ich jemals ohne dich leben könnte.

Nun, ganz eindeutig konnte er das.

Ich kniff erneut die Augen zusammen, um die Tränen zurückzuhalten. Endlich begann der Schlaf mich zu überwältigen und in meine Gliedmaßen zu kriechen. Ich hieß ihn willkommen wie Eiswasser auf einer Brandwunde; sehnte mich verzweifelt danach, in das Vergessen hinüberzudämmern.

Wie sich herausstellte, fand ich dank der Träume, die fortfuhren, mich zu peinigen, auch dort keine Zuflucht.

Sieben

Daisy, fünfzehn Jahre alt

Ich klemmte mir meine Bücher unter den Arm und folgte Alexis nach draußen. Na ja, »folgte« stimmte nicht so ganz. Die Menge gab ihr den Weg frei, als wäre sie eine Königin, doch sowie sie vorbeigegangen war, schloss sie sich wieder, und ich musste abwarten.

Das war in Ordnung. Ich ärgerte mich nicht darüber.

Über John Newman ärgerte ich mich dafür umso mehr. »Was ist los, Drahtbeißer?« Er stieß mich so fest in die Seite, dass ich zusammenzuckte. »Was? Bildest du dir ein, du wärst was Besseres, nur weil du Burnell um deinen dreckigen, farbverschmierten Finger gewickelt hast?«

Ich sagte nichts dazu, weil ich wusste, dass es dann nur noch schlimmer kommen würde.

Ich hatte es aus dem Klassenzimmer herausgeschafft und war auf dem Weg zu meinem Spind, als er wieder anfing. »Weißt du, du warst ja einigermaßen hübsch, bevor du all das Metall in den Mund gekriegt hast. Einigermaßen, wohlgemerkt.«

Ohne ihn zu beachten, ging ich weiter zu meinem Spind. »Irgendwann mal ist Burnell nicht mehr da, um dich in Schutz zu nehmen, Storchenbein. Was machst du denn dann, häh?«

Als ich ihm immer noch keine Antwort gab, schob er einen Fuß vor, um mich zu Fall zu bringen. Ich wich aus, verlor aber trotzdem das Gleichgewicht und landete auf meinem Hinterteil. Meine Bücher fielen rund um mich herum auf den Boden. Jemand trat auf meine Hand, ich hörte etwas knacken, und ein scharfer, stechender Schmerz schoss durch meinen Finger und meinen Arm hoch. »Oh, Scheiße. Tut mir echt leid«, sagte jemand, bevor er sich eilig davonmachte.

»Dais?«

Ich hielt leise wimmernd meine Hand an meine Brust, blickte auf und sah, wie Quinn Leute beiseiteschob, um zu mir zu gelangen. Mein Finger pochte so heftig, dass sich mein Magen zu heben begann. Er bückte sich und zog meine Hand von meiner Brust weg. Als ich einen leisen Aufschrei nicht unterdrücken konnte, verstärkte sich der besorgte Ausdruck auf seinem Gesicht. »Bist du okay? Ist dein Handgelenk verstaucht oder so was?«

Ich hielt nach Alexis Ausschau, aber sie musste schon zu unserer nächsten Unterrichtsstunde gegangen sein. »Ich ... ich weiß nicht. Mein Finger vielleicht.«

Er schob die Hände unter meine Arme und hob mich mühelos vom Boden auf, während Jordan, einer seiner Teamkameraden, meine Bücher für mich aufsammelte. »Danke.« Ich machte Anstalten, sie ihm abzunehmen.

Er musterte mich mit einem winzigen Lächeln. »Lass mal. Mach deinen Spind auf, und ich lege sie dir hinein.«

Jordan war in Ordnung, also nickte ich, ging ein paar Spinde weiter den Gang hinunter, bis ich zu meinem kam, und öffnete ihn. Er verstaute die Bücher darin, während Quinn sagte: »Dais, erzähl mir, was passiert ist, sonst frage ich jemand anderen.«

Als ich zögerte, mischte sich Annie, ein Mädchen aus der Cheerleadertruppe, ein. »John Newman hat ihr ein Bein gestellt, Quinn. Und ein paar echt fiese Sachen gesagt.«

Ich wusste, dass sie sich einen Dreck um mich scherte, sondern sich nur bei Quinn einschleimen wollte. Trotzdem war ich dankbar dafür, nicht selbst mit der Geschichte herausrücken zu müssen. Außer dem, was Annie bereits ausgeplaudert hatte, benötigte er keine weiteren Einzelheiten mehr.

Quinn packte mein Kinn und drehte mich zu sich um. Seine Augen schossen zwischen meinen hin und her, seine Kiefermuskeln spannten sich an. »Stimmt das?«

Ich schluckte und nickte. »Yeah, aber ...«

»Kein Aber. Der Arsch hat dich das letzte Mal schikaniert.«

»Quinn«, begann ich, aber er hatte sich schon zu Jordan umgedreht und sprach so leise auf ihn ein, dass ich ihn nicht verstehen konnte. Dann wandte er sich wieder zu mir, legte mir einen Arm um die Taille und nahm meine Tasche aus dem Spind. »Brauchst du sonst noch was hieraus?«

»Nein, danke.«

Er schloss die Tür und begleitete mich den Gang hinunter zu der Schulkrankenschwester, die meinen Finger verband und mir ein Kühlkissen gab, um meine Hand daraufzulegen. Quinn stand neben der Liege und schien mit jeder Sekunde wütender und zugleich in sich gekehrter zu werden. »Hey.« Ich blickte zu ihm hoch. »Komm her.«

»Was hat er diesmal zu dir gesagt?«

»Nicht weiter wichtig.« Ich griff mit meiner unverletzten Hand nach seiner, legte sie auf meinen Bauch und fuhr mit den Fingern über seinen Handrücken.

Sein Gesicht entspannte sich ein wenig, aber nicht genug. »Das ist doch Bullshit, Daisy. Jeder weiß, dass wir irgendwann einmal ein Paar werden. Warum geben wir nicht zu, dass wir schon eins sind?«

Wir gingen jetzt seit acht Monaten miteinander aus, aber ich wollte nicht, dass mich irgendwer deswegen anders behandelte. Allerdings ging ich davon aus, dass sie mich ohnehin behandeln würden, wie sie wollten. »Yeah, ich habe keine Lust, mir deswegen noch länger Gedanken zu machen.«

Er blinzelte. »Wirklich?«

Mit einem verlegenen Lächeln gab ich zurück: »Für Typen wie John Newman wird es eh keinen Unterschied machen, wen also kümmert das schon?«

»Mich«, sagte er. »Ich möchte nicht, dass du etwas tust, was dir Angst macht, oder dass du dich unwohl fühlst.«

Es verblüffte mich immer noch. Am liebsten hätte ich mich gekniffen, um ganz sicher zu sein, dass dieser liebenswerte, gut aussehende Junge wirklich zu mir gehörte.

»Ich bin da.« Ich zwinkerte Tränen weg, weil ich so viel empfand, als ich zu seinem Gesicht hochblickte. Weil ich in seiner Gegenwart immer so viel empfand. Wenn ich mich vor etwas fürchtete, dann davor, nicht mehr genug Raum für all meine Gefühle zu haben und in Stücke gesprengt zu werden.

Seine Züge wurden weich, und er setzte sich neben mich und ließ den Kopf neben meinen Bauch sinken. Ich löste meine Hand von seiner, um damit durch sein Haar zu fahren. Er schloss die Augen und stieß einen Seufzer aus, der seinen ganzen Körper erzittern und schlaff werden ließ. »Ich kann das nicht ertragen. Es macht mich krank. Körperlich krank.«

»Ich weiß«, murmelte ich. »Aber er wird den Spaß daran verlieren. Irgendwann mal.«

Seine Augen öffneten sich, die grünen Flecken kämpften mit dem Gold rund um seine Pupillen. »Du kapierst es nicht.«

»Was kapiere ich nicht?«

Erst kicherte er, dann stöhnte er und grub mit einem Kopfschütteln seine Stirn in meine Seite. Als er mich wieder ansah, erklärte er: »Er mag dich. Genau wie damals Daniel, der dich in Mathe immer dumm angemacht hat.«

Ich schnaubte spöttisch; bemühte mich, nicht zu lachen. »Bring mich nicht ausgerechnet jetzt zum Lachen, Quinn. Das tut weh.«

Sein Grinsen war sowohl anziehend als auch bedrohlich. »Ich mache keine Witze.«

Stirnrunzelnd dachte ich eine Sekunde darüber nach. »Wo ist Daniel überhaupt abgeblieben?« Quinn senkte den Kopf und begann Kreise auf meine Handflächen zu malen. »Quinn.«

»Na schön«, grollte er. »Ich hatte ein Gespräch unter vier Augen mit ihm. Er hielt es in seinem eigenen Interesse für besser, in McCullens Klasse zu wechseln.«

Das Eiskissen verrutschte auf meiner Hand, als ich mich verkrampfte. Quinn griff danach und rückte es behutsam zurecht. »Du hast mit ihm gesprochen?«

Er hob eine Schulter und legte den Kopf wieder auf die Liege. »Yeah.«

»Wirklich?«

»Wirklich.«

»Quinn, versuch erst gar nicht, mich anzulügen.«

Er setzte sich stöhnend auf. »Okay, ich habe ihm eher einen guten Rat gegeben.«

»Einen Rat?«

Wir wurden von der Krankenschwester unterbrochen, die kam, um meinen Finger zu untersuchen. Sie stieß einen leisen Pfiff aus. »Das wird noch eine Weile ziemlich wehtun, Missy.«

Quinn fragte: »Können wir sonst noch irgendetwas tun?«

Sie schüttelte den Kopf. »Nein, leider nicht. Binde ihn weiter mit dem Finger daneben zusammen. Ich habe deine Mom angerufen, sie ist gerade von der Arbeit los, um ein Schmerzmittel zu besorgen, dann kommt sie gleich her.«

Ich nickte und bedankte mich bei ihr, als sie in ihr kleines Büro zurückging.

»Du willst John Newman fertigmachen, weil er mich fertigmacht?«, fragte ich, als ich sicher war, dass sie uns nicht mehr hören konnte.

Quinn wurde blass. »Nein.« Ich hob eine Braue. »Der Typ ist ein mieses Stück Scheiße. Er muss lernen, wann er zu weit gegangen ist.«

»Du musst keine Kämpfe für mich ausfechten.« Ich gab ihm kichernd einen Klaps auf den Arm, und er beugte sich zu mir, um einen sanften Kuss auf meinen Kopf zu drücken. »Mach dir wegen mir keine Gedanken.«

»Mr Burnell, ich denke, es wird Zeit, dass Sie in den Unterricht zurückgehen.« Die Schwester erschien in der Tür. Ihre Brauen hüpften, als ihre Augen zwischen uns hin und her wanderten.

Quinn zögerte, daher sagte ich: »Geh. Und benimm dich.«

Er zwinkerte mir zu und nahm seine Tasche. »Ich komme vorbei, sobald ich zu Hause bin.«

Ich sah ihm nach. Das Pochen in meinem kleinen Finger war auf einmal nicht mehr so schlimm.

Die Schwester schnalzte mit der Zunge. »Oh, Mädchen. Dich hat es böse erwischt.«

Ich zog errötend den Kopf ein.

• • •

Das Zirpen der Grillen vor meinem Schlafzimmerfenster verstummte, dann ertönte ein Aufprall, als Quinn in das Zimmer sprang, sich aufrichtete und auf meinem gelben Läufer stehen blieb. »Wie fühlst du dich?«

»Mir geht's gut.«

Er setzte sich auf das Bett und streifte seine Schuhe ab, bevor er sich neben mich legte. »Zeig mal.« Er nahm behutsam meine Hand, hob den Verband an und inspizierte sie im späten Nachmittagslicht, das in flammendem Orange durch das Fenster fiel. »Sieht übel aus.«

»Ist es auch, aber nicht mehr ganz so schlimm, ich habe Schmerzmittel genommen.« Ich war heilfroh, dass es sich um meinen linken kleinen Finger handelte, denn ich war Rechtshänderin.

Er summte, während er den Verband vorsichtig wieder befestigte und meine Hand auf seinen harten Bauch legte. Meine Atemzüge beschleunigten sich, ich holte rasch ein paar Mal Luft und hoffte, dass er es nicht merkte. »Wo warst du?«

Normalerweise löcherte ich ihn nicht mit Fragen, aber wenn er sagte, er würde nach der Schule vorbeikommen, dann war er immer auf direktem Weg hergekommen. Außerdem konnte ich mir ziemlich genau denken, wo er gewesen war. »Nirgends, hab nur noch ein bisschen mit Jordan und ein paar von den Jungs abgehangen.«

Ich griff nach seiner Hand und zog sie an mein Gesicht. Keine aufgeschürften Knöchel oder Kratzer. Trotzdem glaubte ich ihm nicht. »Was hast du wirklich gemacht?«

»Daisy ...« Meine Mom öffnete die Tür, stutzte, als sie Quinn sah, und schnalzte mit der Zunge. »Hoch mit dir, Quinn. Joseph ist gerade nach Hause gekommen.«

Er sprang auf. Ein zerknirschter Ausdruck trat auf sein Gesicht, als er sich am Hinterkopf kratzte.

Ich setzte mich auf, gerade als mein Dad zur Vordertür hereinkam, und hörte, wie sie hinter ihm ins Schloss fiel. »Wo ist sie?«, fragte er meine Mom, die hinausgegangen war, um ihn zu begrüßen.

»In ihrem Zimmer. Mit Quinn.«

Er schnaufte. »Ist die Tür offen?«

Ihre Antwort wartete er nicht ab. Eine Sekunde später hörte ich, wie sich seine schweren Schritte meinem Zimmer näherten.

»Daisy.« Sein Gesicht legte sich in besorgte Falten, als er meine Hand betrachtete. Sein Kopf fuhr ruckartig zu Quinn herum, der versuchte, den Eindruck zu erwecken, als würde er sich eifrig mit meinem Stapel ... Jane-Austen-Romane beschäftigen.

»Hey, Joe.«

Ich hatte Mühe, nicht laut zu lachen, als Quinn hinter dem ihm zugekehrten Rücken meines Dad hilflos mit den Achseln zuckte, und richtete meine Aufmerksamkeit wieder auf Dad, der fragte: »Welcher Typ hat das getan?«

»Niemand. Ich bin hingefallen, und jemand ist aus Versehen auf meine Hand getreten.«

Er wirkte nicht beschwichtigt. Ganz und gar nicht. Die Furchen auf seiner Stirn vertieften sich, und er wandte sich an Quinn. »Auf ein Wort?«

Quinn nickte, erhob sich, folgte meinem Dad zur Tür hinaus und blinzelte mir zu, bevor er verschwand.

Ich spitzte die Ohren, um zu lauschen, aber sie waren auf die vordere Veranda hinausgegangen, und mein Fenster befand sich auf der hinteren Seite des Hauses. Seufzend ließ ich mich gegen meine Kissen sinken und wartete.

Quinn kam einen Moment später zurück. Sein und Dads Lachen wehten durch die Diele.

Er ließ die Tür angelehnt und setzte sich wieder auf mein Bett. »Hat er dich nach Namen, Alter, Adresse und letztem bekanntem Wohnort gefragt?«

Quinn kicherte in sich hinein und schüttelte den Kopf. »Nein, er wollte nur sicher sein, dass ich etwas unternommen habe.« Er ließ sich unterhalb meiner Füße rücklings auf das Bett fallen.

»Und das hast du vorhin getan? Etwas unternommen?«

Seine Finger begannen träge Kreise auf meine Knöchel zu malen, was meinen Ärger teilweise verrauchen ließ. »Yep.«

Mehr sagte er nicht. »Geht's auch ein bisschen genauer?«

»Nö.«

Mit einem unwilligen Knurren wandte ich mich zum Fenster und blickte hinaus. Ich wusste, dass ich mich bockig verhielt, kam aber nicht dagegen an. Er wollte nur auf mich aufpassen und mich beschützen, und dafür und aus einer Million anderer Gründe liebte ich ihn, aber ich wollte nicht, dass er sich meinetwegen in Schwierigkeiten brachte, und sagte ihm das auch.

»Dais.« Er rollte sich auf den Bauch, um mich anzusehen. »Ich habe nichts Schlimmes getan, ich habe ihm nur ein bisschen ... Angst eingejagt.«

»Wie?«

Er zog auf eine anbetungswürdige Art die Brauen zusammen. »Wie meinst du das? Wir wollten ja nur mit ihm reden.«

Oh, Mann. »Wir? Wie viele wart ihr?«

Er schürzte die Lippen, verzog sie und zögerte. »Äh ... nur die Hälfte des Teams.«

»Das darf doch nicht wahr sein!«

Er kicherte noch einmal, zog an meinem Knöchel und drückte dann einen sachten Kuss auf den Spann meines Fußes. »Ich glaube, du verstehst das einfach nicht, Dais. Ich werde nicht tatenlos danebenstehen und zusehen, wie dir so etwas passiert. Niemand behandelt dich anders als wie den liebenswerten, hübschen Sonnenschein, der du bist.«

»Ich glaube, ich tue es doch«, flüsterte ich.

»Was denn?«

»Es verstehen.«

Seine Augen schmolzen förmlich. Nach einem raschen Blick zu meiner Schlafzimmertür sprang er blitzschnell auf das Bett, um seine Lippen auf meine zu pressen.

»Quinn?«, fragte mein Dad. Es hörte sich an, als wäre er in der Küche. Ich schwöre, dass er in dieser Hinsicht über einen sechsten Sinn verfügte. Quinn löste sich grinsend von mir. »Yeah?«

Wir hörten, wie meine Mom meinen Dad mahnte, still zu sein, dann das Knurren, mit dem er antwortete, und dann vergruben wir beide unsere Gesichter in den Decken, um unser Lachen zu dämpfen.

Acht

Quinn, Gegenwart

»Ich werde heute Abend einfach nur schlafen. Hab morgen früh Training.«

Alexis´ blaue Augen wurden schmal. »Bekommen wir Probleme? Jetzt, wo ...«

Jesus. Ich schüttelte schon den Kopf, bevor sie ihre Frage zu Ende bringen konnte. »Nein.« Ich umfasste ihren Hinterkopf und hauchte einen Kuss auf ihre Stirn. »Mit uns ist alles in Ordnung. Ich bin nur total überrumpelt, das ist alles.« Was der Wahrheit entsprach. Trotzdem zog ich unwillkürlich die Lippe zwischen die Zähne, als sie sich von mir löste, um mich anzusehen.

Dass Daisy in Gray Springs aufgetaucht war, war das Letzte, womit ich gerechnet hatte. Der Himmel weiß, warum. Wir hatten abgemacht, hierherzukommen, seit wir wussten, was ein College war. Als sie mich aus ihrem Leben ausgeschlossen hatte, hatte ich nur gedacht, sie hätte sich damit zugleich auch von all unseren gemeinsamen Zukunftsplänen verabschiedet.

»Okay«, meinte Alexis. »Schickst du mir eine Nachricht, bevor du ins Bett gehst?«

Ich nickte und sah ihr nach, als sie zu ihrem Wohnheim ging, bevor ich wieder in meinen Truck stieg.

Sowie sie in dem Gebäude verschwunden war, sackte mein Kopf gegen den Sitz, und ich starrte durch die Windschutzscheibe. Die Nacht schien die Sterne vom Himmel auszulöschen, und es schien eine gespenstische Stille zu herrschen, oder vielleicht pochte mein Herz auch so laut, dass ich nichts anderes hören konnte.

Nachdem ich mir mit den Händen über das Gesicht gerieben hatte, ließ ich den Motor an und fuhr die fünf Minuten bis zu dem Haus in der Stadt zurück.

Toby, der Wide Receiver unseres Teams, wohnte hier, seit wir beide letztes Jahr gemeinsam in Gray Springs angefangen hatten. Dieses Jahr hatte er mir angeboten, bei ihm einzuziehen. Das Haus gehörte seinem Dad. Die Miete war spottbillig, und ich hatte das Leben in Wohnheimen satt, also nahm ich sein Angebot an. Toby litt, was seine Sachen anging, unter einer ziemlichen Zwangsstörung, daher veranstaltete er selten Partys oder irgendetwas Verrücktes. Es machte es mir auch leichter, Alexis zu sehen.

Meine Brust brannte, und ich holte tief Luft, um den Schmerz zu lindern.

Warum? Warum tauchte sie nach all diesen Jahren plötzlich auf? Baute sich vor mir auf, als hätte ich auf sie gewartet. Sie hätte wissen müssen, dass ich das Warten schon vor verdammt langer Zeit aufgegeben hatte.

Wut schloss sich wie eine Faust um mein Herz und ließ mich mit den Zähnen knirschen.

Sie konnte machen, was sie wollte. Es änderte nichts daran, was sie getan hatte oder was als Folge davon passiert war. Wir waren schon lange miteinander fertig. Dafür hatte sie gesorgt, und ich hatte mich damit abgefunden.

Ich bog in die Einfahrt ein, stellte den Motor ab, sprang aus dem Truck und sah, dass drinnen der Fernseher flimmerte. Dann stieß ich die Tür auf und schloss sie hinter mir, als Toby über die Rückenlehne der Couch spähte. »Was ist los? Wo ist die Lady?«

»Hab sie vor ihrem Wohnheim abgesetzt.«

»Hat sie ihre Tage oder solchen Scheiß? Ihr zwei habt jede Nacht miteinander verbracht, seit sie hier ist.«

Ich warf ein Kissen nach ihm, das er auffing und mit einem selbstgefälligen Grinsen hinter seinen Kopf schob.

»Wir müssen nicht jeden Abend miteinander verbringen.« Ich setzte mich auf die Couch ihm gegenüber, zog meine Stiefel aus und legte die Füße auf den Couchtisch.

Toby machte ein finsteres Gesicht. »Füße runter, Arschloch.«

Feixend ließ ich sie vom Tisch rutschen und reckte die Arme über den Kopf. »Gehst du zu der Party an diesem Wochenende?«

Er zuckte mit den Achseln und drehte sich wieder zum Fernseher, wo irgendeine Krimiserie lief. »Weiß noch nicht. Mir sitzen noch zwei Scheißhausarbeiten im Nacken.«

Ich grunzte und starrte ebenfalls den Fernseher an, ohne etwas zu sehen.

Du bist weggegangen.

Ich weiß.

Pass auf dich auf.

»Hast du was genommen?«, riss mich Tobys Stimme aus meinen Gedanken.

»Was?«

»Ob du was genommen hast. Vergiss nicht, der Trainer mag da ja ein Auge zudrücken, aber sie werden trotzdem unsere Ärsche testen, wenn wir am wenigsten damit rechnen.«

Ich lachte bellend auf. »Ich habe nichts genommen.«

Seine blauen Augen blinzelten leicht. »Aber irgendetwas stimmt nicht.«

»Jesus«, stöhnte ich. »Lass es gut sein.«

»Hast du genug von Alexis? Wenn ja, Kumpel, dann lass sie gehen. Hier gibt es viele Kerle, die sie dir nur allzu gerne abnehmen würden.«

Ich ballte die Fäuste und knurrte praktisch. »Halt die Klappe. Alexis hat nichts damit zu tun.«

Er grinste wie der Satan, der er, wie wir alle wussten, manchmal sein konnte. »Also ist irgendwas.«

»Was bist du, ein gottverdammter Seelenklempner?«

Bei diesen Worten klappte sein Mund zu, und er sank auf die Couch zurück. »Vergiss es, ich bin scheiße drauf. Das alles hier bringt mich durcheinander, und ich fange an, mich zu langweilen.«

Ich musterte ihn einen Moment lang; beobachtete, wie sich seine Hände neben ihm auf der Couch öffneten und schlossen. Toby war immer ein bisschen anders als meine anderen Freunde gewesen. An manchen Tagen sagte er kaum zwei Worte zu mir, als würde er ausblenden wollen, dass die Welt überhaupt existierte, von ihren Bewohnern ganz zu schweigen. An anderen wollte er alles wissen und quasselte über Gott und die Welt.

Er schien zwei Gänge zu haben, und das Unheimliche daran war, dass er immer ohne Vorwarnung hoch- oder runterschaltete. Es passierte einfach. Als würde in seinem Hirn ein Schalter umgelegt.

Ich hatte die Medikamente im Bad gesehen. Und dank der Staubschicht auf den ungeöffneten Päckchen und Fläschchen wusste ich auch, dass er sie nicht anrührte.

Ob es an den Dopingtests lag, denen sich die Mitglieder des Footballteams unterziehen mussten, oder ob er meinte, sie nicht zu brauchen, konnte ich nicht sagen. Wie dem auch sei, auf mich wirkte er nie so abgedreht, dass ich mir Sorgen machte, und außerdem ging es mich nichts an. Ich nahm an, dass er das Thema anschneiden würde, wenn er in der Stimmung war, darüber zu reden.

Ich stand auf. »Ich werde schnell duschen und dann pennen, denke ich.«

»Was auch immer, aber hol dir da drin keinen runter, wenn du nicht bereit bist, die verdammte Dusche sauber zu machen.«

»Als ob du das tun würdest.«

»Stimmt. Aber du zielst beschissen.«

Ich trottete lachend nach oben, schnappte mir meine Jogginghose und ein graues T-Shirt und ging ins Bad.

Das Wasser war heiß, aber ich konnte nicht widerstehen, es noch heißer zu drehen. Als könnte es die Ereignisse des heutigen Abends aus meiner Haut schwemmen, sie an meinem Körper hinunterrinnen und im Abfluss verschwinden lassen.

Ich packte meinen Schwanz, schloss die Hand darum und pumpte ein, zwei Mal. Blaue Augen, große Titten mit dunklen Nippeln und noch dunklere Haare, die in aufreizenden Strähnen darüberfielen. Er zuckte in meiner Hand und wurde hart.

Braune Augen, kleine Brüste mit dunkelrosa Nippeln und unordentliche blonde Haare, die mich jedes Mal wild machten, wenn ich sie berührte oder ansah. Mein Schwanz schoss in die Höhe, als wäre ihm gerade bewusst geworden, dass er entschieden zu lange geschlafen hatte. Wütend, hart und pochend.

Fuck.

Ich knirschte mit den Zähnen, und mein Magen zog sich zusammen. Ich ließ meine Hand fallen, wusch mich zu Ende und machte, dass ich aus der Dusche kam, dabei fühlte ich mich frustriert, erregt und eines Verbrechens schuldig, das ich nicht zu begehen gedachte.

Neun

Daisy, sechzehn Jahre alt

Ich pinnte mein Bild zu den anderen in dem verlassenen Kunstraum und trat einen Schritt zurück, um es eingehend zu betrachten.

Es war ein Porträt von Spud, der jetzt ausgewachsen war, sich aber an den meisten Tagen immer noch wie ein übermütiger Welpe benahm. Trotzdem waren seine Lebensfreude und sein verschmustes Wesen ansteckend. Und egal, wie viele Kühe und Hühner er erschreckte oder wie viele Paar Schuhe, Kleidungsstücke und Handtaschen er klaute und in die Scheune schleppte, um darauf herumzukauen, jeder liebte ihn.

Und ihn nach dem Foto, das ich von ihm gemacht hatte, zu malen, hatte mich kaum Mühe gekostet. Ich hatte kaum einen Blick darauf werfen müssen.

Rufe und Gejohle drangen durch meine benebelten, liebevollen Gedanken, und mir blieb das Herz stehen. Verdammt. Das Spiel.Ich packte meine Tasche, warf sie mir über die Schulter, rannte aus dem Klassenzimmer, den Gang hinunter, stürmte durch die Doppeltüren und wäre beinahe die Treppe hinuntergefallen.

Meine Haare klebten an irgendetwas an meiner Wange, aber ich strich sie zurück und rannte weiter, so schnell ich konnte, bis ich das Spielfeld erreichte. Dort angelangt, versuchte ich mich zwischen den Leuten auf der Tribüne hindurchzuquetschen, um einen Platz zu finden, und landete halb auf irgendeinem armen Mädchen, das ich von Biologieunterricht her kannte, und halb auf dem Sitz.

»`tschuldigung«, murmelte ich hastig und schob meine Brille auf die Nase hoch, während mein Blick hektisch über das Feld schweifte und nach Quinn Ausschau hielt.

Außerhalb der Saison spielte er manchmal Baseball, um in Form zu bleiben. Ich entdeckte ihn, als er gerade in die dritte Base lief und mit dem Baseman zusammenprallte, als der den Ball fing.

Quinn war eine Sekunde später wieder auf den Beinen, und mein Herz begann wieder normal zu schlagen. Das heißt, bis er aufblickte und die Menge nach mir absuchte. Seine Augen blieben just in dem Moment auf mir haften, wo das Mädchen neben mir in die Höhe schoss, um zu jubeln, und mich dabei auf die Betonstufe stieß. *Autsch.*

Wohl wissend, dass Quinn das gesehen haben musste, und obwohl ich am liebsten vor Scham gestorben wäre, krabbelte ich auf meinen Sitz zurück und winkte ihm zu.

Er verließ seine Base und kam auf mich zu, während der Trainer ihn mit hochrotem Gesicht anbrüllte, gefälligst im Spiel zu bleiben. Von meinem Lächeln und Schulterzucken scheinbar beruhigt, bedachte er mich mit einem Grinsen, das trotz des räumlichen Abstands zwischen uns meine Kopfhaut prickeln und Schmetterlinge in meinem Magen tanzen ließ.

»Sorry.« Das Mädchen neben mir kicherte boshaft.

Ich ignorierte sie; ärgerte mich nicht wirklich über ihren kleinlichen Racheakt, weil meine ganze Aufmerksamkeit Quinn galt, der losrannte, um seine Position wieder einzunehmen.

Mein Freund. Das Wort brachte mich immer noch dazu, manchmal über meine eigenen Gedanken zu stolpern.

Er gehörte zu mir, er wollte mich, und da er daran keinen Zweifel ließ, gingen mir die Eifersucht und die bösartigen Bemerkungen anderer Leute über mich nicht wirklich unter die Haut.

Klar, wir waren sehr verschieden. Ich war in keiner Hinsicht ein Nerd, aber ein Mädchen, das man oft mit einem Stift, Bleistift oder Pinsel in der Hand antraf und das mit den Gedanken nicht selten anderswo war.

Aber trotzdem war ich nicht so abwesend und verträumt, dass ich nicht mitbekam, was andere manchmal sagten. Dass ich echt heiß wäre, wenn ich mehr Oberweite und Hintern hätte, keine Zahnspange tragen würde und etwas wegen meiner ungebändigten Haare unternehmen würde, die ein Eigenleben zu führen schienen. Von meinem Mangel an Stil ganz zu schweigen. Chucks, Strandkleider oder Jeans und ein T-Shirt. Ich hatte nicht das Bedürfnis, mich aufzubrezeln, und das einzige Make-up, das ich besaß, waren mein Lippenbalsam und Mascara.

Das Spiel endete eine Weile später, und ich hatte keine Ahnung, wer gewonnen hatte, bis das andere Team vom Feld schlich. Meine Wangen drohten sich in Anbetracht der Tatsache, dass ich Quinn die ganze Zeit unverhohlen angestarrt hatte, leuchtend rot zu verfärben. Mist.

Er lief mit ebenfalls gerötetem Gesicht, den Helm in der Hand und schweißnassen Haaren zu mir herüber, als ich die Treppe hinunterging, sprang auf das Geländer und grinste so breit, dass mich die Wirkung, die das auf mich hatte, fast umgehauen hätte. »Dais.«

Ich strich die Haarsträhnen zurück, die ihm ins Gesicht gefallen waren, ohne mich daran zu stören, dass sie vor Schweiß troffen. »Gutes Spiel, Müffelmaul.«

»Eines Tages wirst du aufhören müssen, mich so zu nennen.«

»Wirklich?« Ich lächelte, als er meine Hand nahm und einen Kuss darauf drückte.

»Wirklich«, flüsterte er. »Ich weiß aus sicherer Quelle, dass du es liebst, meinen Mund auf deinem zu spüren, und das wäre nicht der Fall, wenn mein Atem riechen würde wie eine Jauchegrube.«

Da hatte er recht. Trotzdem ... »Es würde mir auch nichts ausmachen, wenn dem so wäre.«

»Na, wenn das so ist ...« Er umschloss meine Wange mit seiner feuchten Handfläche und zog meine Lippen für einen raschen Kuss zu seinen.

»Burnell! Komm zurück. Noch ist Unterrichtszeit, also mach dich nicht an die Ladys ran«, bellte der Trainer.

Quinn löste sich leise kichernd von mir, biss sich auf die Lippe und pikste in das Grübchen auf meiner einen Wange. »Warst du deswegen zu spät?«

Ich versuchte immer noch, nach seinem Kuss wieder einen klaren Kopf zu bekommen. »Hmm?«

»Farbe, Dais. Du hast welche auf der Wange.« Seine Augen wanderten über meinen Körper, und er musste wieder lachen. »Scheiße, auf deinem Kleid und deinem Arm auch.«

»Oh.« Ich blickte an mir hinunter und entdeckte weiße Farbe auf meinem Arm und gelbe auf meinem blauen Strandkleid. »Verdammt.«

»Ich gehe besser.« Er sprang vom Geländer herunter. »Wartest du auf mich?«

Ich nickte und bahnte mir dann einen Weg durch die Menge von Studenten, um meine Tasche zu holen, bevor ich auf die Vorderfront des Schulgebäudes zusteuerte.

»Hey«, schnaufte Alexis und rannte hinter mir her, als ich mich der Treppe näherte. »Ich habe dich gesucht. Wo hast du gesessen?«

»Neben einem Mädchen, das nicht sehr glücklich darüber war.« Sie hob eine Braue, und ich blies mir eine Haarsträhne aus dem Gesicht. »Egal. Ich habe die Zeit vergessen.«

»Schon wieder?«

Ich zuckte mit den Achseln. Bei Quinn hatte ich deswegen nie ein schlechtes Gewissen. Wenn überhaupt, lächelte er darüber. Ich mochte sein Lächeln, und ich kannte es in- und auswendig. Wenn er verärgert wäre, würde ich es ihm anmerken.

»Was machst du denn jetzt? Lust, irgendwo abzuhängen?«, fragte sie.

»Weiß nicht. Ja, von mir aus.« Ein höheres Semester zwinkerte Alexis im Vorbeigehen zu, aber sie schenkte ihm keine Beachtung.

Wir redeten über unsere Geschichtsprojekte, bis Quinn frisch geduscht herauskam und mir einen Arm um die Schultern legte.

»Klasse Spiel.« Alexis boxte ihn spielerisch in den Arm, und er tat so, als würde er zusammenzucken, woraufhin sie die Augen verdrehte und lachte.

»Danke. Hat Spaß gemacht.«

»Wie wär´s, wenn du dich vom Football verabschiedest?« Alexis wackelte mit den Brauen. »Du hast da draußen einen tollen Eindruck gemacht. Die Talentscouts würden dir aus der Hand fressen.«

Quinn lächelte sie an. »Es gibt nur eines, was ich spielen will, und nur ein College, wo ich es spielen will, es sei denn, sie hier ändert ihre Meinung und will woandershin.« Er drückte mich an sich, dann senkte er den Kopf zu meinem Ohr, als wir den Parkplatz betraten. »Zu mir oder zu dir?« Er knabberte an meinem Ohrläppchen, und ich schob seinen Kopf kichernd weg.

»Zu dir.« Ich zögerte, als wir seinen Truck erreichten. »Kommst du, Alexis?«

Sie starrte uns eine Sekunde lang an. »Nee, lieber nicht. Mir ist gerade eingefallen, dass am Montag unsere Hausarbeit fällig ist.«

Quinns Lippen verzogen sich, als er mir die Tür öffnete und seine Tasche in den Truck schleuderte. »Wie bitte? Du willst uns weismachen, dass du noch nicht damit fertig bist?«

Sie funkelte ihn finster an. »Halt die Klappe, ja?« Er wartete, und sie lenkte ein. »Na schön, doch. Aber ich muss ein paar Sachen noch einmal überprüfen.«

»`kay. Willst du mit uns fahren?«

Alexis schüttelte den Kopf. Sie benahm sich etwas merkwürdig, was öfter vorgekommen war, wenn wir drei im vergangenen Jahr gemeinsam unterwegs gewesen waren.

Da ich ihr ansah, dass sie sich zunehmend unwohl in ihrer Haut fühlte, winkte ich ihr zu und kletterte in den Truck. »Sehen wir uns morgen?«

Sie nickte und machte sich auf den Weg zur Bushaltestelle. »Ich wünschte, sie würde eine verdammte Mitfahrgelegenheit nutzen, wenn sie eine angeboten bekommt«, grollte Quinn, als er einstieg und den Motor anließ.

»Yeah, aber du weißt ja, wie sie ist.«

Er setzte aus der Lücke heraus und reihte sich in die Autoschlange ein, die den Parkplatz verließ. »Wir kennen sie aber fast so lange, wie wir uns kennen.« Er trommelte auf dem Lenkrad herum, während wir warteten. »Wir wissen, wo sie wohnt und was mit ihren Eltern ist.«

Das stimmte, es war aber immer noch ein wunder Punkt bei Alexis und würde wahrscheinlich immer einer sein.

Zehn Minuten später bogen wir in seine Einfahrt ein, und er führte mich direkt die Stufen zu seinem Zimmer hoch.

»Kommt deine Mom nicht bald nach Hause?«, fragte ich, als er die Tür schloss und mich rückwärts auf sein Bett zuschob.

Er strich meine Haare zur Seite, senkte die Lippen zu meinem Hals und übersäte ihn mit sachten Küssen. »Buchclub. Heute ist Freitag.«

Ach ja, richtig. Er zog mein Kleid hoch und über meinen Kopf, sodass ich nur noch meinen weißen Baumwoll-BH, ein passendes Höschen und Chucks trug. Ich schleuderte die Chucks von mir und biss mir auf die Lippe, als Quinn einen muskulösen Arm hinter sich schob und sich sein Shirt über den Kopf streifte.

Es gab nie viele Möglichkeiten für uns, vollkommen alleine zu sein, wenn wir nicht draußen in den Feldern waren. Aber das fand ich irgendwie gruselig – im Freien zu sein, wo Kühe uns mit runden, glänzenden Augen beobachteten.

Ich wich zurück, bis meine Kniekehlen gegen sein Bett stießen, und ließ mich dann darauf fallen. Quinn tat es mir nach und rollte sich über mich. »Du hast immer noch Farbe auf dem Gesicht«, flüsterte er.

»Wahrscheinlich«, gab ich zurück. Meine Augen klebten an seinem Gesicht, während sein Blick über meine Brust wanderte, bevor er sich mit meinem kreuzte. Er grinste, dann neigte er den Kopf und leckte die Farbe von meiner Wange.

»Leck da nicht dran«, kicherte ich.

Er stützte die Unterarme zu beiden Seiten meines Kopfes auf und presste seine Stirn gegen meine. »Danke, dass du heute gekommen bist.«

Das sagte er immer, als würde ich es eines Tages vielleicht nicht mehr tun. »Immer. Ich werde immer da sein. Selbst wenn ich etwas zu spät dran und ... äh ... ungekämmt bin.«

Er stupste meine Nase mit seiner an. »Anders würde ich dich gar nicht haben wollen.«

»Vorsichtig, Mister.« Mein Puls begann zu flattern.

»Oder was?« Er atmete heiser aus.

»Oder ich verplappere mich eines Tages und gestehe dir, dass ich verrückt verliebt in dich bin.« Das kam alles in einem Atemzug heraus, aber ich bereute nicht, es ausgesprochen zu haben. Ich hatte ihn immer geliebt. Er musste das längst wissen, trotzdem weiteten sich seine Augen.

»Du liebst mich?«

»Du bist so ein Spinner.« Ich lächelte nervös. »Das wusstest du doch.«

»Schon. Aber es ist ...« Er stieß vernehmlich den Atem aus. Der Luftzug kitzelte meine Lippen. »Es ist eine Sache, es zu wissen, und etwas ganz anderes, es tatsächlich zu hören. Zu sehen, wie diese Worte über deine Lippen kommen.«

Meine Hände glitten zu seinem ausgeprägten Bizeps; spürten, wie er unter meiner Berührung zuckte, bis sie erst sein Gesicht und dann seine Lippen fanden. Ich zog sie nach, drängte sie förmlich, dieselben Worte zu mir zu sagen.

Weil ich es auch wusste und es ebenfalls hören wollte.

Er biss mich spielerisch in den Finger, dann küsste er ihn. Der Spätnachmittagssonnenschein, der durch den Spalt zwischen seinen Vorhängen fiel, ließ goldene Flecken in seinen Augen tanzen. »Ich glaube, ich habe dich geliebt, seit ich mich erinnern kann, aber es hat sich geändert.« Als er meine plötzlich aufflackernde Angst bemerkte, drückte er einen flüchtigen Kuss auf meine Lippen, bevor er fortfuhr: »Es ist jeden verdammten Tag, jeden Monat und jedes Jahr stärker geworden. Bis zu dem Punkt, wo du zu einem ständigen Teil von mir geworden bist, und ich weiß nicht, ob ich jemals ohne dich leben könnte.«

Mit heftig in meiner Brust pochendem Herzen murmelte ich: »Wie der Mond und die Sterne.«

Er grinste, dann lachte er leise. »Yeah, wie der Mond und die Sterne.«

Während seine Lippen auf meinen lagen, fuhr ich mit den Händen durch sein immer noch feuchtes Haar und stöhnte, als seine Hüften tiefer rutschten und ich ihn hart an meinem Unterleib spürte. Seine Zunge fand meine, beide leckten, rieben und umspielten sich in einem vertrauten Rhythmus, der bewirkte, dass sich rasch Feuchtigkeit zwischen meinen Beinen sammelte und mein Atem abgehackt klang.

Quinn löste sich von mir. Seine Stimme klang erregend rau, als er fragte: »Darf ich dich noch mal anfassen?«

»Frag nicht, bitte tu es einfach.«

Seine Oberlippe kräuselte sich, als er die Körbchen meines BHs nach unten zog und eine bereits erhärtete Brustwarze in den Mund nahm, während seine Hand über meinen Bauch glitt und Richtung Süden wanderte, bis sie den Bund meines Höschens erreichte. Ich spreizte die Beine weiter, und Schauer überliefen mich, als er die Haut darüber sacht streichelte. Er ging zu meiner anderen Brust über, während er zugleich die Hand in meinen Slip schob, mit einem leisen Stöhnen meine Schamlippen auseinanderschob und seine Lippen meinen Nippel freigaben.

»Gott, du bist so feucht.«

»Mm-hm«, nuschelte ich. Meine Kehle wurde trocken, als er meine Pforte fand und sie behutsam reizte. Es fühlte sich zu gut an, um deswegen Scham aufkommen zu lassen. Seine Lippen kehrten zu meinen zurück, während er vorsichtig einen Finger in mich hineinschob. Es war etwas, was wir in den letzten Monaten nur wenige Male getan hatten, aber es gefiel mir. Sehr sogar.

Ich wollte ihn gleichfalls berühren, denn mittlerweile liebte ich es, seine seidige Härte zu spüren. Es faszinierte mich und löste einen leichten Schwindel in mir aus, wenn ich beobachtete, wie er auf das Gefühl meiner Haut an seiner reagierte.

Ich griff nach unten, um genau das zu tun, als er meine Lippen freigab und seine Hand aus meinem Höschen zog. »Wa … oh.« Er streifte es mir ab und warf es irgendwo auf den Boden, und dann lag sein Mund auf mir. Genau dort.

Lieber Himmel. Ich versuchte die Beine zu schließen und mich unter ihm hervorzuwinden, aber er hielt meine Schenkel gespreizt. Es fühlte sich fremd an, aber überwältigend gut. Ich verdrehte die Augen und hob die Hüften seiner forschenden Zunge entgegen. Obwohl er so etwas noch nie zuvor getan hatte, schien er gut genug Bescheid zu wissen. Ich entschied mich, dankbar dafür zu sein und dem Drang zu widerstehen, sein Webprotokoll nach Pornoseiten zu durchforsten.

Mein Körper begann zu glühen, kribbelnde Schauer rannen mein Rückgrat hinunter bis zu meinen Zehen. Die sich krümmten, als er fest an mir saugte. Meine Schenkel klemmten seinen Kopf ein, als ich kam.

»Großer Gott.« Er setzte sich auf und wischte sich mit dem Handrücken über das Kinn – was ich lächerlicherweise absolut heiß fand. »Können wir das noch mal machen?«

Mit einem atemlosen Lachen griff ich nach seiner Hand und zog ihn wieder über mich. Der Höhepunkt, den er mir gerade verschafft hatte, machte mich mutig. »Warum machen wir
stattdessen nicht etwas anderes?« Meine Gliedmaßen schienen sich in Gelee verwandelt zu haben, und mein Versuch, ein verführerisches Lächeln aufzusetzen, ließ mich wahrscheinlich nur dümmlich wirken.

Aber er verstand, worauf ich hinauswollte. »Was?« Er schluckte und blickte kurz zur Seite. »Du bist gerade erst sechzehn geworden, Dais, wir können nicht …«

»Warum nicht?« Ich umfasste seine Wangen, sodass er den Blick wieder auf mich richten musste. Seine Augen flackerten unruhig, während er unschlüssig mit sich rang. »Mond und Sterne, schon vergessen? Wo ist der Unterschied, ob wir es jetzt tun oder in einem Jahr?«

Er seufzte. »Na ja, erstens wärst du dann ein Jahr älter, und zweitens würde mich dein Dad dann schnell und schmerzlos umbringen, wenn er es herausfindet. Jetzt? Jetzt würde er mich langsam zu Tode foltern, darauf könnte ich wetten.«

»Sie werden es nicht erfahren.«

»Glaubst du das wirklich?«

Ich wollte es glauben. So scharfsichtig unsere Eltern auch sein konnten, es waren hauptsächlich unsere Moms, vor denen wir auf der Hut sein mussten. »Ich glaube nicht, dass sie es merken werden. Ich weiß nur, dass ich das hier will ... mit dir.«

Seine Miene verfinsterte sich. »Für mich würde es nie eine andere sein.«

»In Ordnung.« Ich grinste. Sein Anflug von Ärger entzündete ein weiteres Feuer in meinem Magen. »Du weißt, was ich meine.«

Sein Widerstand war erloschen. Er befreite mich von meinem BH, dann fielen seine Jeans auf den Boden. Obwohl ich nackt dalag, verspürte ich nicht die geringste Nervosität. Quinn schaffte es, dass ich mich in nahezu jeder Situation locker und entspannt fühlte. Der Ventilator surrte über unseren Köpfen, die Nachttischschublade wurde geöffnet und geschlossen, und ich schnappte nach Luft. »Du hast Kondome?«

Sein Gesicht verfärbte sich leicht rötlich, und ich versuchte die Hände nach ihm auszustrecken, um seine erhitzten Wangen zu spüren. »Dad hat sie mir gegeben, als ich fünfzehn geworden bin. Sagte, ich sollte sie besser noch längere Zeit nicht benutzen müssen, und dann kam er mir mit dem peinlichsten Vortrag über Sex, den die Menschheit je gehört hat.«

»Und wie ging der?« Ich beobachtete, wie er aufstand, seine Boxershorts fallen ließ und sich sorgsam ein Kondom überstreifte. Meine Augen wurden groß, hingen förmlich an diesem beeindruckenden Teil von ihm.

»Das erzähle ich dir später, wenn ich nicht steinhart bin und es kaum erwarten kann, etwas dagegen zu tun.«

»Meinetwegen.« Ich griff nach ihm, als er wieder auf das Bett stieg, aber er schob meine Hand sacht weg.

»Nicht, ich …« Die Röte auf seinen Wangen vertiefte sich, was mich mit einer so tiefen Zuneigung erfüllte, dass ich am liebsten gequiekt hätte. »Ich mache es wahrscheinlich nicht besonders gut oder halte nicht lange durch.«

»Komm her«, sagte ich.

Er gehorchte und schob sich über mich. Ich umschloss seine warmen Wangen, strich mit dem Daumen darüber und brannte seinen Anblick für später in mein Gedächtnis ein; fieberte dem Moment entgegen, wo ich ihn genau so, wie er jetzt aussah, auf Papier festhalten konnte. Die Art, wie seine Wimpern flatterten, die Verletzlichkeit in seinen Augen. Ich wusste, wenn ich meine Hand auf seine Brust presste, würde ich sein Herz genauso schnell schlagen spüren wie mein eigenes. »Du bist so schön.«

Er lachte. »*Wie bitte?*«

»Doch, das bist du.« Ich zog seinen Kopf tiefer und küsste ihn rasch. »Ich könnte dich den ganzen Tag lang ansehen. Jeden Tag. Für immer.«

Ihm entfuhr ein fast schmerzlicher Laut. »Fuck, Dais. Das läuft alles verkehrt herum. Ich sollte derjenige sein, der dir sagt, dass du schön bist.« Er blinzelte, und seine Augen schweiften über mich hinweg. »Du bist alles Gute in dieser Welt. Du strahlst so hell, da hatte ich nie eine Chance.«

Die Luft wich aus meinen Lungen. »Ich liebe dich. Ob das hier Sekunden, Minuten oder eine Stunde dauert … dort, wo es zählt, hält es ewig an.«

Sein Adamsapfel hüpfte. »Du hast recht.« Er grinste plötzlich und flüsterte: »Außerdem haben wir ein ganzes Leben lang Zeit. Es werden sich für mich noch viele Gelegenheiten ergeben, mich nicht zu blamieren.«

Ich kicherte leise und presste meinen Mund auf seinen, und er spreizte meine Beine weiter; brauchte ein paar Sekunden, um die richtige Position zu finden.

O Gott. Das, was wir zu tun im Begriff standen, sickerte allmählich in meinen benebelten Verstand ein. Meine Nerven machten sich bemerkbar, begannen in meinem Magen zu tanzen, doch er stieß gegen mich, seine Lippen verharrten auf meinen, als er versuchte, in mich einzudringen.

»Geht es nicht?«, fragte ich nach einer Minute zaghaft.

Seine einzige Antwort bestand in einem lang gezogenen Stöhnen, als er sich aufbäumte, dann ganz in mich eindrang und die Barriere mit einem harten Stoß durchbrach, woraufhin sich meine Beine fester um seine Hüften schlossen, während ich zu meiner Verlegenheit einen Schmerzenslaut nicht unterdrücken konnte.

Es tat mehr weh als alles, was ich je zuvor gespürt hatte, und ich konnte nichts anderes tun, als es schwer atmend durchzustehen.

»Scheiße.« Sein Kopf fuhr hoch, seine Augen waren verschleiert, und er rang nach Atem. »Das sollte nicht so schnell gehen. Ich dachte, ich müsste vielleicht nur fester zustoßen. Tut mir leid.«

»Als ob man ein Pflaster abreißt?« Ich wollte es witzig klingen lassen, scheiterte aber damit, als er sich bewegte und das Brennen stärker wurde.

Ich krümmte mich, und er hielt inne. »Sorry, aber ...«, er stieß einen kehligen Laut aus, » ... es fühlt sich so gut an.«

Ich wusste nicht viel über Sex, nur das, was sie uns in der Schule beigebracht hatten, und vor Jahren hatte ich einmal meine Eltern dabei überrascht, wie sie in der Küche zugange waren, als ich aufgestanden war, um mir Wasser zu holen, aber mir war klar, dass das erste Mal für ein Mädchen unangenehm sein würde. Also sagte ich nur: »Hör nicht auf, mach weiter. Es tut sowieso weh, bis ich mich daran gewöhne.«

Er sah mich einen Moment eindringlich an, schluckte dann und krächzte heiser: »`kay. Liebe dich.«

Ich nickte, und er begann sich langsam in mir auf und ab zu bewegen, ohne den Blick von mir abzuwenden. Seine Hände glitten unter meine Schultern, eine grub sich in meine Haare und streichelte sie sanft.

Obwohl mein Unterleib sich anfühlte, als stünde er in Flammen, empfand ich es als berauschend, ihn zu beobachten. Die leisen Laute, die über seine Lippen drangen. Das leichte Furchen seiner Stirn. Die Art, wie sich seine Pupillen weiteten, als er sich in Gefühlen verlor, die seinen kräftigen Körper erzittern und fester zustoßen ließen.

Er war perfekt. Bronzefarbene Haut, Schweißperlen, die auf seiner Stirn glitzerten, und die seidige, glatte Fläche seiner breiten Brust.

Ich hätte ewig in diesen Minuten verharren mögen.

»Bist du okay?«, fragte er, obwohl die Worte als kaum verständliches Keuchen herauskamen.

»Yeah.« Damit log ich nicht. Das Brennen hatte gerade so weit nachgelassen, dass ich mir vorstellen konnte, diese Sache, die man Sex nannte, könnte alle Unannehmlichkeiten wert sein.

»Ich glaube, ich komme gleich ... Scheiße.« Sein Kopf sank auf meinen Hals, und seine Zähne gruben sich sacht in meine Haut, als seine Hüften ohne jegliche Feinheiten zu rollen und zu pumpen begannen.

Dann hielten sie inne, er stöhnte laut in mein Ohr, und sein Körper erzitterte erneut. Ich strich mit den Händen über die feuchte Haut seines Rückens und dachte schon, er wäre vielleicht für eine Minute in dieser Stellung eingeschlafen, bis er mir auf den Hals pustete und den Kopf hob.

»Spinner.« Ich drückte seine Wangen zusammen und rümpfte die Nase.

Die sinnlichen Lippen krümmten sich über gleichmäßigen weißen Zähnen. »Das war nicht von dieser Welt.«

»Ja?«, fragte ich.

Er küsste mich sanft. »Fantastisch.«

Kuss. »Irre.«

Kuss. »Unvergesslich.«

Kuss. »Ich möchte es noch mal machen.«

Ich schob ihn lachend weg. »Ich glaube, vorher brauche ich ein paar Tage, um mich zu erholen.«

Seine Brauen schossen in die Höhe. »Ein paar Tage?«

»Ja. Mindestens.«

Er ließ den Kopf stöhnend auf meine Brüste sinken. »Hat es dir gefallen?«

»Ich habe es geliebt. Hauptsächlich habe ich es geliebt, dich zu beobachten.«

Er hob den Kopf. »Dais …«

»Keine Sorge.« Ich pikte ihn in die Wange. »Es wird aufhören wehzutun.«

»Je öfter wir es machen, richtig?« Seine Augen leuchteten auf, seine Brauen wackelten.

»O mein Gott. Ich habe ein Monster erschaffen.«

Kichernd zog er sich aus mir zurück, schlang die Arme um meine Taille und rollte sich herum, bis ich auf seinem Bauch saß.

»Iih, könnte sein, dass ich blute, Quinn.« Ich versuchte mich von ihm zu lösen, aber er umfasste meine Hüften und hielt mich fest.

»Mir egal.« Er zog meine Haare über meine Brust und fuhr mit den Fingern darüber, meine Brüste hinunter zu meinem Bauch. »Göttin.«

Ich lächelte. Mein Herz fühlte sich voller an als je zuvor. Doch dann flog die Tür auf, und jemand kreischte.

Zehn

Daisy, Gegenwart

Ich fand es merkwürdig, ja, sogar unbegreiflich, wie das Herz, das Hauptorgan, das uns am Leben hält, trotz eines nicht enden wollenden Traumas funktionieren konnte.

Wie konnte etwas, das für unser Wohlergehen und unser Überleben von so elementarer Wichtigkeit war, eine solche Verletzung, eine solche Zerstörung überstehen und trotzdem weiterschlagen? Es erschien mir nicht richtig.

Ich wollte weder dramatisch noch undankbar erscheinen, denn trotz all des Kummers und des Schmerzes, der dafür sorgte, dass sich meine Kehle jede Sekunde jeder Stunde der Tage, nachdem ich Quinn gesehen hatte, zuschnürte, gelang es mir irgendwie, jeden Morgen aufzustehen und weiterzuleben. Darauf war ich stolz, selbst wenn ich mich unwiderruflich und unverändert wie zerbrochen fühlte. Von meiner inneren Verlorenheit ganz zu schweigen.

»Langweile ich Sie, Miss …?« Die barsche Stimme des Professors hallte durch den Hörsaal.

Ich hob den Kopf vom Tisch, wischte mir etwas Spucke von der Unterlippe und verzog entschuldigend und beschämt das Gesicht, als mir klar wurde, dass er mit mir sprach. »Äh, Daniels. Und, ähm, nein. Ganz und gar nicht.«

O mein Gott.

Er bedachte mich mit einem kleinen Lächeln und schüttelte den

Kopf, bevor er sich wieder seiner Präsentation ägyptischer Kunst auf dem großen Bildschirm unter uns widmete.

»Hey«, flüsterte ein Mädchen ein paar Tische entfernt.

Ich blickte erschrocken zu ihr hinüber. Ich hatte gedacht, einen Platz in einer Ecke ganz für mich ergattert zu haben.

»Hi«, flüsterte ich.

Sie musterte mich. Die Sommersprossen, die ihre Nase übersäten, tanzten, als sie sie rümpfte. »Ich glaube, du hast ein Cheerio in den Haaren.«

Igitt. Ich hob eine Hand und betastete meinen unordentlichen Haarknoten, bis ich es fand, es baumelte an einer Locke. »Danke.«

»Gern geschehen«, erwiderte sie, dabei betrachtete sie mich immer noch forschend. »Lange Nacht gehabt?«

»So was in der Art.« Ich wandte mich wieder meinen Notizen oder vielmehr dem Fehlen derselben zu. Ich musste mich am Riemen reißen. Kunstgeschichte gehörte nicht zu den Kursen, durch die ich mich mit minimaler Anstrengung durchmogeln konnte. Ich war versucht, das Mädchen zu fragen, ob es etwas dagegen hätte, mich einen Blick in seine Aufzeichnungen werfen zu lassen, besann mich dann aber eines Besseren. Es war meine eigene Schuld, dass ich nicht aufgepasst hatte.

Als die Vorlesung vorüber war, erfüllten Gelächter und Stimmengewirr den gewölbeähnlichen Raum, als die Studenten nacheinander die Treppe hochstiegen und zur Tür hinausgingen. Ich stand erst auf, als das Mädchen neben mir fort war, und stopfte meinen Notizblock und meinen Stift langsam in meinen Rucksack.

»Miss Daniels, einen Moment noch, wenn Sie nichts dagegen haben.« Meine Augen quollen aus den Höhlen, als ich erneut die Stimme des Professors hörte.

Ich hatte nie zu denen gehört, die in der Schule Probleme bekamen, obwohl es meiner Beliebtheitsquote vermutlich ganz gutgetan hätte. Aber dass es mir jetzt auf dem College passierte, war einfach nur demütigend.

Erleichtert, dass die meisten anderen schon weg waren, schlich ich die Treppe hinunter und blickte hierhin und dorthin, nur nicht in die steinerne Miene des Professors.

»Hier.« Er hielt mir einen Papierbogen hin. »Das mache ich zum ersten und zum letzten Mal. Noch ein Nickerchen während der Vorlesung, und Sie haben ganz schlechte Karten, Miss Daniels.«

Verwirrt nahm ich die Notizen der heutigen Vorlesung entgegen. »Danke. Es tut mir leid, es wird nicht wieder vorkommen.«

Er sah mich einen Moment lang an. Sein bärtiger Kiefer bewegte sich zusammen mit seinen zuckenden Lippen.

»Entschuldigen Sie, dass ich das so offen sage, aber Sie sehen aus, als hätte Sie jemand in einen Wäschetrockner gesteckt und dann vergessen.« Er beäugte meinen Kopf mit dem unordentlichen Haarwust darauf und schüttelte seinen eigenen. »Sehen Sie zu, dass Sie etwas Schlaf bekommen. Das hier ist nicht die Highschool. Wenn Sie dem Unterricht nicht folgen, werden Sie durchfallen.«

Ich nickte und bedankte mich noch einmal. Meine Wangen leuchteten flammendrot, als ich gebeugt und mit hochgezogenen Schultern die Treppe wieder raufstieg und durch die Türen in das frühherbstliche Sonnenlicht hinaustrat.

Die Footballsaison war jetzt in vollem Gange, die Universität erstrahlte in den Farben der Tomahawks. Orangefarbene Fahnen mit zwei gekreuzten Stahltomahawks in der Mitte hingen an jedem Gebäude, jeder Ladenfront und sogar an den Straßenschildern. In die Gärten waren orangefarbene und graue Bänder geflochten oder flatterten an den Bäumen.

Meine Kehle schnürte sich erneut zu. Eine kühle Brise wehte mir in die Augen. Ich schob meinen Rucksack höher auf meine Schulter und hielt den Kopf gesenkt, während ich den kurzen Weg zu meinem Wohnheim zurücklegte.

Flüchtig überlegte ich, wie lange ich mich wohl noch so fühlen würde. Als hätte sich ein riesiger Felsbrocken in meiner Brust eingenistet, der meine Kehle hochkroch, wann immer ihm danach war, und mir das Atmen erschwerte.

Pass auf dich auf.

Mir entfuhr ein Lachen, als ich nach oben ging, es drang trocken und seltsam fremd über meine rissigen Lippen. Pass auf dich auf. *Wer sagt so was?*

Quinn. Er hatte das gesagt.

Ich schloss die Tür, ließ mich dagegen fallen und versuchte, ihn mit jedem kreativen Schimpfnamen zu überhäufen, der mir in den Sinn kam. Aber es gelang mir nicht. Es war, als würde sich mein unbelehrbarer Körper dagegen wehren, den Klang seines Namens mit etwas Vulgärem zu vergiften.

Ich verstand es einfach nicht. *Warum?* Nach all unseren gemeinsamen Jahren, der Freundschaft, dem Lachen, der Liebe, den Erinnerungen ... warum sollte er mir das antun?

Du bist weggegangen.

Das stimmte, aber ich hatte das nicht gewollt. Es hatte mich fast umgebracht, wegziehen zu müssen, aber ich hatte keine andere Wahl gehabt. Im Gegensatz zu ihm. Er hatte eine Wahl getroffen, die ich nie kommen gesehen hatte. Bildete er sich ernsthaft ein, es würde mir nichts ausmachen, wenn er nach vorne schaute? *Mit ihr?*

Und dann der Umstand, dass er das erste Jahr allein im College ganz eindeutig gut überstanden hatte? *Warum sie und nicht ich?*

Verwirrung und Wut wallten in mir auf, als ich meinen Rucksack auf das Bett warf. Ein paar Stifte und mein Telefon fielen heraus. Tränen brannten in meiner Nase, meinen Augen und meiner Kehle, als ich das Telefon aufhob und den einen Menschen anrief, der mir vielleicht helfen konnte, ein paar Antworten zu finden.

»Honey?«, meldete sich meine Mom. »Hey, und ich dachte, ich müsste dir hinterhertelefonieren, nachdem du meinem letzten Anruf ausgewichen bist.« Sie lachte leise, verstummte aber, als ich schwieg. »Daisy?«

»Ja, ich bin noch dran.«

Argwohn schwang in ihrer Stimme mit. »Was ist los? Stimmt etwas nicht?«

»Er ist auch hier.« Ich warf mich auf mein Bett, blickte durch den dünnen Vorhang, der mein Fenster verdeckte, und beobachtete die Schatten von Studenten, die dahinter langgingen.

Lange Zeit sagte sie gar nichts. Meine Gedanken begannen sich zu überschlagen, und mir wurde schwindelig. Oh, verdammt. »Du wusstest, dass er hier sein würde, nicht wahr?«

»Nein, das wusste ich nicht, jedenfalls nicht sicher«, versicherte sie mir rasch. Ich wusste allerdings, dass sie manchmal mit Quinns Mom Amy sprach, wenn auch nicht mehr so oft wie früher. Ich wusste auch, dass Quinn, nachdem ich meine Nummer geändert hatte, ein paar Mal versucht hatte, bei uns zu Hause anzurufen, bevor er es endgültig aufgab.

Mir stockte der Atem, und ich schloss die Augen. Sie hatte nie etwas gesagt. Es sei denn ... »Du hast die ganze Zeit gewusst, dass er sein Leben einfach weitergelebt hat?«

»Daisy, Honey.«

»Nein. Was zur Hölle, Mom?« Ich schniefte und wischte mir mit der Hand über die Nase. »Und dann noch mit Alexis?«

»Mist.« Sie schnaubte das Wort aus, und ich sah sie fast vor mir, wie sie durch die Küche tigerte. »Du hast sie gesehen?«

»Natürlich. Du wusstest, dass das einmal passieren musste.«

»Es tut mir leid.« Sie hielt inne. »Ich wusste nicht, wie ich es dir sagen sollte, als ich es herausfand.«

»Wann? Wann hast du es herausgefunden?«

Sie stieß vernehmlich den Atem aus. »Vor fast einem Jahr.« Ihre Stimme klang ruhig. »Es tut mir so leid. Ich wusste nicht, ob es von Dauer sein würde, und Amy auch nicht. Und sie hat nie wieder davon gesprochen. Das letzte Mal, als sie sie überhaupt erwähnt hat, liegt Monate zurück.«

Meine Brauen zogen sich zusammen, und Tränen liefen in stummen, salzigen Rinnsalen an meinen Wangen hinunter, als ich an all die Male zurückzudenken versuchte, wo ich sie am Telefon mit Amy sprechen gehört hatte. Aber sie hatte immer darauf geachtet, mit ihr zu telefonieren, wenn ich nicht in der Nähe war. Fragen schossen mir durch den Kopf. Ich wollte so viel wissen, hatte aber keine Ahnung, ob ich mit den Antworten umgehen können würde oder ob sie sie überhaupt kannte.

Als könnte sie meine Gedanken lesen, murmelte sie: »Sie hat ohnehin nicht viel gesagt, Süße. Ich glaube nicht …«

»Was?«

»Ich glaube nicht, dass ihr das mit den beiden gefallen hat. Sie klang nie allzu begeistert darüber. Eher … hmm … entschuldigend, schätze ich.« Sie seufzte tief, und mein Kopf sackte gegen den Fensterrahmen. »Sie erwähnte, dass Quinn nach unserem Umzug in einer schlechten Verfassung war.«

Mein Kopf fuhr mit einem Ruck hoch. »Wie meinst du das?«

»Wir haben dir dein Handy weggenommen, weil wir versuchen wollten, dir zu helfen, so weit darüber hinwegzukommen, dass du wieder glücklich sein kannst. Aber … nun ja, auch weil Amy sagte, Quinn würde nach jedem Gespräch mit dir entweder schlafen oder weggehen und trinken.«

»Trinken?«, wiederholte ich. Er hatte damals mit Freunden herumgehangen, klar, aber nur selten getrunken.

»Ja, mehr weiß ich auch nicht. Du warst nicht die Einzige, die zu kämpfen hatte, Süße. Wir hielten es für das Beste, euch beiden eine Atempause zu verschaffen.«

Ich lachte humorlos auf. »Jetzt siehst du ja, was dabei herausgekommen ist.«

»Es tut mir leid. Wir dachten nicht, dass du immer noch dasselbe empfinden würdest, nicht, nachdem so viel Zeit vergangen ist.«

Aber es war so. Und dass jeder das zu wissen schien, machte alles nur noch schlimmer.

Die Tür zu unserem Zimmer wurde geöffnet, und Pippa lächelte kurz, bevor sie sie schloss und ihren Rucksack auf den Boden warf.

»Ich mache jetzt besser Schluss.«

»Daisy, bitte tu jetzt …«

»Schon okay. Ich …« Ich brach ab und schluckte. »Ich brauche nur etwas Zeit, um das alles zu verarbeiten.«

»Okay, entschuldige. Ruf mich an, wenn du mich brauchst.«

»Mache ich.« Ich legte seufzend auf und schleuderte mein Telefon auf das Bett.

Pippa setzte sich auf das Fußende meines Bettes und flocht ihren langen Zopf auf. »Fühlst du dich jetzt besser?«

Das tat ich keineswegs, aber ich versuchte mir ein Lächeln abzuringen.Sie verzog das Gesicht. »Eher nicht. Erzwing es nicht, Mädel. Ich kann mit der Wahrheit umgehen.«

Sie zog sich ihr Haargummi über das Handgelenk, kramte meinen Skizzenblock aus meinem Rucksack und blätterte ihn durch. Dann zeigte sie auf das letzte Bild, das ich gezeichnet hatte, letzte Woche, aus just diesem Fenster starrend. »Seitdem hast du nichts mehr gemacht?«

Ich schüttelte den Kopf. »Nur im Unterricht.«

Sie gab einen missbilligenden Laut von sich, klappte dann den Block zu und schob ihn in meine Tasche zurück.

»Hat dir jemals jemand das Herz gebrochen?« Ich wusste nicht, was mich zu der Frage bewog. Vielleicht wollte ich mich nicht so alleine fühlen. Und ich wusste, dass ihr das passiert war. Als ihr Dad sie verlassen hatte.

Aber sie wusste, dass ich mich nicht auf ihn bezog. »Nein. Nicht so, wie ich glaube, dass du jetzt leidest.«

Ich nickte, schniefte und blickte wieder aus dem Fenster. Leute strömten in das Gebäude hinein und wieder heraus und zerstreuten sich, als der Nachmittag dem Himmel etwas von seiner Leuchtkraft raubte.

»Hey, in der Eisdiele suchen sie jemanden für ein paar Abende die Woche. Ich habe gefragt, ob sie damit warten, jemanden einzustellen, bis ich das mit dir besprochen habe.«

Ich sah sie an, ihre klare Porzellanhaut und das Mitleid in ihren grünen Augen. »Warum?« Ich schwamm nicht gerade im Geld, hatte aber noch etwas in meinem Collegefonds.

Sie zuckte mit den Achseln, stand auf und ging zu ihrer Kommode am Ende des Bettes. »Dachte nur, es könnte dir
guttun. An einem fröhlichen Ort mit glücklichen Schwingungen zu sein. Und hey, wer wird nicht gerne dafür bezahlt, den ganzen Tag Eiscreme anzuschauen?«

»Du hast gerade erst angefangen, da zu arbeiten. Vielleicht hasst du es in einer Woche.«

»Möglich.« Sie öffnete und schloss ihre Schubladen. »Aber im Moment gefällt es mir gut genug.«

Bei der Vorstellung, an demselben Ort zu arbeiten, wo ich mein Herz in kleine Stücke zerfetzt zurückbekommen hatte, erfüllte etwas Säuerliches meine Geschmacksknospen und kroch in meinen Mund. »Lieber nicht, aber trotzdem danke.«

Sie hob eine Schulter, klemmte sich ihren Pyjama unter den Arm und griff nach ihrer Kulturtasche, bevor sie die Tür öffnete. »Wie du willst. Aber ich finde, du solltest zumindest darüber nachdenken. Irgendwann wirst du deinen Kummer überwinden und dich nicht mehr ganz so mies fühlen, und wenn es so weit ist, wirst du dich sicher nicht im totalen Chaos wiederfinden wollen.«

Mit diesen Worten verließ sie das Zimmer.

Ich gelangte zu der Überzeugung, dass sie noch nie wirklich verliebt gewesen war, aber trotzdem enthielten ihre Worte ein Körnchen Wahrheit. Was für mich ausreichte, um sie im Geist zu zerpflücken und hin und her zu drehen, bis sie hohl und leer dalagen. Nutzlos.

Stöhnend rieb ich mir mit den Händen über das Gesicht. Ich ließ zu, dass mich die ganze Sache in einen Wirbel aus Negativität hineinzog, und ich musste mich daraus befreien.

Erschlossen stand ich auf und setzte mich prompt wieder, als mein Blick auf die Bilder fiel, die ich mit einiger Mühe über mein Bett gehängt hatte. Ich starrte Spud an. Ein glücklicher Ball aus goldenem Fell, den ich so furchtbar vermisste. Fast so sehr wie seinen Besitzer, der neben ihm saß und etwas in der Ferne auf den Feldern der Farm seiner Eltern anlächelte.

Während wir aufgewachsen waren, hatte ich mir in all den Wochen und Monaten jeden Zentimeter seines Gesichts eingeprägt und Veränderungen sowie die Art registriert, wie er begann, die Welt mit anderen Augen zu betrachten. *Mich* mit anderen Augen zu betrachten. Und so, wie ich es schon oft zuvor getan hatte, hatte ich dieses Bild von ihm gemalt, wohl wissend, dass es mir nicht gelingen würde, die Essenz dessen einzufangen, was er war und was er in mir auslöste, aber ich wollte es trotzdem unbedingt versuchen. Das Ergebnis ließ meinen Atem stocken, während ich das Bild anstarrte. Die feinen goldenen Pinselstriche in seinem zerzausten Haar, die smaragdgrünen Flecken in den haselnussbraunen Augen, den zartrosa Rand seiner Lippen.

Tiefe Traurigkeit stieg in mir auf und ergoss sich wie ein Eimer mit Eiswasser über meinen Kopf, als mir aufging, dass es mir nicht mehr zustand, ihn anzustarren. Ich sollte ihn noch nicht einmal so anschauen. Und sein Bild nicht an meiner Wand hängen haben, schon gar nicht über meinem Bett.

Ohne auf diese neue schmerzhafte Erkenntnis zu achten, kroch ich über das Bett und hob zögernd die Hand, um es zu berühren. Ehrfürchtig strich ich mit dem Finger über seine Lippen; erinnerte mich daran, wie warm und sanft sie sein konnten, wenn sie sich auf meine pressten.

Mit angehaltenem Atem griff ich nach dem Rand des Papierbogens, hielt dann aber inne.

Ich brachte es nicht über mich. Konnte ihn nicht herunterreißen. Ich sollte es tun. Aber ich konnte einfach nicht loslassen.

Noch nicht. Nicht schon wieder. *Ich bin noch nicht dazu bereit.*

Der Mond und die Sterne.

Es erschien mir nicht richtig, dass eines ohne das andere existierte. Und doch war ich gezwungen, genau das zu tun.

Meine Hand fiel nach unten, und ich sackte auf dem Bett zusammen. Ein Schluchzen entrang sich meiner Brust, drang aus meinem Mund und hallte in dem kleinen Zimmer wider.

Ich hätte wissen müssen, dass er seinen Weg weitergehen würde –

dass irgendetwas passieren würde –, statt naiverweise daran zu glauben, dass wir am Ende glücklich miteinander leben würden.

Selbst jetzt noch weigerte sich mein Herz, auf meinen Verstand zu hören, zu begreifen, was dieser ihm beharrlich wieder und wieder einflüsterte. Dass sein Gegenstück jetzt plötzlich tabu war.

Oder vielleicht fühlte es sich schlicht und einfach zu sehr verraten, um etwas darauf zu geben.

Elf

Daisy, sechzehn Jahre alt

Quinn rollte mich auf den Rücken und verdeckte mich mit seinem Körper. Was süß von ihm war, abgesehen davon, dass ich fürchtete, bald einem Pfannkuchen zu ähneln. »Wer isses?«, nuschelte ich, weil mein Gesicht und meine Lippen mit seiner Brust verschmolzen.

»Alexis?«, fragte er. Seine Stimme hob sich vor Schreck.

Nun, das beantwortete meine Frage.

Alexis klang noch geschockter. »Äh, sorry. Ich werde einfach ...«

Ich schob Quinn weg, bis mein Kopf unter seinem Arm hervorlugte. Alexis stand in der Tür, blickte mit großen Augen hierhin und dorthin und immer wieder auf Quinns Hintern. Ich konnte es ihr nicht verdenken. Er hatte einen tollen Hintern.

»Ich warte draußen. Sagt mir Bescheid, wenn, äh, die Luft rein ist.«

Die Tür wurde geschlossen, und Quinn entspannte sich über mir, vergrub den Kopf an meinem Hals und lachte leise.

»Schöne Bescherung«, quetschte ich zwischen eigenen Lachanfällen hervor.

»So was von peinlich«, brummte er, dann hob er den Kopf. »Vermutlich sollten wir uns lieber anziehen.«

»Yeah«, schnaufte ich, in den Augen gefangen, die mich anstarrten.

Er senkte seine Lippen zu meinen und küsste mich ausgiebig, bevor er aufsprang und sich von dem Kondom befreite.

»Was willst du damit machen?« Ich betrachtete den kleinen Mülleimer neben seinem Bett, während ich mein Höschen, den BH und mein Kleid anzog und meine Füße in die Chucks schob.

Er starrte den Eimer einen Moment lang an, dabei zog er sich mit seiner freien Hand seine Boxershorts über diesen fantastischen Hintern. Meine Schultern sackten nach unten, als ich zusah, wie er unter dem Stoff verschwand. Ich versuchte rasch, meine Haare zu bändigen, als Quinn das Kondom in den Abfalleimer warf, Jeans und T-Shirt überstreifte und den Müllbeutel herausnahm.

Ich musste unwillkürlich lachen. »Du? Bringst den Müll raus? Dann merken sie sofort, dass etwas im Busch ist.« Seine Mama nahm ihm alles ab, sehr zum Ärger seines Dad.

Er stupste mich gegen die Nase. »Sei still, du. Ich habe eine Idee.«

Er verknotete den Beutel und verschwand. Seine Schritte verhallten auf den Stufen. Voller Neugier wusch ich mich im Bad oben rasch und zuckte bei dem Brennen zwischen meinen Beinen und dem Anblick des Blutes auf dem Toilettenpapier zusammen. Nachdem ich mir die Hände gewaschen hatte, setzte ich mich auf sein Bett und wartete darauf, dass er zurückkam.

Er kam mit einem frischen Beutel, einer Tüte Chips und einem Apfel in der Hand herein, den er auf die Kommode legte. »Du isst das auf und wirfst den Abfall da rein? Raffiniert.« Ich stieß einen träumerischen Seufzer aus. »Wieso habe ich nur so ein Glück?«

Er befestigte den Müllbeutel in dem Eimer, öffnete die Chips, stopfte sich ein paar in den Mund und murmelte undeutlich: »Nicht wahr?« Dann wackelte er mit den Brauen, und mein Herz quoll vor den Gefühlen über, die ich diesem hünenhaften Burschen entgegenbrachte.

Ich stand auf, um ein paar Chips aus der Tüte zu stibitzen. »Du hast dir noch nicht mal die Hände gewaschen.«

Er zuckte mit den Achseln, kaute geräuschvoll und schluckte. »Mache ich auch nicht. Mir gefällt es, dich an meinen Fingern zu riechen.«

Ich rümpfte die Nase. »Du bist ein kleines bisschen versaut, Quinn.«

Er küsste mich. Seine Lippen schmeckten nach Kartoffelchips, was mich dazu verlockte, die Zunge herauszustrecken, um darüberzulecken.

Er lachte leise, wich zurück und rückte meine Brille zurecht. »Insgeheim liebst du das.«

»Daraus mache ich gar kein Geheimnis.« Ich schob mir eine Handvoll Chips in den Mund und zerkaute sie knirschend. »Ich sollte besser Alexis erlösen. Ich nehme an, sie hat jetzt keine Lust mehr, irgendwas zu unternehmen.«

Er schien einen Moment lang nachzudenken, dann meinte er: »Yeah, sie hat nichts gesagt, als ich runtergekommen bin. Aber sie sitzt am Esszimmertisch. Soll ich euch beide nach Hause fahren?«

»Nö, schon okay. Wir sehen uns dann morgen.«

Er nickte, griff nach meiner Hand, zog mich an sich und presste einen festen Kuss auf meine Lippen. »Ich liebe dich, Daisy June.«

Wie immer, wenn er mit seiner tiefen, zärtlichen Stimme diese Worte sagte, schmolz ich dahin. »Ich liebe dich auch.«

Ich ging nach unten und fand Alexis genau dort vor, wo Quinn gesagt hatte. Sie war mit ihrem Telefon beschäftigt, blickte aber auf, als ich näher kam, und musterte mich. »Ziemlich eindeutig, Daisy.«

Ich blickte bestürzt an mir herunter. »Wirklich?«

Sie seufzte und stand auf. »Nicht allzu sehr.« Sie kam zu mir, versuchte meine Haare zu richten und zupfte mein Kleid zurecht. »So. Soll ich dich nach Hause bringen? Ich hab nicht mehr wirklich Bock, irgendwo hinzugehen.« Sie lachte.

»Klar.« Meine Wangen begannen leicht zu glühen. Die Situation war eindeutig ein bisschen peinlich. »Freust du dich auf die Sommerferien?«, fragte ich in dem Versuch, die Spannung zwischen uns zu lindern, als ich draußen meine Tasche aus Quinns Truck holte.

»Ich denke schon.«

Ich schlang mir die Tasche über die Schulter und folgte Alexis aus der staubigen Einfahrt zu dem noch staubigeren Feldweg, der zu meinem Haus führte.

»So …«, sagte sie nach ein paar Minuten betretenen Schweigens. »Ihr habt es getan?«

Die Sonne schien so heiß, dass mir der Schweiß ausbrach, aber das war nicht der einzige Grund, weshalb meine Wangen und mein Nacken brannten. »Ja, haben wir.«

»Wow.« Sie trat mit ihrem Turnschuh gegen einen Stein. »Wie war es?«

»Willst du das wirklich wissen?« Ich nagte an meiner Lippe, schielte zu ihr und sah, dass sie mich erwartungsvoll musterte.

»Natürlich. Das ist eine große Sache. Ich war nur geschockt. Ich meine, du hast immer so gewirkt, als ...«

»Als ob ich bis zu meiner Hochzeit Jungfrau bleiben würde?«

Sie grinste schwach. »Vielleicht nicht ganz so lange, aber ja.«

Wir gingen eine Weile schweigend weiter, bevor ich endlich gestand: »Es hat wehgetan.«

»Yeah?« Sie klang interessiert. »Wie sehr?«

»Nicht allzu sehr, aber es verschlägt dir eine Zeit lang den Atem, weißt du? Es ist eher so ein brennendes Gefühl.«

Sie lachte nervös auf. »Gott, ich glaube, wenn ich den Schritt wage, sollte ich besser dafür sorgen, dass ich total blau bin.«

»Lass das lieber.« Ich griff nach ihrer Hand, als wir uns dem Tor zu unserem Haus näherten. »Aber mach es mit jemandem, der es verdient. Das ist der einzige Grund, weswegen ich es jetzt getan habe.«

»Glaubst du, dann tut es weniger weh?«

Die Frage entlockte mir ein Lächeln. »Wahrscheinlich nicht. Aber ...« Ich holte tief Atem, um mich zu beruhigen. Ich vermisste Quinn jetzt schon. »Dann fühlt sich alles wesentlich besser an.«

»Du hast aber keine Vergleichsmöglichkeit.« Sie hob eine dunkle Braue und rückte ihre Tasche auf ihrer Schulter zurecht. »Für dich war es immer nur Quinn.«

Ich überhörte den bitteren Unterton in ihrer Stimme und wandte mich ab, um die Stufen vor dem Haus hochzusteigen. »Ich weiß es einfach. Mit einem anderen wäre es nicht so gewesen.«

Ich winkte, ging hinein und schloss die Tür hinter mir, während Alexis weiter die Straße hinunter bis zur Bushaltestelle schlenderte.

• • •

Als ich acht Jahre alt war, bemalte ich die Wände meines Zimmers. Doch da meine Bilder schon damals nicht ganz schlecht waren, ließen mich meine Eltern widerwillig immer neue Werke hinzufügen. Die vier Wände glichen einer Art Wandgemälde, das sich veränderte, als ich älter wurde.

Die lange Wand gegenüber von meinem Bett wies Wildblumen und Löwenzahn auf, und eine Schaukel aus einem Autoreifen hing in einer alten Weide, deren Zweige sich bis auf die nächste Wand erstreckten, in der Ecke. Die zeigte die flachen Felder und fernen Hügel der Burnell-Farm.

Aber die Wand hinter meinem Bett war mir die liebste.

Dort prangten die Gesichter von Quinn, angefangen im Alter von neun. Manch einer würde behaupten, das wäre gruselig, doch ich kümmerte mich nicht darum. Auch Alexis war abgebildet, Spud und meine Eltern ebenfalls.

Ich legte mich auf das Bett. Zwischen meinen Beinen verspürte ich immer noch ein leichtes Brennen. Während ich zu den Gesichtern über mir hochschaute, war ich sicher, dass mein Herz alles, was ich empfand, auf meinem Gesicht widerspiegelte, als meine Mom kam, um mich zum Dinner zu holen.

»Was gibt es denn?« Ich rollte mich auf die Seite, setzte mich auf und hoffte inständig, sie würde nicht beschließen, mich mit diesen wissenden Augen allzu eindringlich zu mustern.

»Ravioli. Komm schon.« Sie ging wieder, und ich folgte ihr in die Küche. Sie wirkte abgelenkt, doch ich war zu erleichtert, um mir deswegen Gedanken zu machen.

Gerade als ich mich auf einen Stuhl am Esstisch fallen ließ, bog das Auto meines Dad in die Auffahrt ein. »Dad ist aber früh zu Hause.«

Mom stellte vor sich hinsummend einen Teller vor mich hin. »Hast du dieses Referat schon fertig?«

»Hmm.« Ich schaufelte ein paar Ravioli auf meine Gabel und schob sie mir in den Mund. Ihre braunen Augen wurden schmal, woraufhin ich mir ein Lächeln abrang. »Ich mache es gleich nach dem Essen, versprochen«, sagte ich mit dem Mund voll Pasta.

»Das solltest du auch besser, Missy. Und sprich nicht mit vollem Mund.« Sie setzte sich mir gegenüber und brummelte weiter über meine Manieren.

»Da sind ja meine Mädchen.« Mein Dad zog seine Schuhe aus, kam in die Küche und küsste Mama auf die Wange. Dann wusch er sich an der Spüle die Hände, bevor er sich zu uns setzte. »Wie war dein Tag, Daisy June?«, fragte er, dabei streute er Salz über seine Pasta.

»Gut.« Ich wandte den Blick ab und konzentrierte mich auf mein Essen.

»Hat Quinn bei dem Spiel heute in der Schule mitgemacht?«, erkundigte er sich.

»Mm-hm.« Schöne Scheiße. Ich war so verdammt schlecht in solchen Sachen.

Die Augen meiner Mom glichen zwei Lasern, die sich in meinen Scheitel bohrten. Ich hob langsam den Kopf und hielt den Blick fest auf meinen Dad gerichtet. Er nickte und beschäftigte sich zum Glück mit seinem Dinner. Das Schweigen zog sich in die Länge, während wir aßen. Als meine Mom halb fertig war, schob sie ihren Teller weg und wandte sich an meinen Dad. »Schatz?«

Er seufzte, wischte sich mit der Hand über den Mund und trank einen Schluck Wasser. »In Ordnung.«

»Was ist los?« Mein Blick schoss zwischen ihren ängstlichen Gesichtern hin und her.

»Dein Vater hat einen neuen Job angeboten bekommen«, sagte Mom, dabei fixierte sie unverwandt die Salz- und Pfefferstreuer in der Mitte des kleinen runden Tisches.

»Oh?« Ich sank in meinem Stuhl zurück. »Das ist ja toll. Wo?«

Er arbeitete in der Fabrik in der Stadt und verdiente gut. Der neue Job musste sogar noch besser sein, wenn er eine Kündigung in Erwägung zog.

»Watson.«

Mein Magen sackte in die Tiefe. Nein, er sackte nicht nur in die Tiefe, ihm wuchsen Beine, und er rannte los, um die nächste Klippe zu finden, von der er sich stürzen konnte, um als zermalmter Haufen auf dem Boden aufzuklatschen.

Ich schüttelte den Kopf; war sicher, mich verhört zu haben. Aber ein Blick auf die entschuldigungsheischende Miene, die meine Mom zur Schau trug, und den abgewandten Kopf meines Dad verriet mir, dass dies nicht der Fall war.

Mom sprudelte eifrig hervor: »Die Arbeitszeiten sind besser, also wird er öfter zu Hause sein. Ist das nicht fantastisch?« Als ich nichts darauf erwiderte, weil ich keinen Ton herausbrachte, fuhr sie fort: »Man hat ihm in der Firma dort einen Managerposten angeboten. Mehr Geld und weniger Stunden.«

»Aber ...« Ich blinzelte. »Was ist denn mit deinem Job?« Sie war Grundschullehrerin, deshalb war sie auch mit Mrs Burnell so eng befreundet. Sie arbeiteten zusammen, seit sie ihren Collegeabschluss gemacht hatten.

»Ich war lange hier, Honey. Es könnte mir guttun, irgendwo anders hinzugehen.«

Irgendwo anders hin.

An einen Ort, der einen ganzen Staat entfernt war.

An einen Ort ohne Quinn.

Ohne Alexis.

Ohne Spud.

Ohne alles, woran mein Herz hing.

»Also steht euer Entschluss schon fest?«

Mein Dad verzog das Gesicht und machte Anstalten, nach meiner Hand zu greifen, aber ich zog sie weg und schob sie unter den Tisch. »Baby, das ist eine große Chance für mich.«

»Wann?«

»Honey ...«, setzte meine Mom an.

Ich übertönte sie. »*Wann?*«

»Das Haus steht schon zum Verkauf«, sagte mein Dad. »Ein junges Paar kommt am Sonntag, um es sich anzuschauen.«

»Sonntag.« Ich schluckte.

Sie nickten. »Wir wissen, wie viel es dir bedeutet, hier zu sein ...« Meine Mom brach ab, wagte nicht, seinen Namen auszusprechen. Dafür war ich dankbar, aber zu aufgewühlt, um hier bei ihnen sitzen zu bleiben. Ich stieß meinen Stuhl zurück, ging schnurstracks in mein Zimmer und knallte die Tür hinter mir zu. Mit in Tränen schwimmenden Augen warf ich mich bäuchlings auf mein Bett.

Watson. Wir zogen nach Watson.

Eine Stadt, in der ich noch nie gewesen war, von der ich aber wusste, dass sie mehr als neun Autostunden von hier entfernt sein musste.

Meine Eltern ließen mich in Ruhe, wofür ich ebenfalls dankbar war. Ich neigte nicht zu den üblichen Teenagerdramen, die andere Eltern erdulden mussten, deswegen hüteten sie sich, gerade jetzt mit mir diskutieren zu wollen. Aber ich hörte immer noch ihre gedämpften Stimmen, und mein Dad murmelte: »Gib ihr einfach etwas Zeit.«

Zeit.

Erst vor einer halben Stunde war es mir so vorgekommen, als hätte ich alle Zeit der Welt.

Als hätten *wir* alle Zeit der Welt.

Jetzt tickte die Uhr, und bald würden wir gar keine Zeit mehr haben.

• • •

Drei Wochen später zogen wir um, nur einen Monat nach meinem sechzehnten Geburtstag.

Quinn und ich hätten uns näher sein sollen als je zuvor, aber stattdessen hatten wir uns mehr voneinander entfremdet, als ich es je für möglich gehalten hätte. Mit einem an den Truck meines Dad angekoppelten Anhänger und meiner Mom, die ihm in ihrem Toyota Camry und einem weiteren Hänger folgte, war unser Leben in Clarelle offiziell beendet.

Ein Umzugswagen würde den Rest unserer Möbel bringen, hatten sie gesagt. All die Sachen, die wir nicht mitnehmen konnten. Ich fragte mich verzweifelt, ob ich sie wohl überzeugen konnte, Quinn mitzunehmen.

»Es wird andere Jungen geben«, hatte meine Mom gesagt. »Und, Honey, wenn er nicht wartet, bis ihr euch wiedersehen könnt, dann ist er vielleicht nicht der Richtige für dich.«

Als ob mein Herz etwas auf ihren gut gemeinten Rat geben würde. Es war zu sehr damit beschäftigt, zu entscheiden, ob es resignieren oder aus meiner Brust hüpfen und einfach hierbleiben sollte.

Bevor wir losfuhren, fand ich Quinn auf dem Feld, wo er an eine Weide gelehnt saß. Direkt neben der Stelle, wo wir vor all den Jahren diesen Hahn begraben hatten, und Spud lag neben seinen in Stiefeln steckenden Füßen.

Die Eröffnung, dass wir wegzogen, war nicht gut verlaufen. Vor allem, weil ich es ihm erst vor ein paar Wochen erzählt hatte, ich war ausgerechnet in der Schule beim Lunch damit herausgeplatzt. Fragt mich nicht, warum, mein Verstand arbeitete manchmal auf eine rätselhafte Weise, besonders wenn Angst im Spiel war. Ich glaube, ein großer Teil von mir wollte das alles einfach ignorieren, obwohl ich wusste, dass das nicht möglich war. Erst als Alexis mir einen Stoß gab, als Quinn von Plänen für den Sommer zu sprechen begann, strömte alles explosionsartig aus mir heraus.

Er ließ sein Sandwich fallen und starrte mich nur stumm an. Tausend und eine Gefühlsregung huschten über sein Gesicht, bevor sich eine dort festsetzte. Schmerz.

Er stand auf und ging. Ich lief ihm natürlich hinterher, aber Alexis kam mir nach und riet mir, ihm ein bisschen Zeit zu lassen. Da ich sein Bedürfnis danach verstand, tat ich das. Obgleich es mich fix und fertig machte, dass er seitdem kaum ein Wort mit mir gewechselt hatte.

»Hey.« Ich ließ mich langsam neben ihm nieder. »Ich muss, äh, in einer Minute gehen.«

Er gab mir keine Antwort, sondern starrte nur geradeaus auf eine

Kuh, die das Gras auf dem Feld uns gegenüber kaute. »Quinn ...« Meine Stimme brach. »Bitte sprich mit mir.«

Er gab ein schmerzliches Stöhnen von sich, ließ den Kopf auf seine angezogenen Knie sinken und fuhr sich unsanft durch die Haare. »Das ist so beschissen, Dais. Ich kann nicht ...« Er hob den Kopf. Glasige haselnussbraune Augen richteten sich auf mich. »Was zum Teufel soll ich denn tun?«

»Daisy!«, rief mein Vater von der Auffahrt der Burnells her, aber ich achtete nicht auf ihn.

»Geh nur«, murmelte Quinn und drehte den Kopf zur Seite.

»Das war es dann?« Tränen würgten mich in der Kehle. »Du bleibst stinksauer auf mich und lässt mich einfach so gehen?«

»Wie zur Hölle soll ich mich denn von dir verabschieden, he?« Er brüllte fast. »Das kann ich nicht. Niemals. Ich hätte nie gedacht, dass ich das einmal müsste. Du kannst nicht von mir erwarten, dass ich das so sage, als würde ich dich ganz normal morgen wiedersehen. Du verlässt mich, verdammte Scheiße!«

Er fluchte so gut wie nie, und dass er es jetzt tat, ließ mein Herz in noch mehr Splitter zerspringen. »Es tut mir leid. Du weißt, dass ich wünschte, ich müsste nicht gehen. Mehr als irgendetwas sonst.«

Er blinzelte, und seine Schultern sackten nach unten. Dann zog er mich in die Arme und stützte den Kopf auf meinen, während ich in sein weiches T-Shirt weinte. »Bitte hasse mich nicht. Ich will nicht weg, Quinn. Ich ... ich wusste nur nicht, wie ich dir etwas sagen sollte, von dem ich wünschte, es wäre nicht wahr.«

»Ich könnte dich nie hassen, Dais. Niemals.« Er umfasste meine Wangen, sein abgehackter Atem wehte über meine geöffneten Lippen, bevor er seinen Mund unsanft auf meinen presste. »Das mit uns ist nicht vorbei«, sagte er. Entschlossenheit blitzte in seinen Augen auf, als er zurückwich und seine Stirn gegen meine lehnte. »Wir werden dafür sorgen, dass es funktioniert. Irgendwie werden wir dafür sorgen, dass es funktioniert.«

Ich nickte, als die Stimme meines Dad erneut ertönte, diesmal lauter.

Auf dem Rückweg zum Haus holte Quinn etwas aus der Scheune. »Hier.« Er hielt es mir hin, während Spud um unsere Knöchel rannte. »Ich dachte, weißt du, wir könnten uns Textnachrichten schicken und so. Schätze, das wird sich als eine bessere Idee erweisen, als ich zuerst dachte.«

Ich griff nach der kleinen Schachtel, die ein Smartphone enthielt. »Du schenkst mir ein Telefon?«

»Ich habe dir Zeichensachen gekauft, seit wir Kinder waren. Ich dachte, es wäre mal Zeit für etwas anderes. Außerdem bist du wahrscheinlich die einzige Sechzehnjährige, die kein Handy hat.« Er grinste spöttisch, aber das Grinsen erstarb sofort.

»Jetzt nicht mehr.« Ich versuchte zu lächeln, aber es fiel schief aus und erstarb ebenfalls.

Unsere Blicke kreuzten sich eine qualvolle Minute lang, bevor er mich in die Arme schloss und erneut küsste. Wir bewegten die Lippen nicht, sondern pressten sie nur aufeinander.

Ich spürte, wie etwas Nasses meine Wange traf, und stellte fest, dass wir beide weinten. »Ich sollte …« Meine Stimme brach, und ich trat einen Schritt zurück. »Ich muss gehen.« *Ich konnte nicht gehen.*

»Yeah.« Er räusperte sich und zog sich rückwärts in den Schatten der Scheune zurück. »Schickst du mir eine Nachricht?«

»Natürlich.« Ich schniefte.

»Der Mond und die Sterne, Dais.« Er drehte sich um und verschmolz mit den Schatten, die mit jedem Schritt, der mich von ihm weg und zum Truck meines Vaters brachte, meine Seele verdunkelten. Dad stand jetzt in der Einfahrt, klopfte Quinton senior auf den Rücken und verabschiedete sich.

Von Furcht und einer unbeschreiblichen Traurigkeit erfüllt ignorierte ich beide Männer, öffnete die Tür und ließ mich auf einen Karton auf dem Rücksitz fallen.

Ich presste das Handy an meine Brust, und Tränen trübten meinen

Blick, als mein Vater in den Truck kletterte, auf die Hupe drückte und von der anderen Hälfte meines Herzens wegfuhr.

Zwölf

Daisy, Gegenwart

Die innere Lähmung war ein Gefühl, das ich in den nächsten paar Wochen willkommen hieß. Aber letzte Woche raffte ich mich, nachdem ich immer, wenn ich keinen Unterricht hatte, nur geschlafen oder die Wände angestarrt hatte, endlich auf und entschied, dass Pippa recht hatte.

Deshalb stand ich jetzt hier vor Behälterreihen mit leuchtend bunter Eiscreme. Vielleicht half es nicht unbedingt gegen die Taubheit, Stunden am Stück vor einem Tiefkühlgerät zu stehen, aber es machte mir Spaß. Die Arbeit war leicht und sorgte dafür, dass ich beschäftigt war, und Tim, der Inhaber, war ein freundlicher älterer Mann mit einem buschigen Schnurrbart und einem leichten deutschen Akzent, der die ganze Zeit lächelte. Ernsthaft – die ganze Zeit.

Es war irgendwie ansteckend. Und diese Art von Ansteckung war mir entschieden lieber als die schlingernde Übelkeit, die ich immer noch in meinem ganzen Körper spürte.

Ich wollte das helle Rosa, Blau und Weiß der Eisdiele und den schwarz-weiß gestreiften Boden in mich aufsaugen, in mich einsickern und die Dunkelheit auslöschen lassen, die sich beharrlich weigerte, mich zu verlassen.

»Deine Haare leuchten wie die Sonne«, sagte Tim, schöpfte eine Kugel Chocolate-Chip-Eis aus dem Behälter und häufte sie geschickt auf die anderen beiden, die bereits in einem Waffelhörnchen steckten.

Ich brauchte einen Moment, um zu begreifen, dass er mit mir und nicht mit der Brünetten redete, der er die Eiswaffel reichte. Er nahm ihr Geld entgegen und verabschiedete sich wortreich von ihr, bevor er sich zu mir wandte. Seine ergrauenden Brauen stiegen in die Höhe, und er pikte mich in die Wange. »Du hast auch ein Grübchen.« Er grinste, als ob ich das nicht bereits gewusst hätte. »Wer ist dein Freund? Ich muss ihn kennenlernen und ihm sagen, dass er gut auf dich aufpassen soll.«

»Ich habe keinen.« Ich nahm den leeren Behälter, trug ihn zu der Spüle hinter uns und zog den Schlauch heraus, um ihn auszuspülen. Tim stand immer noch da, als ich das Wasser abdrehte und den Behälter verkehrt herum zum Trocknen aufstellte.

»Warum nicht?«, fragte er. Ich zuckte mit den Achseln, und er strich summend mit dem Finger eine Seite seines Schnurrbarts glatt. »Verstehe ... du bist schon auf eine andere Weise vergeben.«

Ich spürte, wie sich meine Augen weiteten. »Wie meinst du das?«

Er hob eine Schulter. »Ich sehe viele junge Frauen mit gebrochenem Herzen hier hereinkommen.« Er schnaubte. »Auch ein paar Männer. Schließlich ist das hier eine Eisdiele. Ich kenne diesen Gesichtsausdruck.«

»Mir geht es gut.« Ich nestelte an meiner blauen Schürze herum; fühlte mich zunehmend unbehaglich. »Wirklich.«

Er nickte. »Das wird es, Daisy.« So, wie er meinen Namen aussprach, klang es eher wie *Daizee*. »Auf mich wartet noch Papierkram. Kommst du eine Weile alleine klar?«

Ich war der einzige andere Mitarbeiter hier, bis der Laden um neun Uhr schloss. »Klar«, sagte ich. Es war ruhig, und die Kasse war das Einzige, was mir manchmal noch Probleme bereitete, aber allmählich lernte ich, sie zu bedienen.

In der nächsten Stunde hatten wir insgesamt zwölf Kunden, und als die Uhr auf neun zuging, begann ich zu gähnen und fragte mich, ob mir wohl Zeit blieb, mit meinem Referat über englische Literatur anzufangen, wenn ich nach Hause kam.

Als der nächste Kunde ging, begann ich mit dem Saubermachen.

Nachdem ich die Stühle übereinandergestellt hatte, wischte ich die Tische ab und fegte den Boden, bevor Tim zurückkam und mir sagte, er würde den Rest erledigen. Ich schenkte ihm ein dankbares Lächeln, nahm meine Schürze ab und griff nach meiner Tasche, nachdem ich ausgestempelt hatte.

»Ich sehe dich dann Freitag«, rief ich über meine Schulter hinweg.

»Ganz sicher, Daisy.«

Meine Schichten waren kurz, und ich arbeitete nur zwei oder drei Mal pro Woche. Aber so hatte ich an meinen freien Tagen und Nachmittagen etwas zu tun, daher beklagte ich mich nicht. Ich lächelte immer noch, als ich ins Freie trat, und begann dann prompt zu zittern und zu wünschen, ich hätte meine Jacke mitgenommen. Der Herbst ging schnell in den Winter über, und die schneidende Luft stach in meine der Kälte ausgesetzte Haut.

»Hey.«

Beim Klang der Stimme stockte mir der Atem, ich drehte mich um und sah Alexis an dem Nachbargebäude der Eisdiele lehnen. Sie richtete sich auf. »Sorry. Ich habe vorhin gesehen, dass du hier arbeitest, und wusste, dass der Laden um neun zumacht. Ich wollte mit dir reden.«

»Oh.« Ich scharrte mit den Füßen auf dem Pflaster.

Sie lachte verlegen. »Gott, das ist so peinlich.«

Ich wusste nicht, warum ihr das unangenehm war. Schon ihr bloßer Anblick löste in mir den Drang aus, mir Nadeln in die Augen zu stechen, also wandte ich den Blick ab und begann auf den Campus zuzugehen. Sie verstand den Wink nicht und schloss sich mir an. Na super.

»Ich wohne auf der anderen Seite. In der Nähe der Straße, die zum Einkaufszentrum führt, was meinem Sparkonto gar nicht guttut.« Als ich nichts darauf erwiderte, stieß sie vernehmlich den Atem aus. »Es tut mir leid, ich weiß, es muss ein Schock für dich gewesen sein, hier aufzutauchen und zu sehen ...« Sie ging nicht näher darauf ein. Wir überquerten die Straße und gingen den beleuchteten Gartenweg entlang auf die Mädchenwohnheime zu. »Ich dachte nicht, dass du herkommen würdest.«

»Dasselbe könnte ich von dir sagen«, gab ich zurück und fühlte mich prompt mies. Aber es stimmte. Sie hatte immer große Pläne gehabt. Ivy-League-mäßige. Kein Kleinstadtcollege, das nur wegen seines Footballteams bekannt war.

»Ich weiß.« Sie seufzte und blieb stehen. Ich ebenfalls, obwohl ich wünschte, ich hätte es nicht getan. Ein Blick in ihr schönes, bekümmertes Gesicht reichte aus, dass ich sie am liebsten ins Gras geworfen, ihr die dämlichen glänzenden Haare büschelweise ausgerissen und geschrien hätte: »Gib mir meinen Freund zurück!«

Von den Bildern geschockt, die lebhaft hinter meinen Augen abliefen, schüttelte ich den Kopf und räusperte mich. Das war nicht ich, aber es erschreckte mich, wie rasch dieser Drang Wurzeln schlug und Dornen trieb, die sich von hinten in meine Augen bohrten, während mein Blick über ihren hochgewachsenen, schlanken Körper schweifte. Die vollen Brüste und den wohlgeformten Hintern, dazu Augen, die so blau leuchteten, dass man sie vermutlich im Dunkeln sehen konnte. Die er wahrscheinlich im Dunkeln sah. Ugh, Scheiße. »So, ich gehe jetzt.« Ich machte Anstalten, mich abzuwenden, weil mir die Tränen in die Augen schossen.

Sie packte mich am Arm. »Warte.«

Ich riss mich los. Meine Oberlippe kräuselte sich, als ich zischte: »Fass mich nicht an.«

Alexis hob die Hände. »Okay, sorry. Hör zu, ich weiß noch nicht mal, was ich sagen wollte, ehrlich.« Ein trockenes Lachen drang über ihre Schmollmundlippen, und sie starrte mich lange an. »Ich dachte nicht, dass ich dich je wiedersehen würde. Keiner von uns beiden dachte das. Das glaubst du doch, oder?«

Ich schniefte, trat einen Schritt zurück, als sich mein Blut in flüssiges Feuer verwandelte, und sagte: »Das würde ich gern. Aber ich weiß, dass du es auf ihn abgesehen hattest. Als er zu mir gehört hat.«

Sie blinzelte. Etwas huschte über ihr Gesicht. »Ich liebe ihn. Es ist ernst.«

Ich spürte, wie ich blass wurde. Mein ganzer Körper wies wahrscheinlich die Farbe von Schnee auf, und meine Stimmbänder arbeiteten nicht so, wie sie sollten, dennoch krächzte ich: »Cool, viel Spaß dabei.« Als ich mich umdrehte und davonging, murmelte ich in mich hinein: »Freunde anderer stehlendes Ninja.«

»Wie bitte?«, fragte sie.

Überrascht, dass sie mich gehört hatte, aber ohne mich daran zu stören, scheuchte ich sie mit beiden über den Kopf gehobenen Händen weg.

Sie lachte nur. Als wäre das alles ein Scherz, über den wir gemeinsam kichern und den wir dann vergessen konnten. Wutentbrannt stapfte ich über das Gras zu meinem Wohnheim, riss die Tür auf und stürmte die Treppe hoch. Ich glaubte ihr gerne, dass sie gedacht hatte, sie würde mich nie wiedersehen. Zum Teufel, ich glaubte auch, dass sogar Quinn das gedacht hatte, aber es erschien mir trotzdem ungerecht. Was sie mir angetan hatten, war ein zu großer Verrat, um sich einfach damit abzufinden und mit einem fröhlichen Lächeln und einem: »Das verstehe ich total. Wir sollten uns irgendwann zum Lunch treffen und ein bisschen quatschen, so wie früher« darüber hinwegzugehen.

Nein, danke.

Ich stieß die Tür zu unserem Zimmer auf, warf meine Tasche auf den Boden und knurrte, als meine Sachen aus dem offenen Reißverschluss fielen. »Verdammt, ich muss wirklich daran denken, das verdammte Ding zuzuziehen.«

»Yep«, stimmte Pippa von ihrem Bett her zu, wo sie mit angezogenen Knien und einem aufgeschlagenen Lehrbuch neben sich saß. »Dann würde dein dramatischer Auftritt vielleicht etwas weniger dramatisch ausfallen.« Sie klappte ihr Buch zu und setzte sich auf. »Was ist los?«

»Dass … sie …« Ich stach mit dem Finger Richtung Fenster, als ob Pippa Alexis sehen könnte, obwohl sie wahrscheinlich schon längst fort war. »Sie!«

»O nein.« Sie stand auf, nahm mich bei den Schultern und drückte mich auf das Bett. Während sie einen Teil von meinem Kram in meine Tasche zurückstopfte, fragte sie: »Du hast sie gesehen? Alexis?«

»Ja.« Ich nahm meine Brille ab und warf sie auf den Nachttisch.

»Ihr habt aber keine gemeinsamen Kurse, oder?«

»Nein, sie will Jura studieren. Wenn sie diesbezüglich nicht auch ihre Meinung geändert hat.«

Pippa schnaubte, woraufhin ich sie böse anfunkelte. »Sorry, aber du bist wirklich komisch, wenn du vor Wut schäumst.«

Ich ließ mich seufzend rücklings auf das Bett fallen und rieb mir mit der Hand über die Augen. Dann fiel mir ein, dass ich mir heute Morgen tatsächlich die Mühe gemacht hatte, Mascara zu benutzen, und ich fluchte. »Verdammt!«

»Sie ist in meinem Psychologiekurs.«

»Das hast du mir gar nicht erzählt.« Ich ließ die Hände sinken.

Sie legte mein Telefon auf den Nachttisch und stellte dann meine Tasche am Fußende meines Betts auf den Boden. »Musstest du wissen, dass ich drei Reihen hinter ihr sitze, ihre tolle Haarmähne anstarre und sie mit den Blicken erdolche?«

»Siehst du? Sogar du stimmst mir zu, dass sie bildhübsch ist.«

Die Matratze senkte sich, als sie sich setzte. »Klar ist sie das. Aber was nützt es, wenn jemand aussieht wie eine Schönheitskönigin, wenn sie menschlich ein Stück Scheiße ist?«

Mein Herz. Lieber Gott, es fühlte sich noch immer so an, als würde es galoppieren. »Warum musste sie das tun? *Warum?*«

»Den Mädchenehrenkodex brechen oder dich mit dieser Tatsache konfrontieren?«

»Beides.«

Pippa legte sich neben mich. »Er muss ja ein Supertyp sein. Aber andererseits kenne ich dich zwar erst seit ungefähr drei Wochen, und du bist trotz gelegentlicher düsterer, depressiver Stimmungen wirklich gar nicht so übel.« Sie nahm meine Hand und hielt sie fest. »Wahrscheinlich fühlt sie sich hundeelend und vermisst ihre Freundin.«

Mit entfuhr ein kleiner Jammerlaut. »Du sagst manchmal echt nette Sachen. Willst du mit mir ausgehen?«

»So ticke ich nicht, aber wenn dem so wäre, dann nur für dich.« Sie lachte, dann verstummte sie und fragte ruhig: »Was hat sie gesagt?«

Ich holte tief Atem und stieß ihn durch die Nase wieder aus. »Dass es ihr leidtut. Sie liebt ihn, und es ist offenbar was Ernstes.«

»Bitch. Kurz gesagt, sie fühlt sich beschissen, will aber gleichzeitig auch Besitzansprüche geltend machen.«

»Yup«, stimmte ich zu.

»Was hast du gesagt?«

»Ich glaube, ich habe ihr viel Spaß gewünscht.« Pippa brach in schallendes Gelächter aus, und ich bohrte einen Finger in mein Ohr. »Scheiße, mir platzt gleich das Trommelfell.«

»Sorry«, keuchte sie. »Heiliger Strohsack, das hast du *nicht* gesagt!«

Mein Gesicht begann zu glühen, und ich rieb mir stöhnend über die Wangen. »Doch.«

»Jetzt ist es offiziell. Du bist mein absoluter Lieblingsmensch. Was ist sonst noch passiert?«

Mit zuckenden Lippen starrte ich zur Decke hoch. »Äh, nichts. Na ja, ich könnte ihr den Finger gezeigt haben, als ich gegangen bin.«

»Ohh, Daisy Daniels hat also doch einen stählernen Kern in sich.«

Jetzt musste ich lachen. »Yeah, vielleicht. Zu schade, dass mein Herz erst unter einen Sattelzug geraten musste, um das herauszufinden.«

Ein paar Minuten herrschte Schweigen. Im Wohnheim kehrte Nachtruhe ein, Türen wurden geschlossen, Fernseher und Musik abgestellt.

Feuchtigkeit rann an meinen Wangen, und ich schloss die Augen. »Es tut weh, Pippa. Unheimlich weh.«

Sie griff wieder nach meiner Hand und drückte sie. »Ich weiß. Aber weißt du was?«

»Was?«

»Ich glaube, dir wird es bald wieder gut gehen. Ach was, besser als gut.«

Ich war froh, dass sie das dachte.

Dreizehn

Daisy, sechzehn Jahre alt

Drei Monate. Es war fast drei Monate her, seit wir umgezogen waren. Ich hatte gerade in einer neuen Schule angefangen, aber das zu tun, was man gemeinhin leben nannte, erschien mir unmöglich, wenn der wichtigste Teil von mir fehlte.

»Meine Zähne fühlen sich so komisch an«, sagte ich, während ich mit der Zunge darüberfuhr. »Als wären sie jetzt, wo das ganze Metall weg ist, irgendwie kleiner oder so.«

Quinn summte. Ich konnte das Klatschen hören, mit dem sein Football auf seine Handfläche traf, und sah ihn vor mir, wie er auf dem Bett lag und ihn in die Luft warf. »Wann kommst du zu Besuch nach Hause, damit ich es mir anschauen kann?«

Nach Hause kommen. Die Worte kamen mir vor wie ein Traum. Ich lag auf meinem eigenen Bett und starrte die kahlen weißen Wände meines Zimmers an. Ich konnte mich nicht dazu aufraffen, sie zu dekorieren, noch nicht einmal auf das Drängen meiner Eltern hin. Ich wollte keine Wurzeln schlagen, so tun, als würde ich mich nicht an einen anderen Ort zurücksehnen. Seit ich erfahren hatte, dass ich Clarelle verlassen musste, hatte ich nicht mehr gemalt.

»Ich weiß es nicht«, erwiderte ich leise. »Mom sagt, es könnte noch eine Weile dauern. Dass es zu teuer wäre, wenn sie mit mir hin und wieder zurück fliegen und dass ich zu jung wäre, um alleine zu reisen.«

»Das ist doch Bullshit. Alle Teenager fliegen alleine«, widersprach Quinn hitzig.

»Ich weiß.«

Schweigen machte sich breit. Jedes Mal, wenn wir telefonierten, wurden unsere Gespräche wortkarger. Ich war inzwischen so weit, dass ich nur ein paar Mal pro Woche anrief. Es war schwer. Manchmal schwerer, mit ihm zu sprechen und die Stille an seinem Ende der Leitung zu hören, als ihn überhaupt nicht anzurufen.

Mein Telefon kündigte mit einem Piepton einen eingehenden Anruf an.

»Ich muss Schluss machen.« Ich hielt das Telefon von meinem Ohr weg und sah Alexis´ Namen auf dem Display. »Alexis ruft an.«

Lange Zeit sagte er gar nichts, aber dann atmete er laut in mein Ohr. »Okay?«

»Wir telefonieren bald wieder?« Ich biss mir auf die Lippe, um die aufsteigenden Tränen zurückzuhalten.

Er räusperte sich. »Yeah, wir telefonieren bald.«

»Viel Glück morgen«, flüsterte ich. »Du wirst fantastisch spielen, das weiß ich.«

Sein Team hatte ein Saisonvorbereitungsspiel. »Danke. Tschüss, Dais.«

Er legte auf, und zwar, ohne diese drei Worte zu sagen. Sogar ohne sie mich zu ihm sagen zu lassen. Ich hätte meinem Kummer fast freien Lauf gelassen, riss mich aber zusammen und rief Alexis zurück.

»Hi, Fremde.«

»Hi.«

»Oh-oh. Was ist los? Läuft es zwischen dir und Quinn immer noch nicht so richtig?«

Ich wusste nicht, was ich ihr antworten sollte oder ob es überhaupt Sinn machte, etwas dazu zu sagen. Aber ich begann allmählich zu verzweifeln. Vor mir lagen immer noch fast zwei Jahre Highschool.

Zwei Jahre, bis wir wieder zusammen waren. »Ich schätze, das kann man so sagen. Gott, Lex. Es ist einfach nur …«

»Ein bisschen hart«, half sie ruhig nach.

»Yeah.« Ich zupfte an einem losen Faden meiner weißen Steppdecke. »Er wirkt ... ich weiß nicht ... verändert.«

Sie ließ sich mit der Antwort Zeit. Da ich Schweigen mittlerweile gründlich satthatte, war ich versucht, aufzulegen. Wenn niemand mit mir reden wollte, dann konnte ich genauso gut alleine in meinem Elend schwelgen.

Endlich sagte sie: »Menschen ändern sich, Daisy. Beziehungen auch.«

»Wie meinst du das?« Ich knirschte mit den Zähnen.

»Beruhige dich.« Sie lachte. »Ich sage ja nur, dass diese Fernbeziehungen nicht immer funktionieren.«

»Aber sie können funktionieren.«

»Komm schon, wir sind alle noch so jung. Musst du wirklich alles infrage stellen, was ihr am Telefon nicht zueinander sagt oder was der andere vielleicht tut?« Sie seufzte. »Ich will damit nur sagen, dass du dich jetzt schon sehr lange beschissen fühlst und er sich auch. Ihr verdient es beide, glücklich zu sein, weißt du?«

Sie hatte recht, was bewirkte, dass sich mein Magen verkrampfte und ich die Augen schloss. Ich holte tief Atem. »Wir sind.« Ich schluckte. »Glücklich.«

»Wenn du das sagst. Wie dem auch sei, da ist dieser neue Typ, der letzte Woche hier angefangen hat ...«

Ich hörte zehn Minuten lang zu, wie sie sich über den neuen Schüler ausließ, bevor mich meine Mom zum Dinner hinunterrief und ich sagte, ich müsste Schluss machen.

Ich setzte mich an den Tisch, legte mein Telefon neben mich, behielt es im Auge, während ich mein Kartoffelpüree aß und versuchte, Alexis´ Stimme und ihre Worte auszublenden, die scheinbar entschlossen waren, mich zu foltern.

»Wie war dein Tag?«, fragte mein Dad, als er Platz nahm. »Hast du schon neue Freunde gefunden?«

Ich klopfte mein Kartoffelpüree mit der Gabel flach und zuckte mit den Achseln.

»Honey«, sagte meine Mom mit weicher Stimme. Ich blickte auf und registrierte die Besorgnis in ihren Augen. »Ich sage es jetzt mal ganz frei heraus: Du fängst an, uns Sorgen zu machen.«

»Was hast du denn erwartet?«, fragte ich; unfähig, die Bitterkeit zu überspielen, die diese Worte begleitete.

Mein Vater machte ein finsteres Gesicht, legte sein Besteck weg und maß mich mit einem harten Blick. »Es reicht, Daisy. Du suhlst dich jetzt seit Monaten in Selbstmitleid. Du bist sechzehn. Geh aus, hab Spaß, triff neue Leute, und hör um Gottes willen auf, dieses Telefon anzustarren, als wäre dein Leben zu Ende, wenn es keinen Ton von sich gibt.«

»Joseph«, zischelte meine Mom, dann wandte sie sich an mich. »Ganz unrecht hat dein Vater nicht.«

»Was wird das denn?« Ich schob meinen Stuhl zurück und krümmte mich, als er über den schicken Holzfußboden schrammte. »Du, Alexis, verdammt, sogar Quinn, ihr wollt alle, dass ich nach vorne schaue? Als hätte ich nicht mein halbes Leben in Clarelle zurückgelassen?«

»Alexis?« Die Brauen meiner Mom schossen in die Höhe.

»Nicht weiter wichtig.« Ich stand auf. »Wisst ihr denn alle nicht, dass ich alles darum geben würde, mich nicht so zu fühlen? Glaubt ihr, ich *möchte* mich so fühlen? Ich kann nichts dagegen tun.«

»Daisy, achte auf deinen Ton«, schalt mein Dad sanft.

Ich schüttelte den Kopf, steuerte auf die Treppe und den Trost meines Bettes zu, merkte dann aber, dass ich mein Telefon vergessen hatte, und machte kehrt, um es mir zu holen.

Meine Mom hielt es in der Hand. »Du *kannst* etwas dagegen tun, indem du ausgehst und lebst, statt hier regelrecht zu trauern. Ich denke, es ist Zeit, dass du eine Pause von diesem Ding machst.«

Trauern? Für so schlimm hielt ich es nicht. Aber als ich in die sorgenvollen Gesichter meiner Eltern blickte und die Leere in meiner Brust spürte, musste ich einräumen, dass sie vielleicht recht hatten. Der Gedanke traf mich wie ein Hammer in die Magengrube und hätte mich fast zu Boden geschleudert. Meine Gedanken überschlugen sich, als ich mich langsam die Treppe hochschleppte und mich auf mein Bett warf.

Als meine Mom eine Weile später zu mir kam, rollten mir noch immer stumme Tränen über die Wangen und wurden von meinen Haaren aufgesaugt. Das Bett gab nach, als sie sich neben mich setzte und mir ein paar Haarsträhnen aus dem Gesicht strich. »Ach, Süße. Ist es wirklich so schlimm?«

Sie klang nicht, als würde sie sich über mich lustig machen, sondern eher, als würde sie es wirklich wissen wollen. Vielleicht würde sie mich besser verstehen, wenn ich es ihr erklärte. »Ich liebe ihn, Mama«, krächzte ich.

Sie starrte mich an, als ihr langsam die Wahrheit dämmerte. »O nein, das hast du nicht getan.«

Als ich nickte, schnalzte sie mit der Zunge, legte sich aber neben mich und zog mich in die Arme, als wäre ich ein Kind. Und in diesem Moment war ich dankbar dafür. Ich brauchte es. »Es tut mir leid.«

»Habt ihr wenigstens auf Schutz geachtet?«, fragte sie ruhig. »Und sag das ja nicht deinem Daddy.«

»Haben wir. Es war nur ein einziges Mal.« Ich fing heftiger an zu weinen, als ich mich daran erinnerte, wie wir gedacht hatten, alle Zeit der Welt zu haben.

»Schsch, es wird alles gut.« Sie streichelte meine Haare. »Es tut mir leid, dass du dich von ihm trennen musstest. Wir wussten, dass es schwer für dich werden würde, aber mit einem solchen Ausmaß haben wir nicht gerechnet, Daisy.« Sie hielt mich eine Weile länger fest, bis die Tränen auf meinen Wangen trockneten und ich das Gefühl hatte, einen Monat schlafen zu können. »Ist es das, was du willst? Dass es dich beherrscht? Ich verstehe junge Liebe.« In ihrer betrübten Stimme schwang ein Lächeln mit. »Aber ich verstehe auch großen Kummer und weiß, wie er einen Menschen verändern kann. Lass nicht zu, dass er dich verändert. Du wirst Quinn wiedersehen, und wenn es so weit ist, willst du dann jemand sein, den er nicht mehr wiedererkennt?«

Sie küsste mich auf den Kopf, schloss meine Schlafzimmertür hinter sich und ließ mich mit ihren Worten und meinen neu aufgekeimten Ängsten allein.

Wollte ich so die nächsten zwei Jahre meines Lebens verbringen?

Nein, echote eine Stimme in meinem Inneren so laut, dass ich fast zusammenzuckte.

Meine Eltern konfiszierten mein Telefon den ganzen nächsten Monat lang, und ich dachte, ich würde durchdrehen. Aber dann wurde irgendwie alles leichter, und es gelang mir sogar, zwei neue Freundinnen zu finden, Hannah und Zelda.

Als ich endlich mein erstes Bild malte, gaben sie mir das Telefon zurück. Nur dass ich, als ich es einschaltete, feststellen musste, dass ich nur drei Anrufe verpasst hatte. Einen von Alexis von vor ein paar Tagen. Einen von Quinn von vor drei Wochen. Und einen weiteren von Quinn von vor zwei Wochen.

Darunter litt mein Herz schlimmer als damals, als ich einen Teil davon hatte zurücklassen müssen. Wut und Gekränktheit mochten viel damit zu tun haben, aber ich verstand jetzt, dass nach vorne zu schauen schwerer werden würde, als ich je gedacht hätte. Und mir ein neues Leben aufzubauen würde nur umso härter werden, je länger ich mein altes in meinem Kopf eine Dauerschleife drehen und meine Gefühle und mein Handeln beherrschen ließ.

Bitterkeit, Verzweiflung und eine gehörige Portion Furcht trieben mich zu einer impulsiven Entscheidung, von der ich tief in meinem Inneren wusste, dass ich sie ohnehin treffen sollte. Ich ließ mir eine neue Nummer geben und beschloss, mein Herz auf Warten zu schalten.

Ich schwor mir, immer noch die bestmögliche Version von mir selbst zu sein, wenn ich ihn wiedersah. Dasselbe Mädchen, in das er sich verliebt hatte.

Vierzehn

Daisy, Gegenwart

Die Bögen in meiner Mappe vom Semesterbeginn wirkten schwungvoll und lebhaft, in leuchtend bunten, von Aufregung und neuen Anfängen zeugenden Pinselstrichen gehalten. Als ich weiterblätterte, wurden sie düsterer. Allen danach schien Herzblut zu fehlen. Außer man ließ von Kummer erfüllte und deprimierende Darstellungen gelten.

Ich gelangte zu den letzten Bögen und fand zwei Kohlezeichnungen, die ich angefertigt hatte, kurz nachdem mir Alexis letzte Woche über den Weg gelaufen war. Sie benötigten keine Farbe, um mein Herz vor Stolz schwellen zu lassen. Auf jeden anderen mochten sie wie ein vielleicht sogar hässlicher Wirrwarr wirken. Etwas, das keinen Sinn ergab. Für mich verkörperten sie die Wut und die Ungerechtigkeit, die in meinem Inneren getobt und darum gebettelt hatten, einen Teil davon freizusetzen. Raue Regenstreifen über einem Footballfeld voller zerbrochener Sterne starrten mich an. Jede Scherbe glitzerte und verschmolz in Pfützen mit der nassen Erde oder zwischen Grashalmen. Ein Gewirr, das in meinen Augen absolut schlüssig war.

Mit einem kleinen Lächeln schloss ich meine Mappe und sah zu Pippa hinüber, die bäuchlings auf dem Bett lag und den Kopf in ein Silbenrätselbuch steckte. »Jetzt, wo meine Muse anscheinend mit Wut im Bauch zu mir zurückgekommen ist, wird mir erst klar, wie schlecht das, was ich in den letzten Wochen gemacht habe, wirklich ist.«

Sie schnaubte und radierte etwas mit dem Ende ihres Bleistifts weg. »Du machst Witze, oder?«

»Nein.« Ich streifte mein Arbeitshemd über, knöpfte es zu und stopfte es in meine schwarze Hose.

»Daisy, du erschaffst Kunst so, wie du alles andere tust. Voller Emotionen und Aufrichtigkeit.«

Ich hielt damit inne, meine Haare zu einem Knoten zu schlingen. Sie lachte, während sie über ihre Schulter zu mir spähte. »Also sei still und mach hin. Du kommst sonst zu spät.«

Es war geradezu gespenstisch, wie sie immer die Zeit wusste, aber als ich nach meinem Telefon griff, stellte ich fest, dass ich tatsächlich zu spät zu kommen drohte. »Mist, okay. Bin schon weg.«

Ich griff nach meiner Tasche, steckte das Handy hinein, schob auf dem Weg zur Tür die Füße in meine Chucks und wäre fast gestolpert. Pippas Kichern folgte mir, bis die Tür hinter mir zufiel und ich die Treppe hinunterrannte.

Auf dem Bürgersteig versuchte ich immer noch meine Haare zu ordnen, als ich an Gruppen von Studenten vorbeihastete, die in der Nähe des Campusausgangs standen, rauchten und sich unterhielten. Ein Kopf mit langer dunkler Haarmähne auf der anderen Straßenseite ließ mich fast zur Salzsäule erstarren, aber zum Glück war es nicht Alexis. Ich ging weiter, schob die Tür der Eisdiele auf und lächelte Tim an, der gerade ein paar Erstsemesterstudentinnen bediente, die ich von meinem englischen Literaturkurs her kannte.

Sie lächelten mir kurz zu, bevor sie mit ihrem Eis nach draußen gingen, und ich verstaute meine Tasche in dem kleinen Büro. »Entschuldige, ich bin ein bisschen zu spät dran.« Ich band mir rasch meine Schürze um.

Tim lehnte an der Tür, ein Auge auf die Eisdiele und eines auf mich geheftet. »Du bist eine Minute zu spät, also eigentlich fast pünktlich.« Er zwinkerte mir zu, als ich an ihm vorbeiging, um mir an der Spüle die Hände zu waschen. »Ich bin eine Weile hinten.«

»Kein Problem.« Ich griff schon nach einem Tuch, um etwas verschütteten Milchshake von einem eben frei gewordenen Tisch zu wischen. Nachdem ich mir selbst einen Milchshake gemixt hatte, wusch ich ein paar der neben der Spüle aufgestapelten leeren Eisbecher ab, solange es noch ruhig war. Nur nach dem Lunch und dem Dinner schien Betrieb zu herrschen, was nachvollziehbar war. Vermutlich folgten die meisten Leute der Regel des Nachtischs nach einer Mahlzeit.

Ich nicht. Ich trank noch ein paar Schlucke von meinem Erdbeermilchshake und summte leise den alten Song aus den Sechzigern mit, der aus den Lautsprechern im Laden kam.

Eine Weile später klirrte die Glocke über der Tür, und von da an wurde es hektisch. Es war schon fast Zeit zu schließen, als ein Trupp Spieler des Footballteams hereinkam. Ihr Lachen war das Erste, was ich hörte. Mein Kopf fuhr mit einem Ruck von der Kasse hoch.

Callum grinste mich an. »Daisy, richtig?«

Ich nickte, schob langsam die Schublade zu und rückte meinen unordentlichen Haarknoten zurecht, der von seinem Gewicht an der Seite meines Kopfs heruntergezogen wurde. »Äh ... Callum?«

Ich hatte seinen Namen nicht vergessen, aber es erschien mir wichtig, das nicht zuzugeben. Er lehnte sich immer noch grinsend über die Theke, während einige seiner Freunde in der Nähe der Tür stehen blieben und sich lachend über irgendetwas auf ihren Telefonen unterhielten.

»Was darf es denn sein?«, fragte ich nach ein paar sich hinziehenden betretenen Sekunden.

»Hmm?«

»Eis? Milchshake?«, schlug ich vor, dabei schob ich meine Brille auf der Nase hoch.

»Oh.« Er grinste. »Nein, mir sind Gerüchte von einem heißen Freshman mit wilden blonden Haaren zu Ohren gekommen, der hier arbeiten soll, und da dachte ich, ich komme mal vorbei und überzeuge mich selbst.«

Hitze breitete sich auf meinem Hals aus und kroch zu meinen Wangen hoch. Ich zog den Kopf ein. »Tja, ich habe keinen gesehen, aber ich werde die Augen offen halten.«

Er hatte ein angenehmes Lachen, tief und leicht heiser. Es führte dazu, dass ich ihn genauer ansah, das kleine Grübchen in seinem Kinn und seine weißen Zähne bemerkte. Bis auf die unteren beiden, die sich überschnitten, waren sie alle gerade. Es war irgendwie niedlich.

»Du bist echt witzig«, sagte er.

Ich zog die Nase kraus. »Nicht wirklich.«

Noch immer über die Theke gelehnt, streckte er eine Hand aus, um eine Haarsträhne zu berühren, die sich aus meinem Knoten gelöst hatte und an meinem Hals baumelte. Ich erschauerte unwillkürlich und blieb so regungslos stehen, dass ich fürchtete, erst wieder atmen zu können, wenn er einen Schritt zurücktrat.

»Welsh! Beeil dich, verdammt!« Diese Stimme. Ich wich zurück, sodass Callums Hand ins Leere griff. Quinn war reingekommen; stand mit einer Miene in der Tür, die ich nicht zu deuten vermochte. Sie war zu ausdruckslos.

Callum drehte sich um. »Eine Minute, Herrgott noch mal.« Er wandte sich wieder zu mir und fragte: »Kino dieses Wochenende? Geht auf mich.«

»Du ... du willst mit mir weggehen?«, stotterte ich, dabei versuchte ich, mich auf ihn und nicht auf Quinn zu konzentrieren. Zu wissen, dass er da war, reichte schon aus, um in meinem Magen kleine Pingpongbälle herumhüpfen zu lassen.

»Worauf du dich verlassen kannst. Jetzt, wo ich dich wiedergefunden habe, wäre ich ein Idiot, wenn ich das nicht täte.« Er runzelte die Stirn. Dunkle Augen hefteten sich auf mein zweifellos im Moment ziemlich dümmlich wirkendes Gesicht. Ich hoffte nur, dass ich nicht so panikerfüllt aussah, wie ich mich fühlte. »Es sei denn, du hast keine Lust, versteht sich.«

»Nein«, platzte ich heraus. *Warum hatte ich das gesagt?* Er sah gut aus, wirklich gut. Und vielleicht lag es daran, dass ich Quinns auf uns gerichteten Blick spürte, aber zur Hölle damit. »Das ist es nicht.«

Er fuhr fort, mich eindringlich zu mustern. Seine Schneidezähne gruben sich in seine Unterlippe und nagten daran. Ich blinzelte, verfolgte jede ihrer Bewegungen, als er murmelte: »Na, ich dachte, das ist das Mindeste, was du tun kannst, nachdem du mich bei der Party sitzen gelassen hast, zu der ich dich vor ein paar Wochen eingeladen habe.«

»Was?« Ich hob den Kopf und sah ihn an.

»Als wir uns das erste Mal begegnet sind? Ich habe dich zu einer Party eingeladen?«

Mist. Das hatte er tatsächlich. »Sorry.« Mit einem leisen Lachen schüttelte ich den Kopf. »Damit hatte ich nicht viel am Hut, seit ich hier bin.«

»Ich werde dir noch einmal verzeihen. Vorausgesetzt, du gehst Sonntag mit mir weg.«

Es gelang mir nicht, meine Augen daran zu hindern, über Callums Schulter zu wandern, um den Anblick von Quinn in seinen kurzen Trainingshosen und dem Teamhoodie aufzusaugen. Er würdigte mich jedoch keines Blickes, sondern starrte mit leicht zusammengekniffenen Augen und vor der breiten Brust verschränkten Armen auf Callums Hinterkopf.

Callum wollte sich abwenden, woraufhin ich voller Panik hervorstieß: »Um wie viel Uhr?«

Ein träges, aber anziehendes Lächeln breitete sich auf seinem Gesicht aus. Seine vollen Lippen krümmten sich, und seine Augen leuchteten auf eine Weise auf, die meine Aufmerksamkeit fesselte. »Um acht. Frauenwohnheim, stimmt´s?«

Ich nickte und lächelte ihm zittrig zu, weil ich dachte, er würde jetzt gehen.

Doch bevor er das tat, beugte er sich über die Theke, umfasste sacht die Seite meines Kopfes und drückte mir einen Kuss auf die Wange. »Wir sehen uns dann, meine Schöne.«

Er stolzierte zur Tür, während ich die Theke mit einem eisernen Griff umklammerte und zu ergründen versuchte, was gerade passiert war.

Quinn stand an der Tür, als die anderen vier auf den Bürgersteig hinaustraten, lachten und Callum auf den Rücken schlugen. Da ich nicht wusste, was ich tun oder ob ich überhaupt etwas tun sollte, starrte ich ihn nur an. Er starrte zurück, und mein Herz begann mir bis zum Hals zu schlagen. Ich fragte mich, was er wohl dachte. Ob das leichte Zucken seines Kiefers immer noch bedeutete, dass er sich über irgendetwas ärgerte. Und ob seine angespannte, stocksteife Körperhaltung irgendetwas mit mir zu tun hatte. Ich überlegte und überlegte, dann öffnete ich den Mund, und mein Atem wehte über meine geöffneten Lippen, als ich gegen den Drang ankämpfte, ihn zu fragen, was das sollte. Ihn überhaupt etwas zu fragen.

Als ich es nicht länger ertragen konnte, räusperte ich mich, und was ich herausbrachte, war nur: »Deine Freunde sind schon gegangen.«

Er gab keine Antwort, sondern schien sich aus irgendeiner Art Trance zu reißen, in der er sich befand, indem er den Kopf schüttelte. Die Tür fiel hinter ihm zu, und ich sah zu, wie er die Hände in die Taschen schob und mit einem letzten Blick auf mich an den Fenstern vorbeiging, bevor er verschwand.

• • •

Nachdem ich geduscht hatte, tappte ich immer noch in Gedanken an die Ereignisse des heutigen Abends versunken den schäbigen Gang entlang zu unserem Zimmer. Pippa war gerade von ihrer Lerngruppe zurückgekommen und packte ihren Rucksack aus, während ich meine Toilettensachen in den kleinen Aufsatz auf meiner Kommode legte.

»Callum ist heute Abend in die Eisdiele gekommen.«

»Der große Typ, den wir vor einiger Zeit in dem Diner getroffen haben?«

»Mm-hm.« Ich warf den Kopf nach vorne und zog das Handtuch durch meine nassen Haarspitzen.

»Was ist passiert?« Sie schloss ihr Telefon an das Ladekabel an, setzte sich auf ihr Bett und blätterte in einem Notizbuch herum.

Ich hängte mein Handtuch auf, griff nach einer Tube Feuchtigkeitscreme, drückte etwas in meine Hand und verrieb sie auf meinem Gesicht. »Er hat mich ins Kino eingeladen.«

»Echt? Du hast zugesagt?« Sie klang nicht begeistert. Aber ich vermutlich ebenso wenig.

»Echt. Und ich habe zugesagt. Aber ... Quinn war da.«

Sie schnappte nach Luft. »Schöne Scheiße.«

Ich drehte den Verschluss auf die Tube, warf sie auf die Kommode und gestand: »Das Ganze war etwas unangenehm, um es milde auszudrücken.«

»Hat er irgendwas gesagt?«

Mein Bett ächzte, als ich darauf sprang. »Nichts. Kein gottverdammtes Wort. Oh, er hat Callum zugerufen, er soll sich beeilen, während der mit mir gesprochen hat.« Pippas Schweigen veranlasste mich dazu, den Kopf zu drehen und auf ihre zusammengepressten Lippen zu blicken. »Was ist?«

»Wirkte er angefressen?«

Nachdem ich darüber nachgedacht hatte, erwiderte ich: »Ich weiß nicht. Ein bisschen vielleicht.«

»War ja klar«, schnaubte sie. »Er sollte besser nicht diese ganze ›Wenn ich sie nicht haben kann, soll sie auch kein anderer haben‹-Scheiße abziehen.«

»Das bezweifle ich.« Ich gähnte. »Du hast Alexis gesehen. Und außerdem ... wenn er mich gewollt hätte, ich war da, mit offenen Armen und total benommen, als ich ihn das erste Mal wiedergesehen habe. Er hätte nur zugreifen müssen.« Gelächter von draußen zerriss die nach meinen Worten eintretende Stille, und ich seufzte. »Ich weiß noch nicht einmal, warum ich zugesagt habe.«

»Doch, das weißt du.« Pippa stand auf, um ihren Schlafanzug aus ihrem Schrank zu holen.

Ich zog die Brauen zusammen, als ich zur Decke hochblickte. Vielleicht wusste ich es wirklich. Dennoch fragte ich: »Was glaubst du, warum ich es getan habe?«

Sie knallte die Schublade zu. Ich spürte, wie ihr Blick meinen suchte, starrte aber weiter unverwandt nach oben. »Weil Quinn da war. Weil du zu nett bist, um jemandem ein Nein ins Gesicht zu schleudern. Weil der Typ umwerfend ist. Oh, und nicht zu vergessen, weil Quinn nach vorne schaut und sein Leben weiterlebt.«

»Autsch. Sag es, schlag es mir nicht um die Ohren.«

»Du weißt, dass ich recht habe. Und ich glaube, es war richtig, dass du seine Einladung angenommen hast.« Sie rauschte aus dem Zimmer und ließ mir nur ihre Abschiedsworte zur Gesellschaft zurück.

Fünfzehn

Quinn, Gegenwart

Die Sonne spähte zwischen den dünnen Ritzen der geschlossenen Jalousien hindurch und warf winzige Lichtstrahlen in das ansonsten noch immer dunkle Schlafzimmer. Der Arm um meine Taille regte sich, und ich blickte nach unten. Alexis´ dunkle Haare bildeten einen unordentlichen Wust auf ihrem Kopf, ihre schwarzen Wimpern ruhten über den perfekt geformten Wangen.

Meine Kehle schnürte sich zu, und ich wandte den Blick ab.

Dieses Gefühl, aufzuwachen und trotzdem immer noch zu träumen, quälte jeden meiner Sinne und ließ meine Haut von innen her brennen, während sich meine Gedanken in einem Netz aus Fäden aus der Vergangenheit verhedderten.

Ich schloss die Augen, holte langsam tief Atem und stieß ihn so leise wie möglich wieder aus. In diesem Moment rang ich mit mir selbst. Konnte die junge Frau neben mir im Bett nicht ansehen, solange meine Gedanken darauf bestanden, anderswo hinzureisen. An einen Ort, den ich ausgeblendet hatte, den ich unter Verschluss hielt. Einen Ort, der sowohl alt als auch neu und jetzt komplett tabu war.

So ein Typ würde ich nicht sein. Ich hatte mir selbst geschworen, dass ich es unter Kontrolle hatte.

Sie nicht zu sehen, half. Ich dachte, ich würde damit klarkommen. Aber die Begegnung mit ihr gestern Abend oder vielmehr die Erkenntnis, dass sie jetzt ihren Weg gleichfalls weitergehen könnte ... nun ja, es erschütterte mich. Brachte mich zu der Einsicht, dass es hier nicht mehr nur um einen einfachen Plan ging, mit dem, was mir geblieben war, zu leben, zu lieben und zu überleben.

Dies hier konnte in einen totalen Krieg münden.

»Hey, Sexy.« Eine heisere, schlaftrunkene Stimme riss mich aus meinen Gedanken.

Ich schüttelte sie ab und reckte die Arme über den Kopf, um mir ein paar Sekunden Zeit zu verschaffen, um meine Gesichtszüge zu glätten und das, was ich gedacht hatte, aus meinem Blick zu verdrängen.

»Hey, gut geschlafen?« Ich schlug die Augen auf und blickte auf sie hinunter.

Alexis kuschelte sich enger an mich. Ihre vollen Lippen krümmten sich zu einem Grinsen. »Darauf kannst du wetten. Was war das denn?«

Meine Brauen und meine Arme sanken nach unten. »Was war was?«

Sie verdrehte die Augen. »Letzte Nacht. Du hast mich gevögelt, als wärst du sicher, dass das dein letzter Tag auf dieser Erde ist.« Sie biss sich auf die Lippe und flüsterte: »Ich wusste gar nicht, was alles in dir steckt, mein Süßer.«

Ich konnte nicht verhindern, dass ich kaum merklich zusammenzuckte, und versuchte, es mit einem Lachen zu überspielen. Doch das Lachen schlug in ein Stöhnen um. »Scheiße, ich wollte nicht … ich meine …«

Sie brachte mich zum Schweigen, indem sie einen Finger gegen meine Lippen presste. »Nicht. Ich habe jede Sekunde genossen.« Ihre Hand wanderte tiefer, über meine Brust, und ihre Nägel zogen eine kitzelnde Spur über meine Bauchmuskeln bis zu meinem Schwanz. »Ehrlich gesagt finde ich, wir sollten es noch einmal machen. Jetzt gleich.«

Mein Schwanz regte sich, wie er es bei jeder absolut hinreißenden Frau tun würde, die sich zwischen meinen Beinen zu schaffen machte, aber zur Hölle, ich konnte das jetzt nicht tun. Ich brauchte frische Luft und musste einen klaren Kopf bekommen. Als ich gestern Nacht eingeschlafen war, hatte ich mir geschworen, dass ich es ihr nie wieder so besorgen würde. Ich hatte sie genommen wie ein Tier, und im Hinterkopf wusste ich ganz genau, dass das an dem gelegen hatte, was ich nur eine Stunde vorher in der verdammten Eisdiele gesehen hatte.

Mein Telefon klingelte und verschaffte mir zum Glück eine Atempause. »Mist, ich glaube, das ist der Klingelton von meiner Mom.«

»Was für ein Stimmungskiller.« Alexis setzte sich auf, hob ihr Shirt vom Boden auf und zog es sich ohne BH über den Kopf. »Es kann auch mal eine Woche vergehen, ohne dass du mit ihr sprichst, weißt du.«

Ich streckte die Hand über das Bett hinweg nach dem Nachttisch aus, erstarrte mitten in der Bewegung, und mein nervöser Pulsschlag schaltete noch einen Gang hoch. »Wie bitte?«

»Deine Mom.« Sie stand auf, griff nach ihrer Tasche und warf ihr eigenes Telefon hinein, bevor sie ihren Slip anzog. »Zuerst war es ja ganz niedlich, versteh mich nicht falsch, aber nervt dich das nicht langsam? Du bist im zweiten Collegejahr, um Himmels willen.«

Meine Mom war immer so eine Art Stachel zwischen Alexis und mir gewesen, hatte gestochert und gebohrt, wenn ihr danach war. Aber Alexis machte es auch nicht besser, indem sie sich bezüglich der Beziehung, die ich zu meiner Mutter hatte, so ... kühl verhielt.

»Warum sollte mich das nerven? Ich rufe sie fast so oft an wie sie mich. Außerdem haben wir schon eine ganze Weile nicht mehr miteinander gesprochen.«

Sie schlüpfte in ihre Jeans und machte sich dann daran, ihren unordentlichen Haarknoten festzustecken. »Vergiss, dass ich überhaupt etwas gesagt habe. Ich muss gehen. Mir ist gerade eingefallen, dass mir vermutlich heute Morgen ein unangekündigter Test in Biologie bevorsteht.«

Ich setzte mich auf, als sie zum Bett herüberkam. Die graue Decke fiel über meine nackte Taille. Sie umfasste mein Kinn, neigte meinen Kopf und forschte einen Herzschlag lang in meinen Augen, was mein eigenes Herz mit jeder verstreichenden Sekunde heftiger pochen ließ. »Ich liebe dich«, flüsterte sie, und ihre Lippen ruhten kurz auf meinen, bevor sie zurückwich.

»Ich liebe dich auch«, sagte ich, als sie ihre Tasche nahm und zur Tür hinausging.

Und das tat ich auch.

Ob ich mich schlecht fühlte, weil ich mit Alexis zusammengekommen war? Natürlich. Zuerst kam ich mir wie der größte Scheißkerl vor, der je gelebt hatte. Aber sie hatte dafür gesorgt, dass es mir ... besser ging. Ihre Freundschaft rettete mich aus einigen meiner dunkelsten Momente. Und vielleicht stützte ich mich ein bisschen zu sehr darauf. Begann mich darauf zu verlassen. Machte mich davon abhängig, dass sie meinen Kopf über Wasser hielt. Weil sich etwas änderte, und als sie ihren Zug machte, war ich nicht in der Verfassung, sie abzuweisen. Teufel, ich glaube sogar, ich war froh darüber.

Ich wusste, dass sie mich mochte. Sie hatte mir gegenüber nie einen Hehl daraus gemacht, und als die Wochen zu Monaten wurden und die Monate mein Herz in Asche verwandelten, beschloss ich, die Verheißung von mehr, die sie mir bot, anzunehmen. Aus Angst vor dem, was passieren mochte, wenn ich fortfuhr, zu etwas zu mutieren, das ich nicht war.

Ein Kuss. Ein zögerlicher Kuss. Ihre Lippen, die leicht zitternd die meinen streiften, und im Lauf der Zeit entdeckte ich einen Schimmer von etwas, was ich für mich für immer verloren geglaubt hatte.

Ich hatte sie immer attraktiv gefunden. Aber ich war ein Mensch, dem sein eigenes Herz nicht länger gehörte, und ich tat nie mehr, als diesen Umstand flüchtig zur Kenntnis zu nehmen. Sowie ich es doch tat – lange nachdem mein Herz an einem sonnigen Nachmittag blutend zu meinen Füßen zurückgelassen worden war –, wuchs die Anziehungskraft, die sie auf mich ausübte. Tobte wie ein lange vergessenes Inferno tief in meinem Inneren. Obwohl es sich im Nachhinein betrachtet vielleicht eher um einen brennenden Durst nach Rache gehandelt hatte. Ich wusste es nicht. Ich wusste nur, dass ich nicht damit gerechnet hatte, den Rest meines Herzens an jemand anderen zu verlieren.

Und die Schuldgefühle, die mich plagten, weil ich das zugelassen hatte … nun, ich dachte, von denen hätte ich mich schon vor langer Zeit verabschiedet.

Seufzend fuhr ich mir mit der Hand durch das Haar, nahm dann mein Telefon vom Nachttisch, drückte auf die Rückruftaste, legte mich auf mein Bett und beobachtete, wie die Lichtstrahlen über die Decken tanzten, während ich darauf wartete, dass meine Mom sich meldete.

»Hey, mein Großer.«

»Hey.« Ich lächelte. »Tut mir leid, dass ich eben nicht ans Telefon gegangen bin.«

»Mach dir deswegen keine Gedanken.« Sie klang, als wäre sie beschäftigt. Geschirr klapperte im Hintergrund. »Wie geht es dir? Ich habe ein paar Wochen nichts von dir gehört, das sieht dir gar nicht ähnlich.«

Sie hatte recht. Die Wahrheit lautete, dass ich ziemlich sauer auf sie war und nicht wusste, wie ich damit umgehen oder das Thema zur Sprache bringen sollte. Es würde so klingen, als würde mir die ganze Sache immer noch mehr auf der Seele lasten, als sie sollte. Aber ich wusste, dass es sein musste. Sie musste Bescheid gewusst haben. »Wusstest du, dass Daisy hierherkommt?« Ich versuchte, einen unbeteiligten Ton anzuschlagen, aber wenn ich die Anklage in meiner Stimme hören konnte, dann konnte sie es auch.

Stille. Noch nicht einmal ein Geräusch im Hintergrund. »Mom?«

Sie fluchte leise. »Ja?«

Ich legte stöhnend eine Hand gegen mein Gesicht. »Stell dich bitte nicht dumm.«

»Ich weiß nicht, wovon du redest.«

»Mom …«

»Hat Dad dir wegen des Kalbes eine Nachricht geschickt? Es ist letzte Woche zur Welt gekommen.«

»Ma …«

»Und Mary geht es gut, sie macht nur immer so ein Theater. Wie wir es vorhergesagt haben, hat sie …«

»Mom?«, brüllte ich. Wieder herrschte Stille. Na toll. Hastig fügte ich hinzu: »Entschuldige. Es tut mir leid, aber es ist … bitte sag es mir einfach.«

Nachdem sie vernehmlich den Atem ausgestoßen hatte, gab sie endlich zu: »Okay, schön. Ich könnte gewusst haben, dass eine kleine Chance besteht. Keine große, nur eine winzig kleine. Retta könnte es am Rande erwähnt haben. Ich meine …«

»Mom.« Ich hob die Faust zum Mund, damit ich hineinbeißen konnte, um mich davon abzuhalten, sie noch einmal anzuschnauzen.

»Sorry«, sagte sie mit kläglicher Stimme. »Ich wusste nicht, wie ich es dir sagen sollte. Ich wollte nicht, äh …« Sie brach ab, aber ich verstand trotzdem, was sie sagte. »Du wolltest nicht riskieren, dass ich dieses Jahr nicht nach Gray Springs zurückgehe?«

Klappern drang an mein Ohr. »Vielleicht. Hör zu, ich habe noch einen Berg Geschirr abzuwaschen. Die Hühner müssen gefüttert werden. Arbeit, nichts als Arbeit. Ich sollte jetzt wirklich Schluss machen, Schatz.«

»Wag es ja nicht. Du wirst das nicht erst alles vor mir verheimlichen und mich dann alleine damit fertigwerden lassen.«

»Oh«, flüsterte sie. »Was ist passiert? Demnach hast du sie gesehen?«

Jeder hätte die Aufregung aus ihrer Stimme herausgehört. Obwohl ich wusste, dass sie das wahrscheinlich absichtlich machte, da es ihr Daisys wegen nie richtig gefallen hatte, dass Alexis und ich zusammen waren, musste ich trotzdem mit ihr reden. Ich musste es jemandem erzählen, der vielleicht verstand, was geschehen war und wie ich mich fühlte. Dann konnte ich hoffentlich einen Weg finden, es hinter mir zu lassen. Und weiter nach vorne zu schauen.

»Ja, inzwischen ein paar Mal«, erwiderte ich resigniert.

»Ich setze Teewasser auf.«

Sechzehn

Daisy

»Du siehst aus wie Taylor Swift um 2009 herum. Das Nächste.«

Ich blies mir eine Haarsträhne aus dem Gesicht, zog die karierte Bluse und die Jeansshorts aus und durchwühlte den Schrank nach etwas anderem. »Es ist nur ein Kinobesuch. Warum soll ich mich da so aufbrezeln?«

Ich hörte, wie Pippa ihr Buch zuklappte, bevor sie neben mir auftauchte. »Der Trick besteht darin, so zu wirken, als hättest du dir keine große Mühe gegeben, und trotzdem fantastisch auszusehen.« Sie begann die Bügel auf ihrer Seite des Schrankes zur Seite zu schieben.

Nur mit meinem gelben Baumwoll-BH nebst passendem Höschen bekleidet, starrte ich sie an und fragte mich, wie zum Teufel ich daraus schlau werden sollte.

Sie lachte und warf mir über die Schulter hinweg einen Blick zu. »Was? Du hattest in der Schule ernsthaft keine Freundinnen, die dir diesen Quatsch beigebracht haben?«Ich blinzelte und betrachtete meine pfefferminzgrün lackierten Fußnägel. Meine Zehen krümmten sich auf dem rauen alten Teppich.»Sorry«, flüsterte Pippa.

»Nein, schon gut«, versicherte ich ihr. »Ich hatte Freundinnen in meiner neuen Schule, aber nie ein Date. Wenn ich also von solchen Sachen gehört habe, habe ich vermutlich nicht darauf geachtet.«

»Du hast nach Quinn niemanden mehr gedatet?«

Ich sah sie an und versuchte zu lächeln. »Nein. Niemanden. Ich wollte nicht.«

Ihre grünen Augen füllten sich mit Mitgefühl. »Verdammt. Kein Wunder, dass du so ein Häufchen Elend warst.«

»Danke, glaube ich.«

Sie zwickte mich in die Wange, dann nahm sie mein blaues, mit weißen Gänseblümchen bedrucktes Lieblingskleid von einem Bügel auf meiner Seite. »Sei einfach du selbst. Scheiß auf die dämlichen Dateregeln.«

Als ich ihr das Kleid abnahm, spürte ich, wie mir Tränen in die Augen schossen, und ich schluckte. »Okay.«

»Und kombinier es hiermit.« Sie griff nach einem Paar Stiefeln mit flachen Absätzen von mir und einer Kunstlederjacke von ihr.

Als es auf acht Uhr zuging, begann langsam Panik in mir aufzukeimen. »Oh nein.« Meine Hände fingen an zu flattern, und ich strich wieder und wieder mein Kleid glatt. »Was, wenn er sich als Riesenekel entpuppt?«

»Hör auf.« Pippa kramte in meiner Tasche herum und reichte mir meinen Lippenbalsam mit Karamellgeschmack. »Leg das auf und geh und warte unten. Ich leiste dir dabei Gesellschaft, wenn du willst.«

Ich nahm den Balsam und rieb mit einer zitternden Hand etwas davon auf meine Lippen, dann überprüfte ich mein Make-up ein letztes Mal im Spiegel. »Sehe ich dann nicht aus wie ein Loser? Oder übereifrig? Mist, ich glaube, ich habe zu viel Mascara benutzt. Meine Wimpern fangen an zu verkleben.« Ich drehte mich um und sah Pippa, die sich auf die Lippe biss, um ein Lachen zu unterdrücken, groß an. »Ich weiß nicht, ob ich wirklich schon so weit bin.«

Die Belustigung wich aus ihren Augen, und sie trat einen Schritt näher. »Okay, Zeit für etwas freundschaftliche Härte.«

»Freundschaftliche Härte?«

»Yep.«

»Okay, gib's mir.« Ich wappnete mich, und sie kicherte.

»Du bist albern. Aber jetzt mal im Ernst.« Sie fasste mich bei den

Schultern. »Es ist an der Zeit. Hass mich nicht, hau mir keine runter, hör mir einfach nur zu.«

»Ich höre.« Ich nickte und holte tief Luft.

»Wenn Quinn zu dir zurückkommen wollte, meinst du nicht, er hätte das dann inzwischen getan?«

»Ich bin mir nicht sicher, ob mir diese Art von freundschaftlicher Härte gefällt«, murmelte ich heiser.

Sie rieb meine Oberarme über das Kunstleder ihrer Jacke. »Ich weiß. Aber genau so musst du denken, sonst kommst du nie einen Schritt weiter. Er hat dir wehgetan. Sehr weh. Er hat keinen Zweifel daran gelassen, dass er nicht zurückkommt, um die Sache in Ordnung zu bringen. Du hast den Schmerz zugelassen, und jetzt ist es Zeit, dass du damit aufhörst, auch wenn das heißt, dass du Dinge tust, die dir Angst machen.«

Mein Herz zuckte vor störrischer Empörung, dann gab es zusammen mit meinen nach unten sinkenden Schultern nach. »Du hast recht.«

»Außerdem ...« Ihre Hände glitten an meinen Armen hinunter, umschlossen meine und drückten sie fest, bevor sie sie freigaben. »Würdest du ihn nach dem, was er getan hat, denn überhaupt zurücknehmen? Nach all dem, was du wegen Alexis und ihm durchgemacht hast?«

Von all den Dingen, über die ich in den Wochen, nachdem ich sie gesehen hatte, nachgegrübelt hatte, war mir das noch gar nicht in den Sinn gekommen. Ich wollte laut: »Ja!« schreien, brachte es aber nicht fertig. Irgendetwas hielt mich zurück und ließ mich die Worte noch einmal langsam überdenken. Vielleicht würde ich das nicht tun.

»Ich weiß es nicht. Ich weiß nicht, ob ich das könnte.«

»Aber das ändert nichts an dem, was du immer noch für ihn empfindest, ich weiß.« Sie griff nach meiner Tasche und reichte sie mir. »Also wird es Zeit, zu sehen, ob du jemand anderem auch solche Gefühle entgegenbringen kannst.«

Ich nickte. »Danke.«

»Kein Danke, ich will nur Einzelheiten hören, wenn du zurückkommst. Und du solltest dich wenigstens von ihm küssen lassen.«

Diese letzten Worte folgten mir zur Tür hinaus und ließen mich fast über meine eigenen Füße stolpern. Scheiße. *Küssen?* Ich kam mir vor, als wäre ich in meine Kindheit zurückkatapultiert worden, wo man sich bei Dingen wie Küssen innerlich krümmte. Ich krümmte mich ebenfalls innerlich, war aber zugleich wie gelähmt. Und als ich im Licht der Armaturenbrettbeleuchtung in seinem Wagen Callums volle Lippen anstarrte, vielleicht auch ein kleines bisschen aufgeregt.

»Du siehst toll aus.« Er wandte den Blick von der Straße ab, um mich kurz zu mustern. »Leder steht dir gut.«

Ich wollte schon damit herausplatzen, dass die Jacke meiner Freundin gehört, dachte aber, dass das das Image ruinieren würde, das ich mir gerade aufgebaut hatte. »Danke.« Ich betrachtete seine Jeans und seine Bomberjacke und suchte nach einer passenden Antwort. »Du siehst ... warm aus.«

Großer Gott. Bitte schick einen Blitz, der mich an Ort und Stelle erschlägt. Bitte, bitte, und vielen Dank auch.

Callum lachte bellend auf, und ich verrenkte mich in meinem Sitz, um zu beobachten, wie er sich über die Augen wischte und sein ganzes Gesicht sich in Fältchen legte. »Scheiße, du bist einfach zu süß.« Er fuhr in ein Parkhaus und setzte den Blinker, als er ein Auto aus einer Lücke heraussetzen sah. »Du hast nicht oft Dates, richtig?«

Augenblicklich begannen meine Wangen zu glühen, und ich wandte den Blick ab, als er einparkte. »Nein, nicht wirklich.«

Er stellte den Motor ab, dann drehten seine Finger mein Gesicht sacht zu sich. Mein Herz hämmerte so heftig, dass ich meinte, es müsste aus meiner Brust springen und sich über die Ledersitze seines Lexus verteilen. »Irgendwie gefällt mir das.«

»So?« Meine Stimme klang atemlos.

Er fuhr sich mit den Zähnen über die Unterlippe und nickte. »Yeah, du bist anders. Ich weiß nicht, wie du es geschafft hast, so ...«

»Naiv zu bleiben?«, half ich nach.

»Unschuldig«, grinste er. »So lange. Aber ich liebe es.«

»Ein Fetisch von dir?«, fragte ich und registrierte, dass seine dunklen

Augen aufflammten und seine Wimpern flatterten. Gott, er war wirklich sexy. Auf eine Weise, die Ungutes verhieß.

Er schmunzelte. »Erst seit jetzt.«

Wir starrten uns ein paar weitere Herzschläge lang an. Seine kräftigen Finger fühlten sich auf meinem Kinn schwer an. Als sie sich anschickten, zu meinen Lippen zu wandern, machte mein Magen einen Satz. »Wir sollten gehen. Sonst verpassen wir noch den Film.«

Er zwinkerte ein paar Mal, ließ die Hand sinken und öffnete seine Tür. Ich stieg aus, als er gerade um das Auto herum zu meiner Seite kam. »Du solltest eigentlich warten. Ein Gentleman hält dir die Tür auf.«

»Ich habe dich nicht unbedingt als Gentleman eingestuft.« Mein Selbstvertrauen wuchs. Vielleicht lag es an der Art, wie er mich ansah, oder daran, dass er trotz meiner Marotten noch immer an mir interessiert zu sein schien, aber ich begann mich in seiner Gegenwart wohl genug zu fühlen, um mir Wortgefechte mit ihm zu liefern.

»Ah.« Er stupste mich gegen die Nase, dann griff er nach meiner Hand, als er den Wagen abschloss und die Schlüssel einsteckte. »Erster Fehler, meine Schöne. Setz, was mich betrifft, keinen Scheiß voraus.«

Da seine große Hand meine festhielt, benutzte ich meine freie, um in dem Versuch, mich von dem Gefühl leiser Erregung abzulenken, das sich in mir ausbreitete, meine Brille zurechtzurücken.

Callum besorgte Karten für irgendeinen Horrorfilm, während ich auf der Toilette war, und ich konnte mir die Frage nicht verbeißen. »Warum das denn? Ich mag Horrorfilme nicht besonders.«

Er zwinkerte mir zu. »Genau das war der Plan. Alter Junior-High-Trick.« Ich verdrehte tatsächlich die Augen, was mir ein weiteres Lachen eintrug. »Komm schon. Popcorn?«

Wir holten uns Cola, Popcorn und ein paar Süßigkeiten, bevor wir den halb leeren Kinosaal betraten und uns in die hintere Ecke setzten. Ich musterte Callum mit hochgezogenen Brauen, als er seinen Platz einnahm und auf den neben sich klopfte. »Noch ein Junior-High-Trick? Hintere Ecke zwecks Rumgeknutsche?«

»Du lernst schnell, meine Schöne.«

Ich lächelte, setzte mich und machte es mir bequem, bevor ich zu ihm hinüberschielte. Er wirkte sehr groß, wie er da versuchte, seinen muskulösen Körper in den billigen Kinositz zu zwängen. Obwohl er mich nicht berührte, fühlte er sich schon hünenhaft an, wenn er nur neben mir saß. Ich hatte fast vergessen, dass ich ein Date mit einem Footballspieler hatte.

»Auf welcher Position spielst du?«, fragte ich, schob mir eine Handvoll Popcorn in den Mund und bemühte mich, den Stich zu ignorieren, den mir dieses Thema versetzte.

Die Werbung begann, und er langte in den Karton, um sich selbst mit Popcorn zu bedienen. »Linebacker.«

»Oh, wow.« Ich legte den Kopf schief. »Du liebst diesen Sport?«

Er nickte. »Fuck, ja. Ich hoffe, dass die Talentscouts, die angeblich nach Gray Springs kommen sollen, sich dieses Semester hier blicken lassen. Das wird eine großartige Saison für uns. Bist du zu dem ersten Spiel gekommen?«

Ich blickte auf die Leinwand, als der Film anfing. »Nein, ich wusste nichts davon.« Ich hatte sehr wohl davon gewusst, tat aber lieber so, als verhielte es sich anders.

»Du bist Footballfan?«

Ganz und gar nicht. »Klar.« Ich griff nach meiner Cola und kaute ein bisschen zu fest auf dem Strohhalm herum, nachdem ich einen großen Schluck genommen hatte.

»Dann solltest du dir mal ein Spiel ansehen.«

In diesem Moment begann der eigentliche Film, er akzeptierte glücklicherweise mein halbherziges Nicken als Antwort, wandte seinen neugierigen Blick von mir ab und richtete ihn auf die Leinwand.

Nach einer Stunde kam ich von einem vorgeschobenen Gang zur Toilette zurück, nachdem ich mit angesehen hatte, wie eine Frau zu Tode gefoltert wurde. »Ich werde Albträume bekommen«, murmelte ich, als ich mich setzte und das Gekreische erneut losging.

»Was ist los?«, fragte Callum.

»Nichts.« Ich rang mir ein Lächeln ab und versuchte an Hundewelpen, Kätzchen und niedliche kleine Lämmer zu denken, während ich auf die äußerste Seite der Leinwand starrte und Callums Arm um meine Schulter lag.

Er schien von dem Film gefesselt zu sein, und ich wusste nicht, ob ich dafür dankbar sein sollte. Dafür sprach, dass ich nicht glaubte, mich heute Abend noch auf irgendwelches Geknutsche einlassen zu wollen, schon gar nicht im hinteren Teil eines Kinos. Andererseits sollte es mich vielleicht stören, dass es ihn nicht zu kümmern schien, dass mein Körper jedes Mal, wenn jemand brutal ermordet wurde, unter seinem Arm erstarrte. Ugh, dieses Date konnte man vergessen.

Allerdings roch er wirklich gut. Nach irgendeinem teuren Aftershave. Frisch, ein bisschen süßlich, aber nicht zu aufdringlich. Ich verputzte das letzte Popcorn und umklammerte die Schachtel eine Spur zu weit oben auf meinem Schoß, als würde sie eine Barriere zwischen mir und dem Blut auf der Leinwand bilden, bis der Abspann begann.

Callum wirkte leicht verwundert. »Mannomann. Das war der Hammer.«

Der Hammer. »Hmm. Können wir gehen?« Ich wollte nach Hause und mir auf YouTube eine Folge von *Glücksbärchis* ansehen.

»Sicher. Willst du nicht noch einen Kaffee oder so was?«

»Ich habe morgen schon früh Kurse«, log ich, stand auf und klopfte mir Popcorn vom Schoß.

Er reckte seine kräftigen Arme über den Kopf und drehte den Oberkörper von einer Seite zur anderen. Mir blieb der Mund offen stehen, als ich sein Shirt hochrutschen sah. Bauchmuskeln um Bauchmuskeln, gefolgt von einer dunklen Spur, die in seine Hose hinunterführte.

»Du bist süß, wenn du durcheinander bist.« Er stand auf, nahm meine Tasche und umschloss meine Hand mit seiner.

»Ich bin nicht durcheinander«, widersprach ich, als wir langsam hinter den anderen Kinobesuchern die Stufen hinunterstiegen.

»Yeah?« Er pikste mich in die Wange. »Das hier verrät dich jedes Mal.«

Ich funkelte ihn finster an, und er lachte. »Ich werde dich küssen. Ich sag's schon mal, damit du dich an den Gedanken gewöhnen kannst.«

Ich sog entschieden zu scharf den Atem ein und betete zu Gott, dass er es nicht gehört hatte.

Die Rückfahrt zum Campus wurde von Fragen bestimmt, was mir half, nicht an das zu denken, was vielleicht kommen würde, sowie wir an unserem Ziel angekommen waren. Callum wollte wissen, wo ich herkam, was mein Hauptfach war und was ich in meiner Freizeit tat. Und obwohl meine Antworten nicht sonderlich faszinierend oder ausführlich ausfielen, schien sein Interesse echt zu sein.

»Mein Dad wollte, dass ich im Hauptfach Politikwissenschaften studiere.« Er schnaubte verächtlich. »Es ist das Allerletzte. Du hast Glück, dass du tun kannst, was du willst. Willst du unterrichten oder ein Atelier eröffnen? Oder deine Kunst einfach verkaufen?«

»Ich bin mir noch nicht sicher. Sieht so aus, als könnte ich mich nicht entscheiden.« Meine Hände schlossen sich um die Tasche auf meinem Schoß, als die Lichter des Campus am Ende der langen Straße näher kamen.

»Sei froh, dass dir noch viel Zeit bleibt.« Er bog ab, fuhr langsam die schmale Straße entlang und hielt vor meinem Wohnheim.

Ein paar Leute standen davor, zwei Mädchen und ein Typ. Alle drehten sich um, als Callums schnittiger grauer Lexus näher kam, dann sahen sie sich wieder an. Diesmal wartete ich, bis er mir die Tür öffnete, dabei klemmte ich die Lippen fest zwischen meinen Zähnen ein.

Wenn ich das beibehielt, hatte er vielleicht keine Lust mehr, sie zu küssen.

Sowie die Tür offen war, lächelte er und zog mich mit sanfter Gewalt aus dem Auto, um mich gegen seine harte Brust sacken zu lassen.

»Äh …« Ich wusste nicht, was ich sagen oder wohin ich mit meinen Händen sollte. Die Tür wurde hinter mir geschlossen, dann schob er mich ein paar Schritte zurück, bis mein Rücken auf das kühle Metall des Autos traf.

Er legte seine Hände um meinen Nacken und beugte sich vor, bis seine Stirn fast an meiner lehnte. Ich war groß, ungefähr einsfünfundsiebzig, aber er musste den Kopf ein Stückchen einziehen, und schon allein das erinnerte mich daran, wie es mit Quinn gewesen war. Wie er genau dasselbe tun musste und ich mich trotzdem gefühlt hatte, als hätte ich genau die richtige Größe, statt nur aus schlaksigen Gliedmaßen zu bestehen.

Ich kann das nicht tun.

»Du duftest nach Karamell«, flüsterte er.

»Das kommt von meiner Bodylotion und, äh, meinem Lippenbalsam.«

Das Grinsen, zu dem sich seine Lippen krümmten, schickte kleine Schauer der Erregung durch meinen Körper. Vielleicht konnte ich mich doch darauf einlassen.

»Sehen wir uns wieder?«

»Ich bin sicher, dass ich dich irgendwann wiedersehen werde.« Ich fühlte mich von diesen dunklen Augen fast hypnotisiert.

Seine Brust vibrierte an meiner, als er lachte. »Fuck, ich will dich kosten.«

Ohne meine Antwort abzuwarten, umfasste er meine Wangen mit seinen großen Händen und neigte meinen Kopf nach hinten, zugleich pressten sich seine warmen, weichen Lippen auf meine. Es fühlte sich angenehm an ... anders, aber angenehm.

Er schmeckte nach Cola, und ein bisschen Salz vom Popcorn hing noch an seinen Lippen. Das machte es mir leicht, meine eigenen zu öffnen, als er sie dazu aufforderte. Seine Zunge schob sich langsam in meinen Mund und fand meine. Sie berührten sich, und ich erschauerte. Als er stöhnte, schrak ich vor dem unvertrauten Geräusch zurück.

Ich wich zurück, wobei ich mir fast den Kopf an seinem Auto gestoßen hätte, und sog die kühle Luft tief in meine Lungen. Seine Augen öffneten sich langsam, und als ich hineinblickte, begann mein Magen zu schlingern. Zu meiner größten Verlegenheit stiegen mir spitzen Nadeln gleichende Tränen in die Augen, die der Ansicht waren, dass ich eine weitere Strafe verdiente.

Er runzelte die Stirn. »Alles in Ordnung?«

»Yeah, tut mir leid. Ich ...«

»Scheiße.« Er trat ein Stück zurück und verschaffte mir so dringend benötigten Freiraum. »Habe ich dich verletzt?« Seine Augen forschten in meinen, und ich kam mir wie eine Vollidiotin vor. »Nein, du hast gar nichts getan. Es ist nur ...«

»Sag es mir«, bat er, als ich zögerte.

»Das kann ich nicht so einfach. Du wirst mich sicher für eine dumme Kuh halten ...«

Er starrte mich noch einen Moment länger an, fluchte dann leise und wischte sich mit der Hand über das Gesicht. »Du hast wegen irgendjemandem Liebeskummer.«

Verdammter Mist. War das so offensichtlich? Oder hatte er einen so scharfen Blick? Und was sollte ich machen? Ich schätzte, ich schuldete ihm zumindest Ehrlichkeit. Er war nett, verständnisvoll und tatsächlich an mir interessiert. »Yeah, ein bisschen.«

»Ein bisschen«, wiederholte er langsam.

Ich nickte und blickte zum Himmel hoch. Die Sterne schienen heute nicht, aber ich wusste, dass sie trotzdem da waren. Mit dem Gefühl, besiegt worden zu sein, heftete ich den Blick wieder auf Callum. »Ich verstehe, wenn du das ein bisschen schräg findest. Aber es ... es braucht Zeit, um darüber hinwegzukommen.«

Seine Unterlippe verschwand in seinem Mund, während er eine Minute lang über irgendetwas nachzudenken schien. »Machen wir es doch so. Tipp meine Nummer in dein Telefon ein, und wenn du meinst, du bist so weit, weißt du, wie du mich erreichen kannst.«

Die Tränen waren vergessen, als ich mir ein paar Haarsträhnen hinter das Ohr schob und ihn diesmal aufrichtig anlächelte. Dann nahm ich meine Tasche aus dem Auto und reichte ihm mein Telefon.

Siebzehn

Daisy

»Du willst ihn also nicht anrufen?«

Es war der darauffolgende Freitagabend, und Pippa und ich lagen auf ihrem Bett, schwangen die Beine durch die Luft und warteten darauf, dass unsere Zehennägel trockneten. Wir hatten sie in einer Farbe namens Appleberry lackiert, ein dunkles Burgunderrot, mit dem ich mich jedoch nicht recht anfreunden konnte. »Er hat gesagt, ich soll warten, bis ich so weit bin. Ich will ihn nicht anrufen, nur weil ich mich langweile.«

»Aber vielleicht bist du nie so weit«, gab sie zu bedenken. »Was für ein Drückeberger. Der Typ ist nicht heiß genug auf dich, wenn er seitdem nicht versucht hat, dich wiederzusehen.«

Ich lachte prustend auf. »Er wartet auf mich.«

»Yeah, wie ein Schlappschwanz.« Sie setzte sich auf und inspizierte ihre Zehen. »Willst du einen Film gucken?«

»Ganz sicher nicht. Ich versuche immer noch, die Albträume loszuwerden, die ich seit dem letzten Wochenende habe. Schon das Wort Film reicht aus, um sie nachts wieder ablaufen zu lassen.« Ein Schauer lief mir über den Rücken.

Pippa lachte. »Du bist so ein Schisser. Allerdings ist er auch nicht gerade die hellste Kerze auf der Torte, wenn er das nicht zu seinem Vorteil ausnutzt.«

»Er war so fasziniert von diesem Mist. Das an sich war schon fast unheimlich.«

Rufe hallten draußen im Gang wider, Gelächter und Stimmengewirr fluteten unter der Tür hindurch. Pippa seufzte. »Ein neues Wochenende, eine neue Party.«

»Wo findet die denn statt?«

»Ich glaube, es sind zwei. Die größte steigt im Verbindungshaus.«

Ich setzte mich auf und betastete meine jetzt trockenen Zehennägel. »Woher weißt du so was immer?«

»Ich halte die Ohren offen«, erwiderte sie schlicht, stand auf und ging zum Schrank. »Tja, wenn wir da nicht mitmachen wollen, lass uns hier ein bisschen Spaß haben.« Plastiktüten knisterten, sie fluchte und hob heruntergefallene Kleidungsstücke auf, bevor sie mit einer Flasche Wodka zum Vorschein kam.

»Hmm.« Ich legte den Kopf schief. Meine Augen wanderten zwischen ihrem selbstgefälligen Lächeln und der vollen Einliterflasche hin und her. »Wo hast du die denn her?«

»Sie gehört meiner Mom. Hab sie mir gekrallt, bevor ich abgereist bin.«

»Warum?«

Sie stopfte ein paar Sachen auf das oberste Regal des Schranks zurück. »Als ich hier angenommen worden bin, habe ich diesen Blog gelesen und da eine Reihe dämlicher Storys gefunden. Im Grunde genommen hat eine Tussi ununterbrochen über das Collegeleben gejammert. Aber etwas, was sie gesagt hat, ist hängen geblieben. Und das war, Alkohol griffbereit zu haben. Oder einen Joint. Weil du nie wissen kannst, wann dein Kopf vor lauter Stress zu explodieren droht ... oder wegen etwas anderem.« Sie schloss die Türen.

»Sooo gestresst sind wir nun auch wieder nicht«, meinte ich.

»Das nicht, aber wir langweilen uns zu Tode. Habe ich recht?« Sie löste das Siegel vom Verschluss und warf es in den Abfalleimer neben ihrer Kommode.

Ich wunderte mich immer noch darüber, wie sie an die Flasche gekommen war. »Fällt deiner Mom nicht auf, dass das Zeug weg ist?«

»Sie trinkt nur Wein. Den Wodka hat sie Weihnachten vor drei Jahren von ihrem alten Boss bekommen. Sie wird das nie merken, und selbst wenn, glaube ich nicht, dass sie sich etwas dabei denkt. Bis zu einem gewissen Grad vertraut sie mir.« Pippa grinste, schraubte die Flasche auf und trank einen großen Schluck. Im nächsten Moment lief sie rot an, dann hustete und keuchte sie. »Verdammte Scheiße und drei Mal drauf geschissen!«Ich fiel lachend rücklings auf das Bett und hielt mir den Bauch, während mir die Tränen aus den Augen rannen. »Oh mein Gott.«

»Halt den Mund«, knurrte sie, lachte aber ebenfalls.

Ich richtete mich auf und wischte mir über die Augen. »Hast du noch nie getrunken?«

Pippa beäugte die Flasche, als hätte sie sie verraten. »Doch, bloß noch keinen Wodka pur. Das Zeug ist mörderisch.«

»Und du erwartest von mir, dass ich das trinke?« Ich schüttelte den Kopf. »Kommt nicht in Frage, Lady.«

Sie nagte an ihrer Lippe und blickte sich einen Moment suchend um, dann begannen ihre Augen zu glitzern. »Bin gleich wieder da.« Sie schnappte sich ihr Portemonnaie, stellte den Wodka auf die Kommode und rannte zur Tür hinaus. Ich lächelte ein paar Mädchen, die gerade vorbeigingen, verlegen zu. Pippa kam eine Minute später mit den Armen voller kleiner Orangensaftflaschen zurück.

»Verdammt. Hilf mir mal, ja.«

Ich stand auf, nahm ihr ein paar Flaschen ab, und sie schloss mit ihrem Hinterteil die Tür. »Was hast du damit vor? Willst du sie mixen?«

»Yep. Wie einen Screwdriver, Baby.«

Ich ließ mir nicht anmerken, dass ich nicht wusste, was das war, sondern blieb stehen und sah zu, wie sie ein Glas von der Kommode nahm, es zu einem Viertel mit Wodka und den Rest mit Saft füllte. »Ich vermute mal, das kriegen wir leichter runter.«

»Jede Wette. Hier.« Sie reichte mir das Glas.

»Was?«

Sie verdrehte die Augen. »Trink. Hast du wirklich geglaubt, ich ziehe das hier alleine durch?«

»Du hast mich noch nicht mal vorher gefragt.«

»Hast du etwas Besseres vor, oh liebste Daisy?« Sie hob eine Braue.

»Touché.« Ich zuckte mit den Achseln, nahm das Glas entgegen und sah zu, wie sie ein weiteres füllte.

»Außerdem haben mich die Dinger an dem verdammten Automaten drei Dollar pro Stück gekostet. Wir trinken. Fertig? Bei drei.«

Ich setzte mein Glas an die Lippen und wartete, als sie bis drei zählte, dann kippte ich das Zeug auf ex.

Nachdem ich mir über die Lippen geleckt hatte, räumte ich ein: »Nicht schlecht. Wirklich gar nicht schlecht. Bisschen scharf, aber der Orangensaft überdeckt das meiste.«

»Du erinnerst mich an einen Gastjuror aus *MasterChef*«, lachte sie.

Gleichfalls lachend trank ich weiter.

Bald waren nur noch die Hälfte des Wodkas und kaum Orangensaft übrig. Irgendwie waren wir auf dem Boden gelandet, wo wir ein Blickduell austrugen.

»Du hast zuerst geblinzelt«, sagte sie. Ihre Zunge wurde schon schwer.

Ich fühlte mich warm, wunderbar warm. Und glücklich. Ich konnte einfach nicht aufhören zu lächeln. »Okay«, meinte ich. »Noch mal?«

»Ich weiß nicht, was du gesagt hast, aber lass uns gehen.«

Sie stand auf, und ich folgte ihrem Beispiel, wobei ich mein Bett zu Hilfe nehmen musste. »Wo gehen wir denn hin?«, fragte ich.

»Überallhin, Baby!«

Ich folgte ihr hinaus und erinnerte mich gerade noch rechtzeitig daran, nach meinen Schlüsseln zu greifen, bevor die Tür zufiel. »Mist«, murmelte ich, als ich an meinem grünen Baumwollkleid hinunter und auf meine nackten Füße starrte. Mir war ein bisschen schwindelig, als ich den Kopf in den Nacken legte, um Pippa hinterherzurufen: »Pip! Wir haben keine gottverdammten Schuhe an!«

Ich hörte sie »Oh mein Gott« murmeln, bevor sie die Treppe wieder hochstieg und den Gang entlangmarschierte. »Scheiße, keine Schlüssel.«

Ich hielt meine mit einem so breiten Grinsen hoch, als hätte ich einen Schatz gefunden. Sie kicherte, und ich brauchte eine gute Minute, um die Tür aufzuschließen. »Wir sollten auch Jacken anziehen. Es ist ziemlich kühl draußen.« Ich schlüpfte in meine Chucks, griff mir meinen langen grauen Strickcardigan und folgte ihr wieder zur Tür hinaus.

»Sollen wir zu einer der Partys gehen?«, fragte ich, als wir langsam die Treppe hinuntertrotteten.

Draußen auf der Straße trieb mich die Aufregung dazu, einen schnellen Schritt anzuschlagen, bis Pippa mich am Arm packte. »Zu welcher denn?«

»Geh aufs Ganze, oder geh nach Hause.«

Wir gingen über den Campus auf die Ehemaligengebäude zu, die sich wie hohe, einschüchternde Wachposten, die das Gelände im Auge behielten, am hinteren Teil entlangzogen. Während wir über das feuchte Gras schlenderten, kamen weitere Leute in Sicht. Ein hämmernder Bass dröhnte in meinen Ohren, und Pippa flüsterte laut: »Wollen wir das wirklich machen? Ich weiß nicht, ob ich betrunken genug dazu bin.«

»Wir haben genau die richtige Menge intus.«

Sie hielt meine Hand fest, als wir weitergingen und uns zwischen den Leuten hindurchschlängelten, die die Vordertreppe hinunterkamen und auf den Rasen traten. Drinnen war es rappelvoll, die Gäste tanzten, spielten Billard und machten in den Ecken miteinander herum. Wir drängten uns weiter, fanden die Theke und zapften uns jede ein Bier.

»Igitt.« Ich presste die Lippen aufeinander. »Widerlich.«

»Ja, oder?« Sie kippte ihres hinunter. »Nur eines. Ein flüssiger Mutmacher, um uns hier umzusehen, und dann machen wir, dass wir wegkommen.«

Das klang für mich nach einem guten Plan. Ich hielt mir die Nase zu und stürzte die Hälfte der schaumigen, lauwarmen Flüssigkeit hinunter, bevor ich aufgab und das Glas auf der Theke stehen ließ. »Dann wollen wir uns mal umsehen.« Wir gingen hinten hinaus, wo wir auf einen Haufen weiterer Leute stießen. Lichterketten wanden sich durch Ahornbäume, der Garten war mit Solarlichtern, Bierdosen und halb zerquetschten Blumen übersät.

»Hey, hey. Was haben wir denn hier?« Ein Typ, der wie eine Zigarre stank, legte uns von hinten die Arme um die Schultern.

»Nichts für dich.« Pippa versuchte seinen Arm abzuschütteln, bekam ihn aber nicht weggeschoben.

»Sei doch nicht so, Süße.« Er schob uns zu einer Gruppe von Typen, die mit Mädchen auf dem Schoß oder ringsum sitzend in Campingstühlen an einer kleinen Feuerstelle saßen.

»Ray, wo zum Teufel hast du die denn aufgetrieben?«, fragte jemand.

»Sie sind mir einfach zugelaufen«, gab er zurück. »Meine Glücksnacht.«

Ein anderer schnaubte höhnisch. »Na klar. Wer sind sie?« Ich versuchte den Sprecher ausfindig zu machen, aber meine Augen waren sensorisch überlastet, und mein Blick wanderte anderswohin.

»Zwei Freshmanhäschen«, nuschelte der Typ, der anscheinend Ray hieß. »Glaube ich jedenfalls. Hab sie bislang noch nicht gesehen.«

Pippa schüttelte endlich seinen Arm ab und funkelte ihn finster an. Ich tat es ihr nach, während er einen Schluck aus seinem Becher trank.

»Wie heißen sie denn?«, erkundigte sich einer der Jungs, stand auf und kam zu uns herüber. Er hatte mokkafarbene Haut und ein strahlendes, verschwörerisches Lächeln.

Ray deutete auf mich. »Beine bis zum Himmel.« Dann zeigte er auf Pippa. »Und tolle Kurven.«

Darauf folgte Gelächter. Ich bemerkte, dass einer der Typen in meiner Nähe Pippa anstarrte. Seine blauen Augen wanderten an ihrem Körper herauf und herunter, als sie ihr Kleid zurechtzupfte und Ray wegscheuchte.

Der Kerl, der auf uns zukam, blieb stehen und quittierte Rays Anzüglichkeiten mit einem Schnauben, bevor er die Hand ausstreckte. »Achte nicht auf ihn, er ist total blau. Ich bin Paul, und du?«

Ich hoffte, der Umstand, dass ich mehr als nur ein bisschen beschwipst war, würde verhindern, dass ich wie üblich errötete, aber ich hatte kein Glück. Seine braunen Augen glitzerten, als er meine Hand nahm und sie an die Lippen zog.

»Lass den Scheiß, Henderson. Die Blonde ist die, die Welsh aufreißen wollte«, rief jemand hinter Paul. Dieser ließ meine Hand fallen, bevor sie seine Lippen erreichte.

»Ohne Scheiß?« Er fuhr herum, und seine Arme sanken herab. »Welsh! Wo steckst du, du Arsch?«

»Er ist drinnen. Mit Renée«, erklang Quinns Stimme.

Und ich wusste nicht, was mich mehr schockte – dass Callum mit einem anderen Mädchen zusammen war, obwohl er auf mich warten sollte, oder dass Quinn hier war und ich es noch nicht einmal gemerkt hatte.

Paul ging zu seinem Platz zurück, und da war er. In der Ecke, auf einem Stuhl, eine Bierdose auf dem Schoß und die haselnussbraunen Augen auf mich geheftet. »Quinn?«, fragte ich, als würde ich ihn nicht direkt vor mir sehen. Nur ein paar Meter entfernt.

Sein kleines Lächeln löste ein Flattern in meinem Magen aus. »Hey, Dais.«

»Na super«, murrte Pippa, als ihr klar wurde, dass Quinn ebenfalls hier war. »Komm, wir gehen, Daisy.«

Sie zog an meiner Hand, aber meine Füße wollten sich nicht von der Stelle rühren. Ich wusste, dass ich vermutlich wie eine liebeskranke Idiotin aussah – ich stand einfach nur da und starrte ihn an –, aber ich konnte die Augen nicht von ihm abwenden. Vielleicht lag es am Alkohol oder daran, dass er meinen alten Spitznamen gebraucht hatte, aber ich wollte ihn noch etwas länger anschauen. Ich wollte, dass er mich noch etwas länger anschaute.

»Ihr zwei kennt euch?«, fragte der Typ, der Pippa angestarrt hatte.

»Früher mal«, sagte Pippa. »Jetzt ist er mit ihrer ehemals besten

Freundin zusammen.« Nun lösten sich meine Augen von Quinn, und ich sah sie giftig an. »Sorry«, murmelte sie. »Aber es stimmt doch.«

»Kein Scheiß?« Der Typ pfiff durch die Zähne. »Du hast so ein hübsches Mädchen abserviert, Burnell?«

»Halt den Mund, Toby. Du hast doch überhaupt keine Ahnung.«

Toby lachte und blickte zu uns hoch. »Oh, ich denke doch. Wollt ihr uns Gesellschaft leisten, Ladys?«

Meine Zunge klebte an meinem Gaumen, und mein Herz verfiel in einen Galopp, als ich darum kämpfte, nicht wieder zu Quinn zu schielen. »Nein, wir sollten besser gehen.«

»Wie heißt du?«, fragte er Pippa.

»Geht dich nichts an.« Sie drehte uns beide zur Tür, und unser Abgang wurde von noch lauterem Gelächter begleitet.

Drinnen sah ich Callum mit einer Rothaarigen, die seinen Hals küsste, nach unten kommen. Er war immer noch damit beschäftigt, sein Shirt überzustreifen. Als sich unsere Blicke endlich trafen, wandte ich mich ab.

»Warte«, bat ich Pippa, drehte mich um und steuerte auf die Theke zu. Wir zapften uns jede noch ein Bier, stießen an, und ich sagte: »Scheiß auf Partys.«

»Scheiß auf Partys«, echote Pippa.

Wir tranken und knallten unsere Becher auf die Theke.

»Daisy, hey.« Callum berührte meinen Arm. Ich zog ihn zurück.

»Wir wollten gerade gehen«, erklärte ich, ohne ihn anzusehen. »Schönen Abend noch.«

Pippa schob ihn weg, dann stolperten wir lachend zur Tür hinaus. »Verdammter Mist, ich muss rülpsen.«

»Nur zu«, ermunterte sie mich. »Das hört hier eh keiner.«

Ich gehorchte, aber das Geräusch fiel recht leise aus. Pippa lachte erneut, und wir wankten auf das feuchte Gras hinunter, weit genug weg von dem Verbindungshaus, aber immer noch in Sichtweite.

»Was für ein Abenteuer«, murmelte ich atemlos.

»Yup.«

Mir war schwindelig, nachdem ich Quinn, Callum mit einem anderen Mädchen und dann wieder Quinn gesehen hatte.

»Bist du okay wegen Callum?«

Ich dachte kurz darüber nach. »Ich glaube, ich bin so hackedicht, dass mich das nicht mehr interessiert.«

»Vielleicht sollten wir hier schlafen«, meinte sie, nachdem einige Zeit vergangen war.

Der Mond wurde von einer Wolkenbank verdeckt, aber sie zog langsam weiter und gab ihn Zentimeter für Zentimeter frei. »Macht mir nichts aus.«

»Ich denke doch«, sagte Quinn über uns.

Mein Herz machte einen Satz, als sein Kopf über mir erschien und die Sicht auf den Mond versperrte. »Was machst du denn im Himmel?«

Seine Lippen zuckten. »Komm, ich bringe euch nach Hause.«

»Oh nein, das tust du nicht«, widersprach Pippa.

Ohne auf sie zu achten, brüllte Quinn: »Hawthorne! Kommst du?«

Eine Sekunde später tauchte der Typ namens Toby auf und hielt Pippa eine Hand hin, die bei diesem Anblick eine komische Grimasse schnitt. »Yeah, nein. Ich kann alleine aufstehen, vielen Dank.«

Doch als sie es versuchte, schwankte sie wie ein neugeborenes Fohlen, und Toby fasste sie um die Taille. Sie blickte zu ihm hoch, und ich wusste, dass sie errötete. Ich musste lachen, bis sich über mir jemand räusperte. Ach ja. »Was ist los?«

Quinn fuhr sich mit der Hand über den Mund. »Du musst aufstehen und nach Hause gehen. Es ist ziemlich spät.«

»Zu Hause ist ziemlich weit weg von hier«, sagte ich obenhin.

»Allerdings. Komm schon.« Er ging um mich herum und hielt mir seine Hand hin. Ich starrte sie einen Moment an, bemerkte sogar im Dunkeln den feinen blonden Haarflaum darauf. Und die Größe. Er hatte schon immer große Hände gehabt. Kräftige, fähige und liebevolle Hände.

Diese Gedanken fluteten durch meinen Kopf, als ich sie ergriff. Er legte mir den Arm um die Taille, als ich schwankte, und verzehnfachte so die Wärme, die ohnehin schon meinen Körper durchströmte. Seine Blicke versengten jede Stelle von mir, die sie trafen, und ich vergaß Pippa und Toby, die ein Stück abseits standen und wegen irgendetwas stritten. Es gab nur noch ihn und mich. Seine Hand auf meiner Taille, seine Augen, die in meine blickten, und den Nachthimmel, der mir ein Zeichen gab, mich zu erinnern.

Er wandte den Blick ab, und der Moment verwandelte sich in Nebel, der sich wie scharfe, eisige Nadelspitzen über mich ergoss. »Wo ist euer Wohnheim? Wir bringen euch zurück.«

Pippa ließ Toby stehen und hakte sich bei mir ein, als wir den beiden stumm durch die von Lampen erleuchteten Straßen folgten. Toby spähte immerzu über seine Schulter und grinste Pippa an, als würde er alle ihre schmutzigen Geheimnisse kennen und könnte sie nach und nach herausposaunen, wenn sie nicht fair spielte. Ihre Widerborstigkeit war geradezu greifbar zu spüren, selbst wenn sie kein Wort sagte.

Wir blieben vor unserem Wohnheim stehen, und dort verflog der Nebel in meinem Kopf so weit, dass mein Magen ein Stockwerk tiefer sackte. »Die Schlüssel.«

»Was?«, fragte Pippa.

»Als wir wieder reingegangen sind, um unsere Schuhe anzuziehen ... ich weiß nicht mehr, wo ich sie hingetan habe.« Ich begann in den Taschen meines Cardigans zu wühlen, dabei war mir bewusst, dass die anderen mich mit Blicken durchbohrten. Die Schlüssel waren nicht da, was ich bereits geahnt hatte. »Scheiße.«

»Es ist spät.« Toby trat auf die Tür zu. »Ihr könnt rein, aber nicht in euer Zimmer. Ich habe gehört, dass Leute schon im Gemeinschaftsraum gepennt haben, wenn so was passiert ist.«

Pippa wurde blass. Wahrscheinlich dachte sie an die uralten Klubsessel, auf denen wir schlafen müssten.

»Das geht nicht«, sagte Quinn, und mein Herz machte aufgrund seiner Stimme und seiner Nähe einen Satz.

Ich hielt den Blick abgewandt, ließ ihn zwischen Toby und Pippa hin und her wandern.

Toby zuckte mit den Achseln. »Dann lasst uns gehen.«

»Was?«, fragten Quinn und Pippa wie aus einem Mund.

Toby ging rückwärts den Bürgersteig hinunter. »Sie können eine Nacht bei uns bleiben. Da wissen wir wenigstens, wessen Spermaflecken die Couch versaut haben.«

Pippa schrak zurück, und ich hatte das Gefühl, mich gleich übergeben zu müssen. Mein Mund öffnete und schloss sich, aber es kamen keine Worte heraus.

»Ich schlafe nicht auf eurer spermaverseuchten Couch.« Pippa stemmte die Hände in die Hüften. Sie schwankte ein wenig, und Quinn griff rasch nach ihrem Unterarm. Sie lächelte, dann fiel ihr ein, dass sie kein Quinn-Fan war, und trat zur Seite.

Ich schnaubte. Quinns Blick fiel auf mich, seine Oberlippe kräuselte sich leicht, bevor er seufzte. »Schöne Bescherung.«

»Yup«, stimmte ich zu, ging zur Tür und spähte in das Innere des Gebäudes. »Komm schon, es sind nur ein paar Stunden, bis die Sonne aufgeht. Wir werden es überleben.«

Pippa murrte, folgte mir aber.

»Wartet«, sagte Quinn.

Wir drehten uns um, und er fuhr mit einer Hand durch seine rotblonden Haare, sodass sie ihm vom Kopf abstanden. »Ihr könnt bei uns schlafen. Er hat einen Witz gemacht. Die Couch ist in Ordnung, bei seinem Ordnungstick würde er keinen Krümel darauf dulden.« Er deutete mit dem Daumen auf Toby, der, ein Knie angezogen und den Fuß gegen die Ziegel gestemmt, an der Wand lehnte.

Toby schnaufte und zog den Kopf ein. »Wie auch immer.«

»Du bist so eine Art Sauberkeitsfreak, oder?« Pippa versuchte gar nicht erst zu verhehlen, wie gut das in ihren Ohren klang.

Jetzt straffte er sich und rückte näher an sie heran. »Ich nenne es lieber hygienebewusst. Ordentlich.«

Sie musterte ihn einen Moment zu lange nachdenklich. Ich wurde langsam müde. »Pippa, was willst du denn nun machen?«

»Pippa?«, fragte Toby, dabei sah er sie unverwandt an. »Fuck, das würde mir fantastisch über die Zunge kommen, wenn ich sie zwischen deine schönen Beine schiebe.«

Ich wusste, dass sie wahrscheinlich erneut errötete. Mir ging es jedenfalls so. Quinn lachte. »Dann lasst uns gehen. Ich fahre euch Mädchen morgen früh zurück oder bringe euch zu Fuß nach Hause.« Er schlug Toby auf den Rücken und setzte sich in Bewegung.

Mit einem Blick zu Pippa, die Toby jetzt böse ansah, folgte ich Quinn, dabei hörte ich sie sagen: »Du bist also ein Sauberkeitsfreak mit einem dreckigen Mundwerk.«

»Hoffentlich wird das hier noch viel dreckiger.«

Sie lachte spöttisch, und das war das Letzte, was ich hörte, als ich versuchte, mit Quinns langen Schritten mitzuhalten. »Du musst das nicht machen«, sagte ich. »Wirklich nicht.«

»Das weiß ich.« Er schaute strikt geradeaus und trat einen kleinen Ast zur Seite, als wir uns dem Campusausgang näherten.

»Das erinnert mich irgendwie an die Zeit, wo wir uns nachts auf die Felder hinausgeschlichen haben und du aus dem Haus ausgesperrt warst. Bevor die Leiter zu einer festen Einrichtung vor deinem Fenster wurde, versteht sich.« Ich lachte nervös, als er nichts erwiderte. »Und ich habe dich durch das Fenster in mein Zimmer geschmuggelt.«

Grillen. Echte Grillen zirpten, während er weiterhin eisern schwieg.

Ich wusste nicht, was ich sonst noch sagen oder tun sollte, aber der Alkohol in meinem Blut machte mich ein bisschen mutiger als sonst, deswegen konnte ich mir die Frage nicht verkneifen. »Hasst du mich oder so?«

Er wäre fast gestolpert. »Was?« Ich wiederholte mich nicht, ich wusste, dass er mich genau verstanden hatte. »Nein«, sagte er endlich nach einer Minute. »Tue ich nicht. Auch wenn das alles einfacher machen würde.«

»Was soll das denn heißen?«

»Vergiss es.«

Wenn ich das könnte. Ärger stieg in mir auf. »Ich kann verdammt noch mal nicht vergessen, Quinn. Das ist das Problem. Obwohl dir das offenbar keine Schwierigkeiten macht.«

Er blieb stehen und musterte mich mit zusammengekniffenen Augen. »Muss das wirklich jetzt sein?« Auf mein Achselzucken hin fuhr er fort: »Schön. Verrat mir eines – was hast du dir dabei gedacht, als du hierhergekommen bist, Daisy?« Ich konnte ihm die Frage nicht beantworten, aber er kannte die Antwort ohnehin. Er las sie in meinen Augen und lachte humorlos auf. »Klar, du dachtest, ich würde meine Freundin einfach abservieren, um wieder mit dir zusammen zu sein?«

»Ich wusste nicht, dass du ...«

»Yeah, weil du weggegangen bist. Nein ...« Er brach ab und stach mit dem Finger in meine Richtung. »Du bist nicht einfach nur weggegangen. Du hast mich komplett verlassen.«

Mit zitternden Händen unterbrach ich ihn: »Aber nie da, wo es darauf ankommt. Hast du wirklich geglaubt, ich würde mein Versprechen nicht halten? Wir haben so oft gesagt, dass wir zusammen hierherkommen würden.«

»Ja, haben wir.« Seine Stimme wurde kälter. »Aber das war damals. Damals, als ich noch keine Ahnung hatte, dass du es okay finden würdest, einige Versprechen zu brechen und andere zu halten.«

»Quinn, bitte.«

Er ignorierte mich. »Nein. Wochen und Wochen habe ich angerufen. Ich kann gar nicht mehr zählen, wie oft ich deine Eltern gebeten habe, mich mit dir sprechen zu lassen, aber jedes Mal, wenn ich angerufen habe, jedes verdammte Mal warst du entweder mit deinen Freunden unterwegs oder hast geschlafen. Und wenn ich sie gefragt habe, warum zum Teufel ich dich nicht mehr auf deinem Handy erreiche, sagten sie, ich sollte dich am besten selbst fragen. Bequem, was?«

Meine Augen füllten sich mit Tränen, und mein Herz schmerzte so sehr, dass ich es mir aus der Brust reißen wollte, damit ein für alle Mal Schluss damit war. Er war aber offensichtlich noch nicht fertig damit, seiner eigenen Verletztheit und seiner Frustration Luft zu machen, denn er fuhr fort: »Was habe ich getan, um das zu verdienen, kannst du mir das sagen?«

Ich schüttelte wild den Kopf. »Nichts. Ich ... ich wusste nicht, dass du es so oft versucht hast. Bevor ich meine Nummer geändert habe, nachdem mir meine Eltern mein Telefon, das sie mir weggenommen hatten, zurückgegeben haben, habe ich gesehen, dass du mich nur ein paar Mal angerufen hast.«

»Was?« Er zog die Brauen zusammen.

Ehe ich etwas erwidern konnte, holten Toby und Pippa uns ein, und wir gingen weiter. Mir schwirrte der Kopf, und mein Magen hob und senkte sich heftig, als ich mich zwang, Quinn nicht mehr anzusehen. Bedauern nistete sich in meiner ohnehin schon wunden Brust gemütlich ein. Ich konnte nicht mehr zurück, und ich konnte ihm nichts erklären, damit er mich verstand. Dazu war es jetzt sowieso zu spät. Ein paar Minuten später erreichten wir ein weißes Haus, in dessen Einfahrt ein mir wohlbekannter Truck sowie ein Oldtimer parkten.

»Home, sweet home«, murmelte Quinn erschöpft, als er mir die Tür öffnete, damit ich vor ihm hineingehen konnte.

Immer noch die Tränen zurückblinzelnd nahm ich meine Brille ab und putzte sie mit dem Saum meines Kleides. Ich wollte mich noch nicht einmal im Haus umschauen. Sowie ich in das Wohnzimmer trat, sah ich die große dunkelbraune Couchgarnitur, warf mich der Länge nach darauf, schleuderte meine Chucks von den Füßen und rollte mich auf der Seite zusammen.

Mir war immer noch schwindelig. Sehr sogar. Aber ich war zu erledigt, um einen Schluck Wasser zu trinken oder etwas anderes zu tun, als meine Brille auf den Boden fallen zu lassen und mit geschlossenen Augen dazuliegen. Ich erinnerte mich verschwommen daran, Toby mit Pippa zanken zu hören. Er sagte irgendetwas davon, wie viel bequemer sein Bett wäre, bevor mich zum Glück der Schlaf übermannte.

Achtzehn

Daisy

Helligkeit brannte sich in meine geschlossenen Lider. Ich öffnete blinzelnd die Augen und kniff sie sofort wieder zu. Großer Gott, mein armer Kopf. Er fühlte sich an, als ob zehn Elefantenbabys darin herumtrampeln würden.

»Ugh.« Ich hörte eine vertraute Stimme, hob vorsichtig ein Augenlid, sah mich im Wohnzimmer um und stellte fest, dass Pippa auf der anderen Seite der Couchgarnitur schlief. Richtig. Weil wir ja nicht zu Hause in unserem Wohnheim waren.

Panik füllte meinen Magen und schlug Wellen, die durch meinen Körper fluteten und aus meinem Mund zu strömen drohten. »Nein. Oh nein.«

Ich sprang entschieden zu schnell auf, umfasste meinen schmerzenden Kopf, warf die Decke weg, die jemand über mich gebreitet hatte, und stürmte mit einer vor den Mund geschlagenen Hand aus dem Raum. Es brauchte ein paar Versuche – Waschküche, Vorratskammer –, aber endlich fand ich das Bad.

Ich hing ein paar Minuten würgend über der Toilette, fühlte mich, als hätte ich etwas Verdorbenes gegessen, und ein fauliger Geschmack setzte sich in meinem Mund fest, aber es kam nichts heraus. Ich hatte das Gefühl, dass es mir wesentlich besser gehen würde, wenn dem so wäre, aber ich war zu feige, um nachzuhelfen. Also erledigte ich nur mein Geschäft und betätigte die Spülung.

Ich trat zum Waschbecken, um mir die Hände zu waschen, suchte im Badezimmerschränkchen herum, fand eine Flasche Mundwasser, spülte mir damit den Mund aus und hätte mich fast daran verschluckt, als mein Blick auf mein Spiegelbild fiel.

Ich sah aus wie eine Barbiepuppe nach einer fehlgeschlagenen Grunderneuerung. Unter meinen Augen war Mascara verschmiert, auf meiner Wange prangte etwas Rotes, und meine Haare bildeten einen zottigen, zerzausten Bienenstock auf meinem Kopf. Die Enden lockten sich oder ragten in merkwürdigen Winkeln daraus hervor.

Bemüht, nicht vor Entsetzen zu wimmern, griff ich nach ein paar Papiertüchern, befeuchtete sie und tat mein Bestes, um die schwarze Schmiere von meinem Gesicht zu wischen. Was das Rot betraf, hatte ich keine Ahnung, worum es sich handelte. Vermutlich Lipgloss, mit dem etwas schiefgegangen war. Aber mit meinen Haaren konnte ich ohne einen wirklich guten Conditioner nichts machen. Der befand sich in unserem Wohnheim. Einem Wohnheim, aus dem wir uns ausgesperrt hatten.

Eine absolut beschissene Situation.

Ich fand ein Haargummi an meinem Handgelenk, beugte den Kopf nach vorne und drehte meine Haare zu einem besonders unordentlichen Knoten zusammen, bevor ich das winzige Bad verließ.

Pippa saß aufrecht da und starrte den ausgeschalteten Fernseher an, als könnte sie nicht erraten, was sie da vor sich hatte, als ich zurückkam. »Hey«, sagte ich, setzte mich und zog die Decke über meine nackten Beine. Dann entdeckte ich meine Brille auf dem Boden, beugte mich vor, um sie aufzuheben, und inspizierte sie, bevor ich sie aufsetzte. »Warum haben wir nur Kleider an? Es ist ziemlich kalt.«

Sie schüttelte den Kopf, holte tief Atem und stieß ihn wieder aus. »Ich weiß nicht. Ich glaube, das hat uns nicht wirklich gekümmert. Wir haben nur an unsere Schuhe gedacht.«

»Willst du zurücklaufen?« Ich wollte sie aus ihrer Apathie reißen; sie fing an, mir Sorgen zu machen.

»Ich glaube, ich muss gleich ...«

Oh. »Dritte Tür den Gang runter.«

Sie sprang auf, rannte los und wäre fast gegen Toby geprallt, der ihr hinterherschaute, bevor er sich mit hochgezogenen Brauen zu mir wandte. »Ihr habt euch gestern Abend demnach ganz schön die Kante gegeben.«

»Nicht wirklich. Wir vertragen nur nicht viel, fürchte ich.«

Er nickte und ließ sich auf der Couchlehne nieder. »Ist das ein Nein zu Kaffee?«

Ich lächelte. »Ein Nein, danke.«

Er starrte mich lange an, und ich versuchte, seinem Blick standzuhalten. Er war nicht der bestaussehende Typ, den ich je gesehen hatte, aber auf eine gefährliche, reizbare, rätselhafte Weise eindeutig attraktiv. Kristallblaue Augen und dunkelbraune, fast schwarze Haare. Ein kantiger, mit Bartstoppeln bedeckter Kiefer. Oh, und er war auch sehr groß. Verdammte Footballspieler.

»Du bist also das besagte Mädchen. Hey.«

»Ich bin wer?«, fragte ich, wandte den Blick ab und nestelte an dem gestrickten Muster der Decke herum.

»Die, wegen der er manchmal so aussieht, als wäre er ganz weit weg.«

Ich sah ihn wieder an und runzelte die Stirn. In diesem Moment wurde die Vordertür geöffnet und beraubte mich der Gelegenheit, ihn mit Fragen zu durchlöchern.

Alexis kam ins Wohnzimmer, und mein Herz sackte in meinen aufgewühlten Magen.

Toby sah uns an und pfiff leise. »Oh, verdammt. Das habe ich nicht kommen sehen. Nicht im Entferntesten.« Er stand auf, brüllte: »Burnell!«, stellte seinen Kaffeebecher ab und murmelte etwas davon, dass Quinn wahrscheinlich noch schlief.

»Was machst du denn hier?« In Alexis' Stimme schwang keine umfassende Anklage mit, nur eine Andeutung davon. Ich glaube, sie war mehr geschockt als alles andere.

Ich beobachtete, wie sie ihre Sonnenbrille auf ihren perfekt gestylten Kopf schob, und räusperte mich. Zum Glück erbarmte Toby sich und mischte sich ein. »Daisy und ihre Freundin waren auf der Party gestern Abend. Sie haben sich aus ihrem Wohnheim ausgesperrt, deswegen haben sie hier auf der Couch geschlafen.«

Alexis verzog die Lippen und blickte von Toby zu den auf der Couch verstreuten Decken. »Ihre Freundin?«

»Das bin ich«, erklärte Pippa, schob sich an ihr vorbei und ließ sich wieder auf die Couch fallen.

Toby verfolgte jede ihrer Bewegungen, als würde sie jeden Moment einen Zaubertrick vorführen.

Dann endlich stieß Quinn zu uns. »Ah, hey«, sagte er, dabei zog er sich gerade ein Shirt über den Kopf.

Bauchmuskeln, göttliche Bauchmuskeln. Und Hüftknochen, bei denen mir der Unterkiefer herunterklappte. Ich schloss hastig den Mund und zwang meine Augen, anderswo hinzuschauen. Was ihnen nicht gefiel, aber ich spürte, wie Alexis ihren katzenhaften Blick über uns hinweggleiten ließ, daher war es besser, auf Nummer sicher zu gehen. »Was machst du hier?«, fragte Quinn.

Alexis warf den Kopf zurück. »Oh, entschuldige. Ich bin vorbeigekommen, um dich, meinen Freund, zu sehen, und habe zwei Mädchen auf der Couch vorgefunden. Warum stellst *du* mir jetzt Fragen? Weil mich *das* doch ein bisschen durcheinanderbringt.«

Toby schnaubte, woraufhin sich alle Augen auf ihn richteten. »Sorry, tut mir leid. Red nur weiter«, murmelte er, griff nach seinem Becher und setzte sich neben Pippa.

»Lex«, begann Quinn, und mein Herz zog sich zusammen, als ich hörte, dass er sie mit einem Spitznamen anredete.

»Nein.« Sie lachte. »Was soll das?«

»Ich glaube, wir sollten gehen«, sagte ich ruhig, dabei sah ich Pippa an.

»Ernsthaft? Und den großen Krach verpassen?«, fragte Toby.

Pippa nickte zustimmend. »Yeah, warte noch eine Minute.« Sie vollführte mit der Hand eine nach unten deutende Geste, als ich Anstalten machte aufzustehen.

Ich verdrehte die Augen und knurrte fast mit zusammengebissenen Zähnen. »Komm mit. Bitte.«

Ich ging zur Wohnzimmertür, zögerte und wartete darauf, dass entweder Quinn oder Alexis zurückwichen, damit ich an ihnen vorbeikam, ohne sie zu berühren. Sie rührten sich nicht. Rasch stellte ich fest, dass Quinn auf den Boden starrte und Alexis ihren kalten Blick zwischen mir und Quinn hin und her wandern ließ.

Na schön. Mit angehaltenem Atem schritt ich zwischen ihnen hindurch und merkte dann, dass ich meine Schuhe nicht anhatte. *Verdammt.*

»Hab sie.« Pippa drängte sich feixend an Alexis und Quinn vorbei und ließ die Schuhe auf den Boden fallen, sodass ich hineinschlüpfen konnte. Toby bot uns an, uns zu fahren, aber wir lehnten ab, und er begleitete uns stattdessen zu Fuß zu unserem Wohnheim.

»Streiten sie viel?«, fragte Pippa ihn, als wir nach draußen gingen und Alexis´ Stimme durch die geschlossene Tür drang.

Toby schob achselzuckend die Hände in die Taschen seiner Jeans. »Nicht wirklich. Was mich überrascht. Sie hat ein ziemlich hitziges Temperament.«

»Er kennt sie schon sehr lange«, sagte ich ohne nachzudenken.

»Dann weiß er vermutlich, wie er mit ihr umgehen muss«, sprach Toby aus, was ich nicht sagte.

Pippa gab ein Schnauben von sich. »Sie hat einen guten Grund, sauer zu sein, schätze ich. Wir sind nicht einfach nur zwei Zufallsbekanntschaften, die auf der Couch ihres Freundes geschlafen haben.«

Toby summte, als er mich ansah. »Du und Quinn, ihr wart also zusammen?«

»Das ist lange her«, erwiderte ich, obwohl es mir nur wie ein paar Monate vorkam. Ich zog meinen Cardigan enger um mich, als wir über das Gras gingen. Der Morgentau hing noch an den sattgrünen Halmen.

»So lange nun auch wieder nicht. Waren es nicht zwei Jahre?«, fragte Pippa, obwohl sie es genau wusste.

»Yep. Das ist eine lange Zeit«, fügte ich hinzu.

Der Campus war ruhig, wie eigentlich immer an einem Sonntagmorgen. Ich hatte das Gefühl, den Rest des Wochenendes verschlafen zu können. Aber das Essay, das Montagmorgen fertig sein musste, machte diesen Plan zunichte.

Toby nickte nachdenklich, als ich zu ihm hinüberschielte, blieb aber stumm.

Als wir unser Wohnheim erreichten, stieg ich die Stufen hoch, weil ich wusste, dass er noch kurz mit Pippa allein sein wollte. »Danke für letzte Nacht.«

Er zwinkerte mir zu, und ich ging hinein. Nach einer mehrere Minuten dauernden Auseinandersetzung mit der offenbar verkaterten Empfangsdame – nein, ich hatte mich nicht ausgesperrt, nur um sie zu ärgern – gab sie mir schließlich einen Schlüssel. »Bringen Sie ihn in zwei Minuten zurück.«

»Gut«, murmelte ich. Du lieber Himmel! Als ob Leute sich aussperrten, nur um ihr das Leben schwer zu machen. Im Zimmer sah ich meine Schlüssel auf dem Boden neben der Kommode, direkt neben einer leeren, umgekippten Flasche Orangensaft. Die neben der immer noch offenen Wodkaflasche lag.

Ich rümpfte die Nase, drehte rasch den Verschluss auf die Flasche und versteckte sie in einem Regal oben im Schrank, bevor ich mir meine Schlüssel schnappte und den Ersatz wieder nach unten brachte.

Pippa kam herein, als ich gerade wieder zur Treppe ging. »Ich brauche eine Dusche, Schlaf, was zu essen und dann noch mehr Schlaf.«

»Einverstanden. Was läuft da mit Toby?«

»Nichts«, sagte sie hastig und zog den Kopf ein, als wir die zweite Etage erreichten.

Ich lachte spöttisch. »Versuch es erst gar nicht.«

Sie ließ mich zappeln, bis wir zurück in unserem Zimmer waren und unseren Kram zusammensuchten, um zu duschen. »Er hat mich gefragt, ob ich zu seinem Spiel nächste Woche komme. Danach will er noch mit mir weggehen.«

»Und gehst du hin?« Ich vergewisserte mich, dass ich meinen Conditioner dabeihatte.

»Ich habe ihm gesagt, ich würde darüber nachdenken, aber wenn ich ginge, dann nicht, um ihm zuzuschauen.«

Ich lehnte mich lachend gegen die Kommode. »Spielst du Katz und Maus?«

Sie kicherte, als sie die Schublade mit dem Po schloss. »Nein, aber ein bisschen Anstrengung hat noch niemandem geschadet.«

Geduscht und auf dem Bett liegend starrte ich zu dem Bild hoch, das noch immer an der Wand hing. »Glaubst du, es ist Zeit, dass ich es abnehme?«, fragte ich Pippa, als sie ins Zimmer zurückkam. Selbst in meinen Ohren klang meine Stimme fast kindlich, als hätte ich Angst vor der Antwort, die ich bekommen könnte.

»Willst du eine ehrliche Antwort oder irgendwelchen Bullshit, damit du dich besser fühlst?« Da ich das nicht wusste, schwieg ich. »Ich glaube, du solltest es abnehmen, wenn auch nur, damit es dir leichter fällt, nach vorne zu schauen.«

»Das sollte ich vermutlich tun, oder?«

»Was, nach vorne schauen?«

»Mm-hm.«

»Yep. Und nimm es mir nicht übel, aber dabei versagst du auf der ganzen Linie.«

»Ich habe immer größere Ziele im Auge«, versuchte ich zu witzeln, aber bei dem letzten Wort verschluckte ich mich fast.

Meine Gedanken schweiften ab, und ich fragte mich, ob sie sich immer noch stritten. Ob sie überhaupt gestritten hatten. Zum Teil war ich fast glücklich darüber, dass sie mir noch genug Bedeutung beimaßen, um mir ihre Aufmerksamkeit zu widmen. Und ich hatte deswegen noch nicht einmal ein schlechtes Gewissen. Ich hatte es bis oben hin satt, mich wegen etwas schuldig zu fühlen, was ich nicht kontrollieren konnte. Vielleicht gelang es mir nicht, die Vergangenheit hinter mir zu lassen, aber ich war wenigstens bereit, ehrlich zu mir selbst zu sein.

Den Blick immer noch auf das Bild von Quinn gerichtet, verkündete ich: »Es kann noch eine Weile hängen bleiben.«

Neunzehn

Quinn

»Ist sie immer noch sauer auf dich?«, fragte Toby. Er stand an der Küchentheke und schob sich einen großen Löffel Cornflakes in den Mund.

Ich goss mir Orangensaft ein, schob ihn dann weg und betrachtete mit knurrendem Magen das leere Innere des Kühlschranks. »Nö, glaube ich nicht.«

Er nuschelte mit vollem Mund: »Und warum schleichst du dann immer noch so trübsinnig herum?«

Es war ein paar Tage her, seit Daisy und ihre Freundin betrunken auf unserer Couch übernachtet hatten. Himmel, aufzuwachen und zu wissen, dass sie sich unter demselben Dach aufhielt wie ich, hatte ausgereicht, um meinen Magen einen Salto schlagen zu lassen, gefolgt von einem extrem festen Knoten, der sich darin bildete. »Sie hatte keinen Grund, auszuflippen, daher hat sie ziemlich schnell wieder Ruhe gegeben.«

»Aber?«, fragte Toby.

Der verdammte Kerl war schon immer neugieriger gewesen als gut für ihn war. Nicht lange, nachdem ich ihn kennengelernt hatte, noch bevor unser erstes Jahr überhaupt begonnen hatte, hatte er mich festgenagelt. »Du hast eine absolut heiße Freundin, ein Vollstipendium, und du spielst für eines der besten Teams im Staat, und trotzdem machst du den Eindruck, als wäre irgendetwas nicht ganz in Ordnung«, hatte er zwei Tage nach unserer ersten Begegnung gesagt.

Und genau das war der springende Punkt. Irgendetwas fühlte sich nicht ganz richtig an. Gar nicht. Vor allem nicht nach dem, was sie an diesem Abend auf dem Weg hierher gesagt hatte.

»Es ergibt einfach keinen Sinn, schätze ich. Das mit Daisy.« Er wusste Bescheid. Vor einer halben Ewigkeit hatte ich ihm nach einem Bier zu viel die ganze beschissene Geschichte erzählt. Obwohl ich ihren Namen nicht genannt hatte, wunderte es mich nicht, dass er sich zusammengereimt hatte, dass es um sie ging.

»Da hast du recht. Sie schaut dich immer noch an, als könntest du ihr den verdammten Mond vom Himmel holen.«

Da ich gerade im Vorratsschrank herumkramte, konnte er Gott sei Dank nicht sehen, wie ich bei der Erwähnung des Mondes zusammenzuckte. Oder wie sehr mich das, was er sagte, berührte.

Ich sog scharf den Atem ein, stieß ihn langsam wieder aus, schloss die Schranktüren, nahm meinen Saft und lehnte mich gegen die Theke. »Sie hatte ihre Nummer geändert. Wollte nicht mit mir reden. Das hat sie sogar zugegeben.«

Er nickte und schluckte einen weiteren Mund voll Cornflakes hinunter, bevor er meinte: »Hast du sie gefragt, warum?«

Ich stellte mein Glas ab, hustete und klopfte mir auf die Brust, als der Saft mir mithilfe der Frage die Luft aus der Lunge trieb.

»Jesus Christus.« Toby lachte ungläubig. »Das hast du nicht, stimmt´s?« Er stand auf, trug seine Schüssel zur Spülmaschine und murmelte: »Total von der Rolle wegen etwas, worauf er kinderleicht Antworten finden könnte. Idiot.«

»Wie auch immer. Du vergisst, worauf es ankommt. Jetzt ist es zu spät«, erwiderte ich mit einem leichten Pfeifen in der Stimme.

Er blieb an der Küchentür stehen. »Schluss mit deinen jämmerlichen Problemen. Glaubst du, ich habe eine Chance bei ihrer Freundin?«

Ich starrte den Saft an, als wäre er für all die aufkeimenden Schuldgefühle und die Fragen in meinem Kopf verantwortlich. »Sie scheint nicht der Typ für nur ein paar schnelle Nummern zu sein.« Daraufhin verstummte Toby und blickte auf die Fliesen hinunter, als ich ihn ansah. »Heilige Scheiße, denkst du ernsthaft über eine feste Beziehung nach?«

Er schnippte mit den Fingern und wandte sich ab. »Tu nicht so, als würdest du mich kennen, Burnell.«

Ich lachte immer noch, als ich mein Zeug zusammenpackte und zum Training zum Campus hinüberging.

• • •

»Kannst du mir Henriettas Nummer schicken?«, bat ich meine Mom am Telefon, als ich an diesem Nachmittag nach dem Unterricht in meinen Truck stieg.

»Äh ... warum?« Sie befahl Spud im Hintergrund, sich hinzulegen, und ich lächelte etwas wehmütig. Ich vermisste ihn. »Das letzte Mal, als du mit ihr gesprochen hast, hast du mir hinterher Vorwürfe gemacht, weil meine zickige Freundin dich nicht mit deiner Freundin sprechen lässt.«

Ich sog die Luft zwischen den Zähnen hindurch, schloss die Augen und schlug den Kopf gegen die Kopfstütze. »Ich weiß. Aber ich muss trotzdem mit ihr reden.«

»Also gut, ich schreibe sie dir.« Sie hielt inne. »Du kommst nicht so gut damit klar, oder?« Der Umstand, dass sie nicht erfreut klang und sich diesmal wirklich Sorgen zu machen schien, bewirkte, dass ich mich eine Spur besser fühlte.

»Ich weiß nicht, was im Augenblick mit mir los ist«, gab ich zu. »Aber ich muss Schluss machen. Wie geht es Spud?«

Ich konnte fast durch das Telefon sehen, wie sie die Augen verdrehte. »Spud, großer Gott. Muss ich noch mehr sagen?«

Ich lachte. »Demnach fehlt ihm nichts?«

»Allerdings nicht.«

»Okay, ich rufe dich in ein paar Tagen an. Tschüss, Ma.«

»Vergiss es nicht!«, rief sie.

Wir beendeten das Gespräch, und ich richtete mich auf, um den

Motor anzulassen und nach Hause zu fahren, als mein Telefon kurz klingelte. Ich öffnete die Nachricht, die mir meine Mutter zusammen mit der Nummer geschickt hatte, und starrte sie entschieden zu lange an, bevor ich beschloss, anzurufen.

Ich fürchtete, nur an die Mailbox zu geraten, da ich wusste, dass Henrietta wahrscheinlich noch unterrichtete. Vielleicht war es das Beste.

Sie meldete sich. »Hallo?«

»Hi. Ich, äh, ich bin´s. Quinn.«

Kurzes Schweigen. Dann: »Quinn Burnell?«

»Genau der«, versuchte ich zu scherzen, aber mein Lachen erstarb sofort. »Hast du ein paar Minuten?«

»Sekunde, Honey.« Gedämpfte Geräusche drangen an mein Ohr, dann herrschte Stille. »Sorry, bin in mein Klassenzimmer zurückgegangen. Die Schüler sind gerade weg, deswegen ist es hier ruhiger. Was ist los?«

»Ich wollte dich nach Daisy fragen. Nach dem, na ja, du weißt, was passiert ist.«

»Wie meinst du das?« Ihre Stimme klang zögernd.

»Sie hat aufgehört, meine Anrufe zu beantworten. Sie hat ihre Nummer geändert. Und wenn ich es mit der Festnetznummer versucht habe, haben du oder Joseph mir gesagt, sie könnte gerade nicht.«

Wieder trat Stille ein. Ich wartete, hörte nur meinen abgehackten Atem und sah zu, wie sich meine Hand fester um das Lenkrad schloss. »Es tut mir leid. Ich weiß wirklich nicht, was ich sagen soll. Hast du mit Daisy gesprochen?« Jetzt war es an mir, zu zögern, und sie seufzte. »Quinn, hör zu. Ich freue mich, dass du angerufen hast. Aber ich glaube wirklich, du solltest mit Daisy über all das reden.«

»Ich weiß nicht, ob ich das kann.« Ich flüsterte fast, und es war mir egal, ob ich mich wie ein Idiot anhörte. »Aber ich muss es wissen. Warum habt ihr gelogen?«

»Quinn ...«

»Sag es mir einfach. Es macht jetzt auch nichts mehr.«

»Was macht nichts mehr?«, fragte sie.

»Dass ... na ja, ich dachte, wir hätten uns einfach auseinandergelebt. Ich dachte, sie hätte das Interesse an mir verloren und sich anderweitig orientiert.«

Henrietta hüstelte leise. »Oh nein. Ich wünschte, ich könnte sagen, dass es so war.«

Luft. Ich bekam keine Luft mehr. »Warum denn dann?«

Sie atmete vernehmlich aus. »Wir hielten es für das Beste. Sie war in einer erbärmlichen Verfassung. Hat keine Freunde gefunden, nicht gezeichnet und kaum das Haus verlassen. Wir haben ihr ihr Telefon weggenommen. Ihr gesagt, sie könnte es zurückhaben, wenn sich einiges geändert hat. Und Alexis ...«

Ich blinzelte, versuchte mit all dem mitzukommen, was sie gesagt hatte. »Alexis?«

»Ich weiß nicht, was genau sie gesagt hat, aber Daisy erwähnte einmal, Alexis hätte gemeint, Fernbeziehungen würden nicht funktionieren und ihr beide würdet es verdienen, glücklich zu sein, statt immer nur Trübsal zu blasen.«

Mir fehlten die Worte. Meine klammen Hände fielen mit einem leisen Klatschen vom Lenkrad auf meinen Schoß, als ich durch die Windschutzscheibe zu den alten Gebäuden auf dem Campus hinüberstarrte, ohne wirklich etwas zu sehen.

»Quinn?«

»Ja?« Ich räusperte mich. »Ich bin noch dran, entschuldige.«

»Nein, ich muss mich entschuldigen. Viel mehr kann ich nicht sagen, das ist alles, was ich sicher weiß. Joe und ich wollten unser Mädchen wieder lächeln sehen. Das musst du verstehen. Wir hatten ein so schlechtes Gewissen, weil wir sie dir weggenommen haben. Aber wir dachten, dass es so ...«

»Das Leben verändern würde«, platzte ich heraus, ohne nachzudenken.

»Ja. Sie ist ein anderer Mensch geworden, und selbst als sie aufgehört hat, mit dir zu reden, war sie nicht mehr so wie früher. Aber sie hatte Ziele, sie lächelte wieder und lebte ihr Leben weiter.«

Meine Kehle schnürte sich zu, und ich räusperte mich erneut. »Ich muss weiter. Aber danke. Dafür, dass du mit mir gesprochen hast und, äh, dass du mich nicht hasst.«

»Ich könnte dich nie hassen, Honey. Aber an deiner Stelle wäre ich vorsichtig, wenn du Joe je wiedersiehst.« Sie lachte. »Sei vorsichtig, aber bitte, bring unser Mädchen nicht völlig aus der Fassung.«

Ich konnte nichts versprechen, von dem ich ziemlich sicher war, es bereits getan zu haben, also verabschiedete ich mich einfach nur. Ich warf mein Telefon auf den Beifahrersitz und versuchte, die wenigen Informationen zu verarbeiten, die ich soeben erhalten hatte. Wenige Informationen, aber von großer Bedeutung.

Schuldgefühle breiteten sich in meinem Inneren aus, und mein Kopf sank in meine Hände. Sie hatte ebenso schwer zu kämpfen wie ich, wenn nicht schwerer. Und Alexis ...

Mein Kopf fuhr hoch, und ich biss die Zähne zusammen. Ich ließ den Motor an, blickte in die Spiegel und machte mich dann auf den Weg zur anderen Seite des Campus.

Ich hielt vor den hohen, grauen, efeubewachsenen Gebäuden, die sich von dem strahlend blauen Herbsthimmel abhoben, stieg aus, nahm mein Telefon und schickte Alexis eine Nachricht, um ihr mitzuteilen, dass ich unten war. Es war Dienstag, und ich wusste, dass ihr letzter Kurs um eins zu Ende war. Sie würde entweder hier oder in der Bibliothek sein.

Ich lehnte mich gegen meinen Truck, winkte ein paar Mädchen aus meinem Mathekurs zu und wartete.

Ein paar Minuten später kam sie durch die breiten Doppeltüren und fuhr sich mit den Händen durch die Haare, als sie die Stufen hinunterjoggte. »Hey.« Sie beugte sich lächelnd vor, um mich zu küssen. Ich reagierte nicht darauf, sondern fasste sie sacht bei den Oberarmen und schob sie einen Schritt zurück. Sie runzelte die Stirn. »Was ist los?«

»Warum hast du mir nichts von Daisy erzählt?«

Ihr Stirnrunzeln wich einer finsteren Miene. »Was? Wieso sprechen wir überhaupt über sie?«

»Antworte einfach. Wieso hast du mir nicht gesagt, wie schlecht sie dran ist?«

»Wie meinst du das?« Ihre blauen Augen huschten über mein Gesicht.

»Du hast mir erzählt, dass sie jedes Mal, wenn du nach ihrem Umzug mit ihr gesprochen hast, glücklich war. Dass sie neue Freunde gefunden und geklungen hätte, als würde sie sich rundum wohlfühlen.«

Sie schluckte merklich und wich zurück. »So hat sie sich auch angehört.«

»Lüg mich nicht an«, zischte ich.

Alexis wurde blass und blickte zu den wenigen Passanten auf der Straße hinüber. »Könnten wir das bitte nicht gerade hier besprechen?«

Jede Faser meines Körpers vibrierte vor Wut. »Wir besprechen das genau hier. Rede.«

Sie blickte zu Boden und fuhr mit einer zitternden Hand durch ihre dunklen Haare. »Es tut mir leid.«

Ich stieß mich von dem Truck ab. »Hast du ihr gesagt, sie soll die Verbindung zu mir abbrechen?«

»Quinn, komm schon.« Ihre Stimme wurde heiser.

»Hast du Daisy geraten, nicht mehr mit mir zu sprechen, oder nicht?«

Auf meine Frage folgte Schweigen, und mir entfuhr ein bitteres Lachen, als ich mich zum Gehen wandte. »Moment, warte.« Ich drehte mich um und sah ihre schwarzen Ballerinas nervös über den Bürgersteig scharren. »Ganz so war es nicht.«

»Wie genau war es dann?«

»Du warst miserabel drauf, hast dauernd Party gemacht, was du früher nie getan hast. Und immer wenn ich mit ihr gesprochen habe, hieß es immer nur, Quinn hier und Quinn da, bis ich es nicht mehr hören konnte. Also ja, ich könnte etwas in der Art gesagt haben, dass das mit euch nicht halten würde und ihr beide glücklich sein solltet, statt euch nur zu quälen.«

Ich blinzelte sie an; wusste nicht, was ich jetzt tun sollte. Meine Schultern sackten nach unten. »Das ist doch scheiße, Alexis.«

Sie zuckte mit den Achseln und verschränkte die Arme vor der Brust. »Schon, aber ich dachte, ich würde euch helfen.«

»Helfen?« Ich kratzte kurz die Bartstoppeln auf meinem Kinn. Mein beschleunigter Herzschlag dröhnte in meinen Ohren. »Du hast also gedacht, mich anzulügen, würde helfen.«

Sie zog die Lippen zwischen die Zähne, schüttelte den Kopf und kam näher. »Ich habe gesagt, dass es mir leidtut. Hör zu.« Sie legte mir die Hände auf die Arme und strich daran hinunter, bis sie meine eigenen erreichte, dann blickte sie zu mir hoch. »Es ist erst ein paar Jahre her, sicher. Aber wir waren so viel jünger. Ich wusste nicht, was ich da tue. Nur, dass ich dich wollte und sie nicht zurückkommen würde. Ich wollte niemanden verletzen.«

Und obwohl ich das verstand, kämpfte der Teil von mir, an dessen Vernichtung sie beteiligt war, damit, ihre Gründe nachzuvollziehen. »Ich muss los«, sagte ich, trat zurück und stieg in den Truck.

»Quinn.« Sie hielt die Tür fest, bevor ich sie schließen konnte. »Du wirst doch nicht …« Sie blinzelte, und die Träne, die ihr über die Wange rollte, ließ mich mich wie ein Stück Dreck fühlen. »Du machst doch deswegen nicht mit mir Schluss, oder?«

Während ich sie einen Moment lang anstarrte, fragte ich mich, ob ich gerade genau das tat. Aber ich wusste trotz allem, was ich herausgefunden hatte, dass ich das, was bereits angerichtet worden war, nicht ändern konnte. »Nein«, sagte ich endlich mit einem gepressten Lächeln. »Ich brauche nur etwas Zeit. Ich rufe dich an, okay?«

Sie biss sich auf die Lippe, dann nickte sie und trat zurück, damit ich die Tür schließen konnte.

Mit einem letzten Blick auf ihr ängstliches Gesicht startete ich den Motor und fuhr los.

Zwanzig

Daisy

»Vorne fragt ein junger Mann nach dir«, sagte Tim von der Tür des Lagerraums her.

Ich blickte von meinem Platz auf dem Boden vor dem Regal, wo ich Inventur machte, zu ihm hoch. »Wer denn?«

»Derselbe Typ, der letzte Woche hier war.« Mein Herz begann schneller zu schlagen, bis er hinzufügte: »Dunkles Haar und dunkle Augen?«

»Oh.« Ich ignorierte den Stich der Enttäuschung, der mich durchzuckte, legte Notizblock und Stift auf das Regal vor mir und stand auf.

»Es ist noch nicht viel los, also lass dir ruhig Zeit.« Er zwinkerte mir zu, bevor er zum Personalraum ging.

Ich trat in den vorderen Teil des Ladens und zog die Brauen zusammen, als ich Callum sah, der mir den Rücken zukehrte und sich mit den Händen in den Jeanstaschen auf den Fersen wiegte. »Callum?«

»Hey.« Er fuhr herum und kam auf die Theke zu, die ich als Barriere zwischen uns nutzte. »Nach, äh … dem Abend neulich wollte ich mal vorbeikommen und dich sehen.«

Da ich nicht wusste, was ich sagen sollte, nickte ich nur.

Er rieb sich mit der Hand über den Hinterkopf, bevor er sie klatschend gegen seine Seite schlagen ließ. »Es tut mir leid, das war nicht … ich habe nicht …«

Ich lächelte, als er über die Worte stolperte. »Schon gut.«

»Eben nicht. Ich hatte die feste Absicht, wieder mit dir auszugehen. Es ist bloß ... Renée. Sie ist meine Ex. Es ist kompliziert.«

Das konnte ich verstehen und sagte es ihm auch. »Kann ich verstehen, glaub es mir.«

»Du hast nie angerufen, und ich weiß, dass ich gesagt habe, du sollst das erst tun, wenn du so weit bist, aber, na ja ...«

»Du warst betrunken, sie war da.«

»Yeah.« Er seufzte. »Ich bin ein Arschloch.«

Ich konnte nicht anders, ich musste lachen, und als ich in seine braunen Augen blickte, begriff ich, dass ich ihm deswegen gar nicht böse war. Wir waren kein Paar, und er schuldete mir nichts. Er konnte tun und lassen, was er wollte. Ich war nur froh, dass ich keine Gefühle für ihn entwickelt hatte, die über Freundschaft hinausgingen.

»Also kommt ihr zwei wieder zusammen?« Ich holte einen Karton Strohhalme unter der Theke hervor und füllte den Spender auf, um meine nervösen Hände zu beschäftigen.

»Nein, tun wir nicht. Sie hat mich sozusagen betrogen.« Er lehnte sich mit der Hüfte gegen die Theke und verschränkte die Arme vor der Brust.

»Sozusagen?« Ich blickte zu ihm hoch.

Er zuckte mit den Achseln. »Tja, vermutlich gibt es da kein sozusagen. Sie hat mit meinem Freund gevögelt.«

Meine Augen wurden groß, und er lachte nervös, zog einen schwarzen Strohhalm aus dem Spender und schob ihn in den Mund. Zu beobachten, wie seine Zähne daraufbissen, während er sprach, lenkte mich ein bisschen von meiner Tätigkeit ab. »Ich habe mir doch nicht jede Chance vermasselt, noch mal mit dir wegzugehen, oder?«

Ich blinzelte, als ich ihn ansah. »Wie bitte?«

Er grinste und nahm den Strohhalm aus dem Mund. »Du und ich. Kannst du dich überwinden, noch mal mit mir auszugehen? Wenn ich verspreche, mich zu benehmen?«

Ich blickte auf den Karton mit Strohhalmen hinunter, da ich nicht wusste, was ich darauf antworten sollte. Tief in meinem Inneren wusste ich, dass ich ihm eigentlich keine zweite Chance geben wollte. Ich war mir noch nicht einmal sicher, ob ich für diese ganze Datingsache bereit war. »Ich weiß nicht.«

»Ich wüsste da was«, sagte er, woraufhin ich wieder zu ihm hochschaute. »Warum kommst du nicht zu unserem nächsten Spiel? Wir können danach noch irgendwas unternehmen, oder ein andermal, wenn du immer noch nicht so weit bist.«

»Ich weiß es wirklich nicht.« Ich nestelte an meinen Haaren herum.

»Komm einfach und schau zu. Um mehr bitte ich dich gar nicht.«

Ich dachte eine Minute darüber nach, musterte ihn aus dem Augenwinkel, als er mich anlächelte, und füllte den Spender zu Ende auf. Dann stellte ich den Karton unter die Theke zurück, richtete mich auf und seufzte dramatisch. »Na schön.«

Sein Grinsen entlockte mir ein Lächeln, und ich verspürte bei der Aussicht, zu dem Spiel zu gehen, einen Anflug von Aufregung. Es war so lange her, seit ich zuletzt bei einem gewesen war. Ich versuchte die ausgesprochen laute Stimme in meinem Kopf zu überhören, die mich vor einem gewissen Quarterback warnte, der wahrscheinlich auch spielen würde. Damit konnte ich umgehen. Schließlich war ich letztes Wochenende mit ihm zusammen gewesen. Gewissermaßen.

»Du hast Freitagabend ziemlich betrunken gewirkt. Wenn ich ehrlich sein soll, hatte ich nicht damit gerechnet, dich da zu sehen.«

»Da sind wir schon zwei«, lachte ich. »Es war blöd. Pippa, die Freundin, mit der ich da war, und ich haben uns in unserem Wohnheim einen angezwitschert, und ... na ja. Dann sind wir da gelandet.«

Er nickte. Seine Lippen verzogen sich seitlich, als er mich nachdenklich betrachtete. »Sei lieber vorsichtig. Ich habe gehört, Burnell und Hawthorne haben euch nach Hause gebracht?«

Da ich nicht erklären wollte, wie das abgelaufen war, sagte ich nur: »Yeah, sie haben uns zum Wohnheim begleitet.«

Er griff nach meiner Hand und drückte einen flüchtigen Kuss darauf. Etwas verdutzt verfolgte ich, wie er zur Tür hinausging und dann stehen blieb, um mit jemandem zu sprechen.

Dieser Jemand war Quinn, der zu mir hereinblickte, bevor er Callum hinterherschaute. Mein Herz begann in einem äußerst unnormalen Rhythmus zu tanzen, als er in die Eisdiele kam.

»Hey«, sagte er. Ich konnte ihm nicht in die Augen sehen.

»Was hättest du denn gerne?«, fragte ich.

Er schnaubte leise. »Äh, eigentlich wollte ich nur mit dir reden.«

Die Tür hinter ihm ging auf, und ein paar miteinander schwatzende Mädchen kamen herein. »Ich kann jetzt nicht.« Auch wenn ich darauf brannte, zu erfahren, worüber er mit mir reden wollte, konnte ich nicht an meinem Arbeitsplatz mit Typen Privatgespräche führen.

»Wann hast du Feierabend?«

Ich blickte zu der Uhr hinüber. »In einer Stunde«, sagte ich.

»Dann komme ich dann wieder.« Er klopfte auf die Theke. Ich konnte ihn immer noch nicht ansehen, aber ich beobachtete, wie er seine große Hand wegzog, bevor er zur Tür ging.

»Mein Gott, ist der heiß«, seufzte eines der Mädchen.

»Was möchtet ihr denn?«, fragte ich erneut, um weiteren Quinn-Schwärmereien vorzubeugen, bevor sie sich zu sehr hineinsteigerten. Ich hatte ihn mein ganzes Leben lang angeschwärmt; ich brauchte keine Erinnerung an das, was ich weggeworfen hatte.

Die nächste Stunde zog sich so zäh dahin, wie ich es erwartet hatte. Ich fühlte mich geradezu kribbelig, Furcht und Nervosität schickten meinen Mageninhalt auf eine turbulente Fahrt, ließen ihn gefährlich blubbern und gurgeln. Ich wusste nicht, ob ich es durchstehen würde, alleine, ohne jemanden in der Nähe, mit ihm zu reden. Aber meine Neugier und mein dummes Herz trieben mich dazu, auszustempeln und mich von Tim zu verabschieden, sowie der Minutenzeiger der Uhr auf die richtige Stelle gerückt war.

Er wartete draußen, als ich herauskam, mein unordentliches Haar richtete und wünschte, ich hätte wenigstens etwas Lippenbalsam aufgelegt. Ich kramte in meiner Tasche danach, als er von seinem Platz bei den Gärten aufstand, konnte das Ding aber nicht finden und gab auf.

Gott, als ich vor ihm stehen blieb, merkte ich, dass ich fast vergessen hatte, wie groß er war. Inzwischen mindestens einsfünfundneunzig. Ich blickte zu ihm hoch und wich etwas zurück. »Hi«, krächzte ich. »Was gibt es denn?«

Seine Lippen zuckten, als wollte er mich anlächeln. Ich schob meine Brille auf meine Nase hoch und ging los. Mein Magen und mein Herz machten es mir schwer, ihn weiterhin anzusehen.

Er holte mich mit zwei langen Schritten ein. »Können wir uns vielleicht irgendwo hinsetzen?«

Seine Stimme klang zaghaft, und ich wollte unbedingt herausfinden, warum. »Klar.«

»Wie läuft es denn mit dem Job in der Eisdiele?«

Ich wusste nicht, ob er nur versuchte, die unangenehme Situation aufzulockern, oder ob es ihn tatsächlich interessierte, aber ich antwortete trotzdem. »Am Anfang war es nur ein Zeitvertreib. Aber es gefällt mir gut da.«

Wir überquerten die Straße und betraten den von Gebäuden gesäumten Platz. Er war ruhig, nur ein paar Leute hielten sich hier auf. Ich setzte mich auf die Bank vor einem Springbrunnen, legte meine Tasche auf meinen Schoß und starrte auf das Wasser. Das Rieseln und Plätschern beruhigte mich ein wenig, aber nicht genug, um mühelos atmen zu können, als er direkt neben mir Platz nahm. Ich konnte ihn riechen. Diesen sauberen, frischen und leicht zitronigen Duft seines Duschgels. Gut zu wissen, dass sich manche Dinge nie änderten.

Mit einem wehmütigen Unterton in der Stimme brach er das Schweigen. »Erinnerst du dich an die Sommer, in denen ich dich mit dem Gartenschlauch herumgejagt habe?«

Mir wurde klar, dass er ebenfalls auf das Wasser geblickt haben musste. Ich betrachtete es immer noch, konnte es aber nicht bewusst wahrnehmen, weil mich meine Gedanken zu dem letzten Mal zurücktrugen, wo er sich hinter der Scheune versteckt hatte, auf mich losgesprungen war und den Schlauch aufgedreht hatte, um mir damit eine Dusche zu verpassen. Das war ein paar Monate vor meinem sechzehnten Geburtstag gewesen, und ich wusste noch, dass ich leicht verärgert und entgeistert gewesen war, dass er immer noch an etwas Spaß fand, was wir als Kids getan hatten. »Selbst noch, als ich fünfzehn war«, stellte ich trocken fest.

Sein Lachen traf mich an Stellen, wo ich es nicht spüren wollte. »Ja, aber ehrlich gesagt wollte ich nur, dass dein Top nass wird. Damit ich ...« Seine Worte endeten in einem Husten.

Ich zog den Kopf ein und biss mir auf die Lippe, um nicht gleichfalls laut zu lachen. Er durfte mir kein Lächeln entlocken, nachdem er sich für sie entschieden hatte. Das würde ich nicht zulassen.

»Es tut mir leid, Daisy.«

Leicht aus der Fassung gebracht, sah ich zu ihm hinüber. »Was genau?«

Er ließ sich gegen die Bank sinken und kratzte sich am Kinn. »Alles. Dass ich dich nicht öfter angerufen habe, als du weg warst, nicht nachgefragt habe, als du aufgehört hast, mit mir zu reden, und ... Alexis.«

Oh, okay. Ich konzentrierte mich auf die ersten Dinge, die er gesagt hatte. »Wie kommst du denn ausgerechnet jetzt darauf?«

Er schüttelte den Kopf und strich ein paar blonde Haarsträhnen weg, die ihm in die Stirn fielen. »Ich wusste nicht, dass du den Umzug so schwer verkraftet und wie sehr du darunter gelitten hast. Ich war nur mit mir selbst beschäftigt, ich habe dich vermisst, und das hat mich in Kombination mit all den üblichen Teenagerhormonen fast verrückt gemacht.«

Mir entwich ein langer Atemzug. »Du ... woher weißt du das?«

»Das tut nichts zur Sache.« Er wandte den Blick ab.

Wie bitte? »Nein.« Ich lachte verwirrt und ein bisschen verstimmt zugleich. »Das tut es sehr wohl.«

»Dais.«

»Sag nicht *Dais* zu mir. Du hast kein Recht mehr, mich so zu nennen.«

Seine braunen Augen umwölkten sich, und meine Brust zog sich vor Schuldgefühlen zusammen. »Es ist nicht so, als würde es irgendetwas ändern, nicht?«, sagte er leise.

Ich blickte wieder auf das Wasser und schluckte hart. »Nein. Vermutlich nicht.«

Während des lang gezogenen Schweigens, das folgte, kam ich mir vor, als würde ich an meinen eigenen Emotionen ersticken. Ich wusste nicht, warum ich ihm die nächste Frage stellte – vielleicht, um mich selbst zu quälen –, aber ich musste es wissen. »Wann seid ihr zwei zusammengekommen?«

»Daisy.«

»Sag es mir einfach.«

Er seufzte tief. »Fast ein Jahr, nachdem du weggezogen bist.«

Meine Stimme zitterte. »Liebst du sie?«

Er zögerte nur eine Sekunde mit der Antwort. »Ja, das tue ich.« Er stöhnte. »Scheiße, es tut mir leid.«

Erneut machte sich Stille breit, während ich mit aller Kraft, die ich aufzubieten vermochte, die Tränen zurückdrängte. Was in dieser Phase nicht allzu viel war. »Macht Sinn. Ihr zwei habt eine – wie lange – einjährige Trennung überstanden? Wir noch nicht einmal ein paar Monate.«

»Das ist nicht fair. Zwei Fahrtstunden statt neun machen einen ganz schönen Unterschied aus. Und was mit uns passiert ist, war …«

»Wie auch immer. Warum wolltest du mit mir reden? Um dich zu entschuldigen?« Ich hielt die Augen weiter unverwandt auf das Wasser gerichtet; wünschte, ich könnte den Kopf hineintauchen. Obwohl es höchstwahrscheinlich eiskalt war, würde ich hundert Dollar darauf wetten, dass ich mich dann besser fühlen würde, als ich es jetzt tat.

»Yeah, und ich weiß es nicht.« Er hielt inne. »Doch, ich weiß es. Ich hatte gehofft, wir könnten vielleicht Freunde sein?«

Wow. Über all das, was ich von ihm zu hören erwartet oder erhofft hatte, war kein Wort verloren worden. Ich wusste nicht, was ich eigentlich erwartet hatte. Dass er sagte, er hätte einen großen Fehler gemacht? Dass er mich zurückhaben wollte? Würde ich ihn denn überhaupt zurücknehmen wollen?

Ich konnte keine meiner eigenen Fragen beantworten, also erwiderte ich auf seine nur schroff: »Ich denke schon.«

Er lachte auf, und mein Magen zog sich bei dem Geräusch zusammen. »Du klingst nicht allzu begeistert darüber.«

Ich sah ihn mit zusammengezogenen Brauen an. »Offen gestanden habe ich keine Ahnung, warum du willst, dass wir Freunde bleiben. Aus Mitleid? Wenn ja, dann kann ich darauf verzichten, besten Dank.«

Er schlug die Hände vor den Mund, als seine Schultern vor Lachen bebten, und schüttelte den Kopf. »Nein, bestimmt nicht aus Mitleid. Seit ich denken kann, warst du meine beste Freundin. Warum sollte ich mir nicht wünschen, dass du ein Teil meines Lebens bleibst?«

Das war verständlich. Zu schade, dass ich vermutlich ziemliche Probleme damit bekommen würde. »Was ist mit Alexis?«

Er zog die Lippen in seinen Mund, und mein eigener klappte auf, als ich beobachtete, wie er sie zwischen seinen perfekten Zähnen rollte. Im Gegensatz zu mir hatte er während seiner Jugend nie Zahnspangen gebraucht. Ich war deswegen vor Neid geplatzt. »Sie könnte nicht allzu glücklich darüber sein. Aber es ist ja nicht so ...«

»Als würden wir die ganze Zeit zusammenstecken und abwechselnd bei einem von uns schlafen? Ja, das habe ich mir schon gedacht. Und ganz ehrlich ...«

»Kämst du damit nicht klar?«, half er nach. Seine Augen funkelten vor Vergnügen.

Ugh, die Sätze des anderen zu beenden, war nur dann eine liebenswerte Angewohnheit, wenn man verliebt war. Bei unerwiderter Liebe war es einfach nur zum Kotzen. »Yeah.« Ich wandte mich ab, weil ich dachte, dass ich wahrscheinlich lieber gehen sollte, bevor ich den Kampf mit meinen in mir tobenden Gefühlen verlor. »Ich sollte jetzt los.«

Ich griff nach meiner Tasche und stand auf, während er sagte: »Hey, sei vorsichtig, ja?«

»Womit?« Ich blieb ein Stück von der Bank entfernt stehen.

»Mit Callum.« Er beugte sich vor, stützte die Ellbogen auf die Knie, faltete die Hände und blickte zu mir hoch. Ich wünschte, er würde das lassen – so besorgt und gleichzeitig so verdammt gut auszusehen. Seine

Augen, die ich von Kind an kannte und in denen Jahre voller Erinnerungen leuchteten, bewirkten immer noch, dass es mir den Atem verschlug.

Ich hatte fast vergessen, worüber wir sprachen. »Was?«

»Callum. Er ist vorhin vorbeigekommen, um dich zu sehen?« Seine Brauen senkten sich.

»Was ist mit ihm?« Ich fummelte an dem Reißverschluss meiner Tasche herum.

»Er ist nicht gerade dafür bekannt, auf eine feste Beziehung aus zu sein, seit seine Ex fremdgevögelt hat.«

Mir war nicht ganz klar, was das mit ihm zu tun hatte, oder vielleicht gewannen meine Gefühle doch die Oberhand. Die vertrackten Biester drängten an die Oberfläche und zielten darauf ab, dass ich mich ihm entweder an den Hals warf oder vor seinen Füßen zu einer Pfütze aus Selbstmitleid zerschmolz. Gott, ich wünschte, das hätte endlich ein Ende. »Was interessiert dich denn das?«

Er hob die Schultern. »Freunde, schon vergessen?«

Mit einem spöttischen Lachen setzte ich mich in Bewegung. »Lass es gut sein. Ich versuche, nach vorne zu schauen, genau wie du es getan hast.«

»Daisy.« Er stand auf. »Nur weil ich ... meinen Weg weitergegangen bin, heißt das nicht, dass du mir egal bist.« Als ich verdrossen eine Braue hochzog, fuhr er fort: »Wie ich schon sagte, du warst immer meine beste Freundin.«

Und ich hatte für heute Abend genug davon, mich selbst zu foltern. Nein, ich hatte das für den Rest meines Lebens satt. »In Ordnung. Für heute reicht es mir mit Freundschaftsangeboten.« Ich drehte mich um, ging davon und rief ihm über die Schulter hinweg zu: »Mach´s gut, Quinn.«

Einundzwanzig

Daisy

Nachdem ich mir einen Geflügelsalat bestellt hatte, setzte ich mich in eine leere Sitzecke ziemlich weit hinten im Lokal. Ich wäre mir ein bisschen komisch vorgekommen, alleine hier zu essen, aber nach einem Blick durch den Raum hatte ich festgestellt, dass ich nicht die Einzige war. Leute saßen in Gruppen, paarweise oder für sich an den Tischen.

Ich zog meinen dicken Wälzer aus meiner Tasche und schlug ihn auf, um mich weiter mit englischer Literatur zu beschäftigen, während ich auf mein Essen wartete.

»Bitte sehr.« Die Kellnerin stellte meinen Salat und mein Wasser auf den Tisch.

Ich schob mein Buch weg, bedankte mich bei ihr, zog meinen Teller näher heran und wickelte mein Besteck aus der Serviette.

Da ich Augen auf mir spürte, blickte ich auf, als Quinn sich gerade mit einer Flasche Wasser in eine Sitzecke am entgegengesetzten Ende schob. Ich riss die Augen von ihm los, ignorierte mein wild hämmerndes Herz und begann zu essen. Seit unserem Gespräch letzte Woche, dem, bei dem er mich noch etwas mehr gefoltert und dann Salz in die Wunden gerieben hatte, indem er fragte, ob wir Freunde sein könnten, hatte ich ihn nicht mehr gesehen.

Meine Füße scharrten über den Boden, meine Hand drehte die Gabel wieder und wieder um. Ich konnte mich nicht konzentrieren.

Konnte kaum essen, weil mir bewusst war, dass er nur wenige Tische von mir entfernt saß.

Ein paar Minuten später klappte ich mein Buch zu, als Quinn mir gegenüber Platz nahm. »Hi.«

Ich blickte mich rasch in dem halb vollen Lokal um, nahm meinen Mut zusammen und sah ihn an. »Äh, hi.«

»Ich habe dich alleine da sitzen sehen, und weil ich auch alleine hier bin, dachte ich ...« Er brach ab, und wir lachten beide nervös.

Gegen den Drang, ihn anzuschauen, ließ sich schwer ankämpfen, also gab ich nach und ließ meine Augen tun, was sie wollten, und zwar seine Brauen betrachten, die Art, wie sie sich leicht hoben und senkten, als er mich ansah, und die Art, wie sich seine Hände um die Speisekarte schlossen.

»Hast du schon bestellt?«, fragte ich.

Er schüttelte den Kopf, dann nickte er. »Yeah, nein. Ich meine, ich habe bestellt.«

Erneutes Lachen. Okay. Peinliche Situation.

Und um alles noch schlimmer zu machen, fragte ich etwas, was mir förmlich auf der Zunge brannte. »Was ich ganz vergessen hatte ... hast du Ärger bekommen? Ähm, nach diesem Wochenende neulich?«

Mit verwirrtem Ausdruck öffnete er leicht die Lippen und leckte sich dann über die Oberlippe. Ich glaube, ich presste unter dem Tisch die Schenkel zusammen. Dann begann ich zu essen, wenn auch nur, um etwas zu tun zu haben. »Nicht wirklich, nein. Nachdem ich ihr alles erklärt habe, war es in Ordnung, denke ich.«

»Denkst du?«, platzte ich mit dem Mund voll Huhn heraus und wollte prompt meine brennenden Wangen mit Eis kühlen.

Er grinste nur, was auch nicht half. Ich schluckte mein Essen, ohne richtig zu kauen, dann griff ich nach meinem Wasser und stürzte es hinunter, damit mir nichts im Hals stecken blieb.

»Natürlich war sie nicht gerade begeistert darüber.«

Dem konnte ich nicht widersprechen, also verfolgte ich das Thema nicht weiter. Sein Essen kam. Ein großer Burger, Pommes frites und ein

Salat. Er machte sich gleich darüber her, und wir aßen schweigend, bis er fast alles auf seinem Teller vertilgt hatte.

Er hatte immer schon Unmengen gegessen. Anscheinend hatte Football viel damit zu tun. Ich erinnerte mich, wie seine Mom liebevoll zu scherzen pflegte, sie wäre froh, nur ein Kind zu haben, weil er in manchen Wochen genug verdrückte, um ihr Bankkonto auf null schrumpfen zu lassen.

Ich aß so viel von meinem Salat wie möglich, was in Anbetracht der Tatsache, dass mein Magen nicht aufhörte, Achterbahn zu fahren, ziemlich viel war und mich fürchten ließ, ich würde einen schweren Schluckauf oder Verdauungsstörungen bekommen, wenn er nicht bald Ruhe gab.

»Du hast Tomaten noch nie gemocht«, sagte er.

»Hmm?« Ich blickte von meinem Teller auf, auf dem ich gerade eine herumgeschoben hatte, und bemerkte die Wärme in seinen Augen. »Ich weiß nicht, irgendwas an ihnen …«

»Stimmt einfach nicht«, warf er ein, und ich erstickte fast an dem Croûton, den ich mir eben in den Mund geschoben hatte. Meine Mutter hatte immer gesagt, wir wären in einem früheren Leben wahrscheinlich Zwillinge gewesen, weil wir immer gegenseitig unsere Sätze beendeten und geradezu magnetisch voneinander angezogen wurden, sobald wir uns begegneten. Ich hielt das für cool, bis ich meine Gefühle für ihn und die Art, wie sie sich änderten, zu hinterfragen begann. Danach rümpfte ich stets die Nase, erklärte ihr, das wäre ja abartig, und stürmte wie der bockige junge Teenager, den ich nicht oft herauskehrte, aus dem Raum.

Seine auf mir ruhenden Augen waren eine Einladung zur Reise in die Vergangenheit. Auf einer Straße voller Löwenzahn, Sternen, Heu und einer Autoreifenschaukel unter einer Weide. Mein Mund wurde trocken, und er schien sich aus dem, was auch immer er gerade dachte, herauszureißen.

»Wie geht es deiner Mom und deinem Dad?«, fragte ich; vielleicht, um die Spannung etwas zu lindern. Ich konnte nicht sagen, ob sich das alles nur in meinem Kopf abspielte und nur einseitig war oder ob er dieselbe Anziehungskraft verspürte, die immer zwischen uns geherrscht hatte.

Seine zusammengezogenen Brauen und die Art, wie sich seine Zähne in seine Unterlippe gruben, als er mich anstarrte, brachten mich auf den Gedanken, dass die Vergangenheit für ihn vielleicht auch noch präsent war. »Denen geht es gut«, sagte er endlich, dann schob er sich eine Handvoll Pommes frites in den Mund und kaute.

»Ich wette, deine Mom vermisst dich.« Ich lächelte, als ich daran dachte, wie sie ihn immer begluckt hatte.

Sein Antwortlächeln enthielt viel Zuneigung. »Ach wo. Zuerst ja. Sie hat mich drei Mal am Tag angerufen. Dieses Jahr ist es etwas weniger geworden.«

»Ein Mal die Woche?«

Er lachte, griff nach seinem Wasser und trank einen Schluck. »Yeah, so ungefähr.«

Ich fragte mich, was seine Eltern von Alexis hielten. Von der Tatsache, dass sie jetzt zusammen waren. Dann verdrängte ich den Gedanken, weil mir klar wurde, dass er lächerlich war. Natürlich liebten sie sie. Sie hatten uns alle geliebt.

»Wie war denn die neue Schule?«, fragte er. Sein sanfter Tonfall und die Art, wie er jetzt meinem Blick auswich, rissen mich aus meinen Grübeleien.

»Na ja, sie war ...«

»Hey, Babe, Tina sagte, du wärst hier.« Alexis schien wie aus dem Nichts aufzutauchen. Oder vielleicht war es meine Schuld, weil ich nichts außer dem Jungen vor mir wahrnahm. *Kein Junge mehr*, mahnte ich mich, während ich beobachtete, wie sich seine breiten Schultern anspannten, als Alexis einen Arm darumlegte. Sie bemerkte mich erst, als sie sich setzte. »Oh, sie hat aber nicht gesagt, dass du nicht allein bist.« Sie nahm sich eine seiner Pommes frites und biss sie säuberlich halb durch, während sie mich von Kopf bis Fuß musterte. Ich wusste nicht, ob sie mich einfach nur ansah oder abschätzig betrachtete, und verwünschte mich innerlich dafür, dass ich mein altes, ausgebeultes, graues Black-Sabbath-Sweatshirt trug. Das eher ein kurzes Pulloverkleid war, das ich mit schwarzen Leggings kombiniert hatte.

Quinn räusperte sich, und die Haut meines Nackens kribbelte, als er sich vorbeugte, um sie auf die Wange zu küssen, woraufhin sie den Kopf drehte, damit er stattdessen ihren Mund traf. Ihre Lippen zwängten seine auseinander, ihre Zunge schob sich dazwischen. Seine verdutzten Augen wanderten kurz zu mir, bevor er ihre schmalen Schultern packte.

Dann wich er lachend zurück, und ich blickte auf meinen Magen hinunter und hoffte, er würde mein Essen bei sich behalten.

»Ich habe gerade schätzungsweise eine Tonne Zwiebeln gegessen«, sagte er.

Ich blickte wieder auf, sah sie mit den Achseln zucken und sich eine weitere Fritte nehmen. »Ich sollte gehen«, murmelte ich, nahm meine Tasche und griff nach meinem Buch.

»Nein«, wehrte Alexis ab. »Sei nicht albern. Du hast ja noch nicht einmal zu Ende gegessen.«

»Ich habe keinen großen Hunger.«

Quinn blickte stirnrunzelnd auf meinen Teller. »Du hast kaum die Hälfte gegessen.«

Mit einem leichten Schulterzucken lächelte ich und hoffte, dass es nicht zu gezwungen wirkte. Seine Augen wurden schmal, und er wandte sich an Alexis. »Sie war alleine hier und ich auch. Also dachte ich, wir setzen uns zusammen.«

Ich wollte ihn küssen, weil er mich nicht den Wölfen zum Fraß vorwarf. Ach was, ich wollte mehr tun als ihn zu küssen. Aber als mir einfiel, wer das momentan stattdessen tat, und ich die schöne Frau ansah, die es tun durfte, wann immer sie wollte, nahm ich den Gedanken, zerknüllte ihn und schleuderte ihn weg.

»Wie du meinst.« Alexis nickte, beugte sich vor, legte die Hände gegeneinander, stützte das Kinn darauf und lächelte mich schmallippig an. »Wie gefällt es dir auf dem College? Es ist etwas anders, als wir es uns vorgestellt haben, nicht?«

Da hatte sie den Nagel auf den Kopf getroffen. Ich hustete, griff nach meinem Wasser und trank einen Schluck, bevor ich erwiderte: »Das kann man wohl sagen.«

»Was ist dein Lieblingsfach?« Sie zögerte, zeigte mit einem Finger auf mich, und mir fielen fast die Augen aus dem Kopf, als ich ihren glänzenden pinkfarbenen Nagellack sah. Ich war versucht, sie zu fragen, welche Marke das war, aber dann erinnerte ich mich daran, dass sie mir mein Herz gestohlen hatte, und besann mich eines Besseren. »Nein, lass mich raten. Kunst.«

Ich lachte gezwungen auf. »Erwischt.«

Sie grinste, und dickflüssiger, schleimiger Neid strömte durch meine Adern. Sie war schon als Teenager so hübsch gewesen. Jetzt gab es wahrscheinlich keine andere Frau, ob jung oder alt, die ihr das Wasser reichen konnte.

Sie lehnte sich zurück und blickte sich um. »Gott, das Essen hier riecht so gut.«

»Warum isst du dann nichts?«, schlug Quinn vor und leerte seinen Teller.

Alexis maß ihn mit einem bösen Blick. »Du weißt, warum.«

Er sah so aus, als wollte er die Augen verdrehen. »Es gibt auch gesunde Gerichte hier.«

»Machst du Witze?« Sie deutete anklagend auf meinen Teller. »Der Salat schwimmt im Dressing.«

»Dann bestell ihn ohne«, gab Quinn achselzuckend zurück.

Ja, ich musste wirklich gehen. »Ich muss nach Hause, dieser Wälzer liest sich nicht von alleine.« Nachdem ich einen Zehndollarschein auf den Tisch geworfen hatte, griff ich erneut nach meinem Buch und meiner Tasche und stand auf.

Alexis sah mich an. In ihren Augen glomm etwas, das ich nicht ergründen konnte. Ich meinte, früher wäre mir das möglich gewesen, aber ich hatte mich in vielen Dingen geirrt. »Okay, ich schätze, wir sehen uns.«

»Yeah, wir sehen uns«, murmelte ich, schielte ein letztes Mal zu Quinn und stellte fest, dass sein Blick voller Bedauern auf mir ruhte.

Ich wollte sein Bedauern nicht. Und ganz sicher wollte ich keine Sekunde länger in ihrer Gesellschaft verbringen, also wandte ich mich zur Tür, drängte mich an jemandem vorbei und murmelte eine Entschuldigung.

Draußen peitschte mir der Herbstwind ins Gesicht und trocknete Gott sei Dank die Tränen, die sich in meinen Augen gesammelt hatten.

Himmel, das war alles so ätzend.

Es hatte keinen Sinn, zu überlegen, ob es leichter werden würde, sie zusammen zu sehen. Wenn überhaupt, würde es nur noch schwerer werden, das wusste ich.

Zweiundzwanzig

Daisy

Als ich nach dem Algebrakurs in der langen Reihe von Studenten wartete, die den Raum verließen, begann mein Telefon zu klingeln. Ich zog es aus der Tasche und sah Pippas Gesicht auf dem Display. Sie schielte und streckte die Zunge heraus. Ich lächelte das Bild an und drückte auf Antwort. »Was los?«

»Nicht viel, Lady. Ich hole mir nur in der Cafeteria was zum Essen. Willst du auch was?«

Ich rückte vor und zwängte mich an einem Paar vorbei, das hitzig diskutierend an der Tür stand. »Hast du von der neuen Mikrowelle im Gemeinschaftsraum schon die Nase voll?«

Sie schnaubte. »Da kannst du deinen süßen kleinen Arsch drauf verwetten. Was soll´s denn sein?«

Ich ging den Gang der mathematischen Fakultät hinunter und trat ins Freie. »Bring mir einfach Makkaroni mit Käse mit. Ich gebe dir das Geld wieder, wenn du nach Hause kommst.«

»Ach was, du kannst nächstes Mal bezahlen.«

Nachdem ich hinter mich gegriffen hatte, um mein Telefon in meinem Rucksack zu verstauen, drehte ich mich mit einem Ruck wieder um und wäre fast gegen eine breite Brust geprallt. Große Hände landeten auf meinen Schultern. Als ich aufblickte, begegneten meine Augen haselnussbraunen. Quinn. »Sorry.«

Er lächelte leicht. »Du solltest aufpassen, wo du hintrittst. Sind Brillen nicht dafür da?«

Ohne nachzudenken verzog ich das Gesicht und schob meine höher auf die Nase. Er grinste, und ich verfolgte fasziniert, wie sich um seine Augen kleine Fältchen bildeten, und fragte mich, wie tief sie werden würden, wenn die Jahre verstrichen. Ich wusste, dass diese Jahre sanft mit ihm umgehen würden, und meine Brust schmerzte, als mir einfiel, dass ich nicht da sein würde, um das mitzuerleben.

Die Wärme seiner Haut begann durch die dünne Baumwolle meines orangefarbenen Sweaters zu dringen, und ich blickte zur Seite, als er es merkte, die Hände wegzog und in die Taschen seiner Jeans schob. »Was machst du hier drüben?« Wir schlugen den pink und orangefarben gepflasterten Weg zum Innenplatz ein. Halb rechnete ich damit, dass er etwas über das letzte Mal sagen würde, als wir uns vor ein paar Tagen in dem Lokal getroffen hatten, aber halb war ich auch froh, als er das nicht tat.

»Ich habe dienstags hier Mathe. Diese Woche war ich nicht da, und ich muss mir ein paar Notizen holen. Gillard hat eine Vorliebe für unangekündigte Tests, wenn du am wenigsten damit rechnest.«

»Du schaffst das garantiert auch ohne Notizen.« Er war schon immer in allem, was mit Zahlen zu tun hat, gut gewesen. Es flog ihm zu, so wie Sport. Ich erinnerte mich, dass er Mühe mit dem Schreiben und Buchstabieren gehabt hatte, als wir Kinder waren. Aber da unsere Moms beide Lehrerinnen waren, hatte er in der vierten Klasse zu den anderen aufgeschlossen.

Er lachte laut. »Das bezweifle ich. Ich schwöre, dass sie es sich zum Ziel setzt, alles herauszufinden, was du nicht weißt, damit sie dich damit bombardieren kann.«

»Yeah, erinnere mich daran, im nächsten Jahr keinen ihrer Kurse zu belegen.«

Leise lachend meinte er: »Notiert. Obwohl wir ja eigentlich genau deshalb hier sind. Um zu lernen und so.«

»Es ist leicht, das manchmal zu vergessen«, gestand ich.

Er summte. »Also hast du dich schon für ein Hauptfach entschieden?«

»Yep.« Ich schob meine Tasche höher auf meine Schulter, als wir um die Ecke bogen und uns dem Platz näherten. Heute war der Springbrunnen nicht in Betrieb; ohne das sprudelnde Wasser wirkte er kleiner und glanzloser und die Farben, in denen die Gärten normalerweise erstrahlten, weniger leuchtend.

»Die schönen Künste«, sagte er mit einer ruckartigen Kopfbewegung.

Ich lächelte zu ihm hoch. Meine Augen weideten sich an der Art, wie die letzten Sonnenstrahlen über seine markanten Wangenknochen wanderten und seine Beinahe-Grübchen betonten.

Ich erinnerte mich, wie ich ihn früher immer aufgezogen, ihn gefragt hatte, wie es möglich war, zwei halbe Grübchen zu haben. Er lachte dann und meinte, das wäre immer noch besser als mit nur einem zu leben, bevor er mich in die Wange pikte.

Mit flatternden Wimpern wandte er den Blick von meiner Wange ab und sah mich an, woraufhin das Universum zu schrumpfen schien. Er räusperte sich, und es schwoll auf seine ursprüngliche Größe an. »Na ja, wir sehen uns.«

»Tschüss«, flüsterte ich und sah ihm nach, als er den Weg zurückging, den wir gekommen waren.

• • •

Ich würde Pippa umbringen.

Okay, umbringen war vielleicht ein bisschen dramatisch. Ich würde einfach ihre Wäscheschublade verwüsten. Vielleicht sogar ein paar ihrer schönen Kleider in die Schublade mit Schlafanzügen und Freizeitklamotten stopfen.

Ich war so eine Rebellin. Und ein totales Weichei, weil ich den Vorsatz, obwohl ich so sauer war, wahrscheinlich doch nicht in die Tat umsetzen würde.

Ich starrte über das Feuer hinweg und bemühte mich, das Brennen in meinem Magen, die Flammen der Eifersucht zu ignorieren, die höher und höher züngelten, bis ich meinte, sie müssten mit einem mörderischen Wutschrei aus meinem Mund schlagen.

Es reichte nicht, dass ich sie erst vor ein paar Tagen zusammen hatte sehen müssen. Nein, jetzt musste ich auch noch mit ansehen, wie sie schon wieder die Finger nicht von ihm lassen konnte. Ich musste unbedingt den Blick abwenden, brachte es aber nicht fertig. Sein Gesichtsausdruck besagte, dass er es nicht gewohnt war, sie so gefühlsduselig zu erleben, aber sie suchte trotzdem ständig Körperkontakt. Strich über seine Brust, fuhr mit dem Finger über seinen Kiefer und schmiegte ihren geschmeidigen Körper an seinen hünenhaften, als sie sich auf seinen Schoß setzte. Alexis glich einem Panther, der sich an einen Löwen kuschelte. Ich wünschte, er würde ihr den Kopf abbeißen und das wäre es dann.

»Bier?«, bot Toby an und hielt mir eins vor die Nase.

Quinns Blick kreuzte sich mit meinem, und ich sah weg, zu Toby hoch. »Warum nicht?« Mein Tonfall war trocken. Er lachte und setzte sich neben Pippa. Sie war der Grund, weshalb ich hier war, auf einer weiteren Party, viel früher, als ich erwartet hatte. Toby hatte sie gebeten, zu kommen. Kein Wunder, dass sie mir etwas zu essen spendiert hatte.

Ich starrte in das Feuer, das in der Mitte des kleinen Hinterhofes brannte, und fragte mich müßig, ob einer der Nachbarn die Feuerwehr oder die Polizei rufen würde. Dann überlegte ich, dass es sich bei den Nachbarn wohl ebenfalls um Collegestudenten handelte, und trank einen Schluck Bier.

Als Toby aufstand, beugte ich mich zu Pippa. »Du hast mir nicht gesagt, dass er hier sein würde.«

»Er?« Sie zog eine Braue hoch. »Oder sie?« Ich blinzelte sie an und sackte in meinem Stuhl nach hinten, als sie lachte. »Bleib locker, wir gehen bald. Ich habe ohnehin keine Lust, nicht beachtet zu werden.«

Ich blickte zu Toby hinüber, der sich mit einem Typen unterhielt, den ich von der letzten Party her kannte, die wir besucht hatten. »Er ist eben gesellig.«

»Nimm ihn nicht in Schutz.«

»Dann setz mich nicht dieser Tortur aus.« Ich sagte das so, als würde ich einen Witz machen, aber sie verstand das nicht. Es war wirklich eine Tortur, und ich musste den Rest meines Biers hinunterkippen, um sitzen bleiben zu können.

Als sie hörten, dass drinnen Musik gespielt wurde, standen Alexis und eine ihrer Freundinnen auf und gingen mit wiegenden Hüften durch die Hintertür ins Haus.

Pippa rückte ein paar Plätze weiter und begann sich mit jemandem aus ihrem Biologiekurs zu unterhalten, und ich entspannte mich in meinem Stuhl und atmete etwas leichter. Solange ich nicht hinschaute, konnte ich es wahrscheinlich noch eine Weile aushalten.

Aber dann musste er sich unbedingt neben mich setzen. »Das solltest du lieber nicht tun«, murmelte ich. Bier und Wut verliehen mir den Mut, auszusprechen, was ich dachte.

»Was? Neben dir sitzen?« Der Plastikstuhl ächzte, als er sich darauf sinken ließ.

»Yeah.« Ich behielt die Tür im Auge; wartete nur darauf, dass Alexis wieder nach draußen kam und sah, was er tat.

Wärme traf meine Hand, die auf der Stuhllehne ruhte oder sie vielmehr mit einem eisernen Griff umklammerte. Quinn löste meine Finger behutsam von dem Plastik. »Du bist verkrampft.«

»Mm-hm.«

Er wusste, warum, aber seine Finger gaben meine nicht frei. Stattdessen schloss er zwischen unseren Stühlen seine Hand um meine. Ich starrte ihn entsetzt und elektrisiert zugleich an. »Quinn.«

»Mmm?« Er betrachtete unsere Hände, drehte meine um und legte sie flach gegen seine Handfläche.

»Wie viel hast du getrunken?«

Er sah mich an und grinste. »Nicht allzu viel.«

Er log. Vielleicht war er nicht betrunken, aber er war auch eindeutig nicht annähernd mehr nüchtern.

Nicht mein Problem.

Aber es sah ihm nicht ähnlich, und ich fragte mich unwillkürlich, warum er etwas tat, was er normalerweise unterließ.

Er hatte allerdings eigene Fragen. »Dais, es gibt da etwas, was ich wissen muss.«

Ich war ein bisschen erstaunt und von der Berührung seiner Hand gefesselt. »Was?«

»Warum hast du damals deine Nummer geändert?«

Mein Herzschlag setzte aus, dann begann er zu rasen. »Quinn.« Ich kämpfte mit den Worten. »Das tut jetzt nichts mehr zur Sache.«

»Oh doch.« Seine Stimme klang überraschend hart. »Sag mir, warum. Habe ich irgendetwas gesagt? Oder getan? Habe ich ...«

»Es wurde einfach zu schwer für mich, okay?«, spie ich mit sich heftig hebender und senkender Brust, dann versuchte ich, ruhiger zu atmen. »Ich ... ich war wirklich völlig durcheinander und wütend.«

Er wirkte geradezu geschockt, als er fragte: »Du meinst, als du dein Telefon zurückbekommen hast? Und du gedacht hast, mir würde nichts mehr an dir liegen, weil ich nicht oft genug angerufen hatte?«

»Ich weiß, es klingt wie eine Trotzreaktion. Das war es auch, und es tut mir leid, also lass das Thema bitte.« Ich lehnte mich missmutig zurück und versuchte, ihm meine Hand zu entziehen. Er ließ sie nicht los.

»Weißt du«, sagte er nach einer Minute, »der Mond und die Sterne sehen hier anders aus.« Ich starrte ihn an und wusste nicht, was ich sagen sollte, während ich im See seiner Augen schwamm. »Sie sind nicht so klar, sondern eher trübe. Etwas verdeckt sie und stört die Sicht.«

»Oh? Das ist mir nicht aufgefallen.« Ich schluckte, und mein Bier rutschte mir fast aus meiner schweißfeuchten Hand.

Er beugte sich vor, bis ich das Bier in seinem Atem riechen konnte. »Lügnerin. Du fehlst mir.«

»Quinn, du bist betrunken.«

Er schüttelte den Kopf. Blonde Haarsträhnen fielen ihm in die Stirn.

»Bin ich nicht, aber ich kann einfach nicht aufhören, hinzuschauen. Den Himmel anzusehen. Dich.« Seine Zunge schoss hervor und befeuchtete seine Unterlippe. »Warum kann ich nicht aufhören, hinzuschauen?«

»Ich weiß nicht, was du jetzt von mir hören willst«, flüsterte ich, wohl wissend, dass ich ein Stück von ihm abrücken sollte, aber ich konnte mich nicht rühren.

»Sag, dass du mich auch vermisst.« Er sagte das, als wäre es so einfach. Als wäre es eine Kleinigkeit, noch mehr von mir preiszugeben, als ich es ohnehin schon getan hatte. Ich hatte ihm schon genug enthüllt.

Meine Kehle schnürte sich zu, wollte die Worte in mir verschließen. »Du weißt doch schon, dass ich das tue.«

Herzschläge zogen sich hin wie Minuten, während er mich anstarrte. »Es tut mir leid. Es ist nur ... verwirrend. Schwer.«

»Oh, du findest, dass es schwer ist?«

Seine angespannten Kiefermuskeln zogen meinen Blick auf sich. »Ich weiß. Ich weiß, dass du glaubst, es wäre leicht für mich, aber das ist es nicht. Es ist alles andere als das. Ich fühle mich furchtbar. Innerlich ständig zerrissen.«

»Tatsächlich?« Ich versuchte, Wut in meinen Ton einfließen zu lassen, aber es gelang mir nicht.

»Du weißt das. Und so verkorkst, wie alles ist, ich kann mir nicht helfen, ich denke, nein, ich weiß, dass die Dinge anders liegen sollten.«

Mir war übel. Als hätte ich zehn Bier statt einem halben getrunken. »Vielleicht in einem anderen Leben, Quinn.« Ich schenkte ihm ein schwaches Lächeln, eines, von dem ich nicht fand, dass er es verdiente, dann stand ich auf und ließ mein Bier und seine Hand fallen.

»Dais«, rief er, aber ich achtete nicht auf ihn und ging auf das Seitentor zu, um die Menge drinnen im Haus zu meiden. Ohne mich umzublicken, zog ich das Tor hinter mir zu, das dann jedoch wieder aufgezogen wurde. Ich fuhr herum. Quinn trat zu mir, und das Tor schloss sich mit einem Klicken hinter ihm.

»Tu das nicht.« Seine Brust hob und senkte sich merklich, sein Atem bildete in der Luft zwischen uns Wölkchen.

»Was soll ich nicht tun?« Ich wich einen Schritt zurück, um Luft zu bekommen, ohne ihn einzuatmen, und stolperte fast über die kleine Gartenmauer.

Hände packten meine Taille, und ich war ihm einmal mehr zu verdammt nah. »Lass mich nicht einfach stehen.«

Ich wusste nicht, was ich tun sollte. Seine Hände hielten meine Hüften in einem festen Griff, seine Daumen, die über den Stoff meines Kleides strichen, bewirkten, dass sich mein Magen heftig verkrampfte. Mit einem leichten Schwindelgefühl wollte ich gerade seine Hände wegschieben, als er eine zu meiner Wange hob und sie behutsam umschloss. Als sich unsere Blicke trafen, blieben mir gerade noch zwei Sekunden, um einen dringend benötigten Atemzug zu tun, bevor sich seine Lippen auf meine pressten.

Ich vergaß, worüber wir gesprochen hatten oder was wir tun sollten. Das hier mit Sicherheit nicht. Alles andere hörte auf zu existieren. Es gab nur noch seine Lippen auf meinen, die Hand, die zu meinem Hinterkopf glitt und ihn leicht neigte, als seine Zunge meine Lippen teilte und meinen Mund und jede meiner Geschmacksknospen eroberte.

Er schmeckte nach Bier, aber auch noch genauso wie in meiner Erinnerung. Meine Hände krallten sich in mein Shirt, meine Zunge verschmolz mit seiner, während mein Herzschlag in weiter Ferne widerhallte und meine Lungen nach Luft schrien. Es musste ohne gehen. Ich brauchte keine Luft. Ich brauchte nur das hier.

»Daisy? Bist du da draußen?«

Die Welt kehrte mit einem Schlag zurück, und ich machte mich los, stolperte förmlich in den Garten zurück, bevor Quinn mich auffing. Ich ließ ihn los und hielt den Blick fest auf den Boden gerichtet, während ich mich darauf konzentrierte, einen Fuß vor den anderen zu setzen. Meine Füße fühlten sich bleischwer an, als ich zur Front des Hauses zurückging. Pippa war gerade im Begriff, die Tür zu schließen und wieder hineinzugehen, als ich es schaffte, zu krächzen: »Hey, bereit zum Gehen?«

Ihr verwirrter Blick hätte mich zum Lachen gereizt, wenn ich nicht immer noch versucht hätte, richtig zu atmen.

Sie schloss die Tür und kam mir in der Einfahrt entgegen. »Was machst du denn hier draußen?«

Ich blickte rasch zur Seite des Hauses, aber Quinn war schon in den Schatten verschwunden. »Ich hatte keine Lust, durch das Haus zu gehen, deshalb habe ich diesen Weg genommen.«

Wir gingen die Straße hinunter. In einiger Entfernung glühten die Lichter des Campus. »Was hat Quinn gesagt? Er wirkte ein bisschen angetrunken.«

Mein Herz hämmerte, und es juckte mich in den Fingern, meine Lippen zu betasten, die sich anfühlten, als würden sie brennen. Ich hatte immer noch Mühe, zu begreifen, was eben passiert war. »Nicht viel. Ich will eigentlich nicht darüber reden.«

Gähnend meinte sie: »Meinetwegen.«

»Toby?«, fragte ich, dabei trat ich gegen einen Stein auf dem Gehweg.

»Ich will eigentlich nicht darüber reden.«

Wir kicherten beide, dann legten wir den Rückweg in nachdenklichem Schweigen zurück.

Dreiundzwanzig

Daisy

Wir waren spät dran.

Wir quetschten uns an Reihen und Reihen von Knien vorbei, die uns nicht das kleinste bisschen Platz machen wollten, fanden Sitze am Ende der Reihe, und ich seufzte erleichtert. »Tja, das ist etwas anderes als Highschoolfootball.«

»Du wusstest das schon.« Pippa schob sich ihren Strohhalm in den Mund und betrachtete die laute Gruppe von Zuschauern neben ihr aus dem Augenwinkel heraus.

»Es zu wissen, ist eine Sache, es selbst zu sehen, eine andere.« Ich schaute das Feld hinunter und kniff hinter meinen Brillengläsern die Augen zusammen, weil mich all die grellen Lichter blendeten. »Ich kann sie nicht sehen. Wer ist wer?«

Sie zuckte zusammen, als ich zu ihr hinüberblickte. »Das war Quinn.«

»Was?« Ich schaute wieder auf das Feld und entdeckte Quinn, der gerade vom Boden aufstand. »Oh.« Mein Magen zog sich zusammen, wie er es immer tat, wenn er spielte. Das und das, was er gestern Abend gesagt und getan hatte, ließen mich nicht los.

Der Kuss.

Er war betrunken. Das wiederholte ich im Geist den ganzen Tag, aber es half nicht. Die Dringlichkeit, die Vertrautheit, der Umstand, dass es sich so richtig angefühlt hatte ... das war schwer zu vergessen. Unmöglich. Ich glaubte nicht, dass ich es je vergessen würde, egal wie sehr ich es versuchte.

»Ihm fehlt nichts. Sie sind daran gewöhnt«, sagte Pippa. »Total bescheuert, wenn du mich fragst.«

Ich rutschte auf meinem Sitz herum. »Stimmt.«

Als könnte er spüren, dass wir ihn beobachteten, blickte Nummer acht direkt zu uns herüber. Und selbst mit dem Helm und trotz der Entfernung zwischen uns und dem Feld wusste ich, dass er lächelte. Von unserem Platz auf der Tribüne aus hätte er eigentlich winzig wirken müssen, aber das tat er nicht. Für mich hatte es immer den Anschein gehabt, als wäre er überlebensgroß, und das besonders dann, wenn er etwas tat, was er liebte. Ich wusste, dass er sich nach der Trinkerei gestern Abend ziemlich mies fühlen musste, aber er ließ sich nichts anmerken.

Ein dunkler Kopf drehte sich ein paar Reihen vor uns auf der Tribüne, als Quinn losrannte. Alexis. Ihre Augen begegneten meinen. Schuldgefühle flammten in mir auf, aber ich wandte den Blick nicht ab. Sie schüttelte leicht den Kopf, dann drehte sie sich endlich wieder um.

Meine Zunge fühlte sich groß an, und ich schluckte hart. Sollte sie doch denken, was sie wollte. Ich wusste, dass Quinn ihr wahrscheinlich nichts gesagt hatte, und ich war noch nicht einmal seinetwegen hier. Okay, es war ein Vorteil, sicher, aber ich war gekommen, weil Callum mich eingeladen hatte. Hauptsächlich. Wo war er?

»Ich glaube, ich habe vergessen, auf welcher Position er spielt.«

»Wer?«, fragte Pippa über die kreischenden Fans hinweg, als jemand aus unserem Team es bis zur Endzone schaffte. »War das Toby?«

Ich öffnete achselzuckend eine Packung Kartoffelchips. »Wir sind das Letzte.«

»Allerdings.« Sie schob sich den Strohhalm wieder in den Mund und lehnte sich zu mir, weg von den lärmenden Fans neben uns. »Ich habe aber noch nie einen Footballspieler gedatet. Hockey schon. Football nicht. Du schon, also solltest du mir dieses Zeug beibringen.«

Mein Blick wanderte über das Feld. Die Flutlichter trugen nicht das

Geringste dazu bei, Callum zu finden. »Ich war nicht wirklich daran interessiert.«

Sie prustete. »Wusste Quinn das?«

»Klar wusste er das. Er wusste aber auch, dass ich daran interessiert war, ihn zu beobachten«, erwiderte ich grinsend, bevor mir *nicht meiner, nicht meiner* durch den Kopf ging. Ich wechselte das Thema. »Datest du denn jetzt einen?« Ich wusste, dass sie noch nicht so weit waren, aber mir war danach, nachzubohren.

Pippa leerte ihr Getränk, stellte es weg und kramte ihr Pfefferminz aus der Tasche. »Nein, aber du weißt, was ich gemeint habe.«

Dreißig Minuten später hatte ich keine Snacks mehr, und der Schlusspfiff ertönte.

»Ist es zu Ende?« Pippa blickte zu den Tomahawks, die sich auf dem Feld umarmten, dann zu all den Fans, die rings um uns herum in einem Meer aus Orange und Grau aufgesprungen waren, johlten, stampften und brüllten. »Wenigstens wissen wir, dass sie gewonnen haben.«

Wir warteten, bis sich die Leute in unserer Reihe in Bewegung gesetzt hatten, dann verließen wir die Tribüne und gingen zum Parkplatz. Ich wollte nicht wirklich auf Callum warten, weil ich wusste, dass Quinn es sehen würde, aber ich wollte ihn wissen lassen, dass ich da gewesen war, falls er mich nicht schon bemerkt hatte.

Wir beobachteten eine Weile, wie sich die Menge auflöste, und ich zog meine Jacke enger um mich, als die Tür aufflog und die Spieler auf den Parkplatz strömten. Toby war ganz vorne und unterhielt sich mit Callum, und er war auch der Erste, der uns entdeckte.

»Hey, Pip.« Er ging zu ihr und zupfte an einer Strähne ihrer langen Haare. »Ist dir danach, mich von meinen Qualen zu erlösen?«

Sie verdrehte die Augen. »Nicht heute Abend. Und nenn mich nicht Pip.«

»Ah, dann an einem anderen Abend?« Er rückte an sie heran, und ich drehte mich zu Callum, der seine Trinkflasche aus seiner Tasche nahm.

»Gutes Spiel«, sagte ich und fühlte mich prompt wie ein Volltrottel.

Er grinste mich über den Flaschenrand an. »Hast du zugeschaut?«

Ich schob die Hände in die Taschen und nickte. »Klar.«

»Lust auf eine Party? Burrows schmeißt eine in seinem Apartment in der Stadt.«

Ich sah Pippa an, aber sie war zu sehr in ein Gespräch mit Toby vertieft, der einen angewinkelten Arm gegen das Auto hinter ihr stützte und versuchte, sie einzukesseln. »Nö, ich glaube, ich habe erst einmal genug von Partys.«

Er steckte die Flasche lachend weg, zog dann meine Hand aus meiner Tasche und benutzte sie, um mich an sich zu ziehen. Sein Haar war feucht, und er roch nach Seife. »Ich freue mich, dass du gekommen bist«, flüsterte er an meinen Lippen. Seine Augen schossen zwischen meinen hin und her.

Ich war sicher, dass sie geweitet waren, und mein rauer Atem ließ meine Brille beschlagen.

Ich spürte, dass ein Augenpaar auf mir ruhte, schielte nach links und sah Quinn den Blick abwenden, als er auf Alexis zuging, die bei seinem Truck wartete. Ich schaute weg, bevor ich sehen konnte, wie sie sich berührten, und richtete meine Aufmerksamkeit wieder auf Callum. Der sich keine Einzelheit entgehen ließ. »Bist du mit Alexis befreundet?«

Ich wusste nicht, was ich darauf antworten sollte, tat es aber so aufrichtig wie möglich. »Nein, nicht mehr.«

Er neigte den Kopf und presste die Lippen zusammen, während er mich musterte; sah so aus, als wollte er noch etwas fragen. »Du und Quinn also?« Ich hatte mich gefragt, wann er das sagen würde, und wartete mit in meinen Ohren rauschendem Puls darauf, dass er fortfuhr. »Er ist derjenige, wegen dem du solchen Kummer hast?«

»Dann gehe ich davon aus, dass du davon gehört hast.«

Er hob die Schultern. »Die Jungs im Team sind schlimmere Klatschtanten als jede Frau, die mir je begegnet ist.«

Das brachte mich zum Lachen, und er hob eine Hand, um über

meine Wange zu streichen. Ich erstarrte, dann gestand ich leise: »Das gehört der Vergangenheit an, wie du zweifellos sehen kannst.«

Denn Kuss hin, Kuss her, ich war nicht die, zu der er vor einer Minute gegangen war. Ich fragte mich unwillkürlich, ob er es bedauerte. Wahrscheinlich ja.

Summend meinte Callum noch leiser: »Aber vielleicht nicht da, wo es am meisten zählt.«

Ich war von seinem Scharfsinn nicht so überrascht, wie ich hätte sein sollen. »Noch nicht, aber ich habe Hoffnung.«

»Ich auch«, sagte er. »Es wird besser, richtig?«

Ich wusste, dass er von seiner Ex sprach, und ich verspürte den überwältigenden Drang, die Arme um seinen Hals zu schlingen und all den Schmerz aus ihm herauszudrücken. Ich wusste, wie weh so etwas tat. Wie es einen entweder wach hielt oder in seinen Träumen peinigte. Also tat ich genau das. Ich warf die Arme um ihn und flüsterte: »Ich weiß nicht, ob es besser wird. Nur wird es leichter, damit zu leben.«

Seine kräftigen Arme schlangen sich um meine Taille, und ich schloss die Augen. Ich hatte es vergessen. Die Erinnerung daran verdrängt, wie gut es sich anfühlte, einfach von jemandem so in den Armen gehalten zu werden.

Dann löste ich mich von ihm und schenkte ihm ein wässriges Lächeln, das er zurückgab, bevor er meine Wangen umfasste und mir in die Augen blickte. »Er ist ein Idiot.«

»Sie auch«, sagte ich in vollem Ernst.

Dann küsste er mich.

Der Kuss war nicht lüstern, nass oder ein Versprechen von mehr, sondern ein sanfter Druck seiner Lippen auf meinen. Ein Teilen von Haut, Emotionen und Mitgefühl, das ich aufsaugte wie ein Schmerzmittel. Er wich zurück, und sein Daumen strich über meine Wange, bevor er zu seinem Auto ging, wo einer seiner Teamkameraden auf ihn wartete.

Blinzelnd und mit den Füßen scharrend stellte ich fest, dass Quinn mich über Alexis´ Schulter hinweg direkt anstarrte. Sein Kiefer war angespannt, und seine Augen füllten sich mit etwas, was ich nicht deuten konnte. Ich blickte zur Seite, als Alexis merkte, wen er angaffte, und wandte mich mit Aufruhr im Magen zu Pippa.

Sie lachte über etwas, was Toby gesagt hatte. »Ich gehe nach Hause. Kommst du?«

Sie schaute von Toby zu mir, biss sich auf die Lippe und nickte dann. »Bis später, Tobes.«

»Hey! So kannst du mich nicht nennen«, sagte er, als sie sich bei mir einhakte.

»Dann nenn mich nicht Pip!«, rief sie über ihre Schulter hinweg, als wir den Parkplatz verließen.

»Ich darf dich doch auch Pip nennen.«

»Er hat sich das Recht noch nicht verdient«, zischelte sie.

»Du willst dich nicht mit ihm treffen?«, fragte ich, sowie wir außer Hörweite waren und zu den Wohnheimen zurückgingen. Obwohl es schon spät war, wimmelten die Straßen von Studenten und Leuten, die herumlungerten, sich unterhielten, tranken, unter den Straßenlampen rauchten oder auf Gartenbänken saßen.

»Schon, aber ich tue es nicht.«

»Warum nicht?«, erkundigte ich mich.

»Er ist ... ziemlich krass drauf.«

Das stimmte allerdings. »Aber er scheint extrem scharf auf dich zu sein.«

Sie lachte. »Ja, und Himmel, er ist ... ich weiß es nicht. Irgendetwas hat er an sich. Er sieht nicht nur gut aus, sondern er hat auch diese magnetische Anziehungskraft, der man nicht widerstehen kann.«

Ich war verwirrt. »Warum gibst du ihm dann nicht eine Chance?«

Eine Minute herrschte Stille. »Glaubst du an Bauchgefühle?«

»Ja, tue ich.«

»Tja, meines sagt mir, es mit ihm zu versuchen, aber dieses eine Mal traue ich ihm nicht.« Wir schlugen einen Bogen um eine Großfamilie.

»Ich bin wirklich total verwirrt jetzt. Warum nicht?«

Sie wartete, bis wir im Haus waren und zu unserem Zimmer hochgingen, bevor sie sagte: »Die Art, wie er mich auf der Party ignoriert hat.«

Ich zog die Tür zu, schloss ab und zog die Schuhe aus. »Yeah. Das war komisch.«

»Er hat sich irgendwie so verhalten, als wollte er mich gar nicht in seiner Nähe haben. Das war nicht nur peinlich, aber ich habe es auch nicht kapiert.«

»Was willst du tun?« Ich sah sie an.

»Ich habe keine Ahnung. Und nachdem ich ihn heute Abend wiedergesehen habe ...« Sie setzte sich auf das Bett und schloss ihr Telefon an das Ladekabel an.

»Da war er wieder heiß. Du hast Angst, dass das ein gefühlsmäßiges Wechselbad wird.«

»Yep«, nickte sie.

Das war verständlich. »Scheiße. Wenn wir unseren Bäuchen nicht trauen können, wem dann?«

Das Lächeln, mit dem sie mich maß, war traurig und tröstlich zugleich. »Unseren Herzen, schätze ich.«

Mein Seufzen glich eher einem Stöhnen. »Wie dem auch sei, ich bin total erledigt.«

Vierundzwanzig

Quinn

Ich knallte meine Spindtür zu und versuchte, die Kommentare und Fragen zu überhören, mit denen Welsh wegen Daisy bombardiert wurde. Das Spiel lag ein paar Tage zurück, und sie trafen sich, aber es war nicht so, als wären sie zusammen und damit hausieren gegangen. Trotzdem benahmen sich alle so, als hätte er sich eine Jungfrau an Land gezogen und das wäre das Beste, was ihnen passiert ist, seit sie ihre ersten Handys bekommen und herausgefunden hatten, dass man damit Pornos gucken konnte.

Das nagte an mir. Und wie.

Und so sehr ich mich bemüht hatte, genau das zu vermeiden, füllte sie jeden meiner verdammten Gedanken aus. Seit ich sie wieder zu Gesicht bekommen hatte, war es so, als könnte ich nichts außer ihr sehen. Mein Hals wurde von all der Verrenkerei allmählich steif, meine Augen hielten ständig nach etwas Ausschau, was ich nicht mehr haben konnte. Trotzdem hatte ich versucht, es mir zu nehmen. Ich fühlte mich gottverdammt beschissen. Als würde ich in zwei ungleiche, gezackte Hälften gerissen.

Ihre Lippen, *fuck*. Ich hatte es schon vermasselt, indem ich sie geküsst hatte. Aber was ich nicht verstehen konnte, war, weshalb es sich nicht wie ein Fehler anfühlte.

»Wenn du sie knackst, Mann, schnapp dir einen Beweis dafür.«

»Yeah, wenn wir kein Blut sehen, ist es nicht passiert«, höhnte Burrows, was mich herumfahren ließ. Ich ballte die Fäuste und heftete die Augen auf Welsh, woraufhin er mir einen entschuldigenden Blick zuwarf. Yeah, er wusste es. Er wusste wahrscheinlich, dass ich schon vor ihm da gewesen war, aber er hielt den Mund. Ich war nicht sicher, ob ich dafür dankbar sein oder mich ärgern sollte.

»Hört jetzt endlich mit dem Scheiß auf«, bellte Callum und zog sich seine Turnschuhe an. »Ihr benehmt euch wie eine Horde präpubertärer Idioten.«

Burrows schnaubte. »Du bist der Idiot, wenn du dir das entgehen lässt. Oder willst du darauf warten, dass die Alte ankommt und um eine zweite Chance bettelt?« Er kicherte spöttisch. »Noch einmal?«

Callum erstarrte und blickte langsam von der Bank hoch, auf der er saß und sich die Schuhe zuband. Burrows hob die Hände und schielte zu Mike, der sich auf der anderen Seite der Umkleidekabine wohlweislich um seine eigenen Angelegenheiten kümmerte. Besser so.

Er und Renée, Callums Ex, waren letztes Jahr irgendwie nach einer wilden Party miteinander im Bett gelandet. Obwohl er schwor, nicht mit ihr geschlafen zu haben, hatte eine von Renées Freundinnen – oder eher keine Freundin, ich wusste es nicht – sie beide praktisch nackt zusammen in Mikes Bett fotografiert.

Coach Lawrence kam herein und zog seine Baseballkappe über seinen kahl werdenden Schädel. »Okay, Leute. Die Pause ist zu Ende. Steht auf und bewegt eure Ärsche hier raus.«

Callum schüttelte den Kopf, als würde er versuchen, ihn wieder klar zu bekommen. Der Typ tat mir leid, allerdings nicht zu diesem Zeitpunkt. Stattdessen kochte mein Blut jedes Mal, wenn ich daran dachte, dass er und Daisy sich letztes Wochenende nach dem Spiel geküsst hatten. Aber ich konnte nichts sagen. Kein verdammtes Wort.

»Alles gut?«, hörte ich seine Stimme hinter mir, als ich auf das Feld hinausjoggte.

»Bestens, warum?« Ich sah ihn nicht an, weil ich Angst hatte, ich könnte ihm sonst ins Gesicht schlagen.

»Du weißt, warum. Hör zu, es ist nicht ...«

Mir entfuhr ein hohles Lachen. »Lass es«, knirschte ich. »Irgendwie möchte ich dich jetzt gerade umbringen, und ich komme mir deswegen wie ein Arschloch vor, also ... halt einfach etwas Abstand.«

Ohne ihn anzusehen, trabte ich zur anderen Seite des Feldes, um mich da den Jungs zum Aufwärmen anzuschließen.

• • •

»Hey, Fremder.« Alexis lehnte an der Vordertür.

Ich schloss die Tür des Trucks und ging zu ihr. »Hey, was geht?«

»Hab dich seit dem Wochenende nicht mehr gesehen. Du hast mir gefehlt.«

Ihre Arme schlangen sich um meine Taille, und ihr Kopf machte es sich auf meiner Brust, direkt über meinem verräterischen Herzen bequem. Ich fühlte mich wie ein verdammter Scheißkerl, als ich sie umarmte und festhielt.

»Ich dachte, wir könnten irgendetwas zusammen machen. Vielleicht einen Film schauen?«, fragte sie und folgte mir nach oben, sowie wir im Haus waren.

»Ich muss lernen. Verschieben wir es?« Ich musste den Kopf klar bekommen und ergründen, was zum Teufel ich hier tat.

Sie gab mir keine Antwort, und ich blickte von meinem Schreibtisch auf, wo ich herumkramte und nach den Notizen suchte, die ich mir letzte Woche gemacht hatte. Ihre blauen Augen waren schmal, ihre Arme vor der Brust verschränkt, als sie sich gegen den Türrahmen lehnte. »Was ist?«

Sie schüttelte den Kopf. »Nichts. Ich lasse dich dann einfach in Ruhe.«

»Lex.« Ich trat zu ihr. »Tu das nicht. Spuck es aus.«

»Wir verschieben es nur?«, fragte sie. »Wirklich?«

Ich senkte die Brauen. »Das sagst du immer zu mir, wenn du lernen musst. Wo ist das Problem?«

Sie saugte ihre Lippe in den Mund, und ihre Augen wanderten zur

Decke, bevor sie sich vor Wut funkelnd an mir festnagelten. »Wo das Problem ist? Das Problem ist, dass wir uns seit Wochen kaum gesehen haben. Tatsächlich hatten wir vor Wochen zum letzten Mal Sex, und das war, als du mich wie ein Tier genommen hast.«

Ich krümmte mich bei der Erinnerung. »Es tut mir leid, ich wollte nicht ...«

Ihre erhobene Hand brachte mich zum Schweigen. »Das ist es nicht. Ich habe dir gesagt, es hat mir gefallen, ich habe es *geliebt*. Aber seitdem lief nichts mehr.« Sie seufzte und fuhr sich mit der Hand durch die Haare. »Es ist Daisy, nicht?«

»Was?« Mein Mund wurde trocken.

»Du bist wegen etwas, was ich vor Jahren getan oder auch nicht getan habe, total durch den Wind zu meinem Wohnheim gekommen. Wenn dir nichts mehr an ihr liegen würde, hättest du das nicht getan.«

Sie hatte mich an den Eiern, und sie wusste es.

Ich setzte mich auf das Bett, rieb mir mit den Händen über das Gesicht und versuchte nachzudenken. Ich wusste nicht, was ich tun sollte; fühlte mich gefangen, als hätte ich mich in eine Ecke treiben lassen und würde keinen Ausweg finden. Was zum Henker sollte ich machen? *Sag es ihr, sag es ihr jetzt einfach.*

Sie setzte sich neben mich und nahm eine meiner Hände in ihre. »Ich liebe dich, Quinn. Und ich weiß Bescheid, ich bin nicht blöd. Ich weiß, was zwischen dir und Daisy war. Aber das war damals, und jetzt ist heute.«

»Was meinst du damit?« Ich sah sie an, und sie lächelte zögernd und ein wenig traurig.

»Ich verstehe, dass ihr vielleicht noch Gefühle füreinander habt. Sie war in vieler Hinsicht deine Erste, und ihr habt euch viel bedeutet. Aber ich muss es wissen – liegt es an dem Schock, sie wiederzusehen? Das, was mit uns passiert?«

Sie *war* in jeder Hinsicht meine Erste, und zwar auf eine Weise, die irgendetwas Wesentliches in mir durcheinandergebracht hatte. Aber hatten wir noch Gefühle füreinander? Vielleicht war genau das der springende Punkt. Vielleicht hatte ich zu viel darüber nachgedacht. Ich konnte es nur hoffen, weil mir allmählich alles zu viel wurde. Und diese Hoffnung bedeutete, dass die Gefühle im Lauf der Zeit vielleicht nachlassen würden.

»Ja.« Ich stolperte regelrecht über meine Gedanken. »Ich glaube, daran liegt es. Es ist nur ... beunruhigend. Und ich komme mir wie ein Arschloch vor. Weil wir zusammen sind.«

»Weil sie mit der fixen Idee im Kopf hierhergekommen ist, dass sie mit dir zusammenkommen würde?«

Mir gefiel der schroffe Tonfall nicht, mit dem sie das sagte. Aber es stimmte. »Wer kann schon genau sagen, mit welchen Hoffnungen sie hierhergekommen ist? Aber es war ganz klar ein Schock, und keiner von uns wusste, was nach ihrem Umzug wirklich passiert ist.«

»Das muss dich nicht weiter kümmern, Quinn. Außerdem sieht es ja so aus, als würde sie selbst auch andere Wege einschlagen. Callum könnte gut für sie sein. Er ist ein netter Kerl, wenn er es schafft, über Renée wegzukommen.«

Ich wollte irgendetwas in Stücke schlagen.

Genau das bereitete mir nämlich Kopfzerbrechen. Wenn jemand einen Mann dazu bringen konnte, über jemanden hinwegzukommen, oder es zumindest zu versuchen, dann war es Daisy. Sie war jetzt so anders. Kein Teenagermädchen mehr, sondern eine Frau. Und trotzdem immer noch irgendwie dieselbe. Schön, golden und eine süchtig machende Wirkung ausübend.

»Vielleicht«, versetzte ich und dachte dabei: *Vielleicht nie.*

Niemand erschien mir gut genug für Daisy. Vor allem ich nicht.

Alexis beugte sich vor, presste die Lippen auf meine Wange und ließ meine Hand los, um meinen Kopf zu sich zu ziehen. Ihre Lippen trafen meine, und ich schloss die Augen und versuchte, den Gedanken an goldene Haare zu verdrängen, bevor ich ihr die Kontrolle über den Kuss überließ. Er begann langsam und süß, doch als sich ihre Hand auf Wanderschaft begab und ein Stöhnen aus ihrem Mund in meinen drang, lief ein kühler Schauer an meinem Rücken hinunter.

Ich machte mich von ihr los. »Es tut mir leid. Ich habe gemeint, was ich gesagt habe. Ich muss eine Hausarbeit fertig machen.«

Alexis stieß resigniert den Atem aus, lehnte sich zurück und kämmte sich mit den Fingern die Haare, als sie aufstand. Von der Türschwelle aus fragte sie: »Mit uns ist aber doch alles in Ordnung?«

Da ich nicht zu einer glatten Lüge greifen wollte, lächelte ich in ihre Richtung und nickte.

• • •

Ein paar Stunden später blieb Toby auf der Schwelle meines Zimmers stehen. »Oh, Scheiße. Du bist zu Hause.«

Ich warf meinen Stift hin, drehte meinen Stuhl, um ihn anzusehen, und reckte die Arme über den Kopf. »Wie du siehst.«

Sein Kopf bewegte sich ruckartig auf und ab. Für meinen Geschmack ein bisschen zu schnell. Ich verrenkte mir den Hals und musterte ihn forschend. Er trug Jeans und ein T-Shirt mit dem Aufdruck einer Band, und ich konnte sein Aftershave riechen. »Hast du ein Date?«

»So was in der Art.« Als er sich zum Gehen wandte, sagte er: »Pippa kommt vorbei. Sie und Daisy müssten jeden Moment hier sein.«

Was zur Hölle ...?

Ich schoss so schnell von meinem Stuhl hoch, dass er fast nach hinten gekippt wäre, und marschierte aus dem Zimmer zum Treppenabsatz. »Daisy? Wieso das?«

Er blickte vom Fuß der Treppe zu mir hoch. »Ich habe es angeboten, um Pippa dazu zu bringen, vorbeizukommen. Sie ist schwerer zu knacken als ein Betonblock. Und Daisy ist cool, also werde ich schon klarkommen.«

Eine Minute später hörte ich, wie der Fernseher eingeschaltet wurde, und fluchte leise. »Na toll.«

Ich ging in mein Zimmer zurück, setzte mich auf den Stuhl und rollte ihn zum Schreibtisch. Aber meine Konzentration war zum Teufel. Meine Gedanken verzogen sich anderswohin.

Unten erklangen Stimmen, und ich blickte an meiner Aufmachung hinunter.

Schlafanzughosen und ein weißes T-Shirt, das ich nach dem Duschen angezogen hatte. Lernen war schon schlimm genug, da wollte ich es wenigstens bequem haben.

Ich könnte hier oben bleiben, dachte ich bei mir. Einfach ignorieren, dass sie da war.

Ja klar, träum weiter.

Mit einem leisen Stöhnen stand ich auf, um mich umzuziehen, dann überlegte ich es mir anders. Es war mir egal. Es musste mich nicht kümmern. Ich hatte eine Freundin.

Diesen letzten Informationsfetzen wiederholte ich im Geist wieder und wieder, als ich nach unten und ins Wohnzimmer ging. Ich gedachte nur kurz Hallo zu sagen, um nicht unhöflich zu wirken.

»Hey, Arschloch«, sagte Pippa, die neben Toby auf der Couch saß und sich Popcorn in den Mund schob. Mich überraschte es mehr, dass er sie auf der Couch Popcorn essen ließ, als dass sie mich als Arschloch bezeichnet hatte.

»Yeah, hey.«

»Pippa«, lachte Daisy.

»Was? Der Typ geht mit deiner ehemals besten Freundin. Arschloch.«

»Ich werd´s überleben.« Ich ließ mich neben Daisy auf die Couch fallen. »Hi.«

Sie lächelte zittrig, aber es war immerhin ein Lächeln. »Ich bin das fünfte Rad am Wagen«, flüsterte sie. »Hoffentlich hast du nichts dagegen.«

»Ganz und gar nichts«, erwiderte ich abgelenkt, da ich bemerkte, dass die hellen Sommersprossen auf ihrer Nase seit unserer Trennung noch mehr verblasst waren. Ich wollte sie nach Hause zurück und zu den Feldern in der Sonne schleppen, damit sie wieder zum Vorschein kamen.

Der Film fing mit einer Gewehrsalve an, und ich richtete widerstrebend meine Aufmerksamkeit darauf.

Eine Weile später hörte ich Daisy leise fluchen, blickte zu ihr hinüber und sah sie ihren Stift aus der Ritze zwischen den Couchkissen fischen. Sie zeichnete. Sie hatte ihren Skizzenblock auf dem Schoß und die mir vertraute konzentrierte Haltung eingenommen, obwohl sie auf jeden anderen vollkommen entspannt gewirkt hätte.

Mein Herz zog sich leicht zusammen, als ich beobachtete, wie ihre Hand in verschiedenen Winkeln über das Papier flog und tanzte und Zeichenkohle an ihrer Hand kleben blieb. Ich erinnerte mich, dass sie sie sich während unserer Kindheit, bevor sie sich sorgfältiger die Hände zu waschen begann, manchmal am Gesicht abgewischt und nicht gemerkt hatte, dass sie Kohle oder Farbe darauf verschmiert hatte.

»Was zeichnest du?« Ich konnte nicht erkennen, was es war, ihre Hand bewegte sich hierhin und dorthin, zu schnell für mich, um irgendetwas zu erkennen.

»Toby und Pippa«, erwiderte sie, ohne innezuhalten.

Und da waren sie. Ich blickte von der fast exakten Kopie, die neben mir Gestalt annahm, zu dem Paar am anderen Ende der Couch. Tobys Arm lag um Pippas Schultern, seine Finger spielten mit ihren Haarspitzen. So ungezwungen, wie sie im Moment wirkten, erweckten sie den Eindruck, als wären sie schon seit Jahren zusammen, statt sich gerade eben erst kennenzulernen.

Als eine ruhigere Filmszene kam, konnte ich mein Telefon oben klingeln hören und ging nachsehen, wer der Anrufer war. Meine Mom. Ich machte mir eine geistige Notiz, sie am nächsten Morgen zurückzurufen, legte das Telefon weg und ging wieder nach unten. Dort fand ich Toby und Pippa eingehend miteinander beschäftigt vor, und von Daisy war nichts zu sehen.

Ich war durch die Küche gegangen, um ins Wohnzimmer zu gelangen, daher wusste ich, dass sie dort nicht war. Ein Blick zur Vordertür verriet mir, dass sie einen Spalt offen stand.

Ich ging nach draußen, schloss die Tür leise hinter mir und sah Daisy direkt neben dem Fenster an der zementverputzten Hausfassade sitzen. Ihr Zeichenblock lag neben ihr, sie kritzelte stattdessen mit einem Kugelschreiber, den sie irgendwo hervorgekramt hatte, auf ihrem Oberschenkel herum.

Ihre Shorts waren hochgerutscht, und ein Blick auf diese langen Beine und cremefarbenen Schenkel ließ mich etwas hinunterschlucken, was sich wie ein Felsbrocken anfühlte.

Sie hielt inne und blickte auf, als ich mich neben sie setzte. Ihre braunen Augen weiteten sich hinter den Gläsern ihrer Brille mit dem schwarzen Gestell, als hätte sie nicht erwartet, dass ich ihr hierher folgen würde. Da waren wir schon zwei.

»Hat deine Mutter nicht oft genug gemeckert, um dich davon abzuhalten, deine Haut zu bemalen?«

Das angespannte Schweigen war gebrochen, und sie lächelte auf ihr Bein hinunter, auf das sie ein paar Gänseblümchen gezeichnet hatte. »Was sie nicht weiß, macht sie nicht heiß.«

Ich musste lachen. »Mit dem Alter wirst du mutiger.«

Sie grinste mich an, und mir wurde erst klar, wie dicht wir beieinandersaßen, als ich sah, wie ihr der Atem stockte. »Achtzehn ist ja wohl kaum alt. Aber wie du schon sagtest, die Dinge ändern sich.«

Die Dinge ändern sich. Ich versuchte, nicht allzu offensichtlich zusammenzuzucken, als sie die Worte wiederholte, die ich zu ihr gesagt hatte. Ich nickte langsam und sprach das Erste aus, was mir in den Sinn kam. »Keine Zahnspange mehr …«

»Ich habe dir erzählt, wann ich diese Foltergeräte losgeworden bin.« Ihre Wangen röteten sich. Sie richtete den Blick auf die Straße und spähte durch die Lücke in der kleinen Hecke, die die Veranda säumte.

»Schon, aber ich habe sie nie zu sehen bekommen.« Ich konnte nicht aufhören, sie anzuschauen. Ihre Haare, ihre Hände, diese verdammten Beine. Ich war gierig nach all dem. Allem, was ich nicht haben konnte und nicht haben wollen sollte. Als könnte dies die einzige Chance sein, die mir erlaubte, alle mit ihr vorgegangenen Veränderungen aus der Nähe zu betrachten und meine Augen sich sattsehen zu lassen. »Was ist mit deiner lila Brille passiert?«

»Sie ist nach unserem Umzug kaputtgegangen. Ich habe sie reparieren lassen, aber ich weiß nicht ... sie hat sich nie wieder so angefühlt wie früher.« Sie lachte trocken. »Mann, klingt das bescheuert.«

»Ich verstehe schon«, sagte ich.

Sie sah mich wieder an, ein leichtes Lächeln spielte um ihre rosafarbenen Lippen, und der Teufel sollte mich holen, wenn ich sie nicht erneut küssen wollte. Ohne Vorwarnung nahm sie meine Hand, legte sie flach auf ihren warmen Schenkel und begann etwas auf meine Handfläche zu zeichnen.

Meine Kehle schnürte sich zu, auf meinen Armen bildete sich eine Gänsehaut, und mein Schwanz erwachte bei den sanften Strichen der Kugelschreiberspitze auf meiner Haut zum Leben. »Wegen der Party«, krächzte ich, bemüht, nicht den vertrauten Karamellduft einzuatmen, der mich verrückt machte.

Ihre dunkelbraunen Wimpern flatterten, und ihre Hand hielt mit ihrer Tätigkeit inne. »Willst du dich entschuldigen?«

»Wofür?« Ich wusste, was sie meinte, aber ich wollte trotzdem hören, dass sie es bestätigte.

»Ich weiß, dass du betrunken warst, aber du hättest nicht ... wir hätten nicht ...«

Okay, ich *war* ein bisschen betrunken gewesen, aber nicht so sehr, dass ich nicht wusste, was ich tat. »Ich weiß, aber ich kann nicht.«

»Was kannst du nicht?« Ihr Daumen strich über die Seite von meinem.

Ich konnte an kaum etwas anderes denken als daran, wie weich, wie perfekt sich ihre Hand an meiner anfühlte. »Ich kann mich nicht entschuldigen, wenn es mir nicht wirklich leidtut.«

Sie schüttelte den Kopf und fuhr mit ihrer Kritzelei fort, aber ich spürte mehr, als dass ich hörte, wie sie kurz Atem holte. »Das ist nicht fair. Niemandem gegenüber.«

»Stimmt, und das ist es, was mir leidtut. Es tut mir leid, wenn ich dich aus der Fassung gebracht habe. Und du dich unbehaglich gefühlt hast«, gab ich zu.

»Du hast letztes Wochenende gut gespielt«, wechselte sie das Thema. Ich wollte das nicht, ließ es aber zu, weil ich wusste, dass es wahrscheinlich besser so war.

Sie biss sich auf die Lippe und drehte meine Hand zwecks eines besseren Winkels zur Seite. Ich sah gar nicht hin, was sie zeichnete, ich war immer noch viel zu sehr von ihrem Anblick gefesselt. »Du hast zugeschaut?«, fragte ich.

»Ein bisschen.« Ein Lächeln schwang in ihrer Stimme mit.

Sie hatte Football nie gemocht. Nein, ich würde nicht sagen, sie mochte es nicht, aber sie hatte nicht allzu viel Interesse daran. Es war irgendwie erfrischend. Ich liebte das Spiel, und ich hatte es gespielt, solange ich denken konnte. Mit meinem Dad in den Feldern einen Ball zu kicken, gehörte zu meinen ersten Erinnerungen. Aber im Gegensatz zu den meisten anderen Spielern des Teams drehte sich nicht meine ganze Welt darum.

Nein, dem Football gehörte nur ein Teil meines Herzens. Der Rest gehörte anderswohin. Und mir gefiel das Wissen, meinen Lieblingssport ausüben zu können, so lange ich wollte. Wenn dann alles vorbei war, würde ich zu Hause bleiben. Nicht aus Pflichtgefühl gegenüber meinem Dad, sondern weil dort meine Seele ruhte. Unter dem Boden der Farm meiner Familie.

»Daisy?«, rief Pippa, als Daisy gerade aufhörte zu zeichnen. Sie blies auf meine Hand, um die Tinte zu trocknen, und ich konnte nicht verhindern, dass mich ein blitzartiger Schauer überlief.

Ihre kleine Hand schloss sich über meinen Fingern und diese zu einer Faust. »Mach sie erst auf, wenn ich weg bin.« Ihre braunen Augen bohrten sich erneut in meine, ihre Stimme klang nervös. »Versprochen?«

Es fiel mir schwer, zu antworten, statt sie auf meinen Schoß zu ziehen. »Versprochen«, erwiderte ich heiser.

Pippa kam nach draußen, und Toby sagte irgendetwas davon, sie beide zu ihrem Wohnheim zurückzubringen. Ich glaube, ich nickte, aber die Tinte auf meiner Hand fühlte sich heiß an. Als würde sie sich in meine Haut brennen.

Ich öffnete die Hand und fand ein Miniatursternbild auf meiner Handfläche vor.

Mein Herz schien an meinem Gaumen zu kleben, als ich gerade rechtzeitig aufblickte, um Daisy aus meinem Blickfeld verschwinden zu sehen. Alexis´ Worte von früher am Tag hallten in meinem Kopf wider.

Ihr habt euch viel bedeutet.

Wir hatten uns mehr als nur viel bedeutet.

Wir waren die Brise, die in dem Löwenzahn geraschelt hatte. Die Sonne, die unsere Haut verbrannt hatte, bis wir unter unserer Lieblingsweide Schutz suchten.

Und unter der Fläche dunklen Himmels waren wir gegenseitig unsere Sterne.

Allmählich kam ich zu dem Schluss, dass ich ein Idiot war, wenn ich darauf hoffte, dass diese Dinge alle mit der Zeit verblassen würden.

Fünfundzwanzig

Quinn

Die kleine Menschentraube im Bean Stream war durch das Fenster deutlich zu erkennen. Ich wusste nicht genau, wie sich das alles entwickeln würde, aber ich dachte, ich sollte lieber mitmachen. Alexis hatte Wind davon bekommen und darauf bestanden, sich uns anzuschließen, was mein Unbehagen noch verstärkte.

Robbo, ein Neuling in unserem Team, spielte bei der Open-Mic-Night des Cafés, die einmal monatlich an einem Donnerstag veranstaltet wurde. Und dem Kichern und den spöttischen Rufen seitens der Jungs nach zu urteilen waren wir nicht zwecks moralischer Unterstützung hier.

Ich trank hier nicht oft Kaffee, aber Robbo war ein anständiger Kerl, und vielleicht konnte ich helfen, den Schlag ein wenig abzumildern.

Sowie wir hineingingen, hakte sich Alexis bei mir ein. Das leise Klirren der Glocke ging fast in den Geräuschen unter, die jemand verursachte, der einen Verstärker auf der winzigen provisorischen Bühne einstellte.

»Oh, da drüben ist ein freier Tisch.« Alexis grinste und zog an meinem Arm, bis wir in der Nähe der Tür zum Lagerraum links von der Bühne auf rotgoldenen Stühlen saßen.

Die Jungs nahmen die verbleibenden Plätze um uns herum und die Nische hinter uns ein, und im selben Moment, als Robbo den Kopf aus dem Lagerraum steckte, in dem er sich aufgewärmt haben musste, blökte Ed: »Lass krachen, Rockstar!«

Gelächter folgte, und ich hielt eine vorbeigehende Kellnerin an, um einen Kaffee zu bestellen. Alexis schüttelte den Kopf, als ich sie fragte, ob sie etwas wollte.

Unter dem Vorwand, mich zu recken, entzog ich ihr meinen Arm und ließ den Blick durch das kleine, aber gemütliche Café schweifen. Es erinnerte mich irgendwie an das, was wir zu Hause gehabt hatten – nur mit viel mehr jungen Erwachsenen und weitaus weniger Älteren, die die Stadtzeitung lasen und Scones aßen.

Ich trank meinen Kaffee, als er gebracht wurde. Alexis schob ihren Zeh am Bein meiner Jeans hoch, während wir darauf warteten, dass Robbo herauskam.

Ich wusste nicht, ob ich wegen des Mangels an Aktivität in meiner Hose besorgt oder erleichtert sein sollte. Meine Gedanken sprangen zwischen dem Umstand, dass ich hier war, und der Frage, was ich tun würde, wenn ich woanders wäre – zusammen mit jemand anderem – hin und her.

Die letzte Woche hatte mich fast in den Wahnsinn getrieben. Ich war dieses Tauziehen so leid. Wach oder schlafend sah ich nur braune, von einer wilden Mähne goldener Haare umrahmte Augen vor mir. Ich konnte nur noch an die Berührung ihrer Hand, ihre Lippen auf meinen denken – und kam mir wegen etwas, dem ich hilflos gegenüberstand, wie der letzte Hurensohn überhaupt vor.

Mein Schwanz entschloss sich, hart zu werden, und ich hüstelte, zog mein Bein von Alexis weg und fühlte mich noch schlechter.

Ein junges, Ukulele spielendes Mädchen verbeugte sich unter kurzem, schwachem Applaus, machte die Bühne frei und verschwand im Lagerraum, als Robbo endlich herauskam.

»Hey.« Er lehnte seine Gitarre gegen sein Bein, rückte das Mikrofon zurecht und zog den Stuhl näher heran. »Also, äh, das ist mein erstes Mal.«

»Huh, du unanständiger Junge!«, grölte Ed.

»Yeah, lass uns dir wenigstens vorher einen Drink spendieren!«, trompetete Callum.

Erneut brandete Gelächter auf, und Robbo zog den Kopf ein. Ich wusste, dass er versuchte, gute Miene zu bösem Spiel zu machen, und wenn er nervös war, ließ er es sich nicht anmerken. »Was ich sagen wollte, bevor ich so rüde unterbrochen wurde, ist, dass ich zum ersten Mal hier in Gray Springs spiele.« Er setzte sich und brachte seine Gitarre in die richtige Position. »Also versucht, nachsichtig zu sein.«

»Ich werde ganz sanft mit dir umgehen, Baby!«, brüllte Burrows, verstummte aber abrupt, als Robbo sich die Haare aus der Stirn schüttelte und uns dann mit einer Stimme verblüffte, die von überall und nirgendwo herzukommen schien.

Der Kerl konnte singen, wie ich noch nie jemanden live hatte singen hören, was zugegebenermaßen noch nicht oft der Fall gewesen war, aber trotzdem. Er hielt den Blick gesenkt, als er einen Song von den Rolling Stones coverte.

»Ihr seid Idioten. Er ist doch wirklich nicht schlecht.« Callum stand von seinem Stuhl rechts von Alexis auf, noch bevor Robbos Zeit zu Ende war.

»Halt die Klappe, Welsh.« Burrows schob sich einen Strohhalm in den Mund und kaute darauf herum.

»Ja, woher sollten wir denn wissen, dass er gut ist?« Paul lachte.

Callum schüttelte nur den Kopf und checkte sein Telefon, bevor er es in die Tasche zurückschob. »Wie dem auch sei. Ich bin weg.«

»Was? Alter, der Typ wirkt wie ein Magnet auf die Weiber.« Ed deutete auf die Mädchen, die auf der anderen Seite der Bühne saßen. »Siehst du?«

Alexis schnaubte abfällig, schlug die Beine übereinander und ließ ihr Kaugummi knallen.

Callums Blick wanderte von den Mädchen zur Tür, als jemand hereinkam. Nein, nicht irgendjemand. Daisy.

Seine Haltung veränderte sich, bis er einen Kopf größer zu sein schien. »Vielleicht bleibe ich doch noch eine Weile.«

Meine Hand schloss sich fester um meinen Becher, und ich erinnerte mich verschwommen daran, dass ich an die Frau neben mir denken sollte, aber ich konnte weder den Blick von Daisy abwenden noch jede Synapse in meinem Körper davon abhalten, auf Hyperantrieb zu schalten, während ich zusah, wie Callum auf die Theke zuschlenderte, wo sie ihre Bestellung aufgab.

Es war fast acht Uhr abends, und ich wusste einfach, dass sie eine heiße Schokolade bestellte.

»Süß. Wir werden Grellerson überreden, uns nachher ein paar Bier zu besorgen«, sagte Burrows zu Callums Rücken.

»Sag das noch ein bisschen lauter, du Vollpfosten. Ich bin ganz wild darauf, dass uns die Campussecurity erwischt und das Zeug einkassiert«, knurrte Paul.

Daisy blickte zur Bühne hinüber, nachdem sie bestellt hatte, und ihre Augen weiteten sich eine Spur, als sie meinen begegneten. Sie trug eine Art grünes Pulloverkleid mit kleinen Bommeln daran. Ihre Haare waren zu einem hinreißend attraktiven Wust auf ihrem Kopf aufgetürmt, ihre Wangen rosig angehaucht.

Mein Schwanz zuckte im selben Moment, wo mein Herz heftig zu pochen begann.

»Hey.« Alexis umfasste mein Kinn, um mein Gesicht zu sich zu drehen.

Dem Beifall nach zu urteilen war Robbos Zeitfenster ausgeschöpft. Die Mädchen in der Nähe der Bühne und ein paar Stammgäste johlten und verlangten eine Zugabe.

Robbos schüchterne Stimme kam durch das Mikrofon, als ich versuchte, eine unbeteiligte Miene aufzusetzen. »Danke, Leute. Äh ... ja, ich denke, eins geht noch.«

»Was ist? Willst du gehen?«, fragte ich Alexis, als sie fortfuhr, mich anzustarren. In Cafés herumzuhängen war nicht unbedingt mein Ding, und normalerweise hatte ich nichts dagegen, mich abzusetzen. Außerdem lief es für Robbo gut. Aber jetzt ... nun ja, meine Halsmuskeln spannten sich an, als ich mich bemühte, mich daran zu hindern, den

Kopf in Richtung des Grundes dafür zu drehen, dass mein Herz meinen Magen als Trampolin benutzte.

Alexis´ blaue Augen forschten weiter in meinen oder unterzogen sie vielmehr einer Prüfung. »Nein, ich wollte dich eigentlich fragen, ob du noch etwas willst.« Sie deutete auf meinen Kaffee. Ihre Lippe verschwand hinter ihren Zähnen. »Aber vielleicht sollten wir wirklich besser gehen.«

Ich versuchte einen unbeteiligten Ton anzuschlagen und griff nach meinem Becher. »Nö, ich hab nichts dagegen, noch ein bisschen zu bleiben.«

»Okay, dann tanz mit mir.«

Ich hätte fast meinen Kaffee ausgespuckt. »Was?«

Sie lachte kurz und stand auf. »Komm schon.«

Robbo schmetterte einen weiteren Rolling-Stones-Song durch das Café. Diesmal ›Wild Horses‹, wobei sich die Haare auf meinem Nacken und den Armen aufstellten.

Ich stand argwöhnisch auf und blickte mich um. Die Jungs bohrten sich die Fäuste in den Mund, als sie sahen, dass Alexis meine Hand nahm und mich vor die Bühne zog, wo sich nur ein paar Mädchen im Rhythmus der Musik wiegten.

»Lex ...«

»Nimm einfach die Hände und halt mich.« Sie nahm meine Hände und platzierte sie auf ihren Hüften, bevor sie mir die Arme um den Hals schlang.

Und im nächsten Moment wurde ich zu dem Tag meines fünfzehnten Geburtstags zurückkatapultiert, einem der wenigen Male, wo ich freiwillig getanzt hatte. Was alles mit der Frau zusammenhing, die, wie ich spürte, mit den Augen Löcher in meinen Rücken brannte. Mir war schwindelig, und meine Hand fühlte sich klamm an. Ich kam mir vor, als würde ich sie irgendwie betrügen.

Wir begannen uns zu bewegen. Alexis legte den Kopf an meine Brust, als das Gelächter und die Pfiffe der Jungs abebbten.

Endlich drehten wir uns so, dass ich sehen konnte, wie Callum eine lose Haarsträhne hinter Daisys Ohr strich, als sie nebeneinander an der Theke standen.

Als sie den Kopf hob, kreuzten sich unsere Blicke erneut, und angesichts des kurzen Anflugs von Schmerz in ihrem Gesicht gefror mir der Atem in den Lungen.

Callum sagte etwas, und sie lächelte; ein kleines Lachen, das ich nicht hören konnte, für das ich aber alles geben würde, kam aus ihrem Mund, als sie zu ihm hochblickte.

Meine Hände krallten sich um Alexis´ Hüften, und ich konnte mich gerade noch davon abhalten, sie vor lauter Frust fester zuzudrücken. Aber nicht, bevor ich sie leise stöhnen hörte. Scheiße.

Und immer noch konnte ich den Blick nicht abwenden. Daisy hielt ihren Becher zum Mitnehmen in beiden Händen, ihre Augen waren immer noch auf Callum gerichtet, obwohl ich wusste, dass ihr meine Gegenwart stärker bewusst war als irgendetwas sonst im Raum.

Er musste sie nur anschauen, und schon wollte ich zu ihm hinübergehen und ihm ihr verdammtes Getränk über den Kopf kippen. Als er fortfuhr, Wege zu finden, sie zu berühren und sie zum Lächeln zu bringen, wollte ich ihm den Kopf abreißen und beim Training nächste Woche als Ball benutzen.

Während ich sie in meinem Zimmer eingesperrt hielt, wo niemand sonst sie anfassen konnte.

Ich schüttelte die gewalttätigen Gedanken ab. Gedanken, die mich zu Tode erschrecken sollten, mir aber im Moment durchaus gerechtfertigt erschienen. Das heißt, bis Alexis zu mir aufblickte und mit den Wimpern klimperte.

Ich konnte das nicht. Diese Erkenntnis traf mich wie ein Schlag. Plötzlich hatte ich keine Ahnung, warum ich nicht schon längst etwas gegen diese verfahrene Situation unternommen hatte. Aber als ich den Mund öffnete, um etwas zu sagen, stellte sich Alexis auf die Zehenspitzen und zog meinen Kopf zu sich, um die Zunge zwischen meine Lippen zu schieben.

Als ich über meine Schulter blickte, bevor ich mich losmachte, sah ich Daisy und Callum nach draußen gehen und die von Lampen erleuchtete Straße hinunter verschwinden.

Der Song endete, und Robbos Stimme verhallte in dem leisen Stimmengewirr, das nach einer weiteren Runde donnernden Applauses einsetzte.

»Willst du los?«, fragte Alexis. Ihre Zähne knabberten an meinem Kinn, aber mein Verstand versuchte immer noch, fieberhaft zu überlegen, wo Daisy sein könnte und warum sie mit Callum das Café verlassen hatte. »Es ist schon eine Weile her, Quinn.«

Ich räusperte mich. »Lex, ich glaube, ich ... ich weiß auch nicht.« Ich fühlte mich durcheinander und zu stark erhitzt.

Ihr verwirrtes Stirnrunzeln bewirkte, dass ich zur Seite blickte und weitere Schuldgefühle in mir aufstiegen. Ich ging zu unserem Tisch zurück, wo ich meinen Kaffee austrank und die Jungs alle aufstanden, um Robbo vor dem Lagerraum zu piesacken.

Alexis folgte mir. »Ernsthaft? Das ist doch Bullshit.«

»Bitte? Du wolltest doch unbedingt mit uns hierherkommen.«

»Ich dachte, wir hätten ein bisschen Spaß. Wir brauchen etwas Spaß, Quinn. Allerdings dachte ich auch, wir hätten das hier schon hinter uns.«

Bemüht, meine Atmung unter Kontrolle zu halten, stellte ich den Becher ab und betrachtete sie mit zusammengekniffenen Augen. »Wir hätten was hinter uns?«

Sie verdrehte die Augen und streckte den Arm zu der Stelle aus, wo Daisy nur ein paar Minuten zuvor gestanden hatte. »Daisy. Immer wenn du sie siehst oder sie erwähnt wird, verwandelst du dich in eine Art Zombie.«

Ich wusste nicht, was ich sagen sollte, daher beschloss ich, es mit der Wahrheit zu versuchen. Meine Schultern lockerten sich vor Erleichterung darüber, vielleicht etwas von dem ganzen Schlamassel in Ordnung bringen zu können. Ich hatte zu lange das Falsche getan.

Ich liebte Alexis, aber das hier war nicht fair. Es war nicht die Art von Liebe, die sie verdiente. Nicht, wenn ich eine andere liebte, und zwar schon seit der Zeit, bevor ich gewusst hatte, was das Wort überhaupt bedeutete. »Lex, vielleicht sollten wir irgendwo anders darüber reden.«

Sie starrte mich einen weiteren langen Moment an, dann flackerten ihre Augen, und sie griff nach ihrer Tasche. »Weißt du was? Ich muss Tina anrufen. Ich habe ihr gesagt, ich würde vielleicht hinterher noch vorbeikommen.«

Nein. Ich musste ihr endlich sagen, was passiert war, was ich getan hatte, daher schüttelte ich den Kopf. »Warte, du hast doch gesagt ...«

»Sie hat sich gerade von ihrem Highschoolfreund getrennt und nimmt es ziemlich schwer, okay?« Sie schlang sich den Riemen der Tasche über die Schulter und umfasste mein Kinn, um mir einen raschen Kuss auf die Lippen zu drücken. »Liebe dich.«

Sie setzte sich in Bewegung, aber ich war nicht gewillt, die Dinge auf sich beruhen zu lassen. Ich dachte, sie wollte, dass ich ehrlich zu ihr war. »Lex, warte.« Ich umrundete eine Gruppe von Studenten, als ich zur Tür hastete. »Du hattest damals recht. Ich glaube, wir ...«

Sie hob eine Hand und öffnete mit einem gezwungenen Lächeln die Tür. »Ruf mich morgen an. Wir machen irgendwas zusammen. Vielleicht einen Film und essen gehen.«

Sie wartete meine Antwort nicht ab, als die Tür hinter ihr zufiel. Die kleine Glocke dröhnte wie ein Gong in meinem Kopf.

Ich grub die Hände in meine Haare und trat zur Seite, um jemanden hereinzulassen.

Mein Magen zog sich zusammen. Der Rest des Kaffees schmeckte plötzlich sauer auf meiner Zunge.

Sechsundzwanzig

Daisy

»Doppeldates wirken so …«

»Dilettantisch? Highschoolmäßig?«, schlug Pippa vor, als wir die Hauptstraße von Gray Springs entlang auf die Unterhaltungsarkaden zugingen.

»Gezwungen. Ich wollte gezwungen sagen.« Ich schob die Hände in die Taschen meines Cardigans und blickte mich um.

Obwohl es auf den Winter zuging, hatten die Leute hier immer noch Vergnügen an Geselligkeit. Halloween stand vor der Tür, daher waren viele Schaufenster und Bürgersteige mit Kürbissen, Spinnweben und Gruselfiguren dekoriert.

Wir trafen uns mit Callum und Toby. Pippa und Toby waren jetzt offiziell zusammen, deswegen das Doppeldate. Pippa hatte wegen ihres neuen Freundes einen Anfall von Schuldgefühlen, wie es aussah. Egal wie oft ich ihr versicherte, dass ich mich für sie freute oder dass Callum und ich nur Freunde waren, sie ignorierte es einfach. Deshalb waren wir jetzt hier.

Ich konnte mich immer noch nicht dazu überwinden, Pippa von dem Kuss zu erzählen. Warum, wusste ich nicht. Aber mit jedem Tag, der verging, kam es mir fast so vor, als wäre es gar nicht wirklich passiert, und wenn ich es ausgesprochen hätte, würde ich mich zur Lügnerin machen. Vor allem, nachdem ich ihn erst zwei Abende zuvor mit Alexis im Bean Stream gesehen hatte. Zum ersten Mal seit ein paar Wochen war ich nach Hause gegangen und hatte in mein Kissen geweint. Ich fühlte mich, als hätte er mich aus den Resten meines Kummers herausgezogen, nur um mich fallen zu lassen, damit ich erneut darin versank. Blöd von mir, mir einzubilden, nach diesem Kuss könnte sich irgendetwas ändern.

Aber er hatte gesagt, es würde ihm nicht leidtun, was mich erschreckte und mich zugleich vergeblich auf etwas hoffen ließ, was ich nicht haben konnte. Dennoch tat es mir ebenfalls nicht leid, obwohl ich mich fühlte, als hätte ich mir selbst nur noch größeren Schmerz zugefügt, indem ich es zugelassen hatte.

Das war das Problem bei der Liebe. Die Leute sagten, eine erste Liebe würde einen auch dann noch lange nicht loslassen, nachdem man eine zweite, dritte oder sogar vierte gefunden hatte. Was sie zu erwähnen vergessen hatten, war, dass für manche Menschen diese Dauerhaftigkeit tiefer ging und es ihnen unmöglich machte, sich daraus zu lösen. Diese Menschen gingen dann mit dem Gefühl durch das Leben, dass ihnen ein Teil von sich selbst ständig fehlte.

Ich dachte, ich hätte versucht, loszulassen. Und es war nicht so, als hätte ich dabei irgendein Mitspracherecht gehabt, seit ich Quinn und Alexis bei Semesterbeginn erstmals zusammen gesehen hatte.

Aber was, wenn ich dieses Recht doch hatte?

Das ändert nichts, sagte ich mir. Jetzt nicht mehr.

Ich war nicht der Typ, der etwas stahl. Wenn ich es haben wollte, dann würde ich es mir ehrlich verdienen.

Nur dass ich ihn mir nicht verdienen konnte. Ich konnte mich nicht krummschuften, um das eine zu bekommen, das ich mir am sehnlichsten wünschte. Diese Sache namens Liebe funktionierte so nicht. Sie spielte nie fair.

Obwohl das jetzt schmerzhaft und demütigend offensichtlich war, würde ich ihn wahrscheinlich zurücknehmen, wenn er mich wollte. Es brachte nichts, mir etwas vorzumachen, weshalb ich von mir enttäuscht war, aber trotzdem verspürte ich einen gewissen Frieden, weil ich mir endlich die Wahrheit eingestanden hatte.

Callum lächelte, als wir näher kamen – die Hände in den Taschen seiner schwarzen Jacke vergraben und ein paar dunkle Schnürstiefel an den Füßen. Zusammen mit seinem grauen Shirt und den perfekt windzerzausten Haaren und den dunklen Jeans sah er aus wie einer Anzeige von Abercrombie and Fitch entsprungen.

Während Callum stylish mit einem Hauch Bad Boy wirkte, trug Toby sein Band-T-Shirt, zerrissene Jeans, alte, abgewetzte Timberlands und sah mit seinen unordentlichen dunklen Haaren aus, als hätte er eine Bad-Boy-Trophäe gewonnen. Er zog sich an, als würde er keinen Wert auf Kleidung legen, aber ich fragte mich, ob das wirklich der Fall war.

Er lächelte strahlend, und mein Magen machte beim Anblick seiner weißen Zähne und der Art, wie seine Augen unter der Straßenlaterne glitzerten, als er Pippa beobachtete, einen Satz. Zwei große Schritte, und er nahm ihre Wangen zwischen die Hände und bog ihren Kopf nach hinten. Sie quiekte überrascht, als sein Mund ihren eroberte. Direkt hier. In aller Öffentlichkeit.

Mit rot anlaufenden Wangen strich ich mir ein paar Haarsträhnen hinter die Ohren und wandte den Blick ab. Ich freute mich für sie, wirklich. Obwohl die Erinnerung daran schmerzte, wie es war, jemanden zu haben, der einen so ansah und berührte, als wäre man für ihn geschaffen. Ein Teil von mir wollte auf die Knie fallen und sie anflehen, jeden einzelnen Moment auszukosten und die Magie zu bewahren.

Weil diese Magie eine Art hatte, sich zu verflüchtigen und einen mit einer leeren Illusion von dem zurückzulassen, was man einmal zu haben geglaubt hatte.

»Du siehst gut aus.« Callum nahm meine Hand in seine beiden, rieb sie und wärmte meine kalte Haut. »Alles in Ordnung?«

Ich lächelte zu ihm hoch. »Ja. Es ist mir nur ein bisschen unangenehm, dass wir so verschleppt worden sind.«

»Ich glaube, wir tun ihnen leid. Am besten lassen wir ihnen ihren Willen«, flüsterte er, und ich musste lachen. Seine dunklen Augen hefteten sich auf mein Gesicht. »Aber ich freue mich, dich zu sehen. Ich war mir wirklich nicht sicher, ob du noch einmal mit mir weggehen wollen würdest.«

Ich war mir da selbst nicht sicher gewesen. Obgleich er gefühlsmäßig genauso vergeben war wie ich, fühlte ich mich in seiner Gesellschaft wohl. Und nachdem er mich letztes Mal nach Hause gebracht hatte, war mir klar geworden, dass ich mich gern mit ihm unterhielt und gern mit ihm zusammen war. »Ich glaube, es spricht nichts dagegen, dass wir Freunde sind.«

Er schlang seinen Arm um meinen, als wir Toby und Pippa in die helle, laute Spielhalle folgten. Sein warmer Atem wehte über mein Ohr, und meine Haut begann zu prickeln. »Freunde, die sich küssen?«

Ich lachte erneut, blickte zu ihm hoch und bewunderte seine regelmäßigen Gesichtszüge. »Ein Kuss für jedes Spielzeug, das du für mich gewinnst.«

Er straffte die Schultern, als würde er sich für einen Kampf wappnen. »Dann komm, Milady. Ich habe ein Dutzend Küsse zu gewinnen.«

Sein Dutzend bekam er nicht, und noch nicht einmal eine Stunde später hatten wir Pippa und Toby bei den Basketballkörben verloren.

Ich bereitete mich für den nächsten Wurf vor und blinzelte das winzige Netz an. Der Ball flog aus meinen Händen darauf zu, verfehlte sein Ziel, prallte vom Korbrand ab und fiel zwischen die Spielreihen. »Verdammt.«

Callum angelte ihn mit dem Fuß heran und reichte ihn mir lachend.

»Mist«, knurrte ich und nahm den Ball mit einem gemurmelten Dank entgegen, bevor ich es noch einmal probierte. »Es ist furchtbar laut hier drin, das lenkt ab.«

»Klar.« Er nickte.

Er krümmte sich fast vor Lachen, als ich den Korb jedes weitere Mal verfehlte. Dann erzielte ich endlich einen Treffer. Zu diesem Zeitpunkt war mir das Ganze schon so peinlich, dass ich nur noch meine Brille höher auf meine Nase schob, mich zu Callum umdrehte und mit in die Hüften gestemmten Händen nickte.

Er versuchte vergeblich, einen weiteren Lachanfall zu unterdrücken, und schlug dann wohlweislich vor, weiterzugehen.

Nachdem er es eine halbe Stunde versucht hatte, holte er mir schließlich einen kleinen Plüschfrosch aus einem Greifautomaten. Mein Lächeln musste ziemlich albern gewirkt haben, denn Callum kam aus dem Lachen nicht mehr heraus, als ich ihm das kleine grüne Tier behutsam abnahm und es betrachtete.

Dann berührte ich seine großen Knopfaugen und die kleinen Beine. »Der ist ja so was von niedlich.«

»Nicht so sehr wie du gerade.« In seiner Stimme schwang Belustigung mit.

Er legte mir einen Arm um die Schulter und hielt mich an seiner Seite, als wir langsam auf den Ausgang zuschlenderten. »Was glaubst du, wo die beiden hingegangen sind?«

»Zu Toby zurück. Ich glaube, er hat das Haus heute Abend für sich.«

Oh. Ich versuchte, nicht daran zu denken, was Quinn tun mochte. Ich war ziemlich stolz auf mich, weil ich inzwischen die Male, die ich pro Tag an ihn dachte, an nur zwei Händen abzählen konnte.

Vorher hatte ich außerdem meine Füße, einen Stift und ein Stück Papier gebraucht. Babyschritte.

Außerdem konnte ich ihn immer noch lieben, wissen, dass ich ihn nicht haben konnte, und mich jetzt etwas leichter damit abfinden. Ich würde über Quinn Burnell nie ganz hinwegkommen. Es war etwas, womit ich leben und hoffen musste, dass der Schmerz mit jedem Tag, der verging, weiter nachließ.

»Hast du deine Ex gesehen?«, fragte ich Callum und blieb am Ausgang stehen.

Der Seufzer, den er ausstieß, klang nur allzu vertraut. »Gesehen ja, aber mit ihr gesprochen nicht.«

Ich biss mir auf die Lippe und griff nach seiner Hand, als sein Arm von meiner Schulter fiel. »Du liebst sie immer noch?«

Er sah mich mit traurig verzogenen Lippen an. »Es ist kompliziert.«

»Das verstehe ich.«

Er grinste. »Das glaube ich dir gern. Schätze, uns bleibt keine andere Wahl, als nach vorne zu schauen, richtig?«

Ich legte den Kopf schief und sah erst ihn, dann meinen Frosch an. »Ich weiß ja nicht, was sie alles gemacht hat, aber ich wette, sie bedauert es.« Ich berührte das pinkfarbene Maul des Frosches. »Du bist ein ziemlich guter Fang, weißt du?« Er erwiderte nichts darauf, sondern beobachtete nur, wie ich mit dem Frosch spielte. »Was ich sagen will, ist, dass man nicht immer nach vorne schauen muss. Manchmal kann man auch zurückgehen und es noch einmal versuchen. Und wenn nicht, ist es okay, wenn es wehtut.«

»Ist das das, was du tust?«, fragte er.

»Nun, ich habe keine Wahl. Ich kann nicht zurück. Also weißt du, welchen Entschluss ich gefasst habe.«

Er hob eine Hand und strich mir über die Wange. »Komm her.«

Ich trat zu ihm, und er senkte den Kopf, um mich auf die Stirn zu küssen, dabei flüsterte er: »Ich werde mir meinen schwer verdienten Kuss nicht jetzt abholen, weil ein gewisser Jemand uns beobachtet. Aber ich komme bald darauf zurück.«

Er rückte von mir ab, und ich fuhr herum und sah Quinn auf einer Bank ein Stück den Bürgersteig hinunter sitzen. Er hielt sein Telefon in der Hand und die Augen auf uns gerichtet. Als er merkte, dass ich ihn ansah, blickte er zur Seite. »Was macht er denn ganz allein da?«

»Keine Ahnung. Wollen wir gehen?«, fragte Callum.

Ich wollte gerade nicken und nach seiner ausgestreckten Hand greifen, aber irgendetwas bewog mich, mich zu Quinn umzudrehen, der uns erneut ansah. »Äh, ich denke, ich nehme ein Taxi.«

Callum blickte zwischen mir und Quinn hin und her. Seine Augen wurden schmal. »Bist du sicher?«

Ich nickte und bemühte mich, beruhigend zu lächeln. Sicher war ich mir nicht. Tatsächlich wusste ich, dass ich besser mit ihm und dann nach Hause gehen sollte. Aber ich konnte nicht.

»Du schuldest mir noch etwas.« Er schürzte spielerisch die Lippen. »Vergiss es nicht.«

Ich sah ihm nach, wie er die Straße hinunter auf seinen Lexus zuging, dann drehte ich um und schlenderte zu Quinn hinüber, der jetzt mit seinem Telefon herumspielte. »Hey.« Ich setzte mich und schlang meinen Cardigan mit dem kleinen Frosch darin enger um mich.

»Hi.« Er hob den Blick nicht von dem Telefon, obwohl ich sehen konnte, dass er gar nichts damit machte. Er starrte nur eine Internetseite an.

»So.« Ich kam mir ziemlich dumm vor, weil ich nicht nach Hause gegangen war. »Warum sitzt du mutterseelenallein auf einer kalten Bank?«

Meine Augen folgten jeder Bewegung, die er machte. Dem leisen Flattern seiner Wimpern, als er eindringlich auf das Telefon stierte, der Art, wie er die Schultern hochzog und den Kiefer anspannte.

Nachdem er vernehmlich den Atem ausgestoßen hatte, ließ er die Schultern sinken, lehnte sich zurück und schob das Telefon in seine Tasche. »Ich war mit Alexis unterwegs.«

Ich ignorierte den Stich unter mehreren Hautschichten und blickte mich um. »Wo ist sie?«

»In der Bar die Straße runter. Sie hat ein paar Freundinnen getroffen, nachdem wir essen waren, und wollte mit ihnen abhängen.«

Er klang nicht allzu enttäuscht, aber etwas in seiner Stimme brachte mich auf den Gedanken, dass er sich ärgerte. »Und du wolltest nicht mit?«

»Nee.« Er faltete die Hände über dem Bauch und drehte die Daumen umeinander. »Nicht so meins, aber ich weiß nicht. Ich wollte wohl noch nicht nach Hause, weil Toby Pippa dahat.«

Das passte. Quinn war gerne eine Zeit lang mit Freunden zusammen, aber ansonsten zog er es vor, sein eigenes Ding zu machen.

»Ach ja.« Ich grinste. »Sie haben uns sozusagen sitzen lassen.«

Der Wind frischte auf und wehte mir die Haare ins Gesicht. Ich strich sie über die Schulter zurück und sah Quinn an, dessen Blick auf meine Haare geheftet war. »Ja, dich und Callum?« Ich zwinkerte ein paar

Mal, wusste nicht, was er damit meinte. Er schloss kurz die Augen, als er stotterte: »Seid ihr … seid ihr jetzt zusammen?«

»Oh«, hauchte ich. »Nein, wir sind nur Freunde.«

Seine Nase sowie sein Kiefer zuckten leicht. »Freunde, die sich küssen?« Ich lachte, laut und mit nach hinten geworfenem Kopf. »Was ist?«, fragte er. Seine Oberlippe hob sich etwas, als er mich anstarrte.

Ich wischte mit dem Finger unter meinen Augen herum und überprüfte, ob meine Mascara verschmiert war. »Nichts. Er hat nur etwas ganz Ähnliches gesagt.«

Quinn stieß einen Grunzlaut aus und wandte den Blick ab. »Sorry, ich weiß, ich sollte nicht fragen. Es geht mich nichts an. Ich habe dich nur auch am Donnerstagabend mit ihm das Café verlassen sehen.«

Schweigen machte sich breit. Ich wusste nicht, was ich seiner Meinung nach dazu sagen sollte. Es ging ihn nichts an, nicht, nachdem er Alexis´ Mund auf seinem und seine Hände auf ihrem Hintern gehabt hatte. Aber ich konnte mich nicht selbst belügen. Es tat gut, zu wissen, dass ihn das vielleicht störte. »Ich wundere mich, dass dir das aufgefallen ist. Du hast ausgesehen, als wärst du ziemlich beschäftigt.« Als er keine Antwort gab, seufzte ich leise. »Er hat mich nur nach Hause gebracht.«

»Nach Hause«, murmelte er abwesend.

»Ja, wo wir gerade davon sprechen … Wie geht es Spud?« Die Worte kamen nur zögernd heraus.

Quinn schien sich aus seinen Gedanken zu reißen, richtete seine Aufmerksamkeit auf mich und runzelte die Stirn. »Dem geht es gut.« Ich nickte mit zwischen die Zähne gezogener Lippe, und er fuhr fort: »Er ärgert Mom und tut nichts, um Dad zu helfen.«

Mir wurde warm ums Herz. »Gott, ich vermisse ihn.«

»Ich auch.« Seine Schultern wurden schlaff, was mir nicht entging. Er vermisste nicht nur seinen Hund; er vermisste alles zu Hause. »Mary hatte vor einiger Zeit ein Kalb.«

Meine Augen wurden groß. »Du machst Witze. Ich erinnere mich noch daran, als sie selbst ganz klein war.«

Er lächelte plötzlich strahlend, seine Zähne schimmerten im Licht der Straßenlaterne. »Yeah, sie hatte einen kleinen Bullen.« Er zog sein Telefon hervor, öffnete ein Foto und reichte es mir. »Oh mein Gott.« Ich berührte das Display und zoomte das kleine Kalb heran. Es war völlig schwarz, nur auf dem Hals und auf der Nase prangte ein weißer Fleck. »Er ist wirklich schön.«

Ich gab Quinn das Telefon zurück, und er lächelte auf das Foto hinunter. »Dad war sauer, weil es ein Bulle ist. Aber er entwickelt sich zu einem richtigen Sieger. Dad erwägt, ihn nächstes Jahr auf der Ausstellung zu zeigen.«

Heimweh und Sehnsucht zogen mich in ihre kalte Umarmung, als ich mich fragte, wann ich wohl dorthin zurückkehren würde. *Nach Hause.*

»Du vermisst es, nicht?«, fragte er mit leiser, sanfter Stimme.

Etwas Nasses rann an meiner Wange hinunter. Ich hob überrascht eine Hand und nahm meine Brille ab, um es rasch wegzuwischen, doch Quinns Finger kam mir zuvor. Wir erstarrten beide und sahen uns erschrocken an.

»Ich sollte gehen«, sagte ich einen Moment später, rührte mich aber nicht.

Seine Hand fiel auf meinen Schoß, und er stand auf. »Wie bist du hergekommen?«

»Mit Pippa im Taxi. Ich werde ein anderes rufen.« Ich setzte meine Brille auf und wollte nach meinem Telefon greifen, aber seine Stimme hinderte mich daran.

»Nein«, sagte er. »Ich muss ohnehin da lang, ich setze dich ab.«

Ich riss die Augen von seinem weißen T-Shirt los, das sich an seine Bauchmuskeln schmiegte, und erwiderte zittrig: »Okay. Danke.«

Wir machten einen Bogen um die Leute auf dem Bürgersteig und gingen die Straße hinunter, bis wir seinen alten weißen Truck erreichten. Er öffnete mir die Tür, und ich lächelte zum Dank, als ich einstieg.

»Entschuldige die Unordnung.« Er ließ den Motor an. Es war laut, aber warm, als heiße Luft aus den Heizungsschlitzen drang. Ich blickte mich um, fand aber nicht, dass das Wageninnere unordentlich war. Ein paar Notizbücher lagen herum, seine Sporttasche hinter dem Sitz und ein paar Turnschuhe auf dem Boden.

»Ich weiß wirklich nicht, wovon du redest«, lachte ich.

Er lachte ebenfalls. »Manchmal vergesse ich das. Ich bin so an Tobys Maßstäbe gewöhnt.«

»Pippa ist genauso. Räumt immer meine schon aufgeräumte Zimmerhälfte auf.«

Er stellte die Heizung etwas niedriger, dann bog er auf den Campus ein. »Wir haben schon Schwein, nicht?«

»Würde ich auch so sehen«, stimmte ich voller Zuneigung zu.

Wir hielten vor meinem Gebäude, ich sprang hinaus und wollte mich gerade für die Fahrt bedanken, als ich sah, wie er um den Truck herumging. »Was hast du vor?«

Ein anziehendes, spitzbübisches Lächeln erhellte sein Gesicht. »Mir dein Wohnheim anschauen.« Als ich nur dastand und vermutlich die Nase krauszog, lachte er. »Komm schon, bevor mich jemand rausschmeißt.«

Bei dem Gedanken, mit ihm alleine zu sein, nur wir beide in meinem kleinen Wohnheimzimmer, nahm ein heftiger Flatteranfall meinen Magen als Geisel, und dann sickerten seine Worte in mein Bewusstsein ein. Er hielt mir die Tür auf, und ich betrat vor ihm das Gebäude, wobei ich mich umblickte, als könnte jeden Moment jemand aus einer Ecke gesprungen kommen, um »Mann!« zu kreischen.

»Äh ... ich glaube nicht, dass du hier Zutritt hast«, flüsterte ich, als wir die Treppe hochstiegen und ich fast gestolpert wäre, weil ich mich immer noch nervös umsah.

In seiner Stimme schwang weiter ein Lachen mit, als er meinen Bizeps packte, um zu verhindern, dass ich stürzte. »Glaubst du wirklich, ich wäre der erste Typ, der sich in dieses Wohnheim schleicht?«

Ich wusste es nicht. Was der Umstand, dass ich nichts erwiderte, deutlich besagte. »Manchmal vergesse ich, wie ...«

»Beschränkt und naiv ich sein kann?«

Er blieb neben mir stehen, als wir meine Tür erreichten und ich nach meinen Schlüsseln wühlte. »Entzückend ahnungslos, wollte ich sagen«, wisperte er. Direkt an meinem Ohr.

Die Tür schwang auf, und ich starrte zu ihm hoch. Er blickte auf mich hinunter, seine Augen wanderten von meinen zu meinen Lippen. »Ändere dich ja nie, Dais.«

Er ging als Erster hinein und ließ sich Zeit, während er sich im Zimmer umschaute. »Pippa wird mich dafür umbringen.«

»Zum Glück ist sie eine Ordnungsfanatikerin, die ihre Unterwäsche nicht herumliegen lässt«, meinte er, als er in den Gegenständen auf meiner Kommode herumkramte. »Da ist es ja.«

Er hielt eine Tube meines Karamelllippenbalsams hoch, als hätte er den heiligen Gral gefunden, und drehte sich um.

Ich stieß mich von der Tür ab, an der ich lehnte, und schloss sie hinter mir, bevor jemand ihn sehen konnte. »Ich sollte dir wirklich einen eigenen schenken.«

Er verzog das Gesicht und öffnete die Tube, um daran zu schnuppern. »Warum?«

»Deswegen.« Ich deutete auf das, was er gerade tat. »Und ich erinnere mich, dich oft genug erwischt zu haben, wie du dir etwas auf die Finger gerieben und es dann abgeleckt hast.«

»Okay. Ich bin überführt.« Er schloss die Tube wieder, legte sie zurück und ging dann zum Bett hinüber. Mein Herz sackte eine Etage tiefer, als er auf dem Läufer stehen blieb und die Bilder an der Wand betrachtete.

Ich hatte Mühe, einen leisen Schrei zu unterdrücken, als ich zum Bett stürzte und darauf sprang, um das Bild von ihm herunterzureißen. Es war schlimm genug, dass es Spud zeigte, aber ihn? Es war eine bodenlose Dummheit von mir, so von ihm gefesselt zu sein, dass ich ihn in mein Zimmer ließ, ohne daran zu denken, dass es immer noch an meiner Wand hing.

»Warte.« Er packte mein Handgelenk und drehte mich auf meinem Platz auf dem Bett zu sich. »Hör auf, tu das nicht. Du ...« Er schluckte.

Ich schloss die Augen, betete, dass dieser Moment nur ein böser Traum sein möge, schlug sie wieder auf, und er war immer noch da. »Es ist dämlich. Ich weiß noch nicht einmal ...«

Mein Mund klappte zu, als er meine Wangen umschloss und näher an das Bett herantrat. Seine braunen Augen glichen Zwillingsstürmen, turbulent und unnachgiebig, während sie zu mir hochblickten. »Es ist ganz und gar nicht dumm«, flüsterte er.

»Ist es ... nicht?« Ich bekam kaum noch Luft; er überwältigte mich in jeder Hinsicht. Sein Duft war überall, und bei seiner Berührung drohten meine Knie unter mir nachzugeben.

»Nein«, sagte er, dann benutzte er seine Hände, um meinen Kopf zu sich zu ziehen, und seine Augen glitten zu meinen Lippen.

Siebenundzwanzig

Daisy

Die Luft wich aus meinen Lungen, dann schlangen sich meine Arme um seinen Hals und meine Beine um seine Taille.

Er fing mich auf, als würde ich aus Federn bestehen, und genauso fühlte ich mich jetzt, wo er mich wieder so hielt. Als würde ich schweben. Zu einem wundervoll fremden und zugleich vertrauten Ort treiben.

»Quinn«, krächzte ich, als seine Hand an meinem Rücken hochstrich und sich in meine Haare grub. »Wir sollten das nicht tun.«

»Ich weiß.« Sein Atem vermischte sich in kurzen, keuchenden Zügen mit meinem, als sich unsere Lippen einander näherten, bis sie nur noch eine Haaresbreite voneinander entfernt waren. »Aber ich will kein anderes Leben. Ich will dieses hier. Mit dir.«

Seine Lippen berührten meine, und jede Faser meines Körpers loderte auf wie ein Feuerwerk, als wäre er längst bereit gewesen und würde schon ungeduldig warten. Im Gegensatz zu dem Abend der Party waren sie weich und behutsam, sein Atem süß mit einem Hauch Pfefferminz. Meine Zunge konnte sich keinen Moment länger zurückhalten, sie schoss aus meinem Mund und teilte seine Lippen, um seine zu finden. Er kam mir mit jedem Lecken, jedem lockenden Streicheln entgegen, und sein Stöhnen war ein herrliches Geräusch, von dem meine Ohren gedacht hatten, es nie wieder zu hören zu bekommen.

»Fuck.« Er zog seinen Mund weg, und ich geriet in Panik, bis er mich vorsichtig auf das Bett drückte und dann sein Shirt auszog.

Mein Mund blieb offen stehen, meine Augen versuchten zu erfassen, was sie da sahen. Glatte, goldene Haut, breite, kräftige Schultern, ein Bizeps, der hervortrat, als er sich über mich schob, und ein feiner blonder, fast nicht existenter Haarflaum auf der Brust, der zu der Spur passte, die in seine Boxershorts führte. Die Härchen auf seiner Brust waren neu, und meine Kehle wurde trocken, so groß war der Drang, sie zu berühren. Die Lippen daraufzupressen.

»Dais?«

»Hmm?« Ich schüttelte den Kopf. Meine Wangen begannen zu glühen.

Er senkte den Mund zu ihnen und bedeckte sie mit Küssen. »Ich werde immer noch so verdammt hart, wenn du rot wirst.«

Mir stockte der Atem, ich umfasste sein Gesicht und zog seine Stirn zu mir. »Passiert das alles wirklich?«

Er sah mich fast ehrfürchtig an. »Ich kann nicht aufhören. Und ich kann nicht mehr so weitermachen wie bisher. Du und ich. Es sollten immer du und ich sein, und ich habe es satt, dagegen anzukämpfen.«

Mein Herz flog einen Moment lang in derartige Höhen, dass ich Angst bekam, wie schmerzhaft es sein würde, wenn es wieder auf dem Boden landete. Aber dann kehrten seine Lippen zu meinen zurück, und er löste sie erst von ihnen, um uns von unseren Kleidern zu befreien.

Als ich nur noch mein Höschen trug, sah ich zu, wie er es langsam an meinen Beinen hinunterzog. Seine rauen Finger glitten über meine Haut. »Du bist noch schöner geworden. Wie zum Teufel ist das möglich?« Er schien mit sich selbst zu sprechen, aber ich errötete trotzdem. Mein Herzschlag beschleunigte sich auf eine Meile pro Minute.

Seine dunkelblauen Boxershorts fielen als Letztes, und ich hätte fast den Blick abgewandt; ich fühlte mich so verwundbar und nervös, dass ich mich zu einem Ball zusammenrollen könnte. Verzweiflung und Erregung wuchsen mit jeder Sekunde, und ich wusste, dass ich dem, was hier geschah, keinen Einhalt mehr gebieten konnte oder wollte.

Er schob sich zwischen meine Beine, und ich versuchte, nicht wie gebannt zu verfolgen, wie sein langer, dicker Schwanz dabei gegen meinen Bauch tippte. Seinem Grinsen nach zu urteilen scheiterte der Versuch kläglich.

»Komm her«, flüsterte er, drehte mein Kinn und streifte mit seinen Lippen meine. »Ich möchte in dir sein, unbedingt, aber ich glaube nicht, dass ich ein Gummi dabeihabe.« Mein Zögern war ihm offenbar nicht entgangen, denn er fügte hastig hinzu: »Ich war nie ... nie ohne mit jemandem zusammen.«

Ich konnte ihn an der feuchten Stelle zwischen meinen Schenkeln spüren, was mir half, das Wissen darum zu verdrängen, dass er überhaupt mit einer anderen geschlafen hatte. So wollte ich es haben. Nur wir beide. Nichts sonst. »Ich nehme die Pille.« Seine finstere Miene reizte mich zum Lachen. »Das ist die gute Nachricht. Allerdings sollte ich dich warnen, ich war nämlich nie ...«

»Warst nie was?« Jetzt wirkte er verwirrt. »Nie mit einem anderen zusammen?«

»Nein. Nur mit dir.«

»Nur mit mir«, wiederholte er. Er klang verblüfft und leicht bestürzt. »Fuck, Dais. Ich verdiene das nicht. Ich verdiene dich nicht.«

Ich war zu sehr in die Gefühle versunken, die mich just in diesem Moment durchströmten, um mich in Kummer oder Bedauern zu verlieren. Seine Haut schien meine zu verbrennen, sein Atem wehte über meine Lippen, und seine Augen ruhten nur auf mir.

»Nur mit dir«, krächzte ich, als er begann, mein Gesicht mit Küssen zu übersäen, und sich dann an meinem Hals hinunter bis zu meiner Brust arbeitete.

Seine großen Hände waren überall, bedeckten meine Brüste vollständig und zogen jede Kurve und Vertiefung meines Körpers nach. Seine warme Zunge fuhr in meinen Bauchnabel, und ich kicherte, bis er zu meinen Schenkeln gelangte und sie auseinanderschob.

»Wow.« Ich hätte fast aufgeschrien, als seine Zunge in mich eindrang und lange, sanfte Spuren über meinen empfindlichsten Bereich zog. Dann stöhnte er an meinen Körper, und das Zittern jagte mir eine Gänsehaut über jeden Zentimeter erhitztes Fleisch.

»Ohh«, stöhnte ich, woraufhin sich seine Arme um meine Schenkel schlangen und seine Hände sie sacht kneteten, während er mit seiner Zunge Kreise beschrieb.

Ich kam mit einem Schrei, der sich mir ohne meine Erlaubnis entrang, und hätte mir normalerweise Gedanken gemacht, ob mich jemand hörte, aber ich schwebte schon wieder. Diesmal anders, Sterne und Halbmonde bildeten einen Film über meinen Augen.

Quinn wischte sich das Kinn ab, stützte sich über meinen Körper und hakte mein Bein um seinen Rücken. Dann spürte ich ihn genau da, wo seine Zunge gewesen war, starrte benommen in sein Gesicht und verfolgte, wie seine Nasenflügel bebten, als er sich in Position brachte und sich dann ein Stück nach vorne schob. »Sag es mir, wenn ich dir wehtue, okay?«

»Okay«, keuchte ich, fühlte mich immer noch wunderbar warm und von einem wohligen Prickeln erfüllt.

Er zog die Hüften zurück, drang langsam in mich ein und hielt inne, als sein Becken meines berührte und er mich komplett ausfüllte. »Oh Himmel«, flüsterte er und barg den Kopf an meinem Hals.

Ich starrte zur Decke hoch, empfand einen stechenden Schmerz, aber auch noch etwas anderes. Als würde durch die Verbindung unserer Körper ein Teil von mir wieder an seinen Platz gerückt.

Ich ignorierte die Unannehmlichkeiten und erforschte mit den Händen die Haut seiner muskulösen Schultern und Arme. Meine Finger zogen die Kanten und Knochen nach und bewirkten, dass sein gesamter Körper über mir zuckte und zitterte. Eine schwer zu schätzende Zeit lang lagen wir bis auf unsere Atemzüge und die fast geräuschlosen Bewegungen meiner Hände auf seiner Haut regungslos da.

Das einzige Licht kam durch das Fenster neben meinem Bett; der draußen glühende Mond ließ Schatten über die Wände tanzen. Stimmen irgendwo in dem Gebäude drangen an mein Ohr, doch ich wollte nur seinen Herzschlag, den stetigen Luftzug seines Atems, in dem meine Nackenhärchen zitterten, und das Saugen seiner Lippen hören, die die Haut über meinem rasenden Puls nicht freigeben wollten. »Du riechst und schmeckst wie mein Herz«, flüsterte er der Unterseite meines Kinns zu, dabei drückte er träge Küsse darauf. »Und du fühlst dich himmlisch an.«

Ich schloss die Arme fester um ihn. Eine Träne rann aus meinem Auge. »Ich weiß nicht, ob ich damit fertigwerden würde, dich noch einmal zu verlieren« war alles, was ich zur Antwort herausbrachte. Weil ich nicht anders konnte. Meine Ängste wollten gehört werden, und ich gab ihnen, was sie verlangten. Was sie verdienten.

Quinn gab einen gequälten Laut von sich, stützte sich auf die Unterarme und strich mir sacht das Haar aus dem Gesicht. »Das wirst du nicht. Niemals.« Seine Augen forschten in meinen, diese Fähigkeit, in dem anderen zu lesen wie in einem Buch, kam zurück. »Ich bringe es in Ordnung, ich verspreche es dir.«

Ich wünschte mir bei jedem Stern am Himmel, dass er seine Worte ernst meinte, und schlang die Beine fester um seine Taille. Seine glatte, seidige Haut an meiner löste eine Hitzewelle aus, die mich von den Zehen bis zu den Fingerspitzen überflutete.

Seine Hand versank in meinen Haaren, seine Fingerspitzen massierten meine Kopfhaut, während sich seine Hüften hoben und senkten. Einmal, zwei Mal, und beim dritten Mal sahen seine Augen aus, als würden sie jeden Moment in Flammen aufgehen. Scharfe Atemzüge wehten über seine geöffneten Lippen, seine goldenen Haare standen ihm in alle Richtungen vom Kopf ab.

Er war überwältigend. Ragte überlebensgroß über mir auf, bewegte sich in mir und verströmte seine Hitze über mich. Das Bild brannte sich in mein Gedächtnis ein, und ich wusste, dass ich es noch in der Sekunde, in der ich wieder alleine war, auf Papier festhalten musste.

Er beschleunigte sein Tempo, verlor seinen langsamen Rhythmus, als unsere Lippen und Hände einen wilden Tanz begannen. Leises Grunzen und Stöhnen erfüllten den Raum, und mein Herz geriet außer Kontrolle, als er an meiner Halsbeuge leckte und einen Punkt von mir traf, bei dem sich meine Zehen krümmten.

»Du spannst dich an«, murmelte er an meinen Lippen. Seine Augen waren so verschleiert, dass ich mich wunderte, wie er mich sehen konnte. »Fühlt sich das gut an?«

Ich brachte nur einen jämmerlichen Wimmerlaut hervor, bei dem sich seine Lippen krümmten. Sekunden später erzitterte mein Magen heftig, und da war es wieder.

»Ja«, stöhnte er. Seine Zähne zogen meine Unterlippe in seinen Mund und gaben sie dann langsam wieder frei. Seine Hüften bewegten sich schneller, als mein Hirn zu Watte wurde und meine Beine sich wie ein Schraubstock um ihn schlossen. Mich überliefen immer noch Schauer, aber es gelang mir, gerade noch rechtzeitig die Augen zu öffnen, um zu sehen, wie er den Kopf zurückwarf. Sein Kiefer spannte sich an, er stieß zischend den Atem aus, fluchte, und sein Körper verharrte über meinem. Bei dem Anblick erschütterte mich eine Art Nachbeben. Dann sackte er schwer auf mir zusammen und atmete an meinen Hals. Ich störte mich nicht daran, sondern ertrug sein Gewicht wie eine hart verdiente Medaille, saugte das Gefühl, etwas zu halten, was mir gehörte, mit einer Verzweiflung in mich auf, die meine Hände zittern ließ, als sie durch sein feuchtes Haar glitten.

»Nur du«, flüsterte er.

• • •

Der Regen war das Zweite, was ich hörte, als ich am nächsten Morgen aufwachte.

Das Erste war Quinns wiederholtes Versprechen, als ich noch halb schlief. »Ich komme zurück. Ich bringe alles wieder in Ordnung.«

Was nicht dazu beitrug, den stechenden Schmerz zu lindern, den seine Abwesenheit ausgelöst hatte.

Ich rollte mich auf die Seite, schlug die Augen auf und ließ sie durch den Raum schweifen. Sein geflüstertes Versprechen glich einem ausfransenden Stück Seil, von dem er erwartete, dass ich mich daran festhielt. Er war fort.

Ich bemühte mich, mir von diesem Wissen nicht die Luft aus den

Lungen quetschen zu lassen, und zwinkerte schlaftrunkene Tränen zurück. Dann setzte ich mich auf, strich mir die Haare aus dem Gesicht und fragte mich, ob alles vielleicht nur ein schöner Traum gewesen war. Einer, der mir entschieden zu real vorkam und ein anhaltendes wundes Gefühl zwischen meinen Beinen hinterließ.

Nein, kein Traum. Wenn er allerdings nicht alles, was er nicht nur mit Worten, sondern auch mit jeder seiner Berührungen gesagt hatte, ernst gemeint hatte, dann konnte ich mich vielleicht selbst dazu überreden, es zu glauben. Wenn auch nur, um das erdrückende Gewicht meines schon wieder schwer werdenden Herzens zu mindern. Nur ein bisschen.

Da ich nicht in meiner Paranoia schwelgen und alles überanalysieren wollte, was wir gesagt und getan hatten, nahm ich meinen Skizzenblock und meinen Stift vom Nachttisch und schlug ein leeres Blatt auf.

Stunden vergingen, und ich überlegte müßig, ob ich aufstehen sollte. Duschen und etwas gegen das Rattennest unternehmen, von dem ich sicher war, dass es auf meinem Kopf thronte.

Aber ich konnte mich nicht aufraffen. Ich fuhr fort, die dicken Regentropfen anzustarren, die durch den Spalt im Vorhang gegen das Fenster schlugen, und dabei zu zeichnen.

Irgendwann später an diesem Nachmittag wurde die Tür geöffnet, und Pippa kam herein. Sie wirkte genauso trübsinnig wie ich. »Hey.« Ich klappte meinen Block zu und legte ihn neben mich.

»Hi«, schniefte sie.

Sie ließ ihre Tasche fallen und warf sich dann bäuchlings auf das Bett. Ich gab ihr eine Minute Zeit, weil ich wusste, dass irgendetwas sie aus dem Gleichgewicht gebracht hatte und sie wahrscheinlich darüber nachgrübelte, was sie mir erzählen sollte.

Es war ganz offensichtlich etwas passiert. Sie hatte zum ersten Mal eine Nacht bei Toby verbracht, und meiner Meinung nach hätte das zu Dauerlächeln und endlosem verwundertem Staunen führen sollen. Nicht zu Seufzen, Schnüffeln und einem Gesicht, als hätte sie gerade eine Ohrfeige bekommen.

»Toby … er hat mich angelogen«, flüsterte sie, die grünen Augen auf die Wand gerichtet.

»Inwiefern?« Ich legte mich hin und rollte mich auf die Seite, um sie ansehen zu können.

Sie stieß einen tiefen Seufzer aus und heftete den Blick endlich auf mich. »Eigentlich ist es eher eine Unterlassungssünde. Er hat mir verschwiegen …« Sie schluckte. »Er hat Depressionen, Angstzustände. Was genau, weiß ich noch nicht einmal.«

Ich hoffte, dass es mir gelang, meine Bestürzung gut zu verbergen, aber offenbar war das nicht der Fall, denn Pippa lächelte und wischte sich über die Nase. »Yeah, ich glaube, so ungefähr könnte ich ausgesehen haben, als ich die Medikamente gefunden habe.«

»Was? Aber er …« Ich brach ab; es kam mir dumm vor, diesen Satz zu beenden.

Pippa tat es für mich. »Wirkte ganz normal? Gut drauf? Ja, ich weiß.«

Ich konnte gut verstehen, warum sie so von der Rolle war. Hier ging es nicht nur um einen neuen Freund, der unter psychischen Problemen litt, sondern um Pippa, die sich an all das erinnerte, was ihre Familie durchgemacht hatte, als ihr Vater sie wegen eigener seelischer Kämpfe verließ.

»Was wirst du jetzt tun?«, fragte ich so behutsam wie möglich.

Sie antwortete lange nicht, dann flüsterte sie: »Jetzt sofort? Nichts. Es ist ja nichts, weswegen ich sauer sein sollte. Aber … na ja … er weiß das von meinem Dad nicht.«

»Wirst du es ihm erzählen?«

»Ich bin mir nicht sicher.«

Die Zeit verstrich, während wir beide dalagen, uns und verschiedene Gegenstände im Raum anstarrten und uns endlose Fragen im Kopf herumgingen.

Nach einer Weile gestand ich schließlich: »Ich habe letzte Nacht mit Quinn geschlafen.«

»Ach du Scheiße.« Pippas Augen quollen aus ihren Höhlen, und sie zog sich langsam vom Bett hoch. »Ich gehe uns ein bisschen Schokolade von unten holen.«

Achtundzwanzig

Daisy

Sobald es Montagabend neun Uhr war, holte ich meine Tasche aus dem Hinterzimmer und stempelte aus. Tim hatte die Nase den ganzen Abend in Inventurlisten vergraben und machte zum Glück keine Bemerkung zu meinem alles andere als perfekten Kundenservice.

»Ich sehe dich dann am Mittwoch.«

Er blickte auf. Ein Stift hing aus seinem Mund, ein anderer klemmte zwischen seinen Fingern. »Oh.« Er spuckte den Stift aus, und ich machte mir eine geistige Notiz, von nun an meinen eigenen zu benutzen. »Gut, gut. Kannst du Pippa fragen, ob sie Donnerstagnachmittag arbeiten kann? Ich weiß nicht, ob sie Unterricht hat, aber Sara ist nach Hause gefahren. Ein Notfall in der Familie.«

»Klar. Ich hoffe, mit Sara ist alles in Ordnung?« Ich hatte das Mädchen nie kennengelernt. Sie arbeitete genau wie ich nur ein paar Schichten pro Woche, und wir waren nie am gleichen Tag eingeteilt. In der Eisdiele herrschte nicht genug Betrieb, als dass man mehr als zwei Leute für eine Schicht brauchte.

»Ihr geht es gut. Ganz unter uns, ich glaube, sie braucht nur eine Pause von der Schule.« Sein Schnurrbart kräuselte sich auf einer Seite, als er grimmig den Mund verzog. »Für manche kann es ein bisschen viel werden. Vor allem für die, die weit weg von zu Hause sind.«

Ich nickte. »Wie wahr.« Dann winkte ich ihm zum Abschied zu.

Die Halloweendekorationen drehten sich und glühten in den

schwach erleuchteten Schaufenstern und auf der Straße. An diesem Wochenende fanden mit Sicherheit genug Halloweenpartys statt, dass die Leute Mühe hatten, sich zu entscheiden, zu welcher sie gehen sollten. Ich zog meinen Cardigan enger über meiner Brust zusammen und wünschte, ich hätte etwas Wärmeres mitgebracht. Dann fischte ich mein Telefon aus der Tasche, teilte Pippa in einer kurzen Nachricht mit, dass Tim sie am Donnerstag brauchte, und steckte das Gerät wieder weg.

Als das Wetter immer kälter wurde, wurden auch die Straßen jeden Abend früher leer. Als ich an einem Paar vorbeikam, das sich lachend auf einer Bank aneinanderkuschelte, kam mir der flüchtige Gedanke, es könnte sich um Liebende handeln, die sich im Schutz der Dunkelheit unter dem Sternenhimmel trafen, wo der Mond und ein paar Fremde ihre einzigen Zeugen waren.

Kopfschüttelnd versuchte ich, nicht über mich selbst zu lachen. Nur weil ich mich in eine Freunde stehlende Heuchlerin verwandelt hatte, hieß das nicht, dass ich auch alle anderen verdächtigen musste. Würde ich mich besser fühlen, wenn ich wüsste, dass auch alle anderen Leute hier draußen sich betrogen und verletzten? Nein, das glaubte ich eigentlich nicht. Aber ich musste zugeben, dass es sich gut anfühlen würde, nur ein bisschen, wenn sich jemand in mich hineinversetzen könnte.

Dann würde ich mich damit nicht so alleine fühlen.

Komisch, wie Gefühle und Verlangen einen blenden und dazu bringen konnten, sich nur auf den Moment zu konzentrieren. Auf das Hier und Jetzt. Und zu vergessen, was danach kommen würde.

Es war erst ein paar Tage her. Ein paar jämmerliche Tage, seit ich gedacht hatte, alles wäre wieder so, wie es sein sollte. Als könnte ich endlich wieder leichter atmen.

Aber unabhängig von den Gründen waren ein paar Tage eine lange Zeit, um alleine zurückgelassen zu werden, nachdem man so viel riskiert hatte. All die Minuten, all die Stunden. Warten, wünschen, sich Fragen stellen. Und das Nachgrübeln. Das ständige verdammte Nachgrübeln. Jede kleinste Kleinigkeit totanalysieren.

Wenn es um Spiele ging, die das Herz betrafen, gab es keine wirklichen Gewinner. Es sei denn, man zählte seine Seelenqualen als Siege.

Bereute ich das Geschehene? Nein. Allerdings kam ich mir langsam vor wie eine Idiotin. Da ich ihm blind vertraute und daran glaubte, dass alles in Ordnung kommen würde, konnte ich nichts bereuen, was mit Quinn zusammenhing. Aber ich bedauerte, wie alles abgelaufen war und wie es mich dazu gebracht hatte, mich noch schlechter zu fühlen. Als wäre ich vielleicht der Fehler.

Als ich zu unserem Zimmer hochging, schwirrte mein Kopf vor so vielen Fragen, dass ich das Gemurmel, das leise Lachen und das Nach-Luft-Schnappen erst hörte, als ich die Tür schon fast erreicht hatte. Erst jetzt bemerkte ich sie. Und erst als ich die bereits geöffnete Tür sah und mich dann umblickte, wurde mir klar, dass all die hektische Aktivität auf dem Gang meinetwegen entstanden war.

»Großer Gott, was für ein Miststück.«

»Ja, aber das war ja auch eine Scheißsituation.«

Was war eine Scheißsituation? Mein Magen füllte sich mit schwerer, Übelkeit erregender Angst, als hätte ich einen Becher Zement verschluckt. Ich stieß die Tür weiter auf, und der Anblick, der sich mir bot, ließ mein Herz auf den Teppich klatschen. Ich konnte fast sehen, wie es dort auf den Boden hämmerte und sich in den rauen Fasern verfing, während es zu entscheiden versuchte, ob es das alles wirklich wert war.

Meine Seite des Zimmers war verwüstet.

Meine Kleider lagen überall auf dem Boden verstreut, einige mit Scheren zerschnitten, die ich neben etwas entdeckte, was wie zerfetzte Bilder aussah. Tränen trübten mein Blickfeld, und ich trat langsam in den Raum. Mein verschwommener Blick schweifte über das Werk der Zerstörung hinweg, ohne an irgendetwas hängen bleiben zu können.

Das Bild von Quinn und Spud, das ich gleichfalls in kleine Fetzen gerissen auf meinem Bett vorfand, entlockte mir ein Schluchzen, und ich schlug eine Hand vor den Mund, als ich meine Malutensilien sah. Farben, Pinsel, Stifte, Schalen, Schablonen – einfach alles war durch den Raum geworfen worden.

Mir fiel etwas Gelbes auf, und ich betrachtete die Wand neben meinem Bett. Dort prangte ein ungeschickt gezeichnetes schwarzes Gänseblümchen mit gelber Narbe. Daneben drei Worte. *Ist eine Schlampe.*

Daisy ist eine Schlampe.

Die Farbe trocknete noch, kleine Klümpchen tropften an der Wand hinunter.

Aber das war noch nicht das Schlimmste, erkannte ich, als mein Blick endlich auf dem Rest des Papiers auf meinem Bett landete. Meine Skizzenblöcke. Die Deckblätter lagen neben meinem Kissen verstreut, all meine Bilder und Zeichnungen zerrissen daneben.

Heilige Scheiße.

Nein.

Luft, ich brauchte Luft.

Ich stürzte zum Fenster und stieß es auf. Zuerst ließ es sich nicht bewegen, aber in meiner Panik und Hysterie akzeptierte ich kein Nein als Antwort. Endlich ließ es sich mit einem knarrenden Protest alten Holzes so weit öffnen, dass ich den Kopf durch den Spalt schieben konnte. Meine Lungen gierten nach frischer Luft. Mein Herz lag immer noch irgendwo inmitten des Chaos im Raum auf dem Boden, und Tränen trockneten auf meinem Gesicht, als die schneidende Brise in den Raum wehte und meinen Mund ausfüllte.

»Bist du okay?«, fragte eine Stimme, die ich nicht kannte.

Ich wusste nicht, wie lange ich so dagestanden hatte, aber ich musste ziemlich durchgeknallt ausgesehen haben.

Ich löste mich von der Bettkante und sah ein kleines Mädchen mit roten Haaren vor mir. »Ja«, flüsterte ich, obwohl ich mich alles andere als okay fühlte.

Sie musterte mich von Kopf bis Fuß, dann blickte sie sich im Raum um. Jetzt fiel mir auf, dass Alexis darauf geachtet hatte, Pippas Zimmerseite unangetastet zu lassen.

Wenigstens dafür war ich dankbar.

»Soll ich jemanden für dich anrufen?«, fragte sie.

Ich wollte gerade verneinen, aber nach einem weiteren Blick durch den Raum blieben mir die Worte im Hals stecken. »Äh, schon gut.« Ich nahm meine Tasche von meiner Schulter und mein Telefon heraus. »Ich werde meine Mitbewohnerin anrufen. Sie fragen, ob sie nach Hause kommt.«

Pippa war wahrscheinlich bei Toby, weswegen ich mich nur noch schlechter fühlte, aber ich brauchte jetzt jemanden. Das Mädchen nickte und spähte zur Tür hinaus. »Die Aufregung scheint sich gelegt zu haben. Ich wohne ein Stück den Gang runter, erste Tür an der Treppe, wenn du irgendetwas brauchst.«

Mit diesen Worten ging sie, und ich war sowohl dankbar als auch unglaublich traurig, weil in einem Wohnheim voller Mädchen die meisten lieber tatenlos zusahen, wie die ganze Welt einer ihrer Mitbewohnerinnen zerstört wurde, statt sich um die Betreffende zu kümmern.

Ich drückte auf Anrufen und hielt das Telefon an mein Ohr. Als ich die Mailbox hörte, schniefte ich und versuchte es noch einmal.

»Daisy?«, meldete sich Toby. »Was gibt es? Pippa ist unter der Dusche.«

Ich schloss die Augen und sog scharf den Atem ein. »Äh, kannst du sie vielleicht bitten, nach Hause zu kommen? Wenn sie fertig ist?«

»Klar. Ist alles ...«

Ich legte mit zitternden Fingern auf, bevor er weitere Fragen stellen konnte. Ich war sicher, dass sich diese Neuigkeit am nächsten Morgen auf dem ganzen Campus verbreitet hatte. Das Letzte, was ich wollte, war, dass Quinn es herausfand, wenn er ganz offensichtlich mit etwas kämpfte, was verhindert hatte, dass wir uns nach diesem Wochenende wiedergesehen hatten.

Ein Teil von mir sehnte sich danach, zu ihm zu laufen, ihn zu fragen, was zum Teufel passiert war, und mich einfach von ihm in den Arm nehmen zu lassen. Damit all das verschwand. Aber ich hatte, was ihn betraf, schon zu viele Fehler gemacht, und im Moment konnte ich nicht entscheiden, ob es ein weiterer wäre, diesem Impuls nachzugeben. Ich schloss die Tür und blickte mich mit bebenden Schultern noch einmal im Raum um.

Bemüht, nicht zusammenzubrechen, holte ich eine Plastiktüte und begann die Papierfetzen vom Boden aufzusammeln. Doch als ich einen aufhob, auf dem die Hälfte von Quinns braunem Auge zu sehen war, ließ ich ihn fallen, gab auf und rollte mich auf dem Teppich zu einem Ball zusammen. Tränen rannen aus meinen Augen, jede immer schneller als die vorherige, bis ich nichts mehr sehen konnte. Meine Brust schmerzte, und meine Atemzüge wurden zu gequälten Schluchzern, die ich zu unterdrücken versuchte.

Aber es gelang mir nicht.

Sie hatte alles zerstört, was mir etwas bedeutete.

Und ob ich es verdient hatte oder nicht, ich musste den Schmerz zulassen.

• • •

»Diese verkotzte, hirnamputierte, Scheiße fressende, elende, kleine Ratte!«

Ich schlug die Augen auf, setzte mich auf, lehnte mich gegen das Bett, nahm meine Brille ab und rieb mir die Augen. »Hast du Taschentücher?«

Pippa schloss die Tür, nahm eine Schachtel von ihrer Kommode und brachte sie mir. Dann kauerte sie sich vor mich und nahm meine Wangen zwischen ihre Hände. »Du hast das nicht kommen sehen, oder?«

Ihre hochgezogenen Brauen reizten mich erst zum Lachen, dann zum Weinen. »Nein.«

»Ach, meine süße Daisy.« Sie setzte sich, barg meinen Kopf an ihrer Schulter und strich die losen Haarsträhnen zurück, die meinem unordentlichen Knoten entkommen waren. »Das ist ja die absolute Scheiße. Wie ist sie überhaupt hier hereingekommen?«

Sie wusste also, wer die Täterin war. »Keine Ahnung«, murmelte ich. »Ich vermute, du musst dich nur bei Cherry unten einschmeicheln.«

»Gott, diese verdammte Frau ist schon längst reif für die Kündigung.« Ihre Schultern hoben sich, als sie nach Luft schnappte. »Ist das …?« Sie stand auf und ging zum Bett hinüber. »Also hat sie nicht nur unsere verdammte Wand ruiniert, sondern auch noch deine ganzen Bilder?« Ihre Stimme hob sich am Ende der Frage ungläubig, als sie die herausgerissenen Bögen und zerknüllten Papierfetzen aufhob. »Ich bringe dieses Miststück um!«

»Pippa«, sagte ich mit einem kleinen Lächeln auf dem Gesicht, als ich in ihr wutentbranntes blickte. »Wozu? Ich habe mit ihrem Freund geschlafen.«

»Er war zuerst deiner.«

Ich wischte mir mit der Handfläche an der Wange hinunter. »Gott, wie lächerlich. Wir klingen wie aus einer Folge von *Zeit der Sehnsucht*. Eine, die zu miserabel war, um gesendet zu werden.«

Sie summte die Titelmusik, woraufhin mein Herz in meine Brust zurücksprang und ich mich ein wenig leichter fühlte. »Hör auf«, prustete ich lachend.

Sie summte nur noch lauter, schob Farbtuben in ihre Hülle zurück und hob vorsichtig meine Pinsel auf. »Soll ich die beiden auswaschen?« Sie bückte sich und griff nach denen, mit denen Alexis die Wand beschmiert hatte.

»Die sind ein Beweismittel«, witzelte ich, hob meine Brille auf und setzte sie wieder auf.

Ihre Augen wurden schmal. »Wir brauchen keine Beweise. Wir werden nicht nach den verdammten Regeln spielen. Nicht mehr.«

Sie marschierte aus dem Zimmer, und ich legte vorsichtig alle Papierschnipsel des Bildes von Quinn und Spud sowie von ein paar von meinen Blöcken und aus meiner Mappe, deren Zerstörung mir das Herz brach, zu Puzzles zusammen.

Als ich sie zusammenklebte, kam Pippa wieder herein. »Müssen sie an der Luft trocknen?«

Ich nickte, und sie legte ein paar Papiertücher auf die Fensterbank neben meinem Bett und die Pinsel darauf. »Süße, willst du das ernsthaft tun?«

Ich hielt mit einem über Spuds Ohr schwebenden Klebestreifen inne und blickte auf. »Was?«

Sie schürzte die Lippen, ihre Augen füllten sich mit Mitgefühl, und ich begriff. »Oh nein, nein. Ich setze sie nur so weit zusammen, dass ich ein Foto machen kann.«

»Oh. Damit du sie noch einmal malen kannst?«

»Vielleicht. Ich möchte nur gern wissen, dass die Möglichkeit zumindest besteht.«

Ich wischte mir mit dem Ärmel die Nase ab, griff nach meinem Telefon, steckte es weg, nachdem ich die Fotos gemacht hatte, sammelte die hastig geklebten Kunstwerke vom Bett und wollte sie zusammen mit dem Rest in eine Tüte stopfen. Aber ich konnte es nicht. Meine Hände zitterten, und meine Schritte stockten auf halber Strecke zur Tür.

»Hier«, sagte Pippa, dabei nahm sie sie mir ab. »Geh du dich waschen, und ich bringe das hier zu Ende.«

Ich war ihr so dankbar, trotzdem konnte ich nur roboterartig nicken.

Ich sah die Sachen durch, die Pippa gerade zusammengefaltet hatte – die, die Alexis´ Wut relativ unbeschadet entronnen waren –, fand Leggings und ein altes T-Shirt, nahm dann meine Kulturtasche und ging duschen.

Zum Glück waren die Gänge und Badezimmer leer, und als ich in das Zimmer zurückkam und meinen Kram wegräumte, erkannte ich auch, warum. Es war kurz nach Mitternacht.

»Mist, du hast um acht einen Kurs.«

Pippa winkte ab, hob die letzten Stifte vom Boden auf und legte sie in meine Nachttischschublade. »Mach dir wegen mir keine Gedanken. Ich ... ich kann nur nicht verstehen, wie jemand so etwas tun kann. Sie kennt dich. Sie weiß, wie viel dir all das bedeutet.« Sie deutete auf meine ruinierten Werke. Jetzt reif für den Müll.

Genau aus diesem Grund hatte sie es ja getan. Und ich wurde das Gefühl nicht los, dass Alexis, obwohl sie mir jetzt zwei Mal das Herz gebrochen hatte, trotzdem diejenige war, die am meisten litt.

Die Vorstellung machte mich krank, und eine neue Tränenflut stieg mir in die Augen. »Sie muss so verletzt gewesen sein. So außer sich. Ich frage mich, wie sie es überhaupt herausgefunden hat.« Wenn Alexis auch nur halb so viel für Quinn empfand wie ich, würde sie am Boden zerstört sein. Es war irgendwie beunruhigend, dass man nie wusste, wie egoistisch man sein konnte, bis man all das greifbar vor sich hatte, was man immer gewollt hatte.

Ich griff nach einem Taschentuch und schnäuzte mir die Nase, als ich mich auf mein jetzt aufgeräumtes Bett setzte.

Pippas dunkle Brauen zogen sich zusammen. »Yeah, das habe ich schon kapiert. Aber das hier ist nicht okay, Daisy. Du magst ja ihre Wut und die Schuldgefühle verdienen, die sie dir einflößt, aber bilde dir nicht eine Minute lang ein, dass du *so etwas* verdient hast.«

Als ich zu all den an der Tür aufgestapelten Tüten blickte, wünschte ich, auch so denken zu können. Ich war wütend, sicher. Aber gerade jetzt überwogen die Schuldgefühle über die Wut.

Pippa zog ihren Schlafanzug an. »Sieh zu, dass du ein bisschen Schlaf kriegst, und wir machen die Farbe morgen nach dem Unterricht weg.«

Während ich darauf wartete, dass der Schlaf sich einstellte, starrte ich die Wand und die darauf geschmierten grausamen Worte an, und meine Gedanken wanderten unwillkürlich erneut zu Quinn.

Wo war er? Und was hatte er zu ihr gesagt?

Neunundzwanzig

Quinn

»Yo, Burnell«, dröhnte Ed Grellerson auf dem Weg aus meinem letzten Kurs des Tages hinter mir. Ich wirbelte herum und ballte die Fäuste. Ich hatte noch einigen Mist zu erledigen und wollte mich nicht noch länger aufhalten lassen, als es ohnehin schon der Fall war.

Seine Zähne blitzten auf, als er mir mit einem großen Notizenheft auf den Arm schlug. »Wie ich hörte, warst du ein vielbeschäftigter Mann, mein Freund.«

Ich zog die Brauen zusammen, weil es einen Moment dauerte, bis die Bemerkung einsickerte. Mein Magen brannte. »Was?«

Er setzte seinen Weg nach draußen fort, und ich folgte ihm, als er sagte: »Die Blonde? Brille? Die, mit der Callum etwas anfangen wollte.«

»Was ist mit ihr?« Ja, ich stellte mich immer noch dumm, obwohl sich mein Herzschlag mit jeder Sekunde beschleunigte.

Sein schallendes Gelächter bewirkte, dass sich Köpfe zu uns umdrehten. »Versuch es erst gar nicht, Alter.« Er dämpfte seine Stimme. »Wie war es denn, he? Du Player, du. Wer hätte gedacht, was alles in dir steckt.«

»Ich habe keine Lust, weiter darüber zu reden.« Ich drängte mich an ihm vorbei, joggte die Treppe hinunter und lief weiter.

»Komm schon, Mann! Ich will zumindest ein paar Einzelheiten hören.«

Ich scheuchte ihn mit einer unwirschen Geste weg. Sein lautes Gelächter folgte mir.

Als ich über den Campus marschierte, versuchte ich, den Kopf hoch erhoben zu halten, hatte aber das Gefühl, jeder würde mich anstarren. Wenn Ed Bescheid wusste, wer noch? *Alexis*.

Scheiße.

So sollte das alles nicht laufen. Himmel, ich hatte nie geplant, dass die Dinge sich so entwickelten. Aber wenn es um Daisy ging ... sagen wir nur, ich hätte es wissen müssen. Ich hatte schon immer den klaren Blick für alles und jedes verloren, wenn ich in ihrer Nähe war.

Ich war bereit, die Schuld auf mich zu nehmen. Für alles. Was allerdings schwierig war, weil Alexis mir beharrlich aus dem Weg ging.

Wie ein Arschloch hatte ich Daisy allein im Bett zurückgelassen, als der Regen auf den Bürgersteig zu fallen begann. Ich wusste einfach nicht, was ich tun sollte. Alles, was ich wusste, als ich aufwachte, ihr weiches goldenes Haar über meine Brust fiel und ihre kleinen Hände nach mir griffen, war, dass ich von hier verschwinden und mir darüber klar werden musste, was zum Teufel ich da eigentlich tat. Ich wusste, was ich tun musste, nämlich all das wieder in Ordnung bringen. Sie alleine zu lassen, war der übelste Selbstbeherrschungstest überhaupt, weil ich nichts anderes wollte als den Rest des Tages lang in dem Wärmekokon zu verharren, den unsere Körper geschaffen hatten.

Ich war mit einem Plan nach Hause gegangen. Alexis zu finden, ihr alles zu beichten und, so mies es auch war, die Sache zu beenden. Doch sie hatte sich erfolgreich rargemacht. Sie reagierte weder auf Anrufe noch auf Textnachrichten und wollte mich noch nicht einmal sehen, als ich zu ihrem Wohnheim ging und ein paar arme Mädels bat, ihr auszurichten, dass ich unten war.

Sie wusste alles. Sie musste es wissen. Die Frage war nur, *woher?* Daisy war nicht der Typ, der überall herumposaunte, was sich zwischen uns abgespielt hatte.

Vor all den Fragen schwirrte mir der Kopf, ich blieb stehen, setzte mich auf die Bank vor dem Gewerbegebäude, fuhr mir mit der Hand durch die Haare, holte tief Atem und stieß ihn langsam wieder aus, als ich aufblickte.

Ein Paar kristallblauer Augen bohrte sich in meine, und ich erschauerte angesichts der Heftigkeit des Gefühlsaufruhrs darin. Des Schmerzes und der Wut, die ich sogar trotz des räumlichen Abstands zwischen uns spüren konnte.

Sie sagte etwas zu einer ihrer Freundinnen und lief dann die Stufen hinunter.

Ich war aufgesprungen und joggte praktisch über das feuchte Gras, um sie einzuholen. »Lex, warte.«

Sie fuhr herum und zischte: »Warum? Wir wissen doch beide, was du sagen wirst!«

Sie ging weiter, und ich folgte ihr. In der Nähe ihres Wohnheims griff ich nach ihrer Hand. »Bitte, hör mir einfach nur zu.«

Sie zog ihre Hand zurück und stellte dann mit ausdruckslosem Gesicht fest: »Du hast sie gevögelt.«

Ich zuckte unwillkürlich zusammen. Was Daisy und ich getan hatten, war kein Vögeln. Nicht für mich. Aber ich hütete mich, alles nur noch schlimmer zu machen, indem ich ihr das sagte. »Woher weißt du das?«

Meine Augen forschten in ihren, registrierten, dass sie sich bis oben hin mit Tränen gefüllt hatten, aber nicht überliefen. Sie weigerte sich, ihnen freien Lauf zu lassen. »Abgesehen davon, dass die Leute Augen im Kopf haben und gesehen haben, wie du Sonntagmorgen aus ihrem Wohnheim gekommen bist? Es steht dir deutlich ins Gesicht geschrieben.«

»Lex.«

»Nein«, fauchte sie und fuhr sich mit der Hand durch die Haare. »Ich hätte wissen müssen, dass das passieren würde. Wir waren weiß Gott wie lange nicht mehr zusammen im Bett, und seit sie dir wieder über den Weg gelaufen ist, hast du mich komplett ausgeschlossen.«

Ich wusste nicht, was ich sagen sollte. Ich konnte und wollte sie nicht anlügen. Also sagte ich das Einzige, was mir möglich war. Das

Einzige, was zählte, auch wenn es mir überflüssig vorkam. »Es tut mir leid.«

Sie lachte höhnisch auf. Eine Träne rann aus ihrem Augenwinkel, bevor sie sie rasch mit einem langen Nagel auffing. »Du hast mich in dem Glauben gelassen, du würdest mich lieben, dann hast du mich betrogen, und es tut dir *leid?*«

»Ich liebe dich ja auch«, versicherte ich ihr, weil das selbst nach allem, was passiert war, noch stimmte. Sie war seit unserer Kindheit ein Teil meines Lebens gewesen. Sie kannte mich, und ich kannte sie. Zwischen uns bestand eine Verbindung. Nicht dieselbe wie zwischen Daisy und mir, aber sie war da, und das war in erster Linie der Grund dafür gewesen, dass ich es okay gefunden hatte, mit ihr meinen Weg weiterzugehen.

»Schon, aber nicht so sehr wie Daisy, richtig?« Ich erwiderte nichts darauf. Nach einer Minute schniefte sie, und ich spürte, wie sich mein Gesicht verzerrte. »Warst du überhaupt je in mich *verliebt?* Jemals?«

Ich wollte sie in die Arme nehmen, sie an mich drücken und versuchen, ihr etwas von ihrem Schmerz zu nehmen. Aber mein Kopf riet mir davon ab. Ich hatte schon zu viele Fehler gemacht. Und selbst etwas so Harmloses wie eine Umarmung würde gerade jetzt nur zu weiteren Dramen führen, wenn ich die Gesichter der vorbeikommenden Frauen richtig deutete.

»Du gehörst zu meinen besten Freunden. Was wir hatten ...«

»War letztendlich nicht gut genug, nicht wahr?«, spie sie. »Lieber Gott, Quinn Burnell. Der Goldjunge, der ewig Gute. Du kapierst wohl allmählich, dass du doch nicht ganz so perfekt bist, wie?« Ich senkte die Brauen und trat einen Schritt zurück. Sie lachte bitter auf. »Es wäre wirklich zu schön, wenn *ich* nicht ausgerechnet diejenige wäre, die du auf dem Weg nach Arschloch City ohne Bedenken verletzt hast.«

»Ich hatte nie die Absicht, das zu tun, das musst du mir glauben. Ich hatte nie ...« Ich brach ab und musterte die Blätter auf dem Bürgersteig stirnrunzelnd. Es war nicht richtig. Ich hatte gewusst, was ich tat, und wusste es immer noch. »Du hast recht, ich bin ein Riesenarschloch.«

»Ach, lass das. Das Traurige ist, dass ich dir glaube. Ich glaube, dass du mir nie so wehtun wolltest. Aber das hast du, Quinn. Das hast du, okay?«

»Okay.« Ich blickte zu ihr hoch.

Unsere Blicke kreuzten sich eine Minute lang. Und all die Lächeln, die sie mir in den Monaten nach Daisys Weggang entlockt hatte, all das Lachen, von dem ich gedacht hatte, ich würde es nie wieder in meiner Brust spüren ... alles kam zurück. Die einsamen Nächte und qualvollen Tage, die dadurch erträglicher geworden waren, dass ich sie an meiner Seite hatte.

»Ich liebe dich, Quinn.« Ihr schlanker Hals bebte. »Und ich ... ich ...« Sie schüttelte den Kopf und schloss den Mund.

»Was?«

»Nichts. Ich wünsche dir ein schönes Leben mit Miss Perfekt.«

Sie machte auf dem Absatz kehrt, stieg die Stufen hoch und verschwand im Haus.

• • •

Ich war gerade in die Einfahrt eingebogen, als mein Telefon in meiner Sporttasche klingelte. Da ich den Klingelton meiner Mom kannte, erwog ich, sie später zurückzurufen.

Der Schmerz, die Anklage und die Wut in Alexis´ Augen fühlten sich wie eine Schlinge an, die mich langsam erdrosselte. Ich kam mir wie das letzte Stück Dreck vor, weil ich ihr das angetan hatte. Aber ich hatte einfach nicht gewusst, was ich sonst hätte tun können. Ich wollte nicht mehr mit ihr zusammen sein. Was nicht hieß, dass ich sie verletzen wollte, aber wie dem auch sei, es musste sein.

Also hatte ich, außer dazustehen und mich tausend Mal zu entschuldigen, nicht die leiseste Ahnung, was ich noch sagen konnte, um ihren Schmerz zu lindern. Wenn es da überhaupt etwas gab. Sie war meine Freundin, aber ich wusste, dass jetzt nichts mehr so sein würde wie früher.

Es hieß entweder Daisy und ich oder Alexis und ich.

Ich brauchte nicht darüber nachzudenken, für wen ich mich entscheiden würde – schon entschieden hatte.

Ich wünschte nur, ich könnte meinem siebzehnjährigen Ich gegenübertreten und ihm eine reinhauen. Es anherrschen, aufzuwachen und aufzuhören, mit seinem gebrochenen Herzen und seinem permanent steifen Schwanz zu denken.

Reue. Was für eine Scheiße.

Bereute ich es, mit Alexis zusammen gewesen zu sein? Ja und nein. Mir lag zu viel an ihr, um all das auslöschen zu wollen, was zwischen uns passiert war. Aber wenn es nie so weit gekommen wäre, wenn wir nur Freunde geblieben wären, dann könnte alles jetzt ganz anders aussehen. Niemand würde unter den negativen Auswirkungen von Entscheidungen leiden, die ich getroffen hatte, als ich überhaupt nicht in der Verfassung dazu gewesen war. Ich konnte nicht zurück. Ich konnte nicht all den Schaden
wiedergutmachen, den ich angerichtet hatte, aber zumindest einen Teil davon.

Ich griff nach meiner Sporttasche, holte mein Telefon heraus und drückte die Wiederwahltaste, um Moms letzten Anruf zu beantworten.

»Hey, Junge«, begrüßte mich stattdessen die Stimme meines Vaters.

Ich musste lächeln, als ich die Tür öffnete. »Hey, Dad.«

»Wie geht's?« In seiner Stimme schwang ein Anflug von Neugier und Wissen mit. Mom und ich hatten uns immer nahgestanden, aber es war mein Dad, der zwischen den Zeilen lesen konnte, in mir lesen konnte, und zwar fast so gut wie Daisy.

»Das ist eine Fangfrage. Ich komme gerade erst zur Tür herein«, witzelte ich, schloss auf und trat ins Haus.

»Tja, ich musste nach dem Lunch eine Lieferung zum Pub in der Stadt bringen, und zufällig hatte Darlene Brooks dort die Schicht.«

»Wann arbeitet sie mal nicht?«, brummte ich, schleuderte meine Schuhe weg, schloss die Tür, ging nach oben und warf meine Tasche in mein Zimmer.

»Wie wahr. Jedenfalls hatte sie mir einiges zu sagen. Anscheinend hat Alexis gestern zu Hause angerufen und etwas erzählt, was Darlene veranlasst hat, fast ein Tablett mit Bier nach mir zu werfen.«

Hätte ich nicht den Humor aus seiner Stimme herausgehört, hätte ich mir Sorgen gemacht. »Yeah, was das angeht ...« Ich seufzte und ließ mich auf mein Bett fallen. »Das ist eine etwas längere Geschichte.«

Stille, dann: »Ich setze Teewasser auf.«

• • •

Ich drehte die Dusche ab, trat aus der Kabine, trocknete mich ab und rieb mir mit dem rauen Stoff über das Gesicht.

Stunden waren vergangen, seit ich nach Hause gekommen war, nachdem ich endlich mit Alexis und mit meinem Dad gesprochen hatte. Er hatte sich geduldig angehört, was für eine Scheiße ich gebaut hatte, ohne mir dafür gehörig den Kopf zu waschen.

Nein, alles, was er gesagt hatte, bevor er einhängte, war: »Gut, du hast dir also dein Bett gemacht. Es mag ja im Moment unordentlich aussehen, aber es liegt an dir, wie du es dir herrichten willst.«

Er hatte immer diese unheimliche Gabe gehabt, mir das Gefühl zu geben, ein Mann zu sein. Sorgte immer dafür, dass ich einsah, dass ich für meine Handlungsweise verantwortlich war, und zwar auch schon, als ich ihm nur bis zum Bauchnabel reichte.

Ich hatte es vermasselt. Total. So hatte ich in meinem ganzen Leben noch nie etwas verbockt. Trotzdem hatte ich, wenn ich mit ihm sprach, das Gefühl, als gäbe es nichts, was sich nicht wieder einrenken ließ, solange ich gewillt war, zu meinen Fehlern zu stehen.

Obwohl ich es mir verzweifelt wünschte, wusste ich, dass ich Daisy nicht wiedersehen durfte, bis ich mit Alexis Schluss gemacht hatte, aber nun, wo ich mich endlich dazu überwunden hatte ...

Gott, ich war so ein Weichei. Bildete ich mir wirklich ein, es würde ihr nichts ausmachen, auf mich zu warten? Ich wusste es nicht. Ich wusste nur, dass ich diesmal alles richtig machen musste. Und es war nicht so, als ob wir unsere Telefonnummern noch hätten. Ich konnte ihr noch nicht einmal eine Nachricht schicken, um sie zu beruhigen. Ich kam mir vor wie ein Schwachkopf, weil ich das nicht in Betracht gezogen hatte. Wie ein Riesenarschloch, das den ganzen Scheiß nur noch schlimmer gemacht hatte. Ich konnte nur hoffen, dass sie meine Gründe verstand und dass ich mich daran erinnern konnte, Eier in der Hose zu haben, und den verdammten Mut aufbrachte, ihr gegenüberzutreten.

Ich schlang mir das Handtuch um die Taille, ging in mein Zimmer, kramte eine Jogginghose hervor und packte mein Zeug für das Training am nächsten Morgen.

Nachdem ich mich angezogen hatte, machte ich mir in der Mikrowelle Lasagne warm und setzte mich alleine an den Esstisch. Toby musste irgendwo mit Pippa zusammenstecken. Wo, wusste ich nicht, aber das Haus kam mir so still vor wie ein Grab.

Die Stille begann an meinen Nerven zu zerren, während ich aß, bis ich es endlich aufgab. Ich schob meinen Stuhl zurück, kippte die Lasagne in den Mülleimer und spülte mein Geschirr. Neue Freundin hin, neue Freundin her, Toby würde trotzdem einen Anfall bekommen, wenn ich nicht hinter mir aufräumte.

Ich schnappte mir meine Schlüssel von der Theke, blieb auf halbem Weg zur Tür stehen und fluchte leise, als ich merkte, dass ich kein Shirt trug.

Mein Kopf war so wirr, dass ich mich wunderte, dass ich überhaupt wusste, welcher Tag heute war.

Dienstag, mahnte ich mich. *Es ist Dienstag, und du bist spät dran.*

Ich streifte mir ein Henley-Shirt über und rannte wieder nach unten, als mein Handy auf dem Esstisch klingelte.

Als ich danach griff, sah ich Tobys Nummer, schob es in die Tasche und meine Füße in meine Chucks. Ich würde ihn später oder morgen sehen. Erst musste ich das hier hinter mich bringen, ehe sie sich noch mehr Gedanken machte, und diese Angst, die von Stunde zu Stunde wuchs, lähmte mich, bis ich überhaupt nichts mehr tun konnte.

Sie liebte mich, oder? Lieber Himmel. Ich hatte zwischen uns beiden alles durcheinandergebracht. Zwischen uns allen dreien. Ich hatte meiner Freundin das Herz gebrochen, ohne überhaupt zu wissen, ob Daisy mich immer noch so liebte wie früher.

Meine Gedanken wanderten zu den Erinnerungen an Samstagnacht zurück. Eine Folge von Kurzfilmen, die durch meinen Kopf zogen und bewirkten, dass mein Schwanz augenblicklich zum Leben erwachte, als ich abschloss und zum Campus joggte. Ich hätte mit dem Auto fahren sollen, es war kalt, und ich wollte so schnell wie möglich dort sein, bevor ich doch noch einen Rückzieher machte, aber ich beschloss, noch eine Weile im Geist das Gefühl ihrer weichen Hände auf meiner Haut wieder aufleben zu lassen und mich daran zu klammern.

Ihre Schenkel, die Art, wie sie jedes Mal zitterten, wenn ich mich in ihr bewegte, und sich fest um meine Taille schlossen. Und die Geräusche, das leise Wimmern und das kehlige Seufzen. Ich stöhnte. Schöne Scheiße.

Ich ließ all das erschauernd über mich hinwegfluten; spürte, wie mein Blut zu sieden begann. Aber ich erinnerte mich beim besten Willen nicht daran, dass sie auch nur ein einziges Mal gesagt hatte, sie würde mich lieben. Wenn ich recht darüber nachdachte, glaubte ich, dass ich ihr das auch nicht gesagt hatte. Eigentlich verrückt. Ich meinte, das wäre so offensichtlich, dass die ganze Welt es sehen konnte.

Ich widerstand dem Drang, mir gegen die Stirn zu schlagen, und verlangsamte mein Tempo zu einem stetigen Laufschritt, als ich mich dem Campus näherte. Mein Telefon klingelte erneut. Ich zog es hervor und sah Tobys Namen auf dem Display. Er würde nicht zwei Mal anrufen, wenn es nicht dringend wäre und er etwas brauchte.

Also blieb ich stehen und drückte auf Antwort. »Was gibt es denn?«

»Was es gibt? Lebst du eigentlich offiziell auf dem Mond?«

Mein Atem bildete vor mir kleine Wölkchen. »Als ich das das letzte Mal überprüft habe, noch nicht.« Lachend fügte ich hinzu; »Ich wohne mit dir zusammen, also gilt das dann auch für dich.«

»Mach keine Witze. Das ist nicht komisch. Also hast du es noch nicht gehört?«

»Dass jeder weiß, was mit Daisy abgelaufen ist?«, fragte ich. »Das habe ich allerdings gehört.«

Er sagte etwas zu jemandem im Hintergrund – Pippa, wie ich annahm. »Was für eine krasses Miststück. Yeah, das meine ich so. Ihr zwei habt da eine Scheißnummer abgezogen, als ihr ihr das angetan habt, aber verdammt, sie hätte wissen müssen, dass das mit euch beiden nicht hält, wenn Daisy hier ist, richtig?«

»Wovon zum Teufel redest du eigentlich?«

»Von Alexis.«

»Ja, ich habe sie vorhin endlich gesehen. Ich, äh, ich habe ihr alles erzählt.«

»Du hast sie gesehen?« Er fluchte. »Du weißt also wirklich nichts? Verdammte Scheiße.«

Ich blickte zu den Lichtern auf dem Campusgelände hinüber, den Gebäuden, die in den dunklen Himmel ragten, und fragte: »Was soll ich wissen?« Als mir langes Schweigen entgegenschlug, knurrte ich: »Was weiß ich nicht, Toby?«

Er räusperte sich und zog mir mit seinen nächsten Worten fast den Boden unter den Füßen weg. »Alexis. Sie ist gestern in Daisys Wohnheimzimmer eingebrochen. Hat es komplett verwüstet. Alle ihre Bilder zerstört und ...« Er sprach weiter, und jedes Wort, das er sagte, traf mich wie ein Schlag in die Magengrube.

Der Ausdruck auf Alexis´ Gesicht an diesem Nachmittag. Ihre unausgesprochenen Worte.

Mein Magen fühlte sich hohl an, dann hob er sich bedrohlich. Das hatte ich zu verantworten. Weil ich mir jede Menge Zeit gelassen hatte, endlich reinen Tisch zu machen.

Aber hauptsächlich, weil ich versucht hatte, ohne mein Herz zu leben.

»Bist du noch dran?«, fragte Toby.

»Ja.«

»Hör zu, Mann. Geh nach Hause, ich bin gleich da. Wir dreschen auf den Sandsack in der Garage ein. Tu jetzt nichts ...«

»Nein.« Meine Gefühle würgten mich in der Kehle. Ich hustete. »Ich muss sie sehen.«

»Wen? Alexis?« Er seufzte. »Das bringt nichts, Quinn. Was kannst du schon tun?«

»Nicht Alexis.« Beim Aussprechen ihres Namens füllten sich meine Geschmacksnerven mit Gift. »Daisy.«

Er schwieg einen Moment. »Bist du sicher?«

»Ja. Ich habe sowieso schon viel zu lange gewartet.«

Er lachte kurz. »Es ist ... wie lange her? Zwei Tage?«

Pippa brachte ihn im Hintergrund zum Schweigen. »In Ordnung. Wie es aussieht, ist das genug Zeit. Lebe lang und in Frieden.«

Ich hatte mich schon wieder in Bewegung gesetzt. »*Star Trek*? Wirklich?«

»Nicht hassen. Der Umstand, dass du weißt, was ich meine, heißt, dass du keine Scheiße reden kannst.«

Mit diesen Worten legte er auf, und ich stapfte über das feuchte Gras auf die Wohnheime zu, dabei hoffte ich inbrünstig, dass Daisy immer noch so leicht verzieh, wie ich es von ihr in Erinnerung hatte.

Dreißig

Daisy

Kräftige Hände packten meine Schenkel und spreizten sie noch weiter. Ich fühlte mich so ausgefüllt, dass ich dachte, ich würde innerlich verbrennen. »Ist das gut?«

»Daisy!«

Scheiße. Erschrocken fuhr ich mit einem Ruck hoch, was zur Folge hatte, dass mir schwindelig wurde. Ich versuchte mir zusammenzureimen, wo ich war und was aus all den wundervollen Gefühlen geworden war, die mich noch vor einem Moment eingelullt hatten.

Ich strich mir die Haare aus dem Gesicht, tastete auf dem Nachttisch herum, bis ich meine Brille zu fassen bekam, und setzte sie auf.

Pippa starrte mich vom anderen Ende meines Bettes her an und fasste ihre Haare grinsend zu einem hohen Pferdeschwanz zusammen. »Toller Traum?«

Ich stöhnte und barg den Kopf in den Händen. »Was hat mich verraten?«

»Oh, nicht viel. Nur ein leises Stöhnen«, sagte sie. Das Bett bewegte sich, als sie aufstand.

Tja, das war jetzt ein bisschen peinlich. Als ich zwischen meinen gespreizten Fingern hindurchspähte, sah ich, dass sie sich für den Unterricht fertig machte, und entspannte mich ein wenig. Bis die Ereignisse des letzten Abends zurückkamen.

Als ich zur Wand blickte, sah ich, dass die Farbe noch da war. Sie war also nicht auf magische Weise verschwunden. Leider. »Ich schätze, ich sollte etwas dagegen unternehmen.«

»Ich weiß nicht«, meinte Pippa. »Irgendwie wächst es mir ans Herz.« Ich funkelte sie böse an, griff nach meinem Kissen und warf es nach ihr. Sie wich lachend aus. »Nur ein Scherz. Wir werden sie schon irgendwie wegkriegen.«

»Es ist Acrylfarbe auf Wasserbasis. Ich werde bei Google nachsehen müssen.« Ich legte gähnend den Kopf schief, um das primitiv gemalte Gänseblümchen zu betrachten, und musste zugeben, dass ich es irgendwie mochte. Nicht die Worte daneben, aber die Blume. Die geschwungenen, scharfen, ungleichmäßigen Ränder der Blütenblätter.

Pippa warf mir das Kissen zurück. Ich schob es hinter meinen Kopf und ließ mich mit einem Stöhnen daraufsinken. »Kann ich heute blaumachen?«

»Klar kannst du. Aber solltest du das?«

Ich grübelte darüber nach und kam zu dem Schluss, dass ich sollte. »Ich denke schon.«

Das Bett gab nach, als Pippa sich wieder setzte und Lipgloss auftrug, während sie mich musterte. »Du hast Angst davor, was die Leute sagen könnten?«

Ich versuchte, trotz des Kloßes in meinem Hals zu schlucken, und nickte. »Daisy, das hier ist nicht die Highschool. Ob die Leute vielleicht über dich reden werden?« Sie hob die Schultern und schraubte ihr Lipgloss zu. »Klar werden sie das, aber das kannst du nicht kontrollieren. Ein paar Minuten später haben sie schon ein anderes Thema.« Sie machte sich auf den Weg, und ich griff nach meinem Telefon. Mir blieben noch zehn Minuten, bis ich in dem Kunststudio auf der anderen Seite des Campus sein musste. Mit einem verächtlichen Prusten quälte ich mich aus dem Bett und lief im Zimmer herum, um mich fertig zu machen.

Es stimmte, ich hatte keinen Einfluss darauf, was irgendjemand von mir dachte oder sagte.

Aber darauf, was ich tat.

...

Ich drehte den Verschluss auf die Flasche mit Azeton, trat einen Schritt zurück und betrachtete die Wand.

Nicht perfekt, ein paar schwarze und gelbe Flecken blieben in der weißen Farbe zurück, die die Ziegel bedeckte, aber es würde gehen.

Ich warf die Spülschwämme in den Abfalleimer, stellte das Azeton oben in unseren Schrank zurück und ging mir die Hände waschen.

»Oh, ist das die mit dem verwüsteten Zimmer?«, sagte jemand, als ich an einer offenen Tür vorbeikam. Ich schloss kurz die Augen, ging wieder in den anderen Raum, zog die Tür hinter mir zu und lehnte mich dagegen.

Heute war es nicht so schlimm gewesen, wie ich befürchtet hatte. Es half, dass ich nur zwei Kurse hatte, und ich hatte nur in englischer Literatur Getuschel gehört. Abgesehen davon, dass ich mich gefühlt hatte, als würden alle Augen auf mir ruhen, als ich vor ein paar Stunden vom Campus zu dem kleinen Einkaufszentrum gegangen war, war nichts Schwerwiegendes passiert.

Ich zog eine Jogginghose an, ließ den Gummizug um meine Taille schnappen und öffnete das Fenster, damit wir nicht an dem komischen Geruch erstickten, den meine Wand verströmte.

Sobald es offen war, flog etwas in den Raum und landete auf dem Teppich. Ich drehte mich um und betrachtete den kleinen weißen Kieselstein stirnrunzelnd, dann zuckte ich zusammen, als an der Scheibe ein anhaltendes Klacken ertönte. Super, ich hatte mich zu früh gefreut. Jetzt warfen die Leute mit Steinen nach mir? Was zur Hölle hatte das zu bedeuten?

Ich schob das Fenster höher auf, um zu sehen, wer der Steinewerfer war, und erblickte Quinn, der fast rückwärts in den aus kleinen Büschen bestehenden Garten unter mir fiel.

Wärme. In meiner Brust breitete sich Wärme aus, und ein Lächeln versuchte mein Gesicht zu erobern.

Ich unterdrückte es energisch und mahnte mich, mich zusammenzureißen. Er war immer imstande gewesen, mich alles andere vergessen zu lassen. Aber nachdem ich ihn zwei Tage nicht gesehen hatte und all das geschehen war, würde ich das jetzt nicht zulassen.

Entschlossen, ihn zu ignorieren, schloss ich das Fenster halb und zog dann einen weiten, flauschigen blauen Sweater an. Das Klacken hörte nicht auf, und bald bekam ich Angst, er könnte die verdammte Scheibe kaputt machen.

In den Gemeinschaftsräumen herrschte Stille, und das Licht war gedimmt, als ich auf die Türen zuging. Ich öffnete sie, trat ins Freie und schlang die Arme um mich.

Ein Rascheln ertönte, dann kam er aus dem Garten gestürmt. »Dais, hey.«

Ich blieb auf der obersten Stufe stehen und setzte mich auf den kalten Beton. »Hi.«

Er machte vor mir halt, seine Augen schossen zwischen meinen hin und her. »Sorry, aber ich wusste nicht, wie ich dich sonst dazu bringen sollte, herunterzukommen.«

»Das wollte ich auch nicht, aber ich hielt es in Bezug auf die Lebensdauer des Fensters für ratsam.«

Er rieb sich mit der Hand über den Hinterkopf; wirkte ein bisschen verlegen. »Ich brauche deine Telefonnummer.«

»Yeah, die könnte hilfreich sein. Noch besser wäre gewesen, lange genug zu bleiben, um sie dir geben zu lassen«, entgegnete ich mürrisch.

Er zuckte zusammen und beugte sich über die Stufe vor mir. »Es tut mir leid, ich werde es erklären. Aber zuerst ... bist du okay? Ich habe gehört, was ...« Er schnupperte und rümpfte die Nase. »Warum riechst du, als könntest du jeden Moment Feuer fangen?«

»Weil ich zu heiß bin.« Ich konnte nichts dagegen tun. Es war direkt vor meiner Nase, wartete darauf, dass ich nach dem Köder schnappte.

Sein Kopf kippte nach hinten, ein lautes Lachen drang aus seinem Mund und sandte Atemwölkchen in die Nachtluft. Dann blickte er wieder zu mir, beugte sich vor, und sein Lächeln erstarb langsam, als er die Handfläche an meiner Wange rieb. »Ernsthaft. Warum?«

Ich packte seine Pranke und entfernte sie sacht aus meinem Gesicht, ohne auf sein verwirrtes Stirnrunzeln zu achten. »Ich musste etwas Farbe von meiner Wand wegmachen.«

Es dauerte einen Moment, doch dann dämmerte es ihm, und er fluchte barsch. »Nein.«

Ich hob eine Schulter und blickte auf die gelben und braunen Blätter auf der Stufe unter meinen Beinen hinunter. »Doch.«

»W ... was ...«, er räusperte sich und versuchte es erneut,
»... was stand denn da?«

»Tut nichts zur Sache.«

Jetzt kniete er zwischen meinen Beinen auf der Stufe unter mir, legte beide Hände um mein Gesicht und drehte es wieder zu sich. Seine Augen waren feucht, und sein Adamsapfel hüpfte. »Doch. Sag es mir.«

Dieselbe Luft wie er atmend, hielt ich dank seiner Hände die Augen auf sein Gesicht gerichtet und flüsterte: »Daisy ist eine Schlampe.«

Seine Lider flatterten, und er atmete abgehackt. »Du weißt, dass das nicht weiter von der Wahrheit entfernt sein könnte, richtig?«

Das wusste ich. »Es tut aber trotzdem weh.«

Sein Hals kräuselte sich, als er schluckte. »Hat sie wirklich deine Sachen ruiniert?«

»Yeah, hat sie.« Ich wandte die Augen von seinen ab, wollte die Qual auslöschen, die ich dort sah.

»Das tut mir so leid, Dais.«

»Du hast sie nicht dazu getrieben. Es ist nicht deine Schuld.«

»Aber deine Kunst.« Ich zog bei der Erinnerung meine Lippe in den Mund und biss darauf. »Ich kann nicht glauben, dass sie so etwas tun würde.«

Ich auch nicht. Aber sie hatte es getan. Wir alle hatten es getan. »So sollte es nicht sein, Quinn. All das tut weh. Dieser ganze Schlamassel.«

»Wir bringen das in Ordnung. *Ich* bringe es in Ordnung.«

»Ich weiß nicht, ob wir das können.« Ich kniff die Augen zusammen.

Seine Lippen trafen meine Stirn und verharrten dort. Ich konnte spüren, dass seine Hände leicht zitterten. »Es tut mir leid. So verdammt leid.«

Eine Träne quoll aus meinem geschlossenen Auge, und ich stieß krächzend hervor: »Wo warst du?«

Als ich die Augen aufschlug, sah ich ihn auf den Fersen kauern. »Ich habe es dir doch gesagt. Ich musste erst alles klären.«

»Warum?«

»Weil ich, als ich dich wiedergesehen habe, wusste, dass ich so etwas tun würde.« Er beugte sich vor, seine Lippen landeten auf meinen und verschmolzen perfekt mit ihnen. Eine Minute lang. Ich gestattete mir, mich eine Minute lang in ihm zu verlieren, dann schob ich ihn weg und stand auf.

Er wirkte so verwirrt und verletzt, und ich wünschte mir nichts mehr, als auf seinen Schoß zu klettern und die Sorgenfalten von seiner Stirn zu streicheln. »Was wir getan haben, Quinn …«

Er sprang auf und sagte hastig: »Wir können es nicht bereuen, Daisy. Wir gehören zusammen.«

»Das ist keine Entschuldigung.« Ich ging rückwärts zur Tür.

»Ich weiß.« Seine Stimme klang flehend. »Aber es war unvermeidlich. Wir sind unvermeidlich. Also ist es meine Schuld. Ich hätte wissen müssen, dass wir nicht um das herumtanzen können, was uns vorbestimmt war. Ich hätte die Sache mit Alexis schon vor Wochen beenden sollen. Himmel, ich hätte erst gar nichts mit ihr anfangen sollen.«

Und dieser Teil trieb mich dazu, die Tür zu öffnen. »Das hast du aber«, flüsterte ich. Die Worte lasteten schwer auf meiner Zunge. »Und du hast sogar gesagt, du würdest sie lieben.«

Zögern und Vorsicht standen ihm im Gesicht geschrieben. »Dais.«

Mir rannen die Tränen über die Wangen, als ich den Kopf schüttelte, wieder ins Haus trat und die Tür hinter mir schloss.

Einunddreißig

Quinn

»Von der Farbe hast du mir nichts erzählt.«

»Was?«, keuchte Toby, als wir außen um das Feld herumrannten.

»Die Farbe«, schnaufte ich. »Alexis hat die Wand in Daisys Wohnheimzimmer beschmiert.«

Er schwieg eine Minute, und wir überholten Ed, der uns eine Beschimpfung hinterherbrüllte. »Echt? Das wusste ich nicht. Was stand denn da?«

Ich knirschte mit den Zähnen. »Nicht weiter wichtig. Es stimmt sowieso nicht.«

Als ich ihm einen raschen Seitenblick zuwarf, sah ich ihn nicken und wusste, dass er wahrscheinlich erriet, was da gestanden hatte. Oder etwas, was dem ziemlich nah kam.

»Weniger quasseln, Burnell! Oder du kannst zwanzig Extrarunden abreißen, während alle anderen duschen.«

Ich krümmte mich bei der dröhnenden Stimme des Trainers, hielt den Mund und steigerte mein Tempo.

In der Umkleidekabine wurde von nichts anderem als dem bevorstehenden Auswärtsspiel gegen die Allenby Heights geredet, einem unserer größten Rivalen, aber es kümmerte mich nicht wirklich. Mein Magen hörte nicht auf, sich anzufühlen, als hätte ich verdorbene Milch getrunken. Der Ausdruck auf Daisys Gesicht, bevor sie die Tür geschlossen hatte, blieb mir allzu lebhaft im Gedächtnis haften. Ich drehte die

Dusche ab, schnappte mir mein Handtuch und tappte zu meinem Spind, um mich anzuziehen.

Das Letzte, wonach mir der Sinn stand, war, einen Tag voller unmittelbar aufeinanderfolgender Kurse durchzustehen. Ich wäre lieber zu Hause, um meinen verletzten Stolz zu pflegen und zu versuchen, mir darüber klar zu werden, was ich als Nächstes tun sollte.

»So.« Toby holte mich draußen ein. »Du hast sie gestern Abend gesehen?«

Ich ging weiter. »Ja, nur genutzt hat es mir nichts.«

»Ooh, hast du dir einmal eine Abfuhr geholt, Quinnyboy?«

Ich schnippte mir ein paar nasse Haare aus der Stirn und brummte: »Halt dein verdammtes Maul.«

Toby kicherte. »Weißt du, einige Leute würden sagen, du hast sie nicht alle, wenn du dich sofort in andere Beziehungen stürzt. Oder es zumindest versuchst.«

Das veranlasste mich, stehen zu bleiben und mich zu ihm umzudrehen. »Warum?« Der Blick, mit dem er mich maß, enthielt belustigte Überraschung. Ich seufzte und fuhr fort: »Ich habe versucht, nach vorne zu schauen. Himmel, das habe ich wirklich geglaubt.«

»Und dann war sie wieder da.« Toby stieß meine Schulter an, und wir setzten uns wieder in Bewegung.

»Ja. Hat sich angefühlt, als hätte ich nur ein Pflaster auf eine klaffende Wunde geklebt. Was hat es für einen Sinn, einen solchen Schmerz zu ignorieren? Er wird nur schlimmer, und er wird immer da sein.«

»Es wird immer sie sein, meinst du?«

Ich mochte Toby aus vielen Gründen, von denen der wesentlichste lautete, dass wir Scheiße wie diese besprechen konnten, ohne als Waschlappen bezeichnet zu werden oder mit peinlich berührten, gestelzten Antworten oder Schweigen rechnen zu müssen. »Ja, nur sie.«

Wir gingen in die Cafeteria. Der Duft von Pfannkuchen, Würstchen und Speck stieg mir in die Nase und ließ mir das Wasser im Mund zusammenlaufen.

»Na dann«, sagte er, als wir uns in die kurze Schlange einreihten. »Warum lässt du dann immer noch den Kopf hängen?«

»Wie meinst du das? Das tue ich doch gar nicht.« Ich schob kampfbereit die Schultern nach hinten.

Mit einem trockenen Lachen in der Stimme gab er zurück: »Tiefer kann man ihn schon nicht mehr hängen lassen. Du siehst aus, als hätte jemand am Weihnachtsmorgen alle deine Geschenke geklaut.«

»So schlimm?«

»Yep.«

Ich fuhr mir mit der Hand durch die Haare und zerzauste die feuchten Strähnen. »Ich weiß nicht, was ich tun soll.«

Nachdem ich bestellt hatte, trat ich zur Seite, um zu warten. Als Toby sich zu mir gesellte, fragte er: »Wegen Daisy? Warum?«

»Was soll das heißen, warum? Sie hat mir die Tür vor der Nase zugeknallt.«

Er zuckte mit den Achseln und schüttelte den Kopf, als wäre das nichts. »Du bist in deinem Leben noch nicht oft abgeblitzt, was?«

Wenn ich so darüber nachdachte, musste ich zugeben, dass es sich so verhielt. »Komm mir nicht mit solchem Scheiß. Sag mir lieber, was ich tun soll.«

Toby grinste spöttisch und holte sich ein paar Servietten. »Klopf einfach immer wieder bei ihr an.«

• • •

»Hey, Quinn«, sagte eine Brünette und winkte mir mit dem Finger zu, als sie und ihre Freundin an mir vorbei in das Gebäude gingen. Da ich keine Ahnung hatte, wer sie war, lächelte ich ihr nur leicht zu und richtete meine Aufmerksamkeit wieder auf mein Telefon.

Vor Daisys Wohnheim auf der Treppe zu warten, fühlte sich nicht unbedingt wie der beste Moment meines Lebens an. Der Regen machte es auch nicht besser, aber egal. Ich würde tun, was ich tun musste.

Das Problem bestand nur darin, dass ich seit drei Uhr hier war und es jetzt auf sechs Uhr abends zuging. Ich wusste nicht, wo sie war, ob ich sie verpasst hatte oder nicht oder ob sie mich gesehen und beschlossen hatte, mir aus dem Weg zu gehen. Ich erwog, nachzuschauen, ob sie arbeitete, hatte aber Angst, sie nicht kommen oder gehen zu sehen, wenn ich meinen Posten verließ.

Ich blickte auf das Spiel hinab, das ich auf dem Telefon spielte, sah zu, wie die Zeitanzeige auf sechs Uhr sprang, und stand auf. Ich hatte unter der kleinen Markise gesessen, deshalb war ich nicht komplett durchweicht, aber ich fror gottserbärmlich.

Mein Hinterteil fühlte sich taub an, und mein Rucksack war ziemlich nass, als ich ihn schulterte. Ich zog den Kopf ein, stieg die Stufen hinunter und blieb stehen, als ich eine andere Brünette den Bürgersteig hinunter auf mich zurennen sah.

Nein, nicht auf mich zu, sondern zu ihrem Wohnheim.

»Pippa.« Ich trat wieder aus dem Regen heraus. Erleichterung durchströmte mich.

Sie erstarrte, ihre Hand flog zu ihrer Brust. »Gott, erschreck mich doch nicht so!«

Mit einem entschuldigenden Lächeln fragte ich: »Ist Daisy da?«

Pippa musterte mich. Ihre Brauen senkten sich über ihren grünen Augen. »Nein, ist sie nicht.«

Okay. Das würde schwieriger werden, als ich gedacht hatte. »Kannst du mir sagen, wo sie ist?« Ich bedachte sie mit meinem gewinnendsten, flehendsten Blick. »Bitte.«

Sie blickte sich seufzend um, dann lehnte sie sich gegen die Tür. »Sie nach dem, was ihr zwei gemacht habt, einfach alleine zu lassen, war ziemlich beschissen. Nein, was ihr beide getan habt, war ziemlich beschissen. Ganz beschissen. Aber sie hat sich deswegen genug Vorwürfe gemacht. Sie hat wegen dir total neben sich gestanden, seit wir hier angefangen haben, und dann das.«

»Ich weiß«, murmelte ich und blickte zur Seite, als sich meine Schuldgefühle zu etwas steigerten, das mächtig genug war, um mich in zwei Hälften zu reißen. Aber ich konnte ihnen nicht nachgeben. Sonst würde ich eine weitere Chance – vielleicht die letzte – mit dem Menschen verpassen, der mir immer am meisten bedeutet hatte. »Ich will es in Ordnung bringen. Aber das kann ich nicht, wenn sie mich nicht sehen will.«

»Wie lange hast du hier draußen gesessen?«

Ich kratzte mich am Hinterkopf. Meine Wangen wurden warm. »Äh ... ein paar Stunden.«

»Ein paar Stunden?« Ihre Stimme übertönte das Plätschern des Regens.

»Yeah.«

Sie biss sich auf die Lippe, wirkte eine Sekunde lang verunsichert, bevor sie sagte: »Sie arbeitet heute Abend.«

Ich fluchte laut, kam mir wie ein Trottel vor. »Gut, dann gehe ich dahin.«

»Quinn.« Pippa hielt mich am Fuß der Treppe auf. Regentropfen fielen auf meine Wangen, rannen an meinem Hals hinunter und unter meinen Hoodie. »Verbock es nicht wieder.«

Ich schenkte ihr ein hoffnungsvolles Lächeln. »Das werde ich nicht. Das kann ich nicht.« Dann marschierte ich in den Regen hinaus, um mein Mädchen zu finden.

Zweiunddreißig

Daisy

Ich lehnte mich über die Theke und beobachtete den strömenden Regen draußen, der im Dunkeln silbern schimmerte. Die Eisdiele war wie ausgestorben. Wahrscheinlich wegen des Wetters. Ich hatte die letzten zwei Stunden geputzt und nur zwei Kunden bedient.

Tim war hinten, las an seinem Schreibtisch ein Buch, und mir fiel bald nichts mehr ein, was ich tun konnte. Ich trommelte mit meinen kurz geschnittenen Nägeln auf der fleckenlosen Theke herum, stützte den Kopf auf die andere Hand und versuchte, nicht an Quinn zu denken. Wie es war, Quinn zu berühren. Quinn zu küssen. Oder daran, wie ich mich so in ihm hatte verlieren können, dass ich mögliche Folgen völlig außer Acht gelassen hatte.

Ich war nicht nur ein schlechter Mensch, sondern auch ein extrem verwirrter.

Und als ob eine böse Macht noch etwas Salz in die Wunde reiben wollte, erschien jemand an der Tür, stieß sie auf und kam herein.

Er war klatschnass, seine Jeans dunkelblau und sein normalerweise hellgrauer Teamhoodie, der an seinem kräftigen Körper hing, jetzt kohlefarben. Ich richtete mich auf, rückte meine Brille zurecht und stieß nervös den Atem aus.

Sein Lächeln verwandelte sich in eine Grimasse, als er auf die Wassertropfen hinunterblickte, die er auf dem sauberen Boden hinterließ. »Das, äh, war wohl kein gut durchdachter Plan.«

Ich grinste. »Sekunde.« Dann ging ich in das Hinterzimmer, wo Tim von seinem Buch aufblickte, als ich fragte, ob ich mir ein Handtuch ausborgen durfte.

»Klar.« Er lehnte sich in seinem Stuhl zurück und schaute zur Tür hinaus. »Hast du einen Freund da?«

»Yeah, er ist nass bis auf die Haut.«

Tim nickte und rieb sich mit der Hand über das Kinn. »Warum geht ihr zwei dann nicht einfach? Bei dem Wetter wird heute eh nicht mehr viel los sein.«

Ich blieb an der Tür stehen. »Bist du sicher?«

»Natürlich. Mir ist es lieber, du gehst mit deinem Freund nach Hause als alleine.«

Ich lächelte ihm dankbar zu, stempelte aus, nahm meine Tasche und ging dann wieder nach vorne.

»Wahrscheinlich hilft es nicht viel, aber hier.« Ich reichte Quinn das Handtuch und holte dann meinen Schirm aus dem Ständer in der Nähe der Tür. »Möchtest du noch irgendwas, bevor ich gehe?«

Er musterte meine Tasche und meinen Schirm. »Machst du Feierabend?«

»Ja, Tim hat gesagt, ich könnte früher gehen, heute kommt bestimmt keine Kundschaft mehr.«

»Stimmt. Nein, ich bin nur gekommen, um dich zu sehen.« Er wischte sich mit dem Handtuch über das Gesicht. Kleine Tröpfchen fielen aus seinem Haar und liefen ihm über die Stirn, bevor er sie mit dem Tuch einfing. »Kann ich dich nach Hause bringen?«

Ich hätte ablehnen sollen, da wir beide nicht wussten, wo uns der Kopf stand, aber ich tat es nicht. »Okay.« Der Wind stülpte meinen Schirm um, sobald wir ins Freie traten. Ich lachte und quiekte dann auf, als mir der eisige Regen ins Gesicht peitschte. »Wir müssen aber rennen. Fertig?«

Er griff nach meiner Hand, und ich holte tief Luft. »Nein, aber okay.«

Wir rannten lachend durch die Pfützen auf dem Bürgersteig, und ich betete inbrünstig, dass wir nicht ausrutschten. Es regnete so stark, dass meine Brillengläser beschlagen und mit Wasser bespritzt waren, als wir den Campus erreichten.

Wir nahmen die Abkürzung über das Gras, statt den Bürgersteig zu benutzen, und mir entfuhr ein leiser Schrei, als Schlamm und Wasser an meinen Beinen hochspritzten, meine Schienbeine besprengten und meine Chucks nebst Socken durchtränkten. »Jesus«, keuchte ich mit einem weiteren Lachen, als wir die kleine Markise von meinem Wohnheim erreichten.

»Yep.« Quinn hielt das Handtuch hoch. Es war noch fast trocken.

»Wie um alles in der Welt hast du das geschafft?« Ich runzelte die Stirn, und er ließ meine Hände los, um mir meine Brille abzunehmen.

»Hab es unter mein Sweatshirt gesteckt.« Er wischte sorgfältig das Wasser von den Gläsern und betrachtete sie prüfend, bevor er mir die Brille zurückgab. Er wusste, dass ich nicht gerne lange ohne sie herumlief, weil ich fürchtete, eines meiner Augen könnte zu schielen beginnen.

»Danke«, flüsterte ich, als ich sie ihm abnahm.

Er rückte näher an mich heran und schob meine Hand weg, als ich sie aufsetzen wollte. »Ich erinnere mich noch daran, wie deine Erste kaputtgegangen ist.« Seine Stimme klang verdächtig weich, und ich sah mit leicht getrübtem Blickfeld zu ihm hoch. Nachdem ich die Brille auf meine Nase geschoben hatte, umschlossen seine Hände mein Gesicht, und seine Daumen strichen über die Stelle unter meinen Augen. »John Newman hat dich Glitschauge genannt.«

Ich senkte die Wimpern, weil ich nicht gern daran erinnert wurde. »Ich weiß.«

»Es war nur ein Tag, und du bist früh von der Schule nach Hause gegangen, du wolltest nicht, dass dich jemand so sieht.«

»Worauf willst du hinaus?« Ich wollte, dass er seine Hände wegnahm, bevor ich dahinschmolz.

Seine Lippen krümmten sich zu einem Lächeln, er zog mein Gesicht näher zu sich heran und flüsterte: »Deine Mom war krank, und dein Dad hatte keine Ahnung, was für eine Art von Gestell dir gefallen würde. Du hast dich geweigert, ohne Brille das Haus zu verlassen, und sogar versucht, deine alte zusammenzukleben.«

Meine Gedanken drifteten zu diesem Tag zurück, mein Kummer und meine Scham wegen etwas, wofür ich nichts konnte, setzten sich in meiner Brust fest und erschwerten mir das Atmen. »Mit Kreppband. Es hat nicht funktioniert. Aber dann kam Dad mit einer roten Brille zurück, und sie hatte Bügel in allen Regenbogenfarben.«

»Ich möchte malen, bis ich jede Farbe des Regenbogens benutzt habe, Quinn. Jede einzelne.«

»Du wirst immer malen, Dais.« Er pikte mich in mein Grübchen.

»Ich weiß. Ist das nicht das Tollste überhaupt?«

Die Erinnerung traf mich so hart, dass meine Knie zitterten. »Du hast ihn damals begleitet?«

»Ja.« Er zog mich an seine feuchte Brust.

Meine Nase füllte sich mit Salz, und meine Kehle schnürte sich zu, als ich zu ihm hochblickte. »Bis heute war das immer meine Lieblingsbrille.« Ein leises Lachen flatterte über meine Lippen.

»So wie du immer mein Liebling sein wirst.«

»Quinn«, sagte ich, als er den Kopf senkte.

Seine Wimpern zitterten, und er stieß schroff den Atem aus, der über meine Wange wehte, als er zurückwich und die Hände fallen ließ. »Ich weiß, tut mir leid. Ich ... ich musste dich nur einfach sehen. Und immer wenn ich das tue, entgleitet mir irgendwie alles.«

Mein Blick fiel auf seinen Truck auf der Straße. »Du solltest besser nach Hause fahren und dich umziehen.«

Er rührte sich nicht von der Stelle. »Ich würde lieber mit dir reden. Dich *sehen*.«

Ein flehender Ausdruck trat in seine Augen, aber hier draußen war es nicht nur eisig kalt, sondern ich wusste auch nicht, was ich tun sollte. »Ein andermal?«

»Darauf nagele ich dich fest.« Ehe ich im Haus verschwinden konnte, trat er einen Schritt vor, umfasste erneut mein Gesicht und drückte einen langen Kuss auf meine Stirn.

Ich sah ihm nach, als er die Stufen hinuntersprang und zu seinem Truck rannte, bevor ich hineinging.

• • •

»Hey, du.« Ich blickte von meinem Tisch in der Bibliothek auf und sah Callum vor mir stehen.

Ich klappte mein Buch zu. »Hey, wie geht es dir?«

»Trink einen Kaffee mit mir, dann erzähle ich es dir vielleicht.« Er klemmte sich seine Bücher unter den Arm und nickte einem vorbeikommenden Typen zu.

Ich nagte einen Moment an meiner Lippe; dachte, dass ich einen Kaffee wirklich vertragen könnte. Die Semestermitte lag hinter uns, die Prüfungen am Ende des Jahres rückten näher, und ich fragte mich, wie viel ich noch büffeln konnte, bevor mein Gehirn explodierte. »Du verlangst doch nicht, dass ich meine Schulden bei dir bezahle, oder?« Ich stopfte mein Notizbuch und meinen Stift in meine Tasche, stand auf und warf sie mir über die Schulter.

»Vielleicht, vielleicht auch nicht.«

Ich widerstand dem Drang, die Augen zu verdrehen, griff nach meinem Buch und folgte ihm den Gang zwischen den Tischen hindurch zur unteren Ebene, wo wir an Reihen von Bücherregalen vorbeimussten, um den Ausgang zu erreichen. »Aber ich muss dich warnen, ich habe einen mordsmäßigen Kater. Ich möchte dich einfach nur anschauen und hoffen, dass etwas von deiner Frische auf mich überspringt.«

Das brachte mich zum Lachen, als wir auf den Innenplatz hinaustraten. »Allzu frisch fühle ich mich nicht, aber trotzdem danke.«

Er warf mir einen Blick zu und fragte: »Burnell?«

Ich starrte unverwandt geradeaus. »Vermutlich. Aber hauptsächlich die Lernerei.«

Es wunderte mich, dass er keinen Kommentar zu dem, was geschehen war, abgab, bis wir die Cafeteria erreichten und bestellten. »Ist bei dir alles in Ordnung? Ich habe gehört, was ...« Er wedelte mit einer Hand, in der er ein Päckchen Zucker hielt, durch die Luft.

Ich rührte etwas Zucker in meine Tasse. »Definiere in Ordnung.«

Er wirkte einen Moment lang nachdenklich, dann zuckte er mit den Achseln. »Ich glaube, diese Definition ist für jeden eine andere.«

Ich grübelte darüber nach. »Da hast du wohl recht.«

Er trank einen Schluck Kaffee. »Das ist jetzt nur meine unmaßgebliche Meinung, aber ich finde es nicht gut, was ihr zwei gemacht habt. Trotzdem denke ich nicht, dass du das verdient hast, was mit deinem Zimmer passiert ist.«

»So war es nicht. Wir hatten nicht vor ...«

Er hob grinsend eine Hand. »Du brauchst mir nichts zu erklären. Außerdem sieht ja ein Blinder, dass Quinn total neben sich steht, seit du aufgetaucht bist.«

Ich wusste nicht, warum, aber ich fühlte mich verpflichtet und in seiner Gegenwart auch wohl genug, um Callum einen Teil unserer Geschichte zu erzählen. »Wir sind zusammen aufgewachsen.«

»Wirklich? Wie niedlich.«

Seufzend trank ich etwas Kaffee und fuhr fort: »Allerdings war es mehr als das. Es ist schwer zu erklären. Wir ... wir waren sozusagen unzertrennlich. Aus unserer Freundschaft wurde mehr, und gerade als wir anfingen zu begreifen, was wir füreinander empfanden, bekam mein Dad einen neuen Job, und meine Familie zog aus Clarelle weg.«

Callum starrte auf den Tisch hinunter und fuhr mit dem Finger durch Zuckerkrümel. »Und der Kontakt brach ab.« Er rieb die Fingerspitzen gegeneinander und blickte auf. »Muss ein heftiger Schlag für dich gewesen sein, herauszufinden, dass er sich anderweitig orientiert hat.«

Meine Lippe zitterte, und ich biss darauf. »Heftig ist noch untertrieben. Und ja, die Verbindung ist abgerissen, nachdem ich weg war. Ich war nur dumm genug, mir einzubilden, wir würden am Ende hier landen, wo wir immer zusammen das College besuchen wollten, und irgendwie wieder zueinanderfinden.«

»Und dann hast du ihn mit Alexis gesehen.«

»Ja. Sie kennt uns seit der Grundschule.«

»Also war sie deine Freundin?«

Ich legte die Hände um meinen Kaffee, um sie zu wärmen, und nickte.

Er gab einen ungläubigen Laut von sich, als er sich zurücklehnte.

»Ich weiß.« Ich lachte. »Und jetzt fühle ich mich, als würde ich in viele verschiedene Richtungen gezerrt. Es kommt mir nicht richtig vor, mir einfach ... zu nehmen, was ich will.«

»Das ergibt Sinn, vor allem, nachdem sie dich so verletzt haben.« Er nahm meine Hand und verflocht seine Finger mit meinen. Neben seiner gebräunten Haut wirkten sie sehr blass. »Burnell ist wahrscheinlich einer der anständigsten Typen, die mir je untergekommen sind.« Er kicherte. »Ein paar von den Jungs nennen ihn Mamas Goldjungen. Der zahlt Fremden einen Kaffee und verliert so gut wie nie ein böses Wort über jemanden. Ich glaube nicht, dass er das, was er getan hat, in dem Wissen getan hat, dass er dich wiedersehen würde.«

Ich starrte immer noch auf unsere Hände, blickte aber bei diesen Worten auf. »Nein?«

Er schüttelte den Kopf. »Nein. Für mich klingt es so, als wärst du in seinem Herzen so fest verankert gewesen, dass er das genommen hat, was euch beiden am nächsten kam, und gedacht hat, das würde ihm helfen, weiterzumachen.«

Ich schniefte geschockt und zog meine Hand zurück. »Das College kommt mir noch verrückter vor als die Highschool.«

Callum schnaubte. »Da erzählst du mir was.«

»Wie war denn dein Auswärtsspiel letztes Wochenende?«

»Gut.« Ein Grinsen hob seine Oberlippe. »Wie du wahrscheinlich schon weißt.«

Achselzuckend trank ich einen weiteren Schluck Kaffee.

Er fuhr fort: »Und er hat sich wie immer von seiner besten Seite gezeigt.«

Meine verkrampften Schultern lockerten sich etwas. »Ich habe nicht nach ihm gefragt.«

»Aber du wolltest.« Er grinste, und ich versuchte vergeblich, ein Lächeln zu unterdrücken.

Als ich den Kopf schief legte, sah ich, wie sein Blick über die Schlange von Leuten hinter uns schweifte. »Und wie geht's dir so?«

Braune Augen begegneten meinen. »Um mich brauchst du dir keine Gedanken zu machen. Gerade Hereinkommende aber ...«

Ich wollte mich gerade verwirrt umdrehen, als ein Skizzenblock mit einem vernehmlichen Klatschen auf dem Tisch landete.

»Welsh«, ertönte Quinns Stimme neben mir. Ein Hauch von Gereiztheit schwang darin mit.

Callum lächelte ihn herausfordernd an. »Können wir dir helfen, Burnell?«

Quinn grunzte und brummte etwas, als er sich den Stuhl neben meinem heranzog und sich darauf fallen ließ. »Für dich.« Er schob mir den Skizzenblock hin.

Ich blickte von dem Block zu ihm und hob die Brauen. »Wie bitte?«

Er deutete darauf, ich zog ihn zu mir heran und klappte ihn auf. Er hatte mir einen neuen gekauft.

»Wow, Quinn. Du hättest nicht ...«

»Schon gut. Er gehört dir.« Er war eindeutig sauer.

»Danke.«

Callum räusperte sich. »Yeah, ich gehe dann jetzt mal.« Er stand auf, ging um den Tisch herum und flüsterte mir ins Ohr: »Mach ihm die Hölle heiß.«

Quinn sah ihm nach, als er die Cafeteria verließ. Sein ganzer Körper hatte sich angespannt. Ich streckte eine Hand aus und berührte seine Schulter, woraufhin er zusammenzuckte. »Scheiße. Sorry.«

Ich zog meine Hand zurück. »Bist du okay?«

»Beschissen geschlafen, schätze ich.« Er beobachtete, wie ich meinen Kaffee austrank und meine Finger über den rauen schwarzen Skizzenblockdeckel strichen. Er wusste genau, welche Sorte ich bevorzugte.

»Was machst du?«

»Hier sitzen und Kaffee trinken?« Meine Stimme klang verdutzt und milde belustigt.

Er trommelte mit den Fingern auf dem Tisch herum. »Nein, ich meine danach.«

»Ich habe in zehn Minuten einen Kurs, warum?«

»Kann ich dich hinbringen?«

»Nur wenn du mir sagst, warum du so aussiehst, als wäre dir ein fieser Gestank in die Nase gestiegen.«

Seine Schultern sackten nach unten, und sein Kopf fiel in seine Hände, als er unsanft über sein Gesicht rieb. »Kaffee. Du hast mit Callum Kaffee getrunken?«

Seine Hände sanken herab und gaben umwölkte, gereizte haselnussbraune Augen frei. »Ich habe gerade Kaffee mit ihm getrunken. Also kurz gesagt: Ja.«

Wieder reagierte er nur mit einem unverbindlichen Laut.

Mir reichte es. »Verdammt, Quinn. Spuck es einfach aus.«

Plötzlich sprudelten die Worte aus ihm heraus. »Ich mag es nicht, wenn du mit ihm herumhängst. Oder mit irgendeinem anderen Typen. Es ... es macht mich rasend. Als würde mein verdammtes Blut kochen.«

Seine Schultern hoben und senkten sich, seine Brauen zogen sich finster zusammen. Ich spürte, dass ein paar Leute uns anstarrten, ignorierte sie aber. Er wirkte extrem nervös, als wüsste er nicht, wie er mit den Gefühlen umgehen sollte, die ich in ihm auslöste. Ich vermutete, dass das ungewohnt für ihn war. Er hatte sich nie wegen anderer Typen Sorgen machen müssen. In der Highschool hatte jeder gewusst, dass ich zu ihm gehörte. Nicht, dass ich dachte, irgendjemand sonst wäre überhaupt interessiert gewesen. Aber ich wusste immer noch nicht, wie ich ihn beruhigen sollte, vor allem, weil ich mir bezüglich nichts mehr sicher war. Eines wusste ich allerdings. »Callum und ich ... wir haben von Anfang an erkannt, dass wir als bloße Freunde besser klarkommen.«

Seine Hände ballten sich auf dem Tisch zu Fäusten, und ihm entfuhr ein trockenes Lachen. »Freunde.«

Ich nahm eine seiner geschlossenen Hände zwischen meine und strich mit den Daumen darüber. »Lass es sacken. Du weißt, dass ich dich nicht anlüge.«

Mit diesen Worten ließ ich ihn vor sich hinmurrend am Tisch sitzen. Es dauerte eine Minute, aber dann holte er mich ein und begleitete mich schweigend zu meinem Kurs.

Dreiunddreißig

Daisy

In der nächsten Woche lag ich von Büchern, Notizen und Textmarkern umgeben auf meinem Bett, als Pippa hereinkam und dröhnte: »Aufstehen! Du kommst mit mir, du Brummbär.«

Ich hob den Kopf vom Bett und wischte eine an meiner Wange klebende Notiz weg. »Ich bin kein Brummbär.«

»Sprach´s und brummte vor sich hin«, spottete Pippa vom Schrank her.

Ich setzte mich auf, schob meinen gesamten Kram ein Stück weiter das Bett hoch und reckte die Arme über dem Kopf. »Himmel, ich glaube, mein Hals ist ganz steif.«

»Geschieht dir recht, wenn du stundenlang auf dem Bauch liegst und lernst.« Sie schloss die Schranktür und drehte sich mit einem kleinen Kleiderstapel auf der Hand zu mir um. »Nun mach schon.«

»Was?«

»Du kommst mit zum Haus. Die Zeit, dich von der Welt abzukapseln, ist vorbei.«

Ich verzog die Lippen und schnippte mit den Fingern. »Kriege ich keine Verlängerung? Und ich will da nicht hingehen.«

Sie schnaubte und stopfte die Sachen in ihre kleine Reisetasche. »Warum nicht?«

Ich schnitt hinter ihrem Rücken eine Grimasse. »Äh, du weißt doch, wer da wohnt.«

Sie schnaubte erneut. »Er ist nicht Voldemort.«

»Dem Himmel sei Dank dafür.« Ich griff nach meinem Telefon und blickte auf die Zeit. Ach du Scheiße. Ich hatte stundenlang gelernt oder es zumindest versucht. Es war fast halb sieben. »Ich habe Hunger.«

»Wir bestellen Pizza. Zieh dich an.«

Ich blickte an mir herunter. »Ich bin doch angezogen.«

»Wie du willst, aber du weißt, wer da sein wird.« Ihre Brauen schossen in die Höhe.

Mein Blick schweifte unschlüssig durch den Raum, dann wieder zu meinem Outfit. Ich trug ein AC/DC-T-Shirt und Jogginghosen. Ich zuckte mit den Achseln. »Er hat mich schon in einem schlimmeren Aufzug gesehen. Wenn ich herausfinde, wo ich meinen BH hingeschmissen habe, dann bin ich so weit.«

Sie klatschte in die Hände. Ihr Kopf sackte dramatisch nach hinten. »Gelobt sei der Herr!«

»Halt die Klappe, Rotznase.«

Nachdem ich meinen BH angezogen hatte, brachte ich meine Haare in Ordnung, so gut es ging, trug dann etwas Lippenbalsam auf und griff nach meiner Wasserflasche und den Schlüsseln. »Nur damit du es weißt – ich komme nur wegen der Pizza mit«, sagte ich, als ich an ihr vorbei in den Gang hinausging.

Pippa zog die Tür hinter sich zu und schloss ab. »Wenn du das sagst.«

Ihr selbstgefälliger Ton zerrte an meinen Nerven. »Lass uns gehen, bevor ich meine Meinung ändere.«

Wir liefen über das Gras und nahmen die Abkürzung durch die Gärten zur anderen Seite des Campus, wo Anliegerstraßen die Außenbezirke säumten. Das Haus stand in der Ersten davon, davor parkten zwei Autos.

»Hat Quinn dich dazu angestiftet?« Es ergab keinen Sinn, dass sie und Toby ein fünftes oder gar sechstes Rad am Wagen dabeihaben wollten.

»Nein«, erwiderte sie einen Tick zu wenig überzeugend.

Quinn lag auf der Couch, ein Bein hing an der Seite herunter, das andere hatte er über die Lehne gelegt. Er trug ein dunkelblaues T-Shirt und Jogginghosen, was mir ein Lächeln entlockte. Ich verbarg es hinter meiner Wasserflasche, die ich aufdrehte, um einen Schluck zu trinken.

Er blickte zu mir hoch. Seine Augen leuchteten auf eine Weise auf, bei der mir das Wasser fast in die falsche Röhre geriet. Dann setzte er sich auf und schob die Beine aus dem Weg. Ich blickte zum anderen Ende der Couchgarnitur, wo Pippa es sich bequem machte, schluckte meinen Stolz hinunter und setzte mich in die Nähe von Quinns Füßen.

»Wie läuft es mit dem Lernen?«, fragte er. Er hatte mich letzte Woche ein paar Mal nach Hause gebracht, und jedes Mal hatte ein neuer Skizzenblock auf mich gewartet. Inzwischen hatte ich vier. Sie konnten zwar nicht das wiedergutmachen, was mit meinen alten passiert war, die nicht leer, sondern mit meinem Herzblut gefüllt gewesen waren, aber sie brachten mich trotzdem zum Lächeln. Es war nicht seine Schuld, aber er versuchte dennoch, einen Ausgleich für das Geschehene zu schaffen.

»Fürchterlich.« Ich tat so, als würde ich erschauern, schraubte die Wasserflasche wieder zu und stellte sie auf den Tisch.

»Untersetzer«, sagte Toby, der gerade in den Raum kam. »Was geht ab, Daisydarling?«

Ich presste die Lippen zusammen, beugte mich über die Couchlehne und stellte die Flasche auf einen Untersetzer. Pippa fing meinen Blick auf. In ihren Augen funkelte liebevolles Verständnis für Tobys Eigenheiten. »Nicht viel, Toby-One Kenobi.«

Er prustete. »Den habe ich auch noch nicht gehört.«

»Ehrlich?« Quinn wirkte verblüfft. »Du guckst *Star Trek*.«

Toby sah ihn beleidigt an. »Früher mal, als Kind. Und, Alter, *Star Trek* und *Star Wars* sind zwei verschiedene Paar Schuhe.«

Quinn wirkte noch verwirrter, seine Brauen zogen sich fast zu einer durchgehenden Linie zusammen. »Das weiß ich. Ich dachte nur ...«

»Quinn hat als Jugendlicher nie viel ferngesehen«, warf ich ein. »Außer es kam Sport.« Ich deutete auf das Spiel, das gerade im Fernsehen lief, zog den Kopf ein und kam mir ziemlich blöd vor, weil ich ihm zu Hilfe gekommen war.

»Schon okay«, meinte Toby. »Jeder Mann muss eine nerdige Fantasyphase durchmachen. Wir kriegen dich da schon durch, Kumpel.«

Quinn warf ein Kissen nach Toby, der ein finsteres Gesicht zog und das Kissen sorgfältig neben sich auf die Couch legte, was den Rest von uns zum Lachen brachte.

Die Pizza, die die Jungs bestellt hatten, wurde fünf Minuten später geliefert, und da das Eis nun wirklich gebrochen war, gingen wir alle ins Esszimmer und machten uns darüber her.

»Fährst du zu Thanksgiving nach Hause?«, fragte Toby Pippa. Sie leckte sich Pizzasauce vom Finger, und Tobys Augen konzentrierten sich auf die Bewegung. Sie wischte sich die Hand an einem Papiertuch ab, ohne überhaupt zu merken, dass er sie wie gebannt beobachtete. »Ich weiß nicht. Vielleicht.«

Sie hatte darauf gewartet, was er tun würde, und nutzte die Steilvorlage. »Und du?«

Er biss achselzuckend in seine Pizza und schluckte, bevor er sagte. »Vielleicht.«

Als sie die Augen verdrehte, grinste er, und Quinn stieß unter dem Tisch mit dem Fuß gegen meinen. »Kommst du mit nach oben?« Ich war mit dem Essen fertig, zögerte aber trotzdem. »Ich verspreche dir auch, nicht auf dumme Gedanken zu kommen.«

»Geh ruhig mit unserem Pfadfinder mit. Pippa und ich haben was zu besprechen.«

Sie kicherte, als er sie auf seinen Schoß zog und Pizzasauce von ihrer Lippe leckte.

Ich folgte Quinn nach oben, wobei ich versuchte, nicht auf seinen Hintern zu starren, es aber nicht schaffte. Der obere Rand seiner Boxershorts war sichtbar, das weiße Gummiband schien allen Frauen zuzurufen: *Zieh an mir, zerr mich nach unten, schieb die Hand unter mich.*

Ich funkelte es böse an und trat hinter Quinn in ein Schlafzimmer in der Nähe des Treppenabsatzes. »Toby hat das größere, schließlich ist es ja sein Haus«, erklärte er, ließ sich auf das Bett fallen und schob die Hände hinter seinen Kopf.

Sein Bizeps spannte sich verlockend an, als er es sich bequem machte und zusah, wie ich langsam in das Zimmer kam und mich umsah. Auf der Ecke seines Schreibtischs standen ein paar Pokale, die Tischplatte war mit Papieren, Stiften und Textmarkern übersät. Der Rest des Raums wirkte ziemlich kahl, nur auf einer Kommode stand ein kleiner Flachbildschirmfernseher, und ein Teamtrikot hing an der Wand.

»Dein Zimmer zu dekorieren, ist immer noch nicht dein Ding«, bemerkte ich.

»Das musste ich ja nie, das hast immer du für mich übernommen.« Bei seinen Worten ballte ich die Fäuste, meine Fingernägel gruben sich in meine Handflächen. »Komm her, ich beiße nicht. Ich möchte nur mit dir reden, und du bist so nervös, dass ich mich nicht ganz wohl dabei fühle.«

»Ich bin nicht nervös.«

»Aber entspannt bist du auch nicht«, sagte er.

Ich drehte mich um und setzte mich auf die andere Seite seines großen Bettes. »Alles in Ordnung. Es ist nur ...«

»Du weißt nicht, was du tun sollst.«

»Vermutlich.« Ich schlug die Beine übereinander und spielte mit meinen Fingern auf meinem Schoß.

Er setzte sich auf. »Liegt das daran, dass du mir nicht traust? Nach dem, was mit Alexis und mir war? Weißt du, ich habe wirklich nicht geglaubt, dass ich dich je wiedersehe. Weder hier noch sonst irgendwo.«

»Nein«, flüsterte ich.

»Ist es dann das, was wir getan haben?« Er hielt inne, dann sagte er: »Scheiße, du glaubst doch nicht, dass ich dir dasselbe antun würde, oder? Du kennst mich, es ist nur ... es warst eben du.«

Ich blickte zu ihm auf, streckte die Hand aus und strich mit dem Finger über seinen geraden Nasenrücken. Etwas von der Anspannung wich aus seinem Gesicht. »Ich weiß, dass du das nicht tun würdest. Ich vertraue dir. Ich bin nicht sicher, woran es liegt. Es ist viel passiert, das ist alles.«

Er nahm meine Hand, küsste meine Fingerspitzen und hielt sie dann auf seinem Oberschenkel fest. Seinem kräftigen, harten Schenkel. Ich schluckte und versuchte seinem Blick standzuhalten, als mein Blut in meinen Adern Blasen zu schlagen schien. »Was ich gesagt habe«, begann er, dann hielt er inne und suchte nach den richtigen Worten. »Oder vielmehr nicht gesagt habe ... als du gesagt hast, ich hätte dir gesagt, ich würde sie lieben.«

Jetzt schlug ich die Augen nieder, und er hob behutsam mein Kinn an, damit ich ihn ansah. »Ich habe nicht gezögert, sondern nur nicht gewusst, wie ich es erklären soll.«

Ich zwinkerte die Tränen weg und rückte von ihm ab, weil ich nicht wusste, ob ich das wirklich hören wollte, doch er packte meine Hand, bevor mir das gelang. »Warte. Bitte.« Ich blieb sitzen, sah ihn aber immer noch nicht an. »Ich konnte nicht die richtigen Worte finden, keine, die bewirken würden, dass du mich verstehst. Und dann habe ich nicht dich angesehen, sondern vor einer Tür gestanden. Deshalb klopfe ich jetzt an. Würdest du diese Tür bitte aufmachen? Nur einen Spalt? Nur genug, um mich dir jetzt alles erklären zu lassen?«

Da ich sonst nichts tun konnte und ich die Verzweiflung in seiner Stimme hörte, nickte ich. »Okay.«

Er stieß rasch den Atem aus, ehe er begann: »Was ich dir vor all diesen Wochen gesagt habe, stimmte. Ich habe Alexis geliebt. Aber ich habe für mich behalten, dass ich sie auf eine Weise geliebt habe, auf die man jemanden liebt, wenn man sein Herz schon verschenkt hat.« Ich hob den Kopf, und unsere Blicke kreuzten sich, als er fortfuhr: »Nie mit ganzem Herzen. Nie mit dem Gefühl, dass etwas an der richtigen Stelle einrastet, wenn man mit dem anderen zusammen ist. Ja, ich habe sie geliebt, klar. Aber ich war nie imstande, jemand anderen so zu lieben wie dich, Daisy. Deshalb war alles irgendwie unvollständig. Und ihr gegenüber wahrscheinlich alles andere als fair.«

»Quinn«, krächzte ich.

Er hob eine Hand, um mir Einhalt zu gebieten. »Trotzdem fand ich, dass ich Glück hatte, wenigstens diesen kleinen Raum in meinem Herzen behalten zu haben. Deshalb tut es mir zwar leid, aber bis zu einem gewissen Grad habe ich gemeint, was ich gesagt habe. Doch dann hat sich alles geändert, und mein Herz wurde einem Test unterzogen, bei dem es mit Pauken und Trompeten durchgefallen ist, als du wieder in meinem Leben aufgetaucht bist. Ich wusste das, trotzdem war ich wütend und durcheinander, und ich hing irgendwie fest. Ich konnte nicht aus dem Bett steigen, das ich mir während deiner Abwesenheit gemacht hatte.«

Es ergab einen Sinn – alles, was er sagte, ergab einen perfekten Sinn – und hatte zur Folge, dass sich mein Herz in meiner Brust von einer Seite zur anderen wiegte und dabei wie ein liebeskranker Trottel summte. »Warum hast du nicht auf mich gewartet?«, fragte ich. Tränen fielen auf meine Lippen. Er wischte sie mit einem Daumen weg und leckte sie dann ab, als ich ihn durch einen feuchten Schleier hindurch beobachtete.

»Ich weiß es nicht.« Er nahm meine Brille ab und putzte sie mit dem Saum seines Shirts. »Ich dachte, du wärst ein für alle Mal fertig mit mir.«

»Meine Mom hat mir erzählt, dass du viel mehr Party gemacht hast, nachdem ich weg war.« Er gab keine Antwort. »Quinn?«

Mit einem leisen Fluch gestand er: »Ich war so sauer auf dich. Auf alles. Du hast Stunden weit weg gewohnt, und wenn ich darüber nachgedacht habe, kam es mir bescheuert vor, mir einzubilden, das mit uns würde halten, wenn wir noch so jung waren.«

»Aber was mich betraf, hat es gehalten.«

»Das weiß ich jetzt, aber damals nicht.« Er wischte mir sacht über die Augen und setzte mir dann die Brille wieder auf. »Und wir sind immer noch jung, wahrscheinlich wissen wir einen Scheißdreck. Aber das hier? Das mit uns?« Sein strahlendes Lächeln verschlug mir den Atem, als er hinzufügte: »Es ist ziemlich klar, dass das, was wir empfinden, niemals vergehen wird.«

Ich konnte nicht anders, ich kletterte auf seinen Schoß, schlang die

Arme um ihn, vergrub die Nase in seinem Hals und atmete seinen sauberen Duft ein.

Es dauerte ein paar Herzschläge, doch dann umarmte er mich ebenfalls und drückte mich fest an sich, als sein Kopf auf meine Schulter sank.

Die Zeit verging, doch ich rührte mich nicht, bis ich seine Erektion unter mir spürte und sich eine prickelnde Hitze in meinem Bauch ausbreitete. Ich stand auf, doch er griff nach meiner Hand, als ich vom Bett kletterte. »Warte. Bleib.«

Ich drückte einmal seine Hand, dann entzog ich ihm meine. »Nicht heute Abend.«

Ich musste seine Worte erst verarbeiten und überlegen, wie ich mit meinen immer noch vorhandenen Schuldgefühlen umgehen sollte.

Leise schniefend wischte ich mir über die Nase und blieb in der Tür stehen. »Nur zu deiner Information – du bist immer noch ein kleiner Spinner. Aber ein lieber.«

Sein Lachen folgte mir nach unten, wo Toby wartete und sich erbot, mich nach Hause zu bringen.

Vierunddreißig

Daisy

Am nächsten Tag ratterten Quinns Worte in meinem Kopf, sodass sich mein Gehirn wie Zuckerwatte anfühlte. So sehr, dass ich nach meinen Kursen nicht lernte, weil ich mich zum Verrecken nicht konzentrieren konnte, sondern stattdessen müßig vor mich hinkritzelte.

»Ist das ein Gehirn? In Zuckerwatte verpackt?«, erkundigte sich Pippa, die sich über den Tisch in der Bibliothek beugte.

»Yep.« Ich richtete meine Aufmerksamkeit auf die fluffigen runden Ränder, die mein pinkfarbener Stift schuf.

Pippa dämpfte ihr Lachen mit der Hand, aber ich hörte es trotzdem.

»Sei leise, das ist von maßgeblicher Bedeutung.«

»Wofür? Dafür, wie du dich nach gestern Abend fühlst? Du hättest bleiben sollen.«

Ich steckte meinen Stift mit einem Seufzen ein. »Ich konnte nicht.«

Die Bibliothekarin sah uns strafend an. Pippa stand auf und schob ihren Stuhl an den Tisch. »Warum nicht?«, fragte sie, dabei schlang sie sich den Riemen ihrer Tasche um den Arm.

Ein glühender Blick bohrte sich in meinen Rücken; ich spürte, wie er meine Haut versengte, als hätte man mir ein Brandzeichen aufgedrückt. Als ich mich umdrehte, sah ich Alexis die Stufen hinuntergehen. Ihre Augen wichen meinen aus.

»Deswegen?« Pippa hob die Hand und kratzte sich mit dem Mittelfinger abschätzig die Nase.

Ich bemühte mich, nicht zu lachen, und bedeutete ihr, damit aufzuhören. »Nicht nur, aber ich komme mir vor wie ... ich weiß es nicht. Wie ein Kind, das einen Wutanfall hingelegt und bekommen hat, was es wollte. Nur dass ich mich jetzt deswegen absolut mies fühle.«

»So ist das nicht abgelaufen, und das weißt du.«

Ich hob die Schultern und packte meine Sachen zusammen. Ich würde ohnehin nichts geschafft kriegen.

»Daisy.«

»Hmm?« Ich stopfte das ganze Zeug in meine Tasche und stand auf.

»Du hast einen Fehler gemacht, das ja. Aber du bist kein schrecklicher Mensch, weil du jemanden liebst. Für dich hat er immer zu dir gehört. Das lässt sich schwer abschütteln, aber du hast es versucht. Ich habe es gesehen, wir haben es alle gesehen. Und Alexis ... tja, sie ist diejenige, die den verdammten Wutanfall gehabt hat, wenn du mich fragst.« Sie schnaubte höhnisch. »Einen von geradezu biblischen Ausmaßen.«

Die Bibliothekarin machte uns ein Zeichen, leise zu sein, und Pippa saugte an ihrer Lippe.

Wir gingen zusammen zur Treppe. »Sie hatte mehr als genug Grund dazu.«

»Oh Gott. Würdest du bitte damit aufhören.«

Ich blieb stehen, und Pippa fasste mich am Arm. »Ich meine es ernst. Hör auf, dich mit Selbstvorwürfen herumzuschlagen. Ich bin schon ganz erschöpft davon, dir nur dabei zuzuschauen, wie du versuchst, dich daran zu hindern, deinen Gefühlen nachzugeben. Tu es endlich.«

Sie hatte gut reden. Ich wusste, wie es war, das Herz aus der Brust gerissen zu bekommen, und das würde ich meinem ärgsten Feind nicht wünschen. Noch nicht einmal Alexis.

Aber genau das hatte ich getan.

Pippa ging zur Information, um sich nach einem Buch zu erkundigen, das sie brauchte, und ich weiter nach draußen. Ich hielt den Kopf gesenkt, der immer noch so benebelt war, dass ich direkt in jemanden hineinlief. »Mist, sorry.«

Ich schob meine Brille hoch und trat zurück, um weiterzugehen, als ich sah, wen ich vor mir hatte. »Oh.«

Alexis zupfte ihren hautengen Sweater zurecht. »Ja, oh.«

Sie ging ebenfalls weiter, und ich holte sie ein. Warum, wusste ich nicht, ich wusste nur, dass ich etwas tun musste. »Warte doch mal.«

»Warum? Damit du mir etwas vorjammern kannst, weil ich dein Zimmer demoliert habe?« Sie blieb in der Nähe des Innenplatzes stehen. »Wo wir gerade davon sprechen ... warum hast du nicht den Campussicherheitsdienst gerufen?«

Ich nestelte am Riemen meiner Tasche herum. »Ich ... ich weiß nicht. Ich habe gar nicht daran gedacht.«

Sie gab ein schnaubendes Geräusch von sich und presste die hübschen Lippen zusammen, als sie mich von Kopf bis Fuß musterte. »Du bist immer noch netter, als gut für dich ist. Oh nein, warte.« Ihre blauen Augen füllten sich mit Gift. »Das hat sich in der Nacht geändert, wo du mit meinem Freund gevögelt hast.«

Ich zuckte zusammen, suchte nach Worten und platzte heraus. »Aber du hast ihn mir weggenommen.«

»Du bist weggegangen. Das ist ein Unterschied.«

Ich trat näher an sie heran und dämpfte meine Stimme. »Du warst meine beste Freundin. Also ja, das ist ein großer Unterschied, und das weißt du genau.«

Sie schluckte, ihre Augen wurden glasig. »Ich hatte Gefühle für ihn. Ich habe mich in ihn verliebt.«

Meine Stimme bebte vor Wut. »Es stand dir nicht zu, dich in ihn zu verlieben«, fauchte ich, was mich selbst so erschreckte, dass ich einen Schritt zurückwich.

Sie bedachte mich mit einem unverkennbar erheiterten Lächeln. »Sieh an, sieh an. Unter ihrem unschuldigen Äußeren sind Dornen gewachsen.«

»Drei Mal darfst du raten, warum.«

Sie zog die Nase hoch. »Wie dem auch sei. Sonst noch was? Ich muss zum Unterricht.«

»Yeah. Warum?«

»Warum was?« Sie senkte die dunkelbraunen Brauen und verschränkte die Arme vor der Brust. »Warum ich etwas mit Quinn angefangen habe?« Sie zuckte mit den Achseln. »Aus demselben Grund wie du. Weil ich ihn wollte.«

»Nein.« Mein Atem kam abgehackt, und meine Wut ebbte zu einem leisen Brodeln ab, das in mir jetzt eine leichte Übelkeit auslöste. »Meine Skizzenblöcke.«

Sie gab keine Antwort, und ich begann schon zu glauben, dass ich keine bekommen würde, als sie förmlich zischte: »Weil es wehtut, nicht? Wenn dein Herz zerquetscht wird.«

»Das wusste ich schon. Was wiederum du genau wusstest.« Da meine Hände zitterten, ballte ich sie zu Fäusten. »Du hättest das nicht tun müssen.«

Alexis blickte zu Boden, und da wusste ich, dass sie sich schämte. Sie wollte es nur nicht zugeben. »Ich bin mit der Sache durch. Viel Spaß mit dem Freund, den du mir gestohlen hast.«

Ich rief ihrem Rücken nach: »Er ist nicht mein …«

»Oh, komm schon.« Sie drehte sich zu mir um. »Ich bin bereit, zuzugeben, dass ich hier die Angeschmierte bin. Aber du konntest einfach nicht loslassen, oder?« Mir lag schon eine Entschuldigung auf der Zunge, aber ich verkniff sie mir. Als würde sie das merken, grinste sie traurig. »Du brauchst nicht zu sagen, dass es dir leidtut. Wir wissen beide, dass das nicht stimmt.«

Alexis setzte ihren Weg fort. Die Sonne schien auf ihr langes, dunkles Haar und verlieh ihr das Aussehen einer Art Eiskönigin.

• • •

»Nein, Mom.« Ich stellte mich in der Schlange im Lokal an. »Mir geht es gut, ernsthaft.«

»Wirklich? Hat mich Amy deswegen angerufen und mir ein paar interessante Neuigkeiten erzählt?«

Ich spürte, wie meine Augen aus den Höhlen quollen, und flüsterte zischelnd in das Telefon: »Was zum Teufel? Was hat sie gesagt?«

Ich hörte, wie sie im Hintergrund in der Küche herumhantierte und das Dinner zubereitete. »Ach, nichts, nichts.«

Ich reichte der Kassiererin meine Karte und deutete gerade auf die Spaghetti mit Hackfleischbällchen, als Quinn neben mir auftauchte. Ich hob zwei Finger, da ich wusste, dass er, sogar wenn er schon gegessen hatte, meine Portion vertilgen würde, wenn ich es nicht tat. »Spuck es endlich aus.«

»Na schön. Sie sagte nur, dass du und Quinn euch, äh, vielleicht wieder nähergekommen seid.« Sie senkte die Stimme. »Du nimmst doch die Pille, die ich mir für dich vor Semesterbeginn habe verschreiben lassen, oder?«

Mit flammend roten Wangen trat ich zur Seite, und Quinn formte mit den Lippen: »Deine Mom?«

Ich nickte, und als er meine Verlegenheit bemerkte, grinste er, nahm mir das Telefon ab und ging damit vor das Lokal, während ich das Essen zum Mitnehmen holte und herauszufinden versuchte, wie es Eltern immer noch gelang, einen zu blamieren, selbst wenn man Tausende von Meilen entfernt wohnte.

»Klar. Sie hat gerade etwas zu essen geholt und die Hände voll.« Er nickte und hörte zu. »Mm-hm. Ich sage ihr, dass sie später zurückrufen soll.«

Er legte auf, schob mein Handy in meine Tasche und nahm mir das Essen ab. »Danke«, sagte ich. »Himmel, ich liebe sie wirklich, aber ich bin achtzehn, und sie verfügt immer noch über die gespenstische Gabe, mich mit ein paar Worten dazu zu bringen, mich wieder so zu fühlen, als wäre ich drei Jahre alt.«

Quinns Lachen wurde von der braunen Tüte erstickt, in die er das

Gesicht schob, um zu sehen, was ich bestellt hatte. »Ich glaube nicht, dass sich das je ändert. Du hast mir was mitgebracht?« Er sah mich mit einem breiten Grinsen an. »Danke.«

»Nur damit du nicht über meins herfällst. Ich sterbe vor Hunger.« Wir gingen um einen Typen herum, der in sein Telefon brüllte.

»Zu mir?«

Ich sah seinen Truck ein Stück die Straße hinunter stehen, stimmte zu und folgte ihm. »Was machst du überhaupt hier?«

Er öffnete mir die Tür, wartete, bis ich saß, bevor er selbst einstieg und meine Frage beantwortete. »Ich wollte mir eigentlich auch was zu essen holen. Toby ist mit Pippa zum Dinner ausgegangen, und ich hatte keine Lust zu kochen.«

»Und mit kochen meinst du, dir was in der Mikrowelle heiß zu machen?« Ich schnallte mich an. Er prustete vor Lachen. »Was? Tust du das nicht?«

»Touché.«

Einige Minuten später hielten wir vor seinem Haus, und obwohl er in der Nähe des Campus wohnte, war ich froh, dass er sich entschieden hatte zu fahren. Draußen begann es eisig kalt zu werden.

Sowie wir im Haus waren, stellte er Teller auf den Esstisch und holte zwei Gläser Wasser. Ich hatte nicht übertrieben, ich war wirklich so ausgehungert, dass ich kaum zwei Worte zu ihm sagte.

»Scheiße, Dais.« Er wischte sich mit einem Papiertuch den Mund ab. »Hast du das Mittagessen ausfallen lassen?«

»Und das Frühstück«, murmelte ich mit einer Gabel Pasta im Mund.

»Das kannst du nicht machen, Daisy.«

»Ich weiß, aber ich habe verschlafen.«

Auch ohne von meinem Essen hochzublicken, wusste ich, dass er grinste. »Manche Dinge ändern sich nie.«

»Nö. Ich bin zu der Einsicht gelangt, dass ich nie ein perfekt organisiertes Leben führen werde. Damit habe ich mich abgefunden.«

»Gut«, sagte er nur und beendete seine Mahlzeit.

Danach warf ich die Essensbehälter in den Müll, während Quinn unsere Gabeln abwusch. »Wirklich?«, fragte ich, lehnte mich gegen die Theke und sah zu, wie er die Käsereste mit der Spülbürste wegschrubbte.

»Wirklich.« Er legte sie auf den Geschirrständer und ging dann so weit, das Geschirrtuch von der Ofentür zu nehmen, sie abzutrocknen und wieder in der Schublade zu verstauen. »Er nörgelt deswegen nicht ständig, aber ich merke ihm an, dass es ihn stört.«

Da ich wusste, dass er von Toby sprach, fragte ich: »Wenn nicht alles ordentlich ist?«

»Ja, sonst hat er Mühe, sich zu entspannen oder so. Schwer zu erklären.«

»Pippa hat mir ein bisschen erzählt«, meinte ich. »Dass er unter Angstzuständen und Depressionen leidet.«

Er lehnte sich gegen die Spüle, trocknete sich die Hände ab und sah mich zögernd an. Ich lächelte, was ihn genug ermutigt haben musste, mir mehr anzuvertrauen. »Genau. Man würde es nicht glauben, wenn man ihn so anschaut. Nicht, wenn man ihn nicht besser kennt. Er verbirgt es gut, es sei denn, er verliert die Kontrolle über sich.«

»Wie sieht das denn dann aus?«

Er hängte das Tuch wieder auf und bedeutete mir, mit ins Wohnzimmer zu kommen, wo er ein paar DVDs aussuchte. »Ich habe nur ein paar Mal erlebt, dass er richtig schlecht drauf war. Es kann glimpflich ablaufen oder wirklich schlimm werden. Entweder flippt er dann total aus, dreht wegen jeder Kleinigkeit durch, oder er schläft tagelang, das ist das Übelste.«

»Tatsächlich?« Viel hatte Pippa mir nicht erzählt, nur dass sie bereit war, ihnen beiden eine Chance zu geben. Und sie hatte sich zu sehr auf die Sache eingelassen, um das nicht zu tun.

»Yeah. Bei den Playoffs letztes Jahr ist er komplett ausgerastet. Hat sich mit jemandem vom gegnerischen Team geprügelt. Der Trainer hätte ihn dieses Jahr fast nicht zurückkommen lassen, aber na ja, er ist ein verdammt guter Spieler.«

»Was bringt ihn denn so auf die Palme?«

Er hielt zwei DVDs hoch, und ich deutete auf die mit Autos auf dem Cover, weil mir eigentlich egal war, was wir uns anschauten. »Das weiß niemand mit Sicherheit. Es kann etwas ganz Belangloses sein, zum Beispiel, wenn etwas verschwunden ist, was ihm gehört, oder wenn jemand ihn dumm anmacht. Und warum er in Depressionen versinkt ... ich habe keine Ahnung. Ich kann mir nur vorstellen, dass ihm alles zu viel wird und ihn hinunterzieht. Er spricht nicht gern darüber.«

Ich versuchte, alles, was er gesagt hatte, zu verarbeiten und mein neues Wissen mit dem Typen in Einklang zu bringen, den ich gerade kennenzulernen begann. Und der meine beste Freundin datete.

»Er hat also ein Aggressionsproblem.«

Quinns Augen weiteten sich angesichts der Besorgnis in meiner Stimme. »Nein. Na ja, schon.« Er fluchte leise. »Ich kann das nicht so gut erklären. Ehrlich gesagt, weiß ich zu wenig darüber. Aber ich kenne ihn. Er würde nie ... ich weiß, dass er das nicht tun würde. Außerdem würde ich das nie zulassen.«

Das klang so überzeugend, dass ich ihm glaubte. »Okay.«

Er wechselte das Thema. »Fährst du zu Thanksgiving nach Hause?«

»Nein, die Reise ist zu weit, wenn ich sie wahrscheinlich Weihnachten ohnehin sehe. Und du?«

Er legte die DVD ein und setzte sich neben mich. »Nach dem Spiel. Kommst du dieses Wochenende auch dahin?«

»Zu dem Spiel?« Er nickte und ließ sich entspannt auf der Couch nach hinten sinken. »Äh ... wenn du willst.«

»Und ob ich das will«, gab er zurück. »Ich hätte auch gerne, dass du danach über das Wochenende mit mir nach Hause kommst.«

Ich begann gerade, mich in seiner Nähe wohlzufühlen; ließ mich von der Hitze wärmen, die sein Körper ausstrahlte, aber bei dieser Frage verkrampfte ich mich. »Du möchtest, dass ich mit dir nach Hause fahre?« Ich fürchtete, an meinem Herzen zu ersticken.

Er musterte mich nachdenklich, strich mit dem Finger über seine Stirn. »Möchtest du nicht?«

Mein offen stehender Mund klappte zu. Ich wollte schon, aber ... »Das ist eine ziemlich große Sache, Quinn.«

Er griff nach meiner Hand und zog daran, bis ich über seinem Körper lag. »Stimmt. Und es würde mir alles bedeuten.«

Der Ernst in seinen Augen führte mich in Versuchung, auf der Stelle einzuwilligen. »Ich kann nicht.«

»Dais, bitte. Ich bin ein verzweifelter Mann, der bereit ist, auf die Knie zu sinken und zu betteln. Lass mich dich doch nach Hause mitnehmen.« Er strich ein paar Haare hinter meine Ohren. »Damit du dich erinnerst.«

Das Geräusch quietschender Reifen von dem Film hinter mir dröhnte in meinen Ohren.

»Ich werde darüber nachdenken«, sagte ich schließlich.

Seine Augen wanderten zu meinen Lippen. Ich presste einen Finger auf seine und murmelte: »Greif den Dingen nicht zu weit vor, Q-Tip.«

»Ich gebe dir gerne mehr als meinen Q-Tip. Sag mir nur, wann und wo.«

Ich brach in schallendes Gelächter aus, und mein Kopf sank auf seine harte Brust. »Das hast du jetzt *nicht* gesagt.«

Seine Brust grollte unter meiner Wange gleichfalls vor Lachen. »Du hast es herausgefordert.«

Er drehte mich so, dass ich halb auf seiner Seite, halb auf der Couch lag und mein Kopf in seiner Armbeuge ruhte, und wir machten es uns bequem, um den Film zu gucken.

Ich konnte mich nicht erinnern, viel davon mitbekommen zu haben, aber ich erinnerte mich, dass ich seinen Duft eingeatmet und mich gefühlt hatte, als würde mein Körper perfekt zu seinem passen.

Fünfunddreißig

Daisy

Jubel brandete auf, als Quinn einen perfekten Pass hinlegte, woraufhin ein anderer Spieler, ich glaube, es war Paul, auf die Endzone zujagte.

»Das wird ja echt spannend.« Pippa mümmelte Popcorn.

»Allerdings. Einmal habe ich erlebt, wie eine Horde von Fans gegnerischer Teams aufeinander losgegangen ist. Das war bei einem verdammten Highschoolspiel.«

Pippa lachte. Ihr Blick klebte an Toby, der während des ersten Viertels auf der Bank gesessen hatte und nicht allzu glücklich darüber wirkte. »Er ist sauer«, stellte sie fest und wirkte plötzlich angespannt.

»Man sieht es. Warum sitzt er auf der Bank?«

»Keine Ahnung. Muss etwas getan haben, was dem Trainer nicht gepasst hat.«

Als das zweite Viertel anbrach, war er aufgesprungen und auf dem Feld, noch bevor der Trainer ihn einwechseln konnte.

»Zeigt es ihnen, Tomahawks!«, brüllte ein Typ hinter uns, und wir zuckten zusammen. Seine Freunde fielen mit ein und wurden immer lauter, als es auf die Halbzeit zuging.

Eine Frau, die ein paar Reihen unter mir stand, erregte meine Aufmerksamkeit; sie winkte mit beiden Armen über dem Kopf. Der neben ihr sitzende Mann versuchte sie auf ihren Sitz zurückzuziehen.

Quinn sen. und Amy, Quinns Eltern. Jede Faser meines Körpers bebte vor Nervosität. Aber sie wirkte nicht aufgebracht, sondern glücklich, deshalb winkte ich zögernd zurück, bevor Quinns Dad es schaffte, sie dazu zu bewegen, sich wieder zu setzen.

»Wer war das?«, fragte Pippa.

»Quinns Eltern.«

Sie versetzte mir einen Rippenstoß. »Sei nicht so nervös. Sie hat dir zugewinkt wie eine Irre.«

Aber ich kam nicht dagegen an. Es war so lange her, und ich wusste nicht, wie sie jetzt zu mir standen. Nach diesen letzten paar Monaten.

»Ach du Scheiße.« Pippa sprang auf.

»Was ist?« Ich blickte mich um. Dann sah ich es. In der Ecke des Feldes rempelten sich zwei Spieler, einer aus jedem Team, an und stießen sich herum. Als eine Faust flog, schnappte ich nach Luft. »Toby?«

»Yeah.« Pippa hatte die Hände vor den Mund geschlagen, ihr Körper wirkte so angespannt, als wollte sie nach unten rennen, wäre sich aber nicht sicher, ob sie sich überhaupt von der Stelle rühren konnte.

Die Kontrahenten wälzten sich auf dem Boden und droschen aufeinander ein, bevor ein paar der anderen Spieler
dazwischengingen. Wir und die Menge verfolgten schweigend, wie der Schiedsrichter ihnen den Arsch aufriss und die Trainer hinzugezogen wurden. Unser Trainer zeigte mit dem Finger in Richtung der Seitenlinien, und Toby riss sich seinen Helm herunter und breitete die Arme weit aus.

Gemurmel und höhnische Bemerkungen brandeten in den Tribünen auf, aber wir konnten nur hilflos zuschauen.

Toby stürmte endlich vom Feld. Er hatte seinen Helm auf den Boden geschleudert und trat jetzt einen Korb mit Wasserflaschen um. Doch damit nicht genug, nein, ich konnte förmlich sehen, wie der Schweiß aus seinen Haaren spritzte, als er grob mit der Hand hindurchfuhr und dann Trainer und Schiedsrichter mit einem wüsten Wortschwall überschüttete. Man konnte nicht verstehen, was er sagte, aber die Wut und Pöbelei waren geradezu greifbar zu spüren.

»Oh Gott.« Pippa setzte sich wieder, als Toby unter den Tribünen verschwand. Die Wasserjungen beeilten sich, all die Getränkeflaschen wieder einzusammeln, die Toby an der Seite des Feldes verstreut hatte.

Die Tomahawks schienen sich samt und sonders nicht rühren zu können, auch nicht, als der Schiedsrichter zur Halbzeit pfiff.

»Ich muss ihn suchen.« Pippa sammelte ihre Siebensachen zusammen.

»Warte.« Das, was Quinn mir früher in der Woche über Toby erzählt hatte, bereitete mir Kopfzerbrechen. »Glaubst du nicht, du solltest ihn sich erst mal abregen lassen?«

Sie drängte sich schon aus unserer Reihe. »Das passt schon. Wir sehen uns später.«

Ich wollte ihr glauben. Ich meine, sie kannte ihn entschieden besser als ich.

Ich sah mir das Spiel mit Klumpen im Magen zu Ende an, machte mir Sorgen um Pippa, um Toby und darum, was zum Teufel ich zu Quinns Eltern sagen sollte.

Wie sich herausstellte, war der letzte Teil überflüssig gewesen. Ich schaffte es von der Tribüne bis zum Parkplatz, bevor Amy mich entdeckte und mich in eine Umarmung zog, in der ich fast erstickte.

»Liebe Güte«, schnaufte sie in mein Ohr. »Du bist ja so gewachsen. Eine erwachsene Frau geworden.« Sie trat zurück, fasste mich bei den Schultern und musterte mich mit tränenumflorten Augen von Kopf bis Fuß, bevor sie mein Gesicht zwischen die Hände nahm. Ihre Lippen zitterten. »Du warst immer schon ohne besondere Anstrengung bildhübsch, aber jetzt bist du eine richtige Schönheit. Auch ohne besondere Anstrengung.«

Quinn sen. mischte sich ein. »Lass sie los, Ames.«

Sie gehorchte widerstrebend, und meine Nervosität kehrte mit Macht zurück, als mich vertraute haselnussbraune Augen anstarrten. Dann lächelte er, und ich wusste, dass alles in Ordnung war. »Komm her. Himmel, schau dir an, wie groß du bist.« Ich wurde an seine Brust gezogen, und Amy gesellte sich zu uns.

»Erzählt mir nicht, das Wiedersehen hat ohne mich stattgefunden«, erklang Quinns Stimme hinter uns. Wir lösten uns voneinander und sahen ihn dort stehen. Er ließ seine Tasche auf den Boden fallen. Sein Haar war nass, sein Shirt feucht, als hätte er die schnellste Dusche in der Geschichte der Menschheit genommen.

»Fantastisches Spiel, Kiddo.« Sein Dad zerzauste ihm die Haare und zog ihn dann an seine Seite. Es war verrückt, wie ähnlich sie sich sahen. Beide groß und kräftig, dieselben Haare, Augen, harten, kantigen Kiefer und sogar dasselbe Grinsen. Nur dass Quinn jetzt ein Stück größer als sein Vater war.

»Yeah.« Quinn seufzte und blickte sich auf dem Parkplatz um.

Sie hatten gewonnen, aber ich sah ihm an, dass er an das dachte, was mit Toby schiefgelaufen war. »Hast du ihn gesehen?«, fragte er mich.

»Nein. Aber Pippa hat sich auf die Suche nach ihm gemacht, als er das Feld verlassen hat.«

Er legte die Stirn in Falten und nickte, und seine Mom klatschte in die Hände. »Dann lasst uns gehen. Es wird spät. Hast du deine Tasche gepackt, Daisy?«

Ich zwinkerte ein paar Mal verblüfft. »Bitte was?«

Quinns Dad blickte zur Seite und lachte leise.

Ich sah Quinn an, der angelegentlich den Boden studierte. »Quinn.«

»Hmm?« Der Blick, den er mir zuwarf, war so zerknirscht, dass ich ihn gleichzeitig ohrfeigen und bis zur Besinnungslosigkeit küssen wollte.

»Hast du ihnen gesagt, dass ich mit dir nach Hause komme?« Ich versuchte, keine Panik in meine Stimme einfließen zu lassen. Es blieb bei dem Versuch.

»Vielleicht. Kann sein, dass ich es erwähnt habe. Genau erinnere ich mich nicht.«

»Du erinnerst dich nicht?« Meine Brauen stiegen in die Höhe.

Seine Mom gluckste hinter uns vergnügt. »Viel ändern tut sich nicht, oder? Würde es helfen, wenn ich dir sage, dass ich schon angefangen habe, für morgen ein Festessen vorzubereiten?«

Meine Lippen zuckten, und ich schob meine Brille höher auf meinen Nasenrücken, ohne die Augen von Quinn abzuwenden, der mich jetzt offen angrinste. »Vielleicht.«

»Dann ist das abgemacht. Ich habe schon alles fertig, falls wir schon schlafen, wenn du kommst.«

Beide umarmten uns kurz und gingen zu ihrem Auto, und Quinn sen. ermahnte seinen Sohn: »Fahr vorsichtig.«

»Oh, du bist so was von hinterhältig«, zischte ich und gab ihm einen Klaps auf die Brust, sowie seine Eltern losfuhren. Er griff nach meiner Hand und zog mich an sich. Er roch nach seinem Duschgel, und ich hätte am liebsten die Nase an seinem Hals vergraben und den Duft tief eingeatmet, doch ich legte den Kopf in den Nacken und sah finster zu ihm hoch. »Was hast du ihnen gesagt?«

Er leckte sich über die Lippen. Seine Augen verschleierten sich, als sich sein Arm fester um mich schloss. »Nur, dass du darüber nachdenkst. Was, wie du weißt, ein Ja ist, wenn es um dich und mich geht.«

Ich wand mich mit einem spöttischen Schnauben aus seinem Griff. »Ganz schön eingebildet, wie?«

»Ich warte nur ab, aber ja, wie ich schon sagte, wir sind ... unvermeidlich.«

»Happy Thanksgiving, meine Schöne.« Callums Arm schlang sich um meinen Hals und zog mich an seine Brust, woraufhin Quinn tatsächlich knurrte wie ein wütender Hund und ich lachen musste. Callum drückte mir einen Kuss auf die Wange, bevor er mich freigab. »Entspann dich, Burnell. Sie schuldet mir einen Kuss, weil ich einen Frosch für sie gewonnen habe. Soll ich mir jetzt nehmen, was mir zusteht, oder wäre es dir lieber, ich warte, bis du sie endlich zurückerobert hast?«

Quinns Kiefer war hart wie Granit, als er knirschte: »Komm mit deinen Lippen noch einmal in ihre Nähe, und ich reiße sie dir ab.«

Callum zwinkerte mir zu. »Dann später.«

Quinn machte Anstalten, sich auf ihn zu stürzen, und Callum joggte davon, dabei winkte er mir lachend über den Kopf hinweg zu.

»Arschloch«, grollte Quinn. »Was zum Henker hat er für dich gewonnen?«

»Einen Plüschfrosch.«

»Den, den du an diesem Abend in meinem Truck vergessen hast?«

Ich ignorierte die Hitze in den rau hervorgestoßenen Worten. »Ich habe mich schon gefragt, wo er hingekommen ist.«

Bei meinem Wohnheim wartete Quinn unten, während ich eine kleine Reisetasche packte.

Pippa war nicht da, also zückte ich mein Telefon und schickte ihr eine Nachricht des Inhalts, dass ich Montag wieder da sein würde.

Aufregung und Beklommenheit durchströmten mich, als ich langsam die Stufen hinunterging. Ich konnte kaum glauben, dass ich diesen Schritt wirklich tat. Ich verbrachte nicht nur zwei volle Tage mit Quinn, sondern kam auch nach Hause zurück.

Quinn war am Telefon, als ich die Trucktür öffnete. »Kann ihn nicht erreichen.«

Ich kletterte hinein, schloss die Tür und stellte meine Tasche auf den Boden. »Toby?«

»Ja.« Er seufzte, legte das Telefon weg und schaltete die Zündung ein. »Ich hoffe, er ist okay. Der Trainer schäumt vor Wut.«

»Wahrscheinlich ist Pippa bei ihm.«

Er summte. Die Armaturenbrettlichter beleuchteten sein sorgenvolles Gesicht.

Ich griff nach seiner Hand und spielte mit seinen Fingern, als wir die zweistündige Fahrt nach Clarelle antraten. Als ich die Beine ausstreckte, stieß mein Fuß gegen etwas im Fußraum.

Mein Frosch. Ich hob ihn auf und setzte ihn mit einem tückischen Lächeln zwischen uns. Quinn blickte auf ihn hinunter, wieder auf die Straße und wieder auf den Frosch. Seine Kiefer mahlten, und er trommelte mit den Fingern auf dem Lenkrad herum.

Als wir dann auf den Highway abbogen, sagte er: »Ich hoffe, du hängst nicht zu sehr daran.«

»Was?«

Er kurbelte das Fenster hinunter, schnappte sich den Frosch und warf ihn aus dem Truck. »Jetzt schuldest du ihm gar nichts mehr.«

»Quinn!« Ich fuhr herum und sah ihn auf ein hinter uns fahrendes Auto zuhüpfen. »Ich mochte den. Er war so niedlich.«

»Ich schenke dir einen größeren.«

• • •

Seine Eltern schliefen in der Tat schon, als wir ankamen, und mein Herz schwoll auf das Zehnfache seiner Größe an, als ich alles in seinem ranchähnlichen Elternhaus in mich aufsog. Es war alles noch genau wie früher, mit einigen wenigen Veränderungen. »Neuer Kühlschrank«, bemerkte ich.

Quinn warf seine Schlüssel auf einen kleinen weißen Tisch am Eingang und schleuderte seine Schuhe von sich. »Der alte hat den Geist aufgegeben, kurz nachdem Mom letztes Jahr groß für Weihnachten eingekauft hat. Ich schwöre, dass sie fast geweint hat.«

»Ach herrjeh.«

»Komm, es ist schon ziemlich spät.« Er nahm meine Hand und führte mich nach oben in sein Zimmer, das sich bis auf die Bilder, die ich ihm gemalt und die früher an der Wand neben seinem Bett gehangen hatten, kaum verändert hatte. Jetzt waren sie fort. Es tat weh, und mir kamen die Tränen.

Quinn stellte unsere Taschen auf den Boden, trat hinter mich und schlang die Arme um meine Taille. »Sie sind alle noch da. Mom hat gesehen, wie ich sie heruntergerissen habe, und sie mir abgenommen. Ich weiß, dass sie sie aufbewahrt hat.«

Ich holte zittrig Luft und nickte. »Wo soll ich schlafen?«

»Hier.« Er deutete auf das große Bett. »Mit mir.«

Seine Eltern hatten solche Dinge immer viel lockerer gesehen als meine. Na ja, meine Mom ging noch, der Engstirnigere von beiden war mein Dad. »Ich habe Hunger. Willst du auch was?«

Ich schüttelte den Kopf, und er drückte mich, hob meine Füße vom

Boden hoch und brachte mich so zum Lächeln, bevor er mich losließ und nach unten ging.

Als ich mich für das Bett fertig machte, fühlte ich mich plötzlich ungewöhnlich ausgelaugt. Das musste an dem Nebel aus Nostalgie und Unwirklichkeit liegen, der sich über mich gelegt hatte, sowie wir in die Stadt hineingefahren waren.

Ich konnte es einfach nicht fassen, dass ich wieder hier war, und auch noch mit Quinn.

Nachdem ich mir die Zähne geputzt hatte, stieg ich in das Bett und wartete auf ihn. Als er zurückkam, aß er ein Sandwich und einen Apfel gleichzeitig und benutzte den Fuß, um die Tür zuzuschieben. »Von deiner Mama wirst du wahrscheinlich einiges zu hören kriegen, wenn du das ganze Bett vollkrümelst.«

Er grinste, dann stopfte er sich den Rest des Sandwichs in den Mund, half mit den Fingern nach und hatte Mühe zu kauen. »Schon haben Krümel keine Chance mehr«, nuschelte er.

Ich lachte und schlug eine Hand vor den Mund, um seine Eltern, die ein Stück die Diele hinunter schliefen, nicht zu wecken. »Du bist schon etwas Besonderes, Quinn Burnell, weißt du das?«

Er sprang über mich hinweg. Sein Apfel fiel auf das Bett, als er meine Wange mit nach Erdnussbutter riechenden Küssen übersäte. »Igitt, lass das!«

Er packte meine Wangen, drückte sie mit einer Hand zusammen und presste dann die Lippen auf meine. Es begann spielerisch, doch dann überwand ich meinen Widerwillen gegen die Erdnussbutterreste und zog ihn auf mich hinunter. »Ich will dich«, flüsterte er. Seine Hüften kreisten an meinen.

»Nicht hier«, wehrte ich ab, obwohl ich mich allmählich so verzweifelt nach ihm sehnte, um mich nicht darum zu scheren.

Er griff stöhnend nach dem Apfel, stand auf und ging ins Bad.

Als er in das Zimmer zurückkam, ließ er seine Hose fallen, bedachte mich über seine Schulter hinweg mit einem schamlosen Lächeln und zog langsam eine Jogginghose aus seiner Tasche. Als Nächstes streifte er sich sein Shirt über den Kopf, doch er ersetzte es nicht durch ein neues. Und selbst in dem schwach erleuchteten Raum war ich von seinen kräftigen Armen, dem glatten, muskulösen Rücken und, als er sich zu mir umdrehte, den verdammten Bauchmuskeln gefesselt, die mich geradezu einluden, sie mit der Zunge nachzuziehen.

»Hast du nicht vor, ein Shirt anzuziehen?«, fragte ich eine Spur zu heiser, als er in das Bett kletterte, und presste die Schenkel zusammen. Er musste sich wirklich unbedingt etwas überziehen.

»Nein.« Sowohl seinem Grinsen als auch seinem Tonfall hafteten Schalk an.

»Schön«, schnaubte ich und rollte mich mit dem Gesicht zur Wand, um zu verhindern, dass ich mich auf ihn stürzte oder zu sabbern begann.

Er zog mich wieder an sich und wälzte mich herum. »Ich werde mich benehmen. Aber schau mich an. Ich muss dich sehen.«

Ich verzog das Gesicht. »Besser?«

»Viel besser.« Er lachte, dann nahm er mir meine Brille ab und legte sie hinter sich auf den Nachttisch. »Ich muss dich etwas fragen.«

»Okay.« Aber er zögerte und zog die Unterlippe zwischen die Zähne. Ich löste sie behutsam daraus.

»Frag«, flüsterte ich.

»War ich vor Callum der Einzige, den du geküsst hast?«

»Ja«, erwiderte ich prompt.

Seine Augen fielen zu. Er schien mit meiner Antwort zu kämpfen, was mir bestätigt wurde, als er sagte: »Ich bin so ein Idiot.«

»Quinn.«

»Nein, Dais.« Er berührte meine Lippen, folgte ihnen mit dem Finger. »Die hier. Sie haben immer mir gehört. Alles, was du zum ersten Mal getan hast, hätte ich bewahren müssen, und ich habe es weggeworfen, als alles um uns herum zusammenbrach.« Er sog zittrig den Atem ein, wobei sich seine Schultern hoben, und stieß ihn dann aus. »Jetzt hat ein anderer sie geküsst, und damit werde ich nicht fertig.«

Ich zwinkerte meine aufsteigenden Tränen weg und flüsterte: »Aber du bist weiter gegangen als das. Viel weiter.«

Er zog erneut seine Unterlippe in den Mund. »Ich weiß«, krächzte er. »Es tut mir leid.«

Das glaubte ich ihm sogar, aber es war trotzdem passiert. »Warst du ihr Erster? Und ... gab es nur sie?« Mein Magen zog sich zu tausend empörten Knoten zusammen, als er die Augen schloss. Ich wandte mich ab und blickte zum Fenster.

»Nein, ich war nicht ihr Erster.« Er legte den Finger auf mein Kinn und richtete meinen Blick wieder auf seine feuchten braunen Augen. »Und es gab ein paar vor Alexis. Ich werde dich nicht anlügen.« Ich nickte. Meine Kehle schnürte sich zu, und mein Herz verkrampfte sich. »Aber du bist die Einzige, bei der es sich je so angefühlt hat, als wäre es mehr. Als könnte ich nicht genug bekommen, so sehr ich es auch versuche. Uns bleibt noch der Rest unseres Lebens, damit ich dir das beweisen kann.« Auf jedem perfekten Zentimeter seines Gesichts malte sich Verletzlichkeit ab, seine Wimpern flatterten, als seine Augen in meinen forschten. »Wenn du mich haben willst.«

Die Art, wie er die Worte aussprach, sowie die darin verborgene geflüsterte Bitte bewirkten, dass ich beinahe wie ein Baby gewimmert hätte. Vielleicht würde es immer wehtun, wenn ich mich daran erinnerte, was er getan hatte, und an meine eigenen Gewissensbisse. Aber tief in meinem Inneren wusste ich, dass der Schmerz unendlich größer sein und möglicherweise nie enden würde, wenn ich ihm nicht verzeihen konnte. »Ich will dich«, flüsterte ich rau.

Ihm entwich ein Atemstoß, der über mein Gesicht wehte, und er ließ den Kopf auf meinen Hals sinken, wo er tief Luft holte und seine Nase in meine Haut grub. Sein Körper senkte sich auf meinen, bis er flach auf mir lag, und ich hieß sein Gewicht und seine Kraft willkommen, indem ich die Arme um ihn schlang. Einen über seine Taille, den anderen um seine Schultern, dann gruben sich seine Finger in meine Haare und drückten meinen Kopf in seine Halsbeuge.

Sechsunddreißig

Daisy

Ich hatte vergessen, wie schön es sein konnte, zuzuschauen, wie die Sonne über den weitläufigen Feldern aufging. Wie die Farbe langsam vom Horizont zu der Farm kroch und alles Stück für Stück in goldrote Strahlen tauchte.

Ich war schon vor Sonnenaufgang aufgestanden. Hatte instinktiv gewusst, dass ich dieses Schauspiel bewundern wollte – nein, musste –, mich behutsam von Quinn gelöst und nach meinem Skizzenblock gegriffen, bevor ich geräuschlos nach unten gehuscht war.

Als hätte er mit meinem frühen Auftauchen gerechnet, war Quinn sen. schon auf gewesen und hatte Kaffee getrunken und Schinken und Eier gefrühstückt, während er die Zeitung las. Er schob mir einen bereits gefüllten Becher hin und deutete auf Zucker und Milch auf dem Tisch. Sobald ich ins Freie trat, wachte Spud auf und wedelte sporadisch mit dem Schwanz, als er neben mir hertrottete. Jetzt döste er neben dem Baum und schlug mit der Pfote nach einer Fliege, die auf seiner Nase zu landen versuchte.

Ich legte meinen Stift in mein Mäppchen zurück, beugte mich vor und stützte Arme und Kinn auf meine angezogenen Knie, um zu verfolgen, wie die Sonne endgültig am Himmel hochstieg.

Vielleicht musste man nicht immer versuchen, Schönheit einzufangen. Manchmal musste man sie nur auskosten, in sich einsickern lassen und seine Seele mit Farbe füllen.

Meine Seele war hier glücklich. So glücklich, dass ich spürte, wie eine Träne aus meinem Augenwinkel rann. Ich trank einen Schluck Kaffee, wischte sie weg und lehnte mich wieder gegen den Stamm der Weide.

Die Schaukel war fort, aber die ein kleines Stück entfernten Felsbrocken noch da. Sie waren dort, wo das Gras endete, ungehindert in die Erde eingesunken. Die Erinnerung an das, was wir vor all diesen Jahren getan hatten, kam mir albern vor. Aber es fühlte sich auch so an, als hätte damit der Zauber begonnen.

Mit einem toten Hahn.

Ich schüttelte den Kopf, lachte leise und stellte meinen Becher ab. Das Knirschen von Schritten drang an mein Ohr, ich blickte auf und sah Quinn mit in die Taschen seiner Jeans geschobenen Händen auf mich zukommen.

Er setzte sich, und ich quiekte, als er mich hochhob, mich zwischen seinen gespreizten Beinen platzierte und mich an seine Brust zog. Seine Arme ruhten schwer auf mir und kesselten mich ein. »Warum bist du weggegangen?«

Meine Kehle schnürte sich zu. Ich wusste, dass er versuchte, die Sache spielerisch anzugehen, aber ich konnte ihn hören, den leisen Anflug von Furcht in seiner Stimme. »Sorry, ich wollte mir den Sonnenaufgang ansehen.«

Er strich mir ein paar Haare aus dem Nacken und presste die Lippen auf die Stelle. Sein Atem kitzelte meine Haut, und nach einer Minute spürte ich, wie er sich ein wenig entspannte. »Ich dachte, es wäre ein Traum. Als ich aufwachte und fest damit gerechnet habe, dass du da bist. Einen Augenblick lang dachte ich, ich wäre in die Zeit vor zwei Jahren zurückversetzt worden, und das alles wäre nur ein Traum gewesen.«

Ich fasste ihn am Arm und hob meine andere Hand, um ihm über Wange und Kinn zu streichen. »Ich weiß, was du meinst.«

»Während wir geschlafen haben, hat Alexis versucht, mich anzurufen.«

Meine Hand fiel nach unten. »Wirst du sie zurückrufen?« Ganz egoistisch hoffte ich, er würde es nicht tun, aber ich wusste, dass das nicht so einfach war.

»Ich habe es erwogen, aber was soll ich ihr denn sagen? Ich bin wegen dem, was sie in deinem Zimmer angerichtet hat, stinksauer auf sie, aber ich komme mir auch immer noch wie ein richtiger Scheißkerl vor.«

»Mach dir wegen mir keine Gedanken«, sagte ich leise.

»Das ist unmöglich.« Er drückte mich. »Hast du gefrühstückt?«

»Du versuchst immer, mich zu füttern.«

Er kicherte an meinem Hals. »Werd nicht frech. Das Frühstück ist …«

»Die wichtigste Mahlzeit des Tages.« Ich lachte, als seine Hand nach unten wanderte, um mich am Bauch zu kitzeln. »Ich weiß.«

Ein Hahn krähte. Quinn griff nach meinem Becher und trank einen Schluck. Ich nahm ihn ihm ab und trank selber rasch, bevor er ihn leerte.

»Hey.« Seine Hände glitten unter mein Shirt und über meinen Bauch. »Was ist eigentlich aus Frederick geworden?«

»Ach, das ist schrecklich. Du willst es gar nicht wissen.«

»Dais, ich habe Dad hier bei vielen wenig schönen Sachen geholfen, ich kann damit umgehen.«

Mit einem Seufzer sank ich gegen ihn und lehnte den Kopf gegen seine Schulter. »Er wurde überfahren.«

Quinn versuchte sein Lachen zu verbergen, aber ich spürte es und drehte mich um, um ihn böse anzufunkeln. »Entschuldige«, murmelte er.

»Er war nicht daran gewöhnt, okay? In einer belebten Nachbarschaft zu leben. Er hatte keinerlei Verkehrserfahrung.«

»Keine Verkehrserfahrung?« Er schnaubte.

»Sei still. Ich habe ihn geliebt.«

Bei diesen Worten verstummte er, schob meinen Kopf auf seine Schulter hinunter und strich mir die Haare aus der Stirn. »Ich weiß. Tut mir leid.«

»Eine Weile kam er ganz gut klar. Aber dann ist er einfach ausgebüxt. Ein paar Tage, nachdem wir sein Verschwinden bemerkt haben, fand Dad ihn im Rinnstein der nächsten Straße.«

»Hast du ihn begraben?«

»Dad hat das gemacht«, entgegnete ich. »Frederick hat die Nachbarn zum Wahnsinn getrieben. Würde mich nicht wundern, wenn einer von ihnen eine günstige Gelegenheit gesehen und sie genutzt hätte.«

»Arschlöcher«, knurrte Quinn. »Wir haben wieder drei. Such dir einen aus.«

Ich lachte, fühlte mich vor Erleichterung ein bisschen schwindelig. Weil ich hier war. Das Heu in der Luft roch und spürte, wie die frische, klare Brise mir Haarsträhnen ins Gesicht wehte.

»Manchmal komme ich hier herunter, nur um mich zu erinnern, wo das mit uns begonnen hat. Um mich zu erinnern, dass das mit uns wirklich passiert ist.«

Meine Stimme kam über ein Flüstern nicht hinaus. »Du ahnst nicht, wie gut es tut, dies alles wiederzusehen. Zu wissen, was es bedeutet.«

»Eines Tages werde ich dich heiraten, Daisy June.« Meine Brust zog sich bei diesen Worten zusammen. »He, nicht weinen.« Er umfasste mein Kinn und streifte mit den Lippen meine Wangen.

»Nein, es ... das sind Glückstränen.« Ich schniefte; hatte gar nicht gemerkt, dass sich einige aus meinen Augen gelöst hatten. »Gilt das Angebot immer noch?«

»Es war nie ein Angebot. Sondern eine Feststellung. Ein Bauchgefühl.«

»Wirklich?«

»Yeah. Man schaut etwas oder jemanden an und sieht es. Fühlt es.«

»Was?«, fragte ich.

»Du. Wir. Jahre später. Immer.«

»Ja.« Mein Herz pochte in meinen Ohren.

Er summte und drückte mich noch enger an sich. »Wenn du das vor dir siehst – was tun wir?«

»Wir sind genau hier. Auf dieser Farm.«

»Du malst auf der Veranda, und ich arbeite auf den Feldern und versuche, einen klitzekleinen Blick auf dich zu erhaschen.«

Immer noch schnüffelnd würgte ich hervor: »Ja, all das. Ja.«

»Was siehst du noch?«

Schüchtern gestand ich: »Ein kleines Mädchen mit rotblonden Haaren, das dir überallhin folgt.«

»Und einen kleinen Jungen«, sagte er. »Der in deinen Kunstutensilien herumkramt und die Wände bemalt, wann immer wir ihm den Rücken zukehren.«

Das Bild, das wir geschaffen hatten, erschien mir so real, so schön, dass mir ein Schluchzen entfuhr. »Das wünsche ich mir so sehr. Ich habe es mir immer gewünscht.«

»Gut, dann ist es Zeit für uns, aufzuwachen. Weil wir all das haben werden.«

• • •

Wir blieben unter dem Baum sitzen, bis unsere Hinterteile taub wurden und unsere Mägen knurrten. Nach einem ausgiebigen Frühstück ging Quinn auf die Felder, um seinem Dad beim Ausbessern einiger Zäune zu helfen, während ich mit Amy den Lunch vorbereitete.

»Hast du Pluto schon gesehen?« Sie reichte mir das Salatbesteck.

»Noch nicht, aber ich kenne Bilder von ihm. Er ist umwerfend.«

»Quinton ist ziemlich stolz auf ihn.« Ein liebevolles Lächeln schwang in ihrer Stimme mit. »Du musst hinausgehen und ihn dir anschauen.«

»Mache ich.« Ich überprüfte den Truthahn im Ofen, während sie ein paar Teller vom Frühstück abwusch.

Ich reichte ihr das Geschirrtuch, damit sie sich die Hände abtrocknen konnte, und ging dann zum Kühlschrank, um Getränke herauszuholen und auf den Esstisch zu stellen.

»Weißt du«, sagte sie, als sie das Tuch aufhängte. »Ich habe gehört, was passiert ist.«

Mein Gesicht lief prompt flammend rot an, und sie lachte. »Nicht nur das. Aber das, was danach vorgefallen ist. Hast du sie gesehen?«

»Ja, habe ich.« Ich rang die Hände. »Es lief nicht allzu gut, aber vermutlich kann ich weder Verzeihung erwarten noch damit rechnen, dass wir alles wieder in Ordnung bringen können.«

Die zarten Linien auf Amys hübschem Gesicht wurden schärfer. »Hier hat niemand Schuld zuzuweisen oder etwas zu verzeihen. So wie ich es sehe, habt ihr euch alle gegenseitig Unrecht zugefügt. Du und Quinn, ihr hättet die Dinge nicht so angehen sollen, wie ihr es getan habt.«

»Ich weiß.« Scham stieg in mir auf, gerade als ich gedacht hatte, sie endlich abschütteln zu können.

»Aber ihr hattet sie vorher schon betrogen«, fuhr sie fort. »Es musste gar nicht körperlicher Natur sein. Aber wirklich, Alexis wusste genau, was du empfunden hast. Und ich bin sicher, sie wusste auch von Quinns Gefühlen. Sie hat das nur ignoriert. Gehofft, es würde vorübergehen.«

»Trotzdem hat sie so etwas nicht verdient.«

Amy lächelte mich warm an und trat näher, um meine Wange zu berühren. »Du bist ein gutes Mädchen. Aber tust du mir einen Gefallen?« Ich nickte. »Mach dir deswegen keine Vorwürfe. Wenn du meine Meinung hören willst, hätten Quinn und Alexis nie versuchen sollen, deine Abwesenheit auszunutzen. Es hätte nie so funktioniert, wie beide es sich ausgemalt haben.«

Nachdem sie meine Wange getätschelt hatte, verließ sie die Küche, und etwas in meiner Brust lockerte sich noch mehr.

• • •

»Psst.«

Ich fuhr im Wohnzimmer auf meinem Platz in der Nähe des Fensters herum. Quinn stand mit einer Decke und einer Taschenlampe unter dem Arm und einem schelmischen Lächeln auf dem Gesicht in der Tür. Mit einem Nicken zum vorderen Teil des Hauses ging er davon.

Voller Neugier, was er im Schilde führte, folgte ich ihm. Es war schon fast zehn Uhr, und seine Eltern waren gerade schlafen gegangen.

Spud schnaubte auf seiner Decke auf der Veranda, ließ uns aber ansonsten in Ruhe, als wir den Weg zu den Feldern einschlugen. Quinn griff nach meiner Hand und klemmte sie in seine Armbeuge, damit ich nicht über etwaige unter Gras und Unkraut verborgene Furchen stolperte.

Er breitete die Decke auf dem Gras links von der Weide aus und legte die Taschenlampe auf den Boden, bevor er sich setzte und mich auf seinen Schoß zog.

Seine Arme fühlten sich wie eine warme Decke an, und ich kuschelte mich an seine Brust. Ich wollte ihn eigentlich fragen, warum wir hier waren, aber dann legte sich in der Stille ein tiefer Frieden über mich.

Alleine. Bis auf die Kühe auf den weit entfernten Feldern und die Insekten, die tapfer genug waren, um in der kühlen Nacht zu zirpen, waren wir endlich alleine.

»Hier draußen ist es so viel klarer.« Ich lehnte den Kopf wieder an seine Schulter, um den sternenübersäten Himmel betrachten zu können. Seine Lippen glitten von einer Seite seines Kiefers zur anderen und erzeugten eine Gänsehaut, die nichts mit der winterlichen Kühle zu tun hatte.

»Kann ich dich küssen?«

Ich drehte den Kopf. Meine Lippen waren nur einen Atemzug von seinen entfernt. »Ich habe schon darauf gewartet, dass du das endlich tust.«

Seine Augen leuchteten sogar noch im Dunkeln. »Ich wollte dich nicht drängen.«

»Dräng mich«, flüsterte ich. »Ich bin schon dazu bereit, seit du mich hergebracht hast.«

Sein Atem streifte meinen Mund, dann waren seine Hand in meinen Haaren und seine Lippen auf meinen. Ich verschmolz mit ihm wie Eis im Feuer, und die Kälte wich der Art von Hitze, von der ich mich freudig verzehren ließ.

Er löste sich von mir und stützte die Stirn auf meine, als er die Finger in meine Haare grub. »Was ich letzte Nacht gesagt habe? Was ich gemacht habe, nachdem du aufgehört hast, mit mir zu reden, die anderen Mädchen …«

Mein Magen brannte. »Hör auf. Ich muss das nicht wissen.«

»Nein«, krächzte er. Sein Daumen schob sich zwischen unsere Münder, um über meine Unterlippe zu streichen. »Du musst wissen, dass ich verzweifelt war, fast den Verstand verloren habe. Immer habe ich nach diesen gottverdammten Lippen gesucht.« Ich drehte mich ganz um, meine Beine schlangen sich um seine Taille, und meine Hände umfassten seinen Kopf. Seine Hände krochen unter mein Shirt und an meinem Rücken hoch, seine rauen Fingerkuppen kitzelten meine nackte Haut. »Weil der Mond ohne die Sterne ganz alleine gegen die Dunkelheit ankämpfen muss.«

»Es tut mir leid.« Ich strich mit dem Daumen über seine Wange.

»Mir auch.«

Ich bog seinen Kopf zurück und senkte die Lippen auf seine. »Ich liebe dich.«

Seine Augen schlossen sich, und als sie sich wieder öffneten, waren sie voller Verlangen. »Ich werde dich immer lieben. Das wird nie aufhören.«

Unsere Lippen trafen sich, glitten drängend, aber sanft übereinander und tauchten unter die des anderen, unsere Hände klammerten sich fest, und unsere Herzen hämmerten gegen unsere Brustbeine.

Er ließ sich nach hinten fallen, und ich kippte über ihn, versenkte meine Zunge in seinem Mund, berauschte mich an seinem Geschmack, der Art, wie er mich berührte, sich an meinem Körper anfühlte und alles, was ich tat, mit einer Glut erwiderte, die meiner eigenen in nichts nachstand. »Ich will dich«, wiederholte ich seine Worte von letzter Nacht.

Er rollte sich stöhnend über mich, und ich zog an dem Band seiner Schlafanzughose.

Er schob sie über seinen Hintern, und ich griff nach unten und hob sein Shirt an, um über seinen Bauch zu streichen. Die Muskeln zuckten und spannten sich unter meiner Hand, und sein Atem stockte. »Dais.«

»Lass mich.«

»Ich würde nie auf die Idee kommen, dich aufzuhalten.«

Ich grinste zu ihm hoch und folgte mit den Fingerspitzen der feinen Haarspur, die zu seinem harten Glied führte. Sein gesamter Körper erschauerte über mir, als ich die Hand darum schloss und sie behutsam auf und ab bewegte.

Seine Nasenflügel bebten, und er fluchte leise. »Ich muss in dich, oder ich komme zu bald.«

Er löste meine Hand von sich und küsste sie, als ich schmollte. Dann rutschte er behutsam an meinem Körper herunter, zog am Gummibund meiner Leggings und meines Slips und zerrte beides an meinen Beinen hinunter.

Danach kroch er wieder über mich und stützte sich auf einen Ellbogen, während seine andere Hand meine Beine spreizte und seine Finger über die empfindliche Haut an der Innenseite meiner Schenkel wanderten.

Mein Kopf fiel nach hinten, als er meine Mitte erreichte und mit einem Finger über mich strich, bis ich weit offen für ihn war. »So warm.«

Ich murmelte zur Antwort nur etwas Unzusammenhängendes, und er lachte leise. »Ich glaube, du bist mehr als bereit für mich«, sagte er, schob einen Finger in mich hinein und zog ihn dann wieder heraus, um die Feuchtigkeit über meinen empfindlichsten Bereich zu reiben.

»Ja«, stöhnte ich.

Er legte sich zwischen meine Schenkel, hakte meine Beine hinter seinen Rücken und drang vorsichtig in mich ein. Als er mich ganz ausfüllte, hielt er inne, seine Hände tasteten nach meinen und verflochten zu beiden Seiten meines Kopfes unsere Finger miteinander.

Obwohl er sich langsam und zielstrebig bewegte, fühlte sich sein Körper an, als würde er zittern. »Frierst du?«, fragte ich.

»Nein, mir ist verdammt warm.« Er küsste mich hart, woraufhin mein Körper noch stärker mit seinem verschmolz, meine Hüften sich hoben und meine Atemzüge sich beschleunigten.

Wir keuchten und stöhnten gegenseitig in die Hitze unserer Münder und kamen unter den Sternen, neben unserem Lieblingsbaum, gemeinsam zum Höhepunkt.

Danach blickten wir eng umschlungen zum Nachthimmel hoch und benannten die Sterne, bis unsere Körper erneut danach verlangten, eins zu werden, und wir diesem Verlangen nachgaben.

Als wären wir nie getrennt gewesen.

Siebenunddreißig

Quinn

Perfekt an meinen Körper geschmiegt murmelte Daisy etwas im Schlaf. Vorsichtig, um sie nicht zu wecken, stützte ich mich auf einen Ellbogen und blickte auf sie hinunter. Ihre dunkelbraunen Wimpern ruhten auf ihren blassen Wangen, ihre rosigen Lippen waren leicht geöffnet. Ich hätte sie stundenlang anschauen und immer noch etwas finden können, was meinen Herzschlag eine Nanosekunde zu lange aussetzen ließ.

Sie war schön, aber auf eine ruhige, unaufdringliche Weise, die irgendetwas in mir schmerzhaft berührte. Ihre goldenen Haare und ihr strahlendes Lächeln zogen mich an wie ein Sonnenlichtfleck, wenn ich mitten im Winter draußen war.

Und sie gehörte wieder mir.

Allein diese Tatsache ließ meinen Schwanz augenblicklich strammstehen. Es tat nichts zur Sache, dass ich sie in der Nacht drei Mal gehabt hatte; was sie betraf, schien mein Hunger unstillbar zu sein.

Ich fuhr ganz sacht mit der Fingerkuppe über ihren nackten Arm und sah zu, wie sich die feinen Härchen dabei aufrichteten. Sie regte sich, schlang den Arm um meine Taille, und ich ließ den Kopf auf ihren Hals sinken. »Morgen, Schönheit.«

Sie raunte etwas wie: »Wie spät ist es denn?«

Meine einzige Antwort bestand darin, meine Hand träge über ihren Bauch gleiten zu lassen und ihr Shirt anzuheben. Sie schmiegte sich so fließend an mich, wie Butter in einer heißen Pfanne zerschmolz, und ich presste sie gegen meinen steifen Schwanz.

Fuck. Meine Hand fand den Weg zum Rand ihres Baumwollslips und rieb über das Gummi. Als sie keuchte, schob ich die Finger darunter, woraufhin sie den Oberschenkel auf mein Bein verlagerte, um mir besseren Zugang zu verschaffen.

Sie fühlte sich glatt und weich an, und als ich ihre seidige Wärme erreichte und sie bereits nass vorfand, drang mein Finger in sie ein. »Quinn«, wimmerte sie. »Wir sollten nicht …«

»Schsch.« Ich knabberte sacht an ihrem Hals, schob den Finger langsam in sie hinein und zog ihn heraus, bis ich spürte, wie sich ihre Beine verkrampften. Dann befreite ich meine Hand und saugte an meinem Finger, ohne auf ihre jammernden Proteste zu achten. Ich würde mich gleich um sie kümmern. Sobald ich meine verdammten Boxershorts losgeworden war.

Ich schleuderte sie mit einem Tritt irgendwo unter die Decke, zog ihren Slip hinunter und legte mich wieder hinter sie. Ihr Bein hob sich erneut an, und ich brachte mich in Position, bevor ich ihren Schenkel packte und in sie eindrang. »Lieber Himmel.« Der Raum versank in einem Nebel.

Sie sagte etwas, was ich nicht verstand; ich hatte mich zu sehr in der feuchten Hitze verloren, die meinen Schwanz einhüllte, sich fest darum zusammenzog und in mir den Wunsch auslöste, wie ein Irrer in sie hineinzustoßen.

Ich zwang mich, mich ein wenig zu beruhigen und es langsamer angehen zu lassen. Lange, tiefe Stöße, die ihren Körper an meinem erzittern ließen. Sex ohne Kondom war einfach fantastisch, aber in Kombination mit Daisy unglaublich, wie nicht von dieser Welt. Ich würde nie genug davon bekommen, also konnte ich nur hoffen, dass sie mithalten können würde.

»So gut«, murmelte sie.

»Ich weiß«, stimmte ich zu und saugte dort, wo der Ärmel ihres Sleepshirt heruntergerutscht war, an ihrer Schulter. »Ich glaube nicht, dass ich es je wieder fertigbringe, dich in deinem Wohnheim schlafen zu lassen.«

Sie lachte leise und drückte sich gegen mich. Ich stöhnte und beschleunigte mein Tempo, bis meine Eier mit einem leisen, klatschenden Geräusch auf ihr Fleisch trafen. Dieses Geräusch, ihr Karamellduft, das Gefühl, sie in den Armen zu halten, ihre eng um mich geschlossene Hitze und ihre Hüften, die sich jedem meiner Stöße anpassten – mein Orgasmus schien aus dem Nichts zu kommen und schüttelte meinen ganzen Körper. Es überraschte mich, dass ich umsichtig genug war, meine Hand auf Daisys Mund zu legen und ihr Stöhnen zu dämpfen, als sie sich an mir rieb und die Schenkel zusammenpresste, als sie kam und auch noch den letzten Tropfen aus mir herausmolk.

Ich verharrte noch eine Weile in ihr. Unsere keuchenden Atemzüge verlangsamten sich endlich, als die ersten Sonnenstrahlen durch die Lücken zwischen meinen Schlafzimmervorhängen fielen. »Das war mein Ernst. Ich denke, ich muss jeden Tag so beginnen.«

»Denkst du das?«, fragte sie. In ihrer schläfrigen, gesättigten Stimme schwang Belustigung mit.

»Mm-hm. Jeden Tag. Genau so.« Ich küsste ihren Hals und grub die Nase hinein. »Nur mit dir.«

»Nur mit dir«, wiederholte sie.

• • •

»Es sieht so anders aus.« Daisy drückte die Hand gegen das Truckfenster, als könnte sie das Haus dadurch berühren. »Aber immer noch wie früher.«

Sie hatten ihr altes Elternhaus neu gestrichen, sodass das, was einst ein von einem Cottage inspiriertes weißes und gelbes Haus gewesen war, jetzt so aussah wie eines, das man am Wasser finden könnte. Nur dass es hier in Clarelle kein Wasser gab. Es sei denn, man zählte die Bäche auf manchen Grundstücken oder den Fluss dazu, der entlang der Außenbezirke der Stadt verlief.

Das Haus war jetzt weiß und blau, Muscheln schmückten die Töpfe überall auf der Veranda, und ein Seepferdchen hing neben der Tür. »Die Familie, der ihr es verkauft habt, kam aus Kalifornien.«

Sie lächelte, als sie zu mir herüberblickte. Dieses Lächeln veranlasste mein Herz immer noch dazu, seltsame Dinge zu tun. Ich glaubte nicht, dass sich das je ändern würde. »Glaubst du, sie haben die Wandgemälde in meinem Zimmer überstrichen?«

Ich brachte es nicht über das Herz, ihr zu sagen, dass ich nach ihrem Umzug oft um das Haus herumgeschlichen war und wie ein Stalker nach irgendetwas von ihr gesucht hatte, das zurückgeblieben war. Ich hatte mich immer vorher vergewissert, dass die Bewohner nicht da waren, und dann durch ihr Schlafzimmerfenster gespäht und hellblaue Wände anstelle ihrer Kreativität vorgefunden. Es hatte mich fix und fertig gemacht. »Ich glaube schon.«

Ihre Lippen zuckten, als sie darüber nachdachte. Wahrscheinlich zu ergründen versuchte, was sie dabei empfand. »Vermutlich nur logisch.« Sie drehte sich wieder zum Fenster und starrte weiter hinaus.

»Möchtest du aussteigen? Schauen, ob du es dir aus der Nähe ansehen kannst. Sieht nicht so aus, als wäre jemand zu Hause.«

Sie ließ sich einen Moment mit der Antwort Zeit. »Nein. Ich bin okay.«

»Ja, das bist du.« Ich nahm ihre Hand und küsste ihre Fingerspitzen, bevor ich den Motor anließ.

Ich hatte Dad geholfen, die Kühe zu melken, dann hatten wir mit meinen Eltern gefrühstückt, bevor wir unsere Taschen gepackt hatten. Daisy hatte lachend im Rückspiegel beobachtet, wie Spud meinem Truck hinterherjagte, bis Dad ihn zurückrief.

Jetzt war es Zeit, zurückzufahren.

Aber es fühlte sich gut an. Besser als gut. Sie an meiner Seite zu haben, die Füße auf das Armaturenbrett und den Skizzenblock auf ihre Knie gelegt, während die Sonne uns durch die Fenster wärmte, als wir über den Highway nach Gray Springs zurückbrausten.

Wir hatten das gebraucht. Nach Hause zurückzukehren, dorthin, wo sich unsere Seelen das erste Mal miteinander verschlungen hatten.

»Glaubst du, deine Mom hat meine schon angerufen?«, fragte sie, als wir uns der Ausfahrt näherten.

Ich lachte. »Definitiv.«

Sie legte ihren Skizzenblock weg und zog ihr Telefon hervor. »Kommt hin. Sonst hätte sie mich angerufen. Aber ... da war nichts.«

»Meine Mom dürfte ihr alle Informationen geliefert haben, die sie brauchte. Ohne dass sie dir die Würmer aus der Nase ziehen musste.«

Sie seufzte. »Du hast recht. Klatschtanten.«

»Sie meinen es gut.« Ich versuchte, meinen sich versteifenden Schwanz zu ignorieren, als sie für die letzten zehn Minuten der Fahrt die Hand auf meinen Oberschenkel legte und sich an mich kuschelte.

Wir bogen mittags in die Einfahrt des Hauses ein, und Daisy sprang hinaus, ohne mich überhaupt zu fragen, warum ich sie nicht zu ihrem Wohnheim brachte. Ich grinste wie ein Schwachsinniger, als ich unsere Taschen aus dem hinteren Teil des Trucks holte und hineinging.

Daisy blieb im Eingang stehen, und ich ließ die Taschen auf den Boden fallen. Das Lächeln erstarb auf meinem Gesicht, als ich ihre besorgte Miene sah. »Was ist?«

Sie knetete die Hände, und ich schloss die Tür mit einem Tritt, bevor ich ihre Hände nahm und um meinen Hals schlang. Ihre Brust streifte meine, als sie geräuschvoll den Atem ausstieß.

»Nichts. Ich ... vermutlich versuche ich das alles zu verarbeiten.«

Meine Hände wanderten an ihrem Rücken hoch und pressten ihren Körper der Länge nach gegen meinen. »Sieh mich an.« Sie hob den Kopf, und ihr Blick begegnete meinem, als ich mir auf die Lippe biss. »Ich liebe dich.«

Ihre braunen Augen wurden weich, ihre Schultern lockerten sich. »Ich werde nie genug davon bekommen, das zu hören.«

Ich senkte den Kopf, fuhr mit den Lippen über ihren Hals und drängte sie gegen die Wand. »Ich liebe dich.« Während ich diese Worte ständig wiederholte, küsste ich ihre seidige Haut, bis ihre Lippen meine suchten und mein Schwanz steinhart wurde und gegen den Teil von ihr drückte, in den ich eindringen wollte, als ich sie hochhob. Ihre Arme und Beine umklammerten mich, und ihre Zunge suchte mit sanfter, dennoch leidenschaftlicher Kraft die meine. Nach einer Minute löste ich mich von ihr. »Nach oben.«

Sie nickte, dann klingelte es an der Tür.

Ich blickte mich stirnrunzelnd um und begriff aufgrund der im Haus herrschenden Stille, dass Toby nicht da war. Nach einem letzten Kuss ließ ich Daisy auf den Boden sinken, und sie trat ein paar Schritte zurück, damit ich die Tür öffnen konnte.

Alexis stand mit einem zaghaften Lächeln auf der anderen Seite. »Hey, können wir reden?«

Achtunddreißig

Daisy

Können wir reden?

Drei Worte, von denen keine Frau wollte, dass ihr Freund sie zu hören bekam. Schon gar nicht, wenn es sich bei derjenigen, die diese Frage stellte, um seine Ex-Freundin handelte.

Quinn sah aus, als würde er fieberhaft unzählige Möglichkeiten in Betracht ziehen, weshalb sie hier war und ihn das fragte. Er hatte gesagt, er hätte noch nie mit einer Frau ohne Kondom geschlafen, und ich glaubte ihm. Dennoch blieb eine leise Angst. Kondome konnten schließlich platzen.

Ich wusste nicht, was ich tun sollte, aber dem betretenen Schweigen nach zu urteilen kam ich zu dem Schluss, dass es vielleicht besser wäre, wenn ich ging. »Ich gehe zum Wohnheim zurück. Wir, äh, wir sehen uns später?«

Quinn zog die Brauen zusammen, als er sich zu mir drehte. »Nein, du bleibst.«

Mein Herz beschrieb einen Satz. »Es ist okay …«

»Nein. Du kannst hier unten bleiben oder hochgehen, aber du bleibst hier.«

Alexis schnaubte leise, doch ich schenkte ihr keine Beachtung und strich rasch mit der Hand über Quinns Arm, bevor ich nach hinten ging.

»Kann ich wenigstens reinkommen? Hier draußen ist es eiskalt«, hörte ich Alexis sagen, als ich die Treppe erreichte. Im Haus herrschte

Stille – Toby war offensichtlich nicht da –, also stieg ich die Stufen hoch, setzte mich auf das Bett und kam mir vor, als würde ich unberechtigterweise ihr Gespräch belauschen, brachte es aber nicht fertig, einfach nicht darauf zu achten.

»Danke«, sagte sie, gefolgt von dem Geräusch, mit dem die Tür geschlossen wurde.

»Willst du das Haus hier genauso verwüsten wie Daisys Wohnheimzimmer?«, fragte Quinn mit unüberhörbarer Schärfe in der Stimme.

»Quinn«, begann Alexis, doch er schnitt ihr das Wort ab.

»Nein, das war absolut krank. Ich kann immer noch nicht glauben, dass du das getan hast.«

»So? Nun, ich kann immer noch nicht glauben, dass du mich so betrogen hast.«

Quinn erwiderte eine Weile nichts darauf. »Warum bist du hier?«

Ihr leichtes, lebhaftes Lachen hallte durch das Haus, und meine Nackenhaare richteten sich auf. »Warum ich hier bin?«, schleuderte sie die Worte zu ihm zurück. »Vielleicht wollte ich mit dir reden. Alleine.«

Einen Moment herrschte Schweigen, dann: »Ich werfe sie bestimmt nicht raus. Es tut mir leid, was wir dir angetan haben, und es wird mir wahrscheinlich immer leidtun, wie sich die Dinge entwickelt haben, aber ich kann und werde sie deshalb nicht auffordern zu gehen.«

Meine Wangen und mein Herz wurden warm.

»Aha. Also hast du dich entschieden?«

»Inwiefern?« Quinn klang verwirrt.

Alexis´ Stimme schwoll an. »Wegen ihr. Du ... du hast dich für sie entschieden?«

Ich krümmte mich und zog die Knie an, um mein Gesicht dazwischen zu verbergen.

»So war es nie. Es ging nie um eine Wahl, egal, was passiert ist. Es ist ... ich kann es nicht erklären, und wenn ich es versuche, rege ich dich vermutlich nur noch mehr auf.« Er hielt inne. »Das will ich nicht, also zwing mich bitte nicht dazu.«

»Du hast mich betrogen.« Ich konnte ihren Zorn fast bis hier oben spüren. »Und jetzt sagst du, dass du noch nicht einmal in Erwägung ziehst, uns noch eine Chance zu geben?«

»Was?«, fragte Quinn. »Lex ...«

»Nenn mich nicht Lex.«

»Sorry. Aber wo ... warum ...« Er kämpfte mit sich, und ich wollte so gern die Dinge für ihn in Ordnung bringen. Aber das konnte ich nicht. »Ich verstehe nicht, warum du versuchen willst, eine Beziehung mit mir zu führen. Ich habe es schon damals nicht verstanden, als ich dir nur einen Teil von mir geben konnte, und jetzt verstehe ich es schon gar nicht.«

Stille trat ein, und mein Herz raste.

»Es war dumm von mir«, sagte sie endlich. »Hierherzukommen. Es ist nur ... sie hat gesagt, ihr wärt nicht zusammen, aber das seid ihr ganz eindeutig doch. Also ist das jetzt egal.«Meine Augen quollen hervor. Mir war nicht klar gewesen, dass das, was ich zu ihr gesagt hatte, ihr vielleicht Hoffnungen machen könnte. Sie fuhr mit etwas weicherer Stimme fort: »Wir waren Freunde. Du und ich. Wir alle. Aber du ... ich kann mir nicht vorstellen, dass du nicht auf irgendeine Weise ein Teil meines Lebens bist.« Quinn erwiderte nichts darauf, und als sie weitersprach, klang sie, als würde sie weinen. »Ich weiß gar nicht, was ich sage. Ich ... ich vermisse dich einfach.«

Mein Magen krampfte sich zusammen. Kummer konnte man nicht nur wegen sich selbst, sondern auch wegen anderen empfinden. Selbst wenn diese anderen einen verletzt hatten. Ich fühlte mit ihr, und ich bemühte mich, meine Schuldgefühle niederzukämpfen. Am Ende ließ ich ihnen freien Lauf, weil ich keinen Sinn darin sah, etwas ersticken zu wollen, das nach Freiheit verlangte.

Eine Minute später wurde die Vordertür zugeschlagen, und Quinn kam nach oben und ließ unsere Taschen auf den Boden fallen.

Unschlüssig, was ich sagen sollte, betrachtete ich das schwarze Laken. »Du hast neue Bettwäsche.«

»Ich habe das Bett frisch bezogen, bevor wir gefahren sind.« Er trat zu mir und setzte sich auf die Bettkante. »Hey, du weinst ja.« Er hob mein Gesicht von meinen Knien, nahm meine Brille ab und legte sie aufs Bett. »Es tut mir leid. Ich wusste nicht, dass sie herkommen würde.«

»Oder dass nach Hause zu fahren nicht automatisch bedeutet, dass wir vor dem, was passiert ist, weglaufen können?«

Seine Daumen strichen über die Haut unter meinen Augen, dann zog er mich auf seinen Schoß und barg meinen Kopf in seiner Halsbeuge. »Ich weiß nicht, was ich tun soll, um alles besser zu machen.«

»Ich glaube nicht, dass wir das können.«

Eine Minute später riss mich seine Stimme aus meinen trüben Gedanken. »Wenn wir die Zeit zurückdrehen könnten, würdest du das wollen?«

Meine prompte Antwort hätte Ja lauten sollen. Millionenmal Ja. Es war noch nicht lange her, dass ich mir nichts sehnlicher gewünscht hatte, als den Hohlraum auszufüllen, der sich in meiner Brust gebildet hatte. Den, der mit jedem Tag, wo ich aufwachte und erkannte, dass das, was einst mir gehört hatte, für immer verloren war, größer wurde.

Aber das konnte ich ihm nicht sagen und tat es auch nicht. »Ich habe mir so vieles gewünscht. Aber selbst obwohl es ...« Ich hob mein Gesicht von seinem Hals und blickte in seine gequälten Augen. »Ich glaube, ich musste mehr von der Welt wissen, muss begreifen, was Menschen einem selbst und anderen antun können.«

»Dais, nicht. Ich hasse das. Ich war verzweifelt und hatte keine Ahnung, wie ich mit einem gebrochenen Herzen umgehen soll. Letztendlich musste ich etwas dagegen unternehmen und habe das auf die einzige Art getan, von der ich dachte, dass sie funktionieren könnte.«

»Ich weiß«, entgegnete ich. »Und das ist etwas, was ich von keinem von euch beiden erwartet hätte. Was vielleicht dumm klingt, aber ich musste begreifen, dass jede Aktion eine Reaktion auslöst und dass die Dinge sich nicht immer so entwickeln, wie man glaubt.«

Er schluckte. »Ich habe reagiert.«

»Ich zuerst.«

»Nicht so krass.«

Mit einem schwachen Grinsen fragte ich: »Tragen wir jetzt einen Wettstreit darüber aus, wer von uns der größere Idiot ist?«

Er zog mich enger an sich und küsste mich auf die Wange. »Den würde ich gewinnen. Jedes Mal. Also hör auf, solange du vorn liegst.« Ich kuschelte mich an ihn. Trotz dem, was keine zehn Minuten zuvor passiert war, entspannte ich mich, als ich seinen Körper an meinem spürte. »Dais?«

»Hmm?«

»Ich hoffe, dass du nie ...« Sein Hals bewegte sich neben meiner Nase. »Dass du nie denkst, ich würde noch einmal so falsch reagieren.«

Ich hob den Kopf und fuhr mit dem Finger an seinem Kiefer entlang, woraufhin sich seine verkrampften Muskeln etwas lockerten. »Nein. Ich weiß, dass du das nicht tun würdest.«

»Das klingt jetzt vielleicht wirklich beschissen, aber obwohl uns die ganze Geschichte krachend um die Ohren geflogen ist, bin ich froh, dass ich mich geirrt habe.«

Ich beugte mich vor, bis sich unsere Nasen berührten. »Ich auch.«

Und zwar deshalb, weil wir trotz aller auf unsere Herzen abgefeuerten Schüsse wieder zueinandergefunden hatten.

...

»Ich hole dich dann um drei ab.«

Ich bemühte mich, nicht die Augen zu verdrehen. Quinn war vom Training zurückgekommen und hatte gesagt, er würde mich nach Hause fahren, damit ich auspacken und mich für den Unterricht fertig machen konnte. »Um fünf. Ich muss Wäsche waschen.«

Ich öffnete die Tür, griff nach meiner Tasche und wollte gerade aus dem Truck springen, als seine Hand mein Handgelenk umschloss. »Nicht so hastig.« Er zog an meinem Arm, aber ich gab bereitwillig nach, kroch über den Sitz und presste die Lippen auf seine. »Ich kann dir bei der Wäsche helfen«, flüsterte er, biss in meine Unterlippe und saugte sie in seinen Mund. Ich löste sie rasch daraus. »Dann würde ich nichts geschafft kriegen.«

»Und ob wir etwas geschafft kriegen würden.« Seine Zunge schoss in meinen Mund, seine Hände machten sich an meinem Pulloverkleid zu schaffen und versuchten darunterzukriechen. Ich schob sie weg, leckte über seine Oberlippe, bevor ich ihn flüchtig küsste und mich rückwärts aus dem Truck schob.

Er beobachtete mich mit einem auf die Tür gestützten Ellbogen, den Kopf auf seine Hand gelegt und einem lüsternen Lächeln auf seinem attraktiven Gesicht. »Bah«, knurrte ich, nach meiner Tasche greifend. »Sieh mich nicht so an.«

»Wie denn?« Seine Augen wanderten über meinen Körper, woraufhin ich ihm die Tür vor dem lachenden Gesicht zuschlug und auf dem ganzen Weg nach oben dümmlich grinste.

Mein Grinsen erstarb jedoch schlagartig, als ich in unser dunkles Zimmer trat. Vor dem dünnen Vorhang hing ein Laken, das den Raum in den perfekten Ort zum Auskurieren einer Migräne verwandelte. Aber als ich Pippa von Papiertaschentüchern umgeben, die sich wie ein Berg Kapitulation signalisierender weißer Fahnen um sie häuften, auf dem Bett liegend vorfand, beschlich mich das ungute Gefühl, dass ein Migräneanfall nicht das Problem war.

»Pip?« Ich schloss leise die Tür. Mein Magen kribbelte vor Nervosität, als ich durch den Raum ging und meine Tasche auf das Bett warf. »Was ist los? Bist du krank?«

Sie starrte blicklos auf die Kante meines Bettes, dabei presste sie eine Hand mit einem zerknüllten Taschentuch an ihren Mund. Ihre grünen Augen waren rot gerändert und verschwollen, aber trocken. Ich fragte mich, wie lange sie schon so dalag.

Da ich keine Antwort bekam, setzte ich mich zögernd neben sie und berührte ihren Rücken. Sie schniefte und drehte den Kopf ein wenig, als hätte sie gerade erst gemerkt, dass ich da war. »Damals habe ich es nicht erkannt, aber jetzt weiß ich es. Du bist ein Soldat, Daisy June.«

Ich schüttelte verwirrt den Kopf. »Wie bitte?«

»Du hast es überlebt, dass man dir das Herz gebrochen hat.«

Toby? Was hatte er getan? »Pip.« Ich streckte eine Hand aus und strich ihr ein paar braune Haarsträhnen aus dem Gesicht. »Was zur Hölle ist passiert?«

»Er ist weg.«

»Toby? Wie meinst du das, weg?«

Sie tastete blind auf ihrem Nachttisch herum, gab auf und deutete nur darauf.

Dort lag ein Zettel. »Den habe ich gefunden, als ich zu ihm gegangen bin. In sein Zimmer.« Ein zittriger Atemzug wehte über ihre Lippen, gefolgt von einem weiteren lauten Schniefen. »Er ist weg.«

Neununddreißig

Daisy

Wenn sich Quinn darüber ärgerte, dass ich in der Woche nach unserer Rückkehr nach Gray Springs nicht oft bei ihm schlafen konnte, zeigte er es nicht. Wenn überhaupt, versuchte er nach Kräften, mir zu helfen, während ich meine Abende damit verbrachte, mit Pippa Eis direkt aus dem Behälter zu essen und ihr lustige Bilder zu zeichnen.

Aber da die Abschlussprüfungen näher rückten, nahm Pippa sich zusammen und quälte sich endlich lange genug aus dem Bett, um zu duschen und ihre Kurse zu besuchen. Tim hatte sie von der Arbeit in der Eisdiele freigestellt, so lange sie wollte, und ich übernahm bis zu ihrer Rückkehr eine ihrer Schichten.

Als die Weihnachtsferien vor der Tür standen, hoben sich ihre Lebensgeister so weit, dass sie einwilligte, dass Quinn uns zum Dinner einlud, und kam sogar ein oder zwei Mal zum Haus, um Filme mit uns zu gucken.

Quinn hatte zu Tobys plötzlichem Verschwinden nicht viel gesagt, nur dass er gehört hätte, er wäre aus dem Team ausgeschlossen worden und niemand hätte ihn danach gesehen oder etwas von ihm gehört.

Ich sah ihm jedoch an, dass ihn dieser Umstand beunruhigte und ihm Sorge bereitete, und tat mein Bestes, um Optimismus zu verbreiten. Allerdings wusste ich genug oder hatte vielmehr genug von Pippa gehört, um mir gleichfalls Sorgen zu machen. Football bedeutete Toby alles. Aus dem Team zu fliegen und sein Stipendium zu verlieren, musste für ihn einem Weltuntergang gleichgekommen sein.

Um alles noch schlimmer zu machen, hatte er in seiner Verzweiflung noch jemanden mit in den Abgrund gerissen.

An manchen Tagen fand Pippa Entschuldigungen für ihn. »Er denkt nicht so wie wir. Wenn es so heftig wird, kann er außer sich selbst niemanden sehen.«

An anderen Tagen war sie einfach nur stinkwütend. Und das zu Recht.

Ich wusste nicht viel über psychische Erkrankungen, aber ich fand es trotzdem nicht richtig, dass seit seinem Verschwinden fast ein Monat vergangen war, ohne dass er sich die Mühe gemacht hatte, auf Anrufe zu reagieren oder sich mit jemandem in Verbindung zu setzen.

Aber ich hatte während meiner Zeit in Gray Springs viel gelernt. Witzigerweise hatte nicht alles davon mit meinem Studium zu tun. Die wichtigste Lektion lautete, dass man nicht alles kontrollieren konnte. Schon gar nicht, wie andere handeln und was sie empfinden würden.

Ich hatte etwas Furchtbares getan. Aber ich würde mich von meiner Schuld nicht hinunterziehen lassen, und ich würde nicht zulassen, dass sie bestimmte, wer ich war oder zu wem ich werden würde.

Freitagnachmittag, in der Woche vor den Weihnachtsferien, verließ ich die Fakultät der bildenden Künste und blieb, meine Mappe zwischen die Beine geklemmt, stehen, um meine Jacke zuzuknöpfen, als meine Professorin mich zurückrief. Mit wild klopfendem Herzen ging ich in den Raum zurück und fragte mich, ob vielleicht mein Abschlussprojekt nicht gut genug war. Oder ob ich die letzte Prüfung vermasselt hatte.

»Setzen Sie sich«, forderte Professorin Sanders mich auf, während sie in ihrer Schreibtischschublade nach irgendetwas kramte. Ich schob meine Mappe auf die mit Farbe bekleckste Arbeitsfläche vor mir und nahm auf einem Stuhl Platz.

»So.« Sie schloss die Schublade und lächelte. »Ich wollte Sie eigentlich abfangen, bevor Sie gehen, aber Sie hatten es eilig.«

Ihr Lächeln nahm mir etwas von meiner Nervosität. »Tut mir leid.«

Sie winkte ab. »Muss es nicht. Herzlichen Glückwunsch.« Sie legte einen Papierbogen vor mich hin und tippte mit einem langen silbernen Nagel darauf. »Sie sind für den Claire-Davies-Preis nominiert.«

»*Was?*«, entfuhr es mir.

Ich hatte von dem Preis gehört; davon, dass er einem die Türen vieler Ateliers, Kunstmuseen und anderer Jobmöglichkeiten öffnen konnte. Jedes Jahr wurden drei Studenten nominiert.

Claire Davies war eine Studentin, die Anfang der Neunziger Gray Springs besucht hatte. Eine sehr talentierte Frau, deren Werke immer noch an den Wänden der Kunstfakultät und des Auditoriums auf dem Campus hingen. Sie hatte lange gegen Depressionen und Bulimie gekämpft, und niemand wusste genau, wie sie gestorben war. Aber die Gerüchte rankten sich alle um Selbstmord.

»Ihr Werk. *Das zurückgelassene Herz.*«

Ich nickte, wusste genau, welches sie meinte. Es zeigte zwei leuchtend rote und pinkfarbene Herzen, die Hand in Hand davongingen. Das dritte Herz, tief burgunderrot, war am unteren Rand des Blattes zurückgeblieben; es lag blutend und die Arme nach den anderen beiden ausstreckend zerquetscht auf dem unter ihm wegbröckelnden Boden.

Tränen trübten meinen Blick. Die Gefühle, die mich durchströmt hatten, während ich es malte, kamen kurz an die Oberfläche.

Nach der Vollendung hatte ich nicht mehr viel daran gedacht, sondern es einfach im Trockenraum hängen gelassen. Nichts, was ich während dieser Zeit geschaffen hatte, war mir gut und dieses Bild geradezu kindisch erschienen. Unausgegoren. Als hätte ich es gemalt, ohne vorher meine Brille aufgesetzt zu haben. Ich hatte es im Unterricht angefertigt, während der ersten furchtbaren Wochen, nachdem ich herausgefunden hatte, dass Quinn seinen Weg mit einer anderen weitergegangen war.

Nur dass er das gar nicht getan hatte. Nicht wirklich.

Ich blickte stirnrunzelnd von dem Papierbogen zu der Professorin. »Aber ich habe es nicht eingereicht.«

Ihr rotlippiges Lächeln wirkte etwas schief. »Sagen wir einfach, Sie hätten es getan.« Sie zwinkerte, ging wieder zu ihrem Schreibtisch und ließ mich wie vor den Kopf geschlagen zurück.

»Es ist ... es ist wirklich nicht besonders gut. Ich war schlecht drauf und gar nicht ich selbst, als ich es gemalt habe.« Ich überlegte halb, sie zu bitten, mich stattdessen etwas anderes einreichen zu lassen.

»Ah.« Sie schnalzte mit der Zunge. »Da irren Sie sich. Wir müssen nicht immer von etwas gequält werden, um Kunst erschaffen zu können. Aber ich will nicht lügen – Kummer, Skrupellosigkeit und heftige Gefühle haben einige der besten Kunstwerke hervorgebracht, die ich je gesehen habe.«

Angesichts meines ungläubigen Gesichtsausdrucks lachte sie glockenhell auf. »Die Grausamkeit und Ehrlichkeit springen einen vom Papier geradezu an.« Sie spreizte die Hände vor sich. »Man kann das Bild nicht anschauen, ohne es zu spüren. Den Schmerz, den Kummer und die Furcht. Es ist alles da. Und die raue, rohe, ungeschliffene Beschaffenheit lässt die Emotionen nur noch lauter sprechen; sie erzählen eine Geschichte, die schwer zu lesen, aber nichtsdestotrotz wichtig und real ist.«

Nachdem sie mich entlassen hatte, trugen mich meine Füße aus dem Raum, als würde ich aus Luft bestehen und könnte mich jeden Moment auflösen oder zersplittern.

Auf dem Weg nach draußen blieb ich im Gang stehen und ließ den Blick über die Werke an der Wand schweifen, bis er auf dem größten Bild von Claire Davies hängen blieb.

Ich hob eine Hand und strich mit den Fingern über den goldenen Rahmen. Meine Aufregung ebbte ab, als ich die schroffen Pinselstriche und roten Linien betrachtete, die wild über das alte Stück Kunstdruckpapier verliefen. Ein mit Schablone gemaltes Gesicht starrte mich aus dem Wirrwarr an. Ein schönes, ausdrucksloses Gesicht. Es war ein Chaos. Ein unglaubliches, die Seele zerreißendes Chaos, erschaffen mit Farbstrichen, die so viel und zugleich so wenig sagten.

Für viele Menschen gab es nicht immer ein Happy End.

Ich trat einen Schritt zurück und ließ den Kummer dieser speziellen

Erkenntnis über mich hinwegfluten. Doch statt mich elend zu fühlen, holte ich tief Luft und stieß sie mit einem zittrigen Lächeln wieder aus.

Ich konnte akzeptieren, welches Glück ich hatte, und hatte nicht die Absicht, das als selbstverständlich vorauszusetzen. Schon gar nicht, nachdem ich gedacht hatte, er wäre für immer für mich verloren.

Ich lief nach draußen zur Treppe und sah Quinn am Fuß stehen und die Augen mit einer Hand vor der Wintersonne schützen, während er mich beobachtete.

Ich sprang die Stufen hinunter und wäre in meiner Eile, zu ihm zu gelangen, fast gestolpert.

Er erhob sich rasch, fing mich auf, bevor der Bürgersteig es tat, und schwang mich herum. »Du bist immer noch ein bisschen tollpatschig.«

»Und du schaffst es immer noch, dass ich jedes Mal stolpere und falle, wenn ich dich sehe.«

Sein lautes Lachen wurde von meinem Mund aufgesaugt und sickerte in mein Herz und meine Seele, als ich seinen Kopf umfasste und seine Lippen mit meinen eroberte. Ich schlang die Beine um ihn, und meine Mappe fiel auf den Boden. Aber das kümmerte mich nicht.

Es stimmte. Nicht für jeden gab es ein Happy End.

Aber für mich hatte es eines gegeben.

Und dafür würde ich mich nicht länger entschuldigen.

Epilog

Quinn, zehn Jahre später

Schweiß rann an meiner Schläfe hinunter. Die Sommerhitze, die in der Scheune bis zu den Deckenbalken stand, machte selbst die kleinste Arbeit nahezu unerträglich. Aber ich hätte es trotzdem um nichts in der Welt anders haben wollen.

Ich war genau da, wo ich hingehörte.

Ich trat einen Schritt von der Werkbank zurück und betrachtete das Tor, das ich den ganzen Nachmittag lang erneuert hatte, prüfend. Fast fertig.

Ich legte meine Werkzeuge weg, griff nach einem alten Tuch und wischte mir damit Haaransatz und Hals ab, als ich zur Tür hinausspähte. Das Zwielicht hatte sich wieder eingestellt. Die Tage hier kamen einem bei Sonnenaufgang endlos vor, schienen jedoch nie lang genug zu sein, wenn sie der Nacht weichen mussten.

Ich warf den Lappen auf die Bank, schloss ab und ging zu meinem Truck zurück.

»Quinn!« Die Stimme meines Dad veranlasste mich, in der geöffneten Tür innezuhalten.

Er kam die Stufen herunter, dieser Tage mit etwas langsameren Schritten als früher, aber ansonsten war er für einen Mann in den Fünfzigern noch ziemlich fit. Das Farmleben sorgte dafür, egal wie oft ich ihm sagte, er könnte es nun, wo ich wieder zu Hause war, etwas ruhiger angehen lassen.

»Hast du Rutley´s zurückgerufen?«

Das war der Viehtransporteur, den wir manchmal benutzten. »Klar.« Ich schloss die Tür und lehnte mich dagegen. »Gleich als Erstes heute Morgen. Sie ist jetzt schon auf halbem Weg zur Grenze.«

Seine Haltung wurde entspannter, und er grinste. Langsam, aber sicher gab er die sprichwörtlichen Zügel aus der Hand und übergab sie mir. »Gut. Ach, und hier.« Er reichte mir eine Tüte. Ich öffnete sie und fand ein paar Kleidungsstücke darin. »Die habt ihr alle gestern hier vergessen. Deine Mom hat die Sachen schon gewaschen. Du weißt ja, wie sie ist.«

Ich blickte lächelnd zum Haus hinüber, wo Mom vermutlich in der Küche stand und das Dinner zubereitete. »Danke. Wir scheinen immer etwas zu vergessen.«

»Das ist ja nichts Neues.« Er klopfte mir auf die Schulter und ging zum Haus zurück.

Das Scheinwerferlicht fiel auf die Insekten und Grashüpfer, die auf dem kurzen Feldweg nach Hause vor meinem Truck wegschossen.

Zu Hause. Es war nicht das Haus, in dem ich aufgewachsen war, aber das Nächstbeste.

Das blau-weiße Meerthema war in seinen ursprünglichen gelben und weißen Zustand zurückversetzt worden. Bunt bemalte Töpfe, aus denen noch buntere Blumen herausquollen, schmückten den Fußweg und die Veranda. Ich parkte hinter Daisys SUV, stellte den Motor ab und beobachtete durch das Fenster, wie Daisy vorbeiging, ohne zu merken, dass ich hier saß, während sie unseren Sohn in den Armen wiegte.

Eine aus Liebe und Zufriedenheit geborene Wärme flutete über mich hinweg.

Wir waren vor fast neun Monaten hierher zurückgezogen, nachdem ich es als Spieler für die Bears zum zweiten Mal in die ACL geschafft hatte.

Ich war im dritten Collegejahr gedraftet worden, zog es aber erst vor, zu bleiben und abzuwarten. Ich konnte nicht weggehen. Nicht, bevor sie nicht mitkommen konnte. Doch trotz unserer Angst davor, getrennt zu werden, und auf Daisys Drängen hin ging ich direkt nach meinem Abschluss von Gray Springs nach Chicago.

Ich war nicht glücklich, dass ich es so weit gebracht hatte. Sicher, ich hatte davon geträumt, Football zu spielen, bis ich nach Hause zurückkehren und mein Leben auf der Farm verbringen konnte.

Nein, ich war glücklich, dass wir beide es geschafft hatten.

Vielleicht halfen die harten Lektionen, die wir vor Jahren gelernt hatten, oder vielleicht war es einfach unsere Zeit, und nichts konnte uns aufhalten. Bei jeder sich bietenden Gelegenheit flog Daisy zu mir, bis sie gleichfalls ihren Abschluss hatte und zu mir nach Chicago kam.

Sie gab mir keine Chance, mich mies zu fühlen, weil ich irgendeinen ihrer Träume zunichtegemacht hatte. Ich war ihr Traum, und alles andere war ein Bonus, pflegte sie zu sagen.

Und was für einen Bonus sie bekommen hatte.

Schon Monate nach ihrer Ankunft in der Windy City hing ihre Kunst in Museen. Was sie dermaßen überwältigte, dass sie jahrelang nichts mehr für irgendjemanden schuf, bis die Angebote schließlich ausblieben und sie spürte, wie der Druck von ihren schmalen Schultern wich.

Jetzt hatte sie es sich zum Ziel gesetzt, an derselben Grundschule Kunst zu unterrichten, die wir als Kinder besucht hatten, obwohl sie fast die Hälfte der großen Summe verdient hatte, die auf unserem Sparkonto lag.

Ich nahm die Tasche vom Beifahrersitz, sprang aus dem Truck und ging ins Haus, bevor sie mich dabei ertappte, dass ich wie ein Spanner hier draußen saß.

Aber das Leben erforderte so etwas manchmal – nicht, dass man ein Spanner wurde, sondern, dass man dankbar war. Ich hatte sehr viel, wofür ich dankbar sein musste, und ich wusste das verdammt gut.

Sowie die Tür hinter mir ins Schloss fiel, schlangen sich kleine Arme um meine Beine. »Daddy!«

Ich ging weiter, und sie klammerte sich wie üblich an mich, bis wir die Küche erreichten, wo ich die Sachen auf die Theke stellte und sie hochhob. »Hast du mir heute etwas gemalt?«

Ivy nickte und griff mit ihren vierjährigen Händchen nach meinen Wangen. »Es ist ein supergeheimes Geheimnis.«

»Ist es das?« Ich machte große Augen.

Sie kicherte und verriet dann unbewusst ihr Geheimnis. »Die Kuh soll eigentlich tanzen, aber sie sieht aus, als würde sie richtig schnell laufen. Ich hole es!«

Ich setzte sie ab, sah ihr nach, als sie in die Diele hinaus und zu ihrem Zimmer rannte, und ließ meine Schlüssel auf die Theke fallen, als Daisy hereinkam.

Obwohl sie aussah, als hätte sie einen Monat lang nicht geschlafen, verschlug ihr Anblick mir den Atem. Ich riss den Blick von ihren zerzausten Haaren und dem Babysabber am Ausschnitt ihres Shirts los und heftete ihn auf unseren Sohn Ben.

Dann trat ich einen Schritt vor und strich mit dem Finger über seine daunenweiche Wange. Mit seinen vier Monaten war er schon ein ziemlicher Brocken und machte nachts gerne Party. Ivy hatte schon nach ein paar Monaten die Nacht durchgeschlafen, daher waren wir an die schlaflosen Nächte nicht gewöhnt.

»Soll ich ihn ins Bett bringen?«

»Du starrst vor Sägemehl.«

Ich grinste, zog mein Shirt aus, warf es auf den Boden und genoss die Art, wie der Ausdruck in ihren braunen Augen von erschöpft zu augenblicklich hellwach wechselte. »Schon gut, Klugscheißer. Kein Grund, anzugeben.«

Leise lachend wusch ich mir die Hände, dann nahm ich ihr unseren Jungen ab und drückte ihn behutsam an meine Brust. Er rührte sich, schob dann aber seine Faust in den Mund und beruhigte sich wieder, als ich ihn den Flur entlang zu unserem Zimmer trug.

Ich legte ihn in die Wiege am Ende unseres Betts und zog die hellblaue Decke über seinen winzigen Körper.

»Daddy«, zischte Ivy von der Tür her.

Ich blickte auf und sah sie mit einem Blatt Papier durch die Luft wedeln. Nach einem letzten Blick auf Ben strich ich mit der Hand über den blonden Flaum auf seinem Kopf, bevor ich die Tür halb hinter mir schloss.

»Dann komm.« Ich nahm Ivys Bild und ihre Hand in meine freie und ging ins Wohnzimmer, wo Daisy Ivys Buntstifte wegräumte.

Das Bild ähnelte eher einem Pinguin als einer Kuh, aber ich wagte nicht, ihr das zu sagen. »Sie sieht wirklich aus, als würde sie tanzen.« Ich tippte auf das Papier. »Ich denke, wir sollten es an den Kühlschrank hängen.«

Ivy schnappte nach Luft und hüpfte aufgeregt auf der Couch auf und ab. »Wirklich? Ist es gut genug für den Kühlschrank?«

Ich verbiss mir ein Lachen. Der Kühlschrank war mit Ivys Kunstwerken so überladen, dass wir die Zahl der Bilder beschränken mussten. Jetzt wurden nur einige ausgewählte darangeheftet, der Rest kam in einen speziellen Hefter, den Daisy ihr besorgt hatte.

»Was meinst du, Mommy?«, fragte ich und lehnte mich gegen die Couch.

Daisy legte Ivys Federmäppchen weg und tippte sich nachdenklich gegen das Kinn, während sie den Papierbogen betrachtete, den ich hochhielt. »Hmm, ich weiß nicht recht.«

»Bitte, ach, bitte!«

»Weißt du was?«, sagte Daisy, nachdem sie Ivy noch einen Moment länger auf die Folter gespannt hatte. »Ich finde, es verdient sogar einen Ehrenplatz.«

Ich folgte den beiden in die Küche, wo Daisy die ungefähr dreißig Bilder neu geordnet hatte, die bereits den Kühlschrank bedeckten und von hundert Magneten gehalten wurden.

Daisy nahm einen Magnet, hängte das neue Bild in die Mitte und trat mit in die Hüften gestemmten Händen einen Schritt zurück. »So.«

Ivy klatschte in die Hände, und ich schwang sie in die Luft. »Zeit für die Badewanne und das Bett, kleine Miss Picasso.«

Sowie sie im Bett lag und ihr Sternennachtlicht in ihrem in allen Regenbogenfarben gestrichenen Zimmer einen sanften Schein verbreitete, zog ich die Tür halb hinter mir zu und ging ins Bad, um zu duschen.

Ich hatte gerade meine Jeans ausgezogen und streifte meine Boxershorts ab, als die Tür aufging, und als ich mich umdrehte, stellte ich fest, dass Daisy mich beobachtete.

Sie schloss sofort die Tür und entledigte sich ihrer Kleider, während ich dastand, mein Schwanz steinhart wurde und mein Kiefer herunterklappte.

Ich schloss den Mund, als sie langsam auf mich zuschlenderte und ihre Brustwarzen sich bei jedem Schritt verhärteten. »Willst du nicht reingehen?«

Ich schleuderte die Boxershorts weg, ohne den Blick von ihren spitzen Brüsten abzuwenden, die durch das Stillen ein bisschen größer geworden waren. »Das kommt darauf an.«

»Worauf?«

Ich drehte das Wasser auf und prüfte die Temperatur, während ich ihren Körper betrachtete. Ihre Hüften waren etwas üppiger, eine weitere Veränderung, seit sie Kinder hatte. Eine, über die ich mit Vorliebe die Hände gleiten ließ und sie umklammerte, wenn ich sie von hinten nahm. »Wo es hineingeht.«

Sie zog den Kopf ein und versuchte ihr Lächeln zu verbergen.

Ich trat in die Dusche; wünschte, sie wäre etwas größer, wusste aber, dass wir klarkommen würden. Trotz der wenigen Zeit und des begrenzten Platzes, den wir dieser Tage hatten, fanden wir immer einen Weg.

Ihr Ehering schimmerte, als sie mir in die Dusche folgte und nach meiner Taille griff. Ich erschauerte nicht nur wegen ihrer Berührung und ihres an meinen gepressten Körpers, sondern einfach deshalb, weil ich mich daran erinnerte, dass sie zu mir gehörte. Für immer. Dafür hatte ich gesorgt, als wir in ihrem vorletzten Studienjahr in den Sommerferien nach Hause gefahren und ein paar Wochen später geheiratet hatten. Nur wir, unsere Eltern und enge Freunde unter unserer Weide.

»Woran denkst du?«, fragte sie. Ihre Hände glitten an meinem Rücken hoch. »Deine Augen haben sich auf Wanderschaft begeben.«

»An dich.«

»Nur an mich?« Sie küsste meine Brust, und ich legte die Arme um sie und schob uns unter den Wasserstrahl, während meine Lippen über ihren schwebten. »Nur an dich.«

Ich hob sie hoch. Ihre Beine schlangen sich um meine Taille, und sie krümmte den Hals, als Wasser auf unsere Gesichter spritzte und meine Lippen und meine Zunge über ihren flatternden Puls strichen.

»Eines Tages ...« Ich tastete nach ihrer Pforte und brachte mich in Position, bevor ich ihre Pobacken umfasste. »Eines Tages werde ich dir noch ein Baby machen, Daisy June.«

Sie rang vernehmlich nach Atem. Ich wusste nicht, ob meine Worte oder das Reiben meines in sie gleitenden Schwanzes der Grund dafür waren, aber ich genoss es. Meine Hüften stießen nach vorne, und ihre Schenkel pressten sich fester um mich, während wir heftig in den Mund des anderen atmeten. »Wirklich?«, fragte sie, bemühte sich, herausfordernd zu klingen, und schaffte es nicht, als ich mich in ihr bewegte.

»Wirklich.«

Ihre braunen Augen wurden glasig, ihr Atem kam in kurzen Stößen und vermischte sich mit meinem. »Ich werde dich für immer lieben.«

Meine Brust schwoll, und mein Mund senkte sich auf ihren.

Für immer war ein Begriff, mit dem man oft leichtfertig um sich warf, ohne einen Gedanken daran zu verschwenden, was er wirklich bedeutete. Ich war ein Idiot gewesen, die Hoffnung zu verlieren, nachdem unser Für immer unterbrochen worden war. Zu glauben, dass das, was wir hatten, nicht alles aushalten konnte, was uns zustieß.

Manche Dinge waren einfach unwiderlegbar und unabwendbar. Die Sterne, der Mond und die Art, wie mein Herz immer im Einklang mit ihrem schlagen würde.

Und mit genug Bereitschaft zur Vergebung, Liebe und Vertrauen konnte uns noch nicht einmal das Für immer aufhalten.